DANIELLE STEEL

SŒURS ET AMIES

Traduit de l'anglais (États-Unis)
par Éveline Charlès

PRESSES DE LA CITÉ

Titre original :
SISTERS

Le papier de cet ouvrage est composé de fibres naturelles, renouvelables, recyclables et fabriquées à partir de bois provenant de forêts plantées et cultivées durablement pour la fabrication du papier.

ISBN : 978-2-266-19337-5

À ma mère, Norma,

et à mes filles adorées, les plus merveilleuses,
les plus fantastiques du monde : Beatrix, Sam, Victoria,
Vanessa et Zara.

Puissiez-vous toujours vous soutenir mutuellement
avec tendresse, compassion, patience, loyauté et amour.
Chacune d'entre vous est le plus beau cadeau que j'aie
offert aux autres.

Et à Simon, Mia, Chiquita, Talulah, Gidget et Gracie,
les chiens les plus adorables et les plus beaux
de toute la planète.

avec tout mon amour,
Maman / d.s.

1

La séance photo avait commencé à 8 heures du matin, place de la Concorde, à Paris. Un cordon de sécurité entourait l'une des fontaines, et un agent de police à l'air blasé surveillait les opérations. Le mannequin posait dans le bassin depuis des heures : elle sautait, s'éclaboussait, riait aux éclats, la tête rejetée en arrière avec beaucoup de naturel, donnant l'impression d'être au comble du bonheur. Elle portait une robe du soir relevée au-dessus des genoux et une étole de vison. Un ventilateur puissant soulevait ses longs cheveux blonds, comme une crinière au vent.

Les passants s'arrêtaient pour la regarder, fascinés par la scène, tandis qu'une maquilleuse vêtue d'un débardeur et d'un short entrait et sortait de l'eau pour effectuer les retouches nécessaires. À midi, la top-modèle paraissait toujours aussi fraîche et détendue, plaisantant entre deux plans avec le photographe et ses deux assistants. Les voitures ralentissaient au passage ; deux jeunes touristes américaines s'immobilisèrent, les yeux ronds, en la reconnaissant.

— Je n'y crois pas, c'est Candy ! s'écria la plus âgée des deux sur un ton admiratif.

Originaires de Chicago, elles passaient leurs vacances à Paris. Depuis ses dix-sept ans, Candy était célèbre non seulement aux États-Unis, mais partout dans le monde. Aujourd'hui, elle en avait vingt et un et avait gagné une fortune en exerçant son métier à Paris, Londres, Milan, Tokyo et dans une dizaine d'autres grandes villes. Elle était tellement sollicitée que son agence avait du mal à satisfaire les demandes. Au moins deux fois par an, elle faisait la couverture de *Vogue*. Dans le monde de la haute couture, elle était certainement le mannequin le plus recherché. Elle était connue de tous, même de ceux qui ne s'intéressaient pas à la mode.

En réalité, elle s'appelait Candace Adams, mais elle s'était imposée sous le diminutif de son seul prénom. Elle avait la particularité de paraître s'amuser en toutes circonstances, que ce soit pieds nus dans la neige, en bikini par un froid mortel en Suisse, en robe longue en plein hiver à Long Island, ou en manteau de zibeline sous le soleil brûlant de Toscane. Pour l'heure, il ne devait pas être désagréable de poser dans cette fontaine de la place de la Concorde, car il faisait très chaud. Les photos avaient été commandées par *Vogue* pour illustrer la couverture du numéro d'octobre et elles étaient réalisées par Matt Harding, l'un des plus grands photographes de mode du moment. Ils avaient travaillé ensemble des centaines de fois, ces quatre dernières années, et il adorait la photographier.

Contrairement à d'autres mannequins, Candy était facile à vivre. Elle avait bon caractère, était drôle, douce et avait su rester d'une simplicité étonnante malgré son succès. De plus, avec elle, quel que soit l'angle, les photos étaient toujours bonnes. Ses traits étaient délicatement ciselés, ses très longs cheveux naturellement blonds étaient le plus souvent lâchés et elle avait d'immenses yeux bleus. Matt savait qu'elle aimait faire la fête, mais il n'en paraissait jamais rien le lendemain. Elle faisait partie de ces privilégiés dont le visage ne trahit pas les excès de la veille. Cela ne durerait sans doute pas, mais pour l'instant, elle en profitait et semblait au contraire embellir chaque jour. En outre, elle n'avait rien perdu de sa gentillesse naturelle, qui avait frappé Matt lorsqu'elle avait dix-sept ans et faisait sa première séance photo avec lui pour *Vogue*. Comme tout le monde, il l'adorait.

Elle mesurait un mètre quatre-vingt-trois et pesait cinquante-huit kilos. Elle ne mangeait pratiquement rien, mais sa minceur lui allait à merveille. À la voir, elle pouvait paraître maigre, mais sur les photos, elle était fabuleuse. Candy était le mannequin préféré de Matt, tout comme elle l'était pour *Vogue*.

La séance se termina à 12 h 30. Candy sortit de la fontaine comme si elle n'y était restée que dix minutes et non quatre heures et demie. Une deuxième série de photos avait été programmée dans l'après-midi, à l'Arc de triomphe. Le soir, ils en feraient une dernière devant la tour Eiffel scintillant de mille feux. Les conditions de travail pouvaient être pénibles, les journées longues, mais jamais Candy ne se plaignait. C'était l'une des raisons pour lesquelles les photographes aimaient travailler avec elle. Et puis, avec un tel physique, il était impossible de rater une photo d'elle.

— Où veux-tu qu'on aille déjeuner ? lui demanda Matt.

Ses assistants rangeaient appareils et pellicules. Candy avait ôté l'étole de vison et se séchait les jambes avec une serviette. À voir son expression radieuse, on aurait dit que la séance lui avait procuré un immense plaisir.

— Je ne sais pas… Pourquoi pas à l'Avenue ? suggéra-t-elle avec un sourire.

Elle était décontractée. Ils n'étaient pas pressés. Les assistants de Matt mettraient bien deux heures à installer le matériel devant l'Arc de triomphe. La veille, il avait réglé avec eux tous les détails concernant les angles de prises de vue. Ils n'avaient pas besoin de lui pour effectuer les mises au point nécessaires, si bien que Candy et lui pouvaient prendre le temps de déjeuner tranquillement. De nombreux mannequins et de grands noms de la mode fréquentaient l'Avenue ou le Costes, le Buddha Bar, le Man Ray et d'autres lieux très branchés de Paris. Matt appréciait l'Avenue, qui n'était pas loin de l'Arc de Triomphe. De toute façon, où que ce soit, Candy ne mangerait presque rien. Comme tous les mannequins, elle se contenterait de boire des litres d'eau. Les deux feuilles de laitue qu'elle s'accordait d'ordinaire ne risquaient pas de la faire grossir. Il semblait plutôt à Matt qu'elle avait encore maigri, et pourtant elle paraissait en bonne santé. Elle était la top-modèle la plus célèbre, mais aussi la plus mince. Matt s'en inquiétait parfois, mais elle lui riait au nez lorsqu'il prétendait qu'elle était anorexique. Candy ne relevait jamais les remarques qu'on lui adressait à propos de son poids. La plupart des mannequins connus étaient comme elle, allant parfois jusqu'à mettre leur vie en danger. Mais elles y étaient pratiquement obligées, si elles voulaient enfiler des vêtements que personne de normalement constitué n'aurait pu porter.

Une voiture avec chauffeur les déposa devant le restaurant, avenue Montaigne. Il était bondé, comme d'habitude à cette heure et à cette époque de l'année. Les défilés de haute couture commençaient la semaine suivante. L'événement attirait des stylistes, des photographes et des mannequins venus du monde entier. De plus, la saison touristique battait son plein. Les Américains comme les Parisiens branchés adoraient ce restaurant. L'un des propriétaires reconnut immédiatement Candy et les guida jusqu'à sa table préférée.

En guise d'apéritif, Matt demanda qu'on lui serve un verre de vin blanc et Candy une grande bouteille d'eau. Elle avait laissé dans la voiture celle qu'elle emportait partout. Une fois qu'elle eut commandé une salade nature et Matt un steak tartare, ils commencèrent à se détendre. Les autres clients la regardaient avec curiosité car, bien sûr, tout le monde l'avait reconnue. Elle portait un jean, un débardeur et des sandales argentées qu'elle avait achetées à Portofino l'année précédente. En général, c'était là qu'elle se les procurait, ou bien à Saint-Tropez.

— Tu vas à Saint-Tropez, ce week-end ? demanda Matt pour la forme. Valentino organise une fête sur son yacht.

Candy était certainement l'une des premières à avoir été conviée, et il savait qu'elle refusait rarement une invitation, celle-là moins que toute autre. Elle retenait en général une chambre à l'hôtel Byblos ou bien elle dormait sur le yacht d'une relation. Étant très recherchée, Candy avait toujours l'embarras du choix. On utilisait sa présence pour attirer les gens, comme un appât. Ce n'était pas un rôle facile à assumer et cela frisait parfois l'exploitation, mais la jeune femme n'avait pas l'air de s'en formaliser. Elle suivait ses envies et se rendait là où elle pensait s'amuser le mieux. Mais cette fois, sa réponse surprit Matt. Malgré son physique extraordinaire, Candy possédait de multiples facettes et ne correspondait en rien au stéréotype de la blonde écervelée et superficielle. Elle n'était pas seulement ravissante, c'était quelqu'un de bien. Elle était très intelligente, même si elle avait conservé une sorte de naïveté, en dépit de son succès, et se montrait toujours enthousiaste dans tout ce qu'elle entreprenait.

— Je ne peux pas aller à Saint-Tropez, dit-elle en portant à sa bouche une feuille de laitue.

Jusque-là, c'était à peine si elle avait grignoté deux bouchées.

— Tu as d'autres projets ?

— Oui, répliqua-t-elle avec un sourire. Je rentre à la maison. Tous les ans, mes parents organisent une fête, le 4 juillet. Ma mère me tuerait si je ne venais pas. Mes sœurs et moi sommes obligées d'y aller.

Matt savait combien elle était proche de ses sœurs. Aucune d'elles n'était mannequin et elle était la plus jeune. Lorsqu'il s'agissait de sa famille, elle était intarissable.

— Tu ne participeras pas aux défilés de la semaine prochaine ?

Très souvent, Chanel lui demandait de porter sa robe de mariée, tout comme Saint Laurent. Elle était une mariée absolument divine.

— Pas cette année. J'ai promis à mes parents de prendre deux semaines de congé. D'habitude, je reviens juste à temps pour présenter les collections, mais cette fois j'ai décidé de m'arrêter pendant quinze jours. Mes sœurs et moi, nous ne nous sommes pas vues depuis Noël. C'est toujours assez difficile, parce que nous voyageons toutes beaucoup, surtout moi. Ma mère se plaint que je ne sois pas allée à New York depuis le mois de mars. Je resterai donc deux semaines à la maison et ensuite je me rendrai à Tokyo, où je dois faire des photos pour le *Vogue* japonais.

De nombreux mannequins amassaient une fortune au Japon, et Candy plus que toute autre. Les magazines de mode se l'arrachaient. Ils adoraient son style et sa blondeur.

— Maman m'en veut terriblement quand je ne rentre pas à la maison, poursuivit-elle. Qu'est-ce qui te fait rire ?

— Toi ! Tu es le mannequin le plus demandé du monde et tu t'inquiètes à l'idée que ta mère pourrait te gronder si tu n'assistais pas à sa réception du 4 juillet. C'est ce que j'aime, en toi. Tu es restée une vraie gamine.

Elle haussa les épaules, un sourire malicieux aux lèvres.

— J'adore ma mère et mes sœurs, déclara-t-elle avec franchise. Maman est vraiment dans tous ses états quand nous ne sommes pas à la maison le 4 juillet, pour Thanksgiving ou à Noël. Une fois, j'ai raté Thanksgiving et elle m'en a voulu pendant un an. À ses yeux, la famille passe avant tout, et je pense qu'elle a raison. Je serai comme elle, quand j'aurai des enfants. Ce boulot m'amuse, mais il aura une fin. Ma famille, elle, sera toujours là.

Candy avait conservé les valeurs que lui avaient transmises ses parents et elle continuait d'y croire profondément. Elle avait beau adorer son métier, sa famille comptait davantage. Elle lui accordait beaucoup plus d'importance qu'aux hommes qui avaient traversé sa vie, très brièvement d'ailleurs. Selon Matt, ils étaient généralement sans intérêt : les plus jeunes souhaitaient seulement être vus en sa compagnie ; quant aux plus âgés, leurs intentions étaient souvent encore moins avouables. Comme beaucoup de jolies jeunes femmes, Candy attirait des individus désireux d'exploiter son succès à leur profit. Le dernier d'entre eux, un play-boy italien, tenait sa notoriété du fait que ses liaisons ne duraient pas plus de deux minutes. Avant lui, il y avait eu un jeune lord anglais qui paraissait normal au premier abord, mais qui était loin de l'être et qui se droguait. Dès qu'elle l'avait découvert, elle avait pris ses jambes à son cou, mais ce n'était pas la première fois qu'elle faisait ce genre de rencontres. Durant les quatre dernières années, rien ne lui avait été épargné. La plupart de ses liaisons avaient été brèves. Elle n'avait ni le temps ni l'envie de s'engager, et les hommes qu'elle rencontrait ne risquaient pas de la faire changer d'avis. Elle répétait souvent qu'elle n'était jamais tombée amoureuse, sauf du garçon avec lequel elle sortait au lycée. Il était étudiant, à présent, et ils s'étaient perdus de vue.

Candy n'était jamais allée à l'université. Elle avait décroché son premier gros contrat lorsqu'elle était en dernière année au lycée. À l'époque, elle avait promis à ses parents de reprendre ses études plus tard, une fois qu'elle aurait profité de la chance qui lui était offerte. Elle avait acheté un somptueux duplex et de magnifiques vêtements, s'était bien amusée tout en mettant de côté beaucoup d'argent. Mais, plus le temps passait, moins elle se sentait faite pour les études. Elle n'en voyait pas l'utilité. Elle avait d'ailleurs toujours fait remarquer à ses parents qu'elle était bien moins intelligente que ses sœurs. Évidemment, ils n'étaient pas d'accord et espéraient toujours qu'elle s'inscrirait à la faculté quand sa vie se calmerait. Mais pour l'instant, ce rythme effréné lui convenait parfaitement et elle profitait de son immense succès.

— Je n'arrive pas à croire que tu rentres chez tes parents pour fêter le 4 juillet ! insista Matt. Je ne peux pas te faire changer d'avis ?

Il l'espérait, car le week-end à Saint-Tropez serait bien plus amusant si elle s'y trouvait aussi. Ils avaient toujours été bons amis et il appréciait sa compagnie. De plus, il était seul pour le moment.

— Sûrement pas ! Ma mère aurait le cœur brisé et mes sœurs m'en voudraient à mort. Elles seront là, elles aussi.

— Ouais ! Mais elles ne sont pas invitées sur le yacht de Valentino !

— Peut-être, mais elles ont aussi des obligations. On se retrouve toutes chez nos parents le 4 juillet, point final.

— J'admire ce patriotisme, remarqua Matt avec ironie.

Les gens qui passaient près de leur table regardaient Candy avec insistance. Ses seins pointaient sous le mince tissu de son débardeur. Elle ne portait pas de soutien-gorge et n'en avait pas besoin. Trois ans auparavant, elle s'était fait poser des implants mammaires. Ses nouveaux seins n'étaient pas gros, mais ils contrastaient avec sa minceur et étaient particulièrement réussis. Lorsqu'elle avait décidé de se faire opérer par le meilleur chirurgien esthétique de New York, sa mère et ses sœurs avaient poussé les hauts cris. Elle leur avait expliqué que son métier exigeait cette intervention, mais elles trouvaient cela inutile, elles-mêmes n'en ayant pas besoin. À cinquante-sept ans, leur mère avait une silhouette parfaite et était toujours très belle.

Bien que très différentes les unes des autres, les femmes de la famille étaient toutes hors du commun. De loin la plus grande, Candy ressemblait à son père, un très bel homme qui mesurait un mètre quatre-vingt-dix et avait été blond comme sa fille dans sa jeunesse. Jim Adams allait avoir soixante ans en décembre, mais ni lui ni son épouse ne paraissaient leur âge. Ils formaient toujours un couple époustouflant. Comme Tammy, l'une des sœurs de Candy, sa mère était rousse. Les cheveux de sa sœur Annie étaient châtain foncé avec des reflets cuivrés et ceux de son autre sœur, Sabrina, d'un noir de jais. Pour les taquiner, leur père prétendait parfois qu'elles auraient pu poser pour une publicité de shampoing. Lorsqu'elles étaient enfants, les gens se retournaient sur leur passage tant elles étaient belles et il en allait de même encore aujourd'hui lorsqu'elles sortaient ensemble. En raison de sa taille, de son style et de son métier, Candy était celle qu'on dévisageait le plus, mais ses sœurs étaient ravissantes.

Matt et Candy terminaient leur déjeuner. Comme dessert, Matt commanda un macaron au coulis de framboise sous le regard dégoûté de Candy, qui trouvait que c'était trop sucré. Elle prit un café et s'offrit même le luxe de croquer un petit carré de chocolat, ce qui était rare. Le chauffeur les conduisit ensuite à l'Arc de triomphe. En guise de loge, elle disposait d'une caravane garée avenue Foch. Après y être restée peu de temps, elle en ressortit vêtue de sa première tenue, une superbe robe du soir rouge, une étole de zibeline posée négligemment sur les épaules. Elle était d'une beauté à couper le souffle. Deux policiers bloquèrent la circulation pour la faire traverser. Matt et son équipe l'attendaient sous l'immense drapeau français. Matt frémit en la voyant approcher. Candy était vraiment la plus belle femme qu'il ait jamais vue.

— Bon sang, mon poussin, tu es resplendissante, dans cette robe !

— Merci, Matt, répliqua-t-elle modestement.

Elle sourit aux deux policiers, visiblement sous le charme. Un instant plus tôt, elle avait failli causer un carambolage lorsque des conducteurs avaient brusquement freiné pour l'admirer, éblouis.

Ils terminèrent la séance vers 17 heures et Candy retourna au Ritz pour se reposer un peu. Puis elle prit une douche, appela son agence à New York et se rendit à la tour Eiffel. Les dernières prises devaient avoir lieu à 21 heures, dans la douceur du crépuscule. Tout fut terminé à 1 heure du matin et elle se rendit alors à une soirée. À 4 heures, elle rentra au Ritz en pleine forme et le teint frais. Matt avait quitté la réception deux heures avant elle. Ainsi qu'il l'avait fait remarquer, il n'avait plus vingt ans. À trente-sept ans, il était incapable de soutenir son rythme, pas plus d'ailleurs que la plupart des hommes qui la courtisaient.

Candy fit sa valise, prit une douche et s'étendit pendant une heure. Elle avait passé une bonne soirée, mais sans rien d'exceptionnel. Elle devait quitter l'hôtel à 7 heures pour prendre l'avion à 10 heures. À midi, heure locale, elle atterrirait à New York. Il lui faudrait encore une heure pour récupérer ses bagages et passer la douane, et deux de plus pour se rendre dans le Connecticut. Elle serait chez ses parents à 15 heures, c'est-à-dire tout à fait dans les temps, puisque leur réception du 4 juillet avait lieu le lendemain. Elle se réjouissait de passer une soirée tranquille avec ses parents et ses sœurs avant l'excitation de la fête.

En sortant du Ritz, elle sourit au portier. Vêtue d'un jean et d'un tee-shirt, elle s'était rapidement coiffée et fait une queue-de-cheval. Elle portait un vieux sac Hermès en crocodile qu'elle avait déniché dans une boutique de luxe, près du Palais-Royal. Elle grimpa dans la limousine qui l'attendait devant l'hôtel. Elle savait qu'elle reviendrait bientôt à Paris. Deux séances photo y étaient déjà prévues en septembre, après son voyage au Japon à la fin du mois de juillet. Rien n'étant encore fixé pour le mois d'août, elle espérait prendre quelques jours de congé dans les Hamptons ou dans le sud de la France. Elle avait toujours de multiples propositions, que ce soit pour se détendre ou pour travailler. La vie était belle et elle était ravie de passer deux semaines chez ses parents. Elle s'y plaisait toujours beaucoup, même si ses sœurs se moquaient gentiment de son mode d'existence. La petite fille du nom de Candace Adams, la plus grande et la plus maladroite de sa classe, s'était muée en une ravissante jeune femme connue dans le monde entier sous le nom de Candy. Elle avait beau adorer son métier et prendre du bon temps partout où elle se trouvait, aucun lieu au monde ne valait la maison de ses parents et elle n'aimait personne autant que ses sœurs et sa mère.

Quant à son père, il avait une place particulière dans son cœur.

Candy s'installa plus confortablement à l'arrière de la limousine. En dépit de son extraordinaire beauté, elle restait à bien des égards la petite fille de sa maman.

2

Le soleil tapait dur sur la *piazza della Signoria*, à Florence. Une jolie jeune femme, qui parlait parfaitement l'italien, acheta une glace au citron et au chocolat à un vendeur ambulant. Elle se dépêcha de la déguster, car elle débordait du cornet et commençait à dégouliner sur sa main ; le soleil allumait des reflets dans sa chevelure cuivrée. Pour rentrer chez elle, elle devait passer devant la Galerie des Offices. Deux ans auparavant, elle s'était installée en Italie après avoir étudié les Beaux-Arts à la Rhode Island School of Design puis à Paris, et avoir brillamment obtenu ses diplômes. Toute sa vie, elle avait rêvé d'étudier la peinture en Italie. Aussi, après Paris, était-elle venue à Florence, où elle suivait des cours de dessin. Elle sentait qu'elle progressait à grands pas, tout en étant consciente d'avoir encore beaucoup à apprendre.

Elle portait une jupe de coton, des sandales bon marché et un chemisier déniché lors d'une escapade à Sienne. Elle était parfaitement heureuse. En venant étudier à Florence, elle avait réalisé son rêve le plus cher.

Pour l'heure, elle se rendait à un cours de dessin. Demain, elle s'envolerait vers les États-Unis, sans en avoir la moindre envie, mais elle devait respecter la promesse faite à sa mère. Elle détestait quitter Florence, ne fût-ce que pour quelques jours. À son retour, elle ferait un voyage en Ombrie avec des amis. Depuis son arrivée, elle était allée dans de nombreuses régions d'Italie, avait vu le lac de Côme, Portofino, et elle avait l'impression d'être entrée dans toutes les églises et les musées du pays. Elle nourrissait en particulier une véritable passion pour Venise, ses églises et son architecture. En bref, elle était absolument convaincue que sa place était en Italie, que c'était là où elle était réellement elle-même.

Le minuscule appartement sous les toits qu'elle louait dans un vieil immeuble lui convenait à merveille. Les tableaux qui le décoraient étaient le fruit de son travail. À Noël, elle en avait offert un à ses parents. Elle l'avait apporté, enveloppé dans de vieux journaux, et ne le leur avait dévoilé que le soir de Noël. Ils avaient été subjugués par son talent. Elle avait peint la Vierge et l'Enfant à la manière des peintres de la Renaissance. Sa mère avait aussitôt suspendu le tableau dans le séjour, estimant que c'était un véritable chef-d'œuvre.

Aujourd'hui, elle repartait pour être présente à la réception que sa mère organisait chaque année pour le 4 juillet, à laquelle ses sœurs et elle se faisaient un devoir d'assister. Mais cette fois, Annie mesurait tout particulièrement l'ampleur du sacrifice. Elle était si absorbée par son travail qu'elle répugnait à s'absenter, même une semaine. Mais tout comme ses sœurs, elle ne voulait pas décevoir leur mère, qui se réjouissait tant de réunir ses quatre filles à la maison. Elle en parlait toute l'année. Elle appelait souvent Annie pour prendre de ses nouvelles et était heureuse d'entendre à sa voix à quel point sa fille se plaisait à Florence. Dans cette ville si belle, Annie pouvait consacrer tout son temps à la peinture et à l'étude de l'art. Elle passait des heures à la Galerie des Offices à étudier les chefs-d'œuvre de la Renaissance.

Depuis quelque temps, elle avait une liaison avec un jeune artiste new-yorkais. Il était arrivé à Florence six mois plus tôt et ils s'étaient rencontrés peu après. Elle revenait des États-Unis après avoir passé les fêtes de Noël chez ses parents et ils avaient fait connaissance dans l'atelier d'un ami commun, le soir du nouvel an. Depuis, ils s'aimaient passionnément. Chacun appréciait le travail de l'autre et ils se plongeaient dans l'étude de l'art avec le même enthousiasme. Le style de Charlie était plus contemporain, celui d'Annie plus classique, mais ils étaient sur la même longueur d'onde. Pour venir en Italie, Charlie avait dû accepter un emploi de décorateur à New York. Pour lui, c'était de la prostitution, mais cela lui avait permis d'économiser suffisamment d'argent pour pouvoir consacrer une année à peindre et à étudier à Florence.

Annie avait davantage de chance. À vingt-six ans, ses parents continuaient de l'aider. Dès l'enfance, elle avait voulu être artiste et cela l'avait rendue différente de ses sœurs, plus pragmatiques et plus attachées qu'elle aux biens de ce monde. Sa sœur aînée était avocate, sa cadette productrice d'une série de télévision à Los Angeles et la benjamine était une top-modèle connue dans le monde entier. Seule artiste de la famille, Annie ne se souciait absolument pas de réussir ou de gagner de l'argent. Lorsqu'elle peignait, elle était pleinement heureuse et ne pensait absolument pas à ce que lui rapporterait son tableau si elle le vendait. Elle se savait privilégiée d'avoir des parents qui subvenaient à ses besoins, lui permettant ainsi de se consacrer à sa passion. Bien entendu, elle était décidée à conquérir son indépendance financière un jour, mais pour l'instant, elle étudiait et s'imprégnait de l'incroyable atmosphère qui régnait à Florence.

Sa sœur Candy était souvent à Paris, mais Annie était incapable de s'arracher à son labeur pour aller la voir. Elle avait beau l'adorer, Candy et elle avaient peu de points communs. Lorsqu'elle travaillait, Annie oubliait de se coiffer et ses vêtements étaient couverts de peinture. Le monde de Candy, peuplé de créatures de rêve et dominé par la haute couture, était à des années-lumière de celui d'Annie, avec ses artistes sans un sou qui ne pensaient qu'à améliorer leurs techniques. Chaque fois qu'elles se retrouvaient, Candy tentait de la convaincre de se faire couper les cheveux et de se maquiller. En vain. Ces préoccupations étaient tout à fait étrangères à Annie. Elle n'avait pas fait les boutiques ni acheté de vêtements depuis deux ans et se souciait fort peu de la mode. Elle ne vivait que pour l'art, et Charlie était comme elle. Depuis qu'ils se connaissaient, ils étaient inséparables. Ils parcouraient l'Italie et étudiaient l'histoire de l'art ensemble. Ils s'entendaient merveilleusement bien et, ainsi qu'elle l'avait dit à sa mère au téléphone, Charlie était le premier artiste sensé qu'elle avait rencontré. Malheureusement, il envisageait de repartir pour New York à la fin de l'année et elle tentait tous les jours de le faire changer d'avis. Mais en tant qu'Américain, il ne pouvait obtenir un emploi régulier en Italie et ses économies fondaient. Grâce à ses parents, Annie pouvait rester indéfiniment à Florence, mais ce n'était pas le cas de Charlie.

Elle s'était promis de subvenir totalement à ses besoins lorsqu'elle aurait trente ans. À cette époque, espérait-elle, elle vivrait de ses tableaux. Elle avait fait deux expositions à Rome et vendu quelques-unes de ses œuvres, mais cela ne lui aurait pas suffi pour vivre. Parfois, Charlie se moquait gentiment d'elle à ce sujet, soulignant à quel point elle avait de la chance. Il trouvait qu'elle trompait un peu son monde en vivant dans un appartement minable sous les toits, alors qu'elle aurait pu habiter dans un immeuble de grand standing. Cela n'empêchait pas Charlie d'avoir le plus grand respect pour son talent. Il ne doutait pas – personne n'en doutait, d'ailleurs – qu'Annie deviendrait une artiste extraordinaire. Elle en prenait le chemin. Ses toiles montraient une maturité et une force hors du commun, tout en témoignant d'une habileté remarquable sur le plan technique et d'un sens aigu des couleurs. Elle se perfectionnait sans cesse et Charlie était très fier d'elle et le lui disait.

Ce week-end-là, il aurait voulu qu'ils aillent ensemble à Pompéi pour étudier les fresques, mais elle lui avait répondu qu'elle devait retourner chez ses parents pour le 4 juillet. N'ayant pas la fibre familiale, il s'en était étonné. Lui n'avait pas l'intention de retourner dans sa famille pendant son année sabbatique. Plus d'une fois, il avait fait remarquer à Annie qu'il trouvait puéril son attachement à ses parents et à ses sœurs. Elle avait vingt-six ans, après tout !

— C'est important pour moi, parce que nous sommes tous très proches, lui avait-elle expliqué. La date importe peu, il s'agit avant tout de passer une semaine ensemble. Nous nous retrouvons aussi pour Thanksgiving et Noël, avait-elle précisé pour qu'il soit prévenu.

Charlie avait paru contrarié et, plutôt que d'attendre son retour pour aller à Pompéi avec elle, il avait décidé d'y aller avec un ami. Malgré sa déception, Annie avait préféré ne pas en faire une histoire. Au moins serait-il occupé en son absence. Récemment, la qualité de son travail avait baissé, il se posait des questions et avait du mal à progresser. Elle était certaine qu'il surmonterait bientôt ces difficultés, mais pour l'instant il n'était pas en grande forme. Charlie avait du talent, mais un homme en qui il avait confiance avait affirmé qu'il avait perdu sa pureté en acceptant d'être décorateur et que, depuis, ses tableaux avaient un côté commercial dont il devrait se défaire. Profondément vexé, Charlie ne lui avait plus adressé la parole pendant des semaines. Comme la plupart des artistes, il était extrêmement sensible à la critique. Plus ouverte que lui dans ce domaine, Annie l'accueillait au contraire favorablement et l'utilisait pour améliorer son travail. Tout comme sa sœur Candy, elle était extrêmement modeste et dénuée d'artifices.

Elle avait tenté de persuader Candy de venir la voir entre deux voyages à Paris ou à Milan, mais Florence ne correspondait pas aux goûts de Candy, qui se sentait déplacée parmi les artistes faméliques qui entouraient Annie. Lorsqu'elle ne travaillait pas, Candy préférait aller à Londres ou à Saint-Tropez. De son côté, Annie ne souhaitait pas rejoindre sa sœur à Paris et se retrouver dans des hôtels de luxe comme le Ritz. Ce qui lui plaisait vraiment, c'était se promener dans Florence en mangeant une glace ou visiter pour la millième fois la Galerie des Offices, en jupe paysanne et sandales. Elle n'avait nulle envie de s'habiller, de se maquiller et de mettre des talons aiguilles, comme la plupart des filles que fréquentait Candy. Elle détestait le monde superficiel dans lequel vivait sa sœur. Mais pour Candy, les amis d'Annie semblaient toujours avoir besoin de prendre un bon bain. En bref, les deux jeunes femmes évoluaient dans des univers totalement différents.

— Quand pars-tu ? lui demanda Charlie en arrivant chez elle.

Elle avait décidé de préparer un bon dîner, la veille de son départ. Aussi, en rentrant de l'atelier, avait-elle acheté des pâtes fraîches, des tomates et des légumes, pour réaliser une nouvelle recette. Charlie avait apporté une bouteille de chianti. Il lui en servit un verre, pendant qu'elle cuisinait. Assis à l'autre bout de la pièce, il la regardait s'affairer. Annie était vraiment une belle fille, naturelle et sans prétention. Au premier abord, on ne remarquait pas qu'elle était très cultivée et avait reçu une excellente éducation. Bien qu'elle n'y ait jamais fait allusion, il avait deviné depuis longtemps qu'elle venait d'un milieu privilégié. Elle menait une vie simple, entièrement consacrée à son travail d'artiste. Le seul signe de son appartenance à une classe aisée était la chevalière en or aux armoiries de sa mère, qu'elle portait à la main gauche. Annie n'en tirait aucune vanité. Elle ne jugeait les gens que sur leur valeur et leur talent.

— Je pars demain, lui rappela-t-elle.

Elle posa un grand plat de pâtes sur la table. Une odeur délicieuse s'en dégageait et elle râpa elle-même le parmesan. Le pain était frais et encore chaud.

— C'est pour cette raison que je t'ai invité à dîner ce soir. Quand partez-vous pour Pompéi, Cesco et toi ?

— Après-demain, dit-il doucement.

Il lui sourit, tandis qu'ils s'asseyaient sur les chaises branlantes et dépareillées qu'elle avait récupérées à la décharge. Elle avait acquis la plupart de ses meubles de cette façon. Elle puisait le moins possible dans l'argent de ses parents, uniquement pour manger et payer son loyer. Elle vivait très simplement et sa petite voiture était une vieille Fiat de quinze ans. Sa mère craignait qu'il ne lui arrive quelque chose, mais Annie refusait d'en acheter une neuve.

— Tu vas me manquer, murmura tristement Charlie.

Ce serait leur première séparation depuis leur rencontre. Un mois après leur premier rendez-vous, il lui avait dit qu'il l'aimait. Elle aussi l'aimait et il lui plaisait plus que tous ceux avec lesquels elle était sortie ces dernières années. Le seul nuage qui assombrissait leur relation était le fait qu'il repartirait aux États-Unis dans six mois. Il la poussait à le suivre, mais elle n'était pas encore prête à quitter l'Italie, même pour lui. Malgré les sentiments qu'elle éprouvait à son égard, elle n'avait pas envie de renoncer à poursuivre ses études à Florence. Elle se posait pourtant des questions et cela l'effrayait. C'était la première fois qu'elle s'interrogeait à ce sujet. Jusqu'à présent, elle avait toujours donné la priorité à la peinture. Elle savait que si elle le suivait, ce serait un sacrifice énorme.

— On pourrait aller quelque part, en revenant d'Ombrie, suggéra-t-il avec espoir.

Elle sourit. Ils devaient se rendre en Ombrie avec des amis, en juillet, mais il préférait être seul avec elle, il en éprouvait même le besoin.

— Où tu voudras, lui répondit-elle avec sincérité.

Il se pencha par-dessus la table pour l'embrasser, puis elle le servit. Les pâtes étaient délicieuses. La recette était bonne et Annie était un vrai cordon-bleu. Il répétait souvent qu'elle était ce qui lui était arrivé de mieux depuis qu'il se trouvait en Europe, et cela la touchait beaucoup.

Elle avait pris des photos de lui pour les montrer à ses sœurs et à sa mère, qui avaient deviné combien il était important pour elle. Leur mère avait même dit à ses sœurs qu'elle comptait sur Charlie pour la convaincre de revenir aux États-Unis. Elle acceptait que sa fille soit en Italie, mais c'était très loin, et, comme Annie s'y sentait bien, elle n'avait aucune envie de rentrer. Sa mère avait été ravie lorsqu'elle lui avait dit qu'elle serait à la maison le 4 juillet, comme les autres années. Elle craignait toujours que l'une de ses filles ne rompe la tradition, car le jour où cela arriverait – et cela se produirait lorsqu'elles se marieraient –, plus rien ne serait pareil. Elle en avait conscience, mais en attendant, elle jouissait de leur présence. Elle se rendait bien compte que c'était une sorte de miracle si ses quatre filles revenaient à la maison trois fois par an et passaient même entre-temps, chaque fois qu'elles le pouvaient.

Annie venait moins souvent que les autres, mais respectait scrupuleusement les trois rendez-vous annuels. Les liens de Charlie avec sa famille étaient bien plus distendus, et il n'était pas retourné au Nouveau-Mexique depuis quatre ans. Annie ne pouvait pas concevoir de ne pas voir ses parents ou ses sœurs pendant si longtemps. C'était d'ailleurs la seule chose qu'elle reprochait à Florence : d'être trop loin de sa famille.

Le lendemain, Charlie la conduisit à l'aéroport. Le voyage allait être long. Elle passait par la France, où elle devrait attendre trois heures avant de prendre l'avion pour New York. Elle atterrirait en fin de journée et espérait être chez ses parents vers 21 heures. La semaine précédente, elle avait appelé sa sœur Tammy, qui arriverait sans doute une demi-heure avant elle. Candy serait là bien plus tôt, et Sabrina n'aurait que le trajet depuis New York à faire, à condition qu'elle réussisse à quitter son bureau. Bien entendu, elle amènerait son affreux chien. Annie était la seule de la famille à détester les chiens. Les autres ne se séparaient jamais des leurs, sauf Candy, en raison de son travail. Elle avait un ridicule yorkshire terrier horriblement gâté, toujours enveloppé dans un manteau en cachemire rose.

— Bon voyage, lui murmura Charlie avant de l'embrasser passionnément. Tu vas me manquer, ajouta-t-il, l'air malheureux.

— Toi aussi, répondit Annie.

La nuit précédente, ils avaient fait l'amour pendant des heures.

— Je t'appellerai, ajouta-t-elle.

Grâce à leurs portables, ils pouvaient se joindre chaque fois qu'ils étaient séparés, même pour quelques heures. Charlie avait besoin de cela. Un jour, il lui avait dit qu'elle comptait davantage pour lui que sa famille. Il n'en allait pas de même pour elle, mais elle était très amoureuse de lui. Pour la première fois de sa vie, il lui semblait avoir trouvé l'âme sœur, peut-être même un éventuel compagnon, bien qu'elle n'ait pas l'intention de se marier avant plusieurs années. Sur ce point, Charlie était d'accord avec elle. Ils envisageaient pourtant de vivre ensemble jusqu'à la fin de son séjour en Italie. Ils en avaient parlé la nuit précédente et le referaient certainement à son retour. En six mois, ils étaient devenus très proches. Il disait souvent qu'il l'aimerait quoi qu'il arrive, même si elle était grosse, vieille, édentée, même si elle perdait l'esprit ou son talent.

Quand son vol fut annoncé, ils s'embrassèrent une dernière fois. Puis elle partit et lui adressa un signe de la main avant de franchir la porte. Sa dernière vision de lui fut celle d'un beau et grand jeune homme aux yeux tristes qui agitait la main. Elle n'avait pas voulu lui demander de venir, mais elle songeait à l'inviter chez ses parents à Noël, d'autant que ce serait peu de temps avant son départ de Florence. Elle voulait le présenter à sa famille, même si ses sœurs se montraient quelquefois un peu envahissantes. Elles avaient toutes des opinions affirmées, surtout Sabrina et Tammy, ne ressemblaient en rien à Annie et menaient des vies très différentes de la sienne. À beaucoup d'égards, elle avait davantage de points communs avec Charlie qu'avec ses sœurs, bien qu'elle les aimât plus que tout. Le lien qui les unissait était sacré.

Dès que l'avion eut atterri à Paris, elle alla se promener dans l'aéroport et Charlie ne tarda pas à l'appeler.

— Tu me manques déjà, dit-il d'un ton lugubre. Reviens ! Qu'est-ce que je vais faire sans toi, pendant une semaine ?

Ses paroles la touchèrent. Ils n'avaient jamais été séparés si longtemps et cela leur faisait réaliser à quel point ils étaient attachés l'un à l'autre.

— Tu vas bien t'amuser, à Pompéi, assura-t-elle. Et je serai vite de retour. Je te rapporterai du beurre de cacahuètes.

Depuis son arrivée, c'était ce qui manquait le plus à Charlie. Alors que, en dehors de sa famille, Annie ne regrettait rien des États-Unis. Elle adorait l'Italie et s'était parfaitement adaptée, aussi bien à la culture qu'à la langue et à la nourriture. En réalité, c'était lorsqu'elle retournait aux États-Unis qu'elle éprouvait un choc. Finalement, l'Italie lui manquait davantage que son pays d'origine et c'était l'une des raisons pour lesquelles elle souhaitait y rester. Elle s'y sentait chez elle et, si elle devait suivre Charlie en Amérique, elle éprouverait un vrai désespoir. Elle était déchirée entre l'homme qu'elle aimait et l'Italie. Il lui semblait avoir vécu là toute sa vie.

L'avion quitta l'aéroport Roissy-Charles-de-Gaulle à l'heure. Annie savait que Candy avait décollé six heures plus tôt. Sa sœur avait refusé de l'attendre, principalement parce qu'elle voyageait en première classe. Annie se contentait de la classe économique pour ne pas augmenter les dépenses de ses parents. Candy prétendait qu'elle préférerait mourir plutôt que d'avoir à se caser dans un siège trop étroit, sans pouvoir étendre ses longues jambes. Les sièges de première classe étaient transformables en lits et elle refusait de se priver de ce luxe. Elle aurait d'ailleurs volontiers payé la différence pour qu'Annie en profite aussi, mais elle savait que sa sœur aurait refusé, aussi lui avait-elle dit qu'elles se retrouveraient chez leurs parents.

Annie était parfaitement satisfaite de son sort, dans sa classe économique. Et, même si Charlie lui manquait, elle était impatiente de retrouver sa famille. Elle se carra confortablement dans son fauteuil et ferma les yeux en pensant à ses parents et à ses sœurs.

3

À Los Angeles, Tammy avait vécu une journée de folie. Depuis 8 heures du matin, elle était à son bureau et s'efforçait de tout régler avant son départ. La diffusion de la série qu'elle produisait depuis trois ans était interrompue pendant l'été, mais elle préparait déjà la saison suivante. La semaine précédente, leur vedette avait annoncé qu'elle était enceinte de jumeaux, et l'acteur qui jouait le premier rôle masculin avait été arrêté pour détention de drogue. Par bonheur, le scandale avait été étouffé. On avait dû renvoyer deux comédiens, mais leurs remplaçants n'étaient pas encore trouvés. Les techniciens du son menaçaient de faire grève, ce qui retarderait le tournage de la saison suivante. Pour finir, l'un de leurs sponsors envisageait de les quitter pour financer une autre émission.

Les messages s'empilaient sur son bureau. Ils venaient d'avocats qui souhaitaient négocier des contrats ou d'agents qui répondaient à ses appels. Elle devait bien avoir un millier de démarches à faire. C'était le prix à payer lorsqu'on produisait une série diffusée à une heure de grande écoute.

À l'université, Tammy s'était spécialisée dans la télévision et la communication. Ensuite, elle avait été embauchée à Los Angeles en tant qu'assistante de production pour une émission à succès. Puis elle avait participé à deux autres productions et fait une brève incursion dans la téléréalité, un genre qu'elle avait détesté. Elle avait aussi travaillé sur le concept d'une émission de rencontre pour célibataires, mais depuis trois ans elle produisait *Femmes et médecins*, une série dont les héroïnes étaient quatre femmes et qui avait remporté un immense succès. Tammy se consacrait entièrement à son métier. Sa dernière liaison s'était terminée près de deux ans auparavant. Depuis, elle était sortie en tout et pour tout avec deux hommes, qui lui avaient déplu au plus haut point. Le temps et l'énergie lui manquaient pour chercher à faire d'autres rencontres. Après une journée de travail, elle était bien trop fatiguée pour sortir. Sa meilleure amie était Juanita, son petit chihuahua, qui dormait sous son bureau pendant qu'elle se consacrait à son dur labeur.

Tammy aurait trente ans en septembre. Ses sœurs se moquaient d'elle et prétendaient que, si elle continuait ainsi, elle finirait vieille fille. Elles avaient probablement raison. À vingt-neuf ans, elle n'avait pas le temps de se faire des amis, d'aller chez le coiffeur, de lire des magazines ou d'accepter une invitation le week-end. Son équipe et elle avaient remporté deux Emmy Awards[1] pour les deux

1. Trophées qui récompensent les meilleures émissions et les meilleurs professionnels de la télévision américaine. (*N.d.T.*)

dernières saisons. Leur indice d'écoute avait battu tous les records. Les chaînes de télévision et les sponsors adoraient la série, mais elle était parfaitement consciente que c'était parce que son audience était au plus haut. La moindre baisse pouvait les expédier dans l'oubli. Des émissions à succès étaient passées du haut au bas de l'échelle en moins de temps qu'il ne fallait pour le dire. Surtout si leur vedette était enceinte et clouée au lit. Tammy ignorait comment elle allait s'y prendre pour relever le défi et triompher de cette difficulté. Comme toujours, elle trouverait une solution. Lorsqu'il s'agissait de réaliser l'impossible, elle était la meilleure.

À 10 h 30, elle avait rappelé toutes les personnes qui avaient laissé un message sur son répondeur, contacté quatre agents, répondu à tous ses mails et remis à son assistante une pile de lettres à taper. Elle devait les signer avant son départ pour l'aéroport, à 15 heures. Les membres de sa famille ne pouvaient imaginer ce qu'elle endurait chaque jour, la pression qu'elle subissait pour maintenir au sommet le taux d'audience de sa série. Après avoir avalé sa troisième tasse de café, elle retourna dans son bureau et jeta un coup d'œil à la petite chienne endormie sous la table. Juanita leva à peine la tête vers elle avant de se rendormir. Tammy l'avait achetée lorsqu'elle était encore à l'université et elle l'emmenait partout avec elle. Elle était couleur cannelle et tremblait si elle ne portait pas son petit manteau en cachemire. Quand Tammy quittait son bureau pour faire des courses ou aller déjeuner, elle la glissait dans son sac Hermès.

— Salut, Juanie. Comment vas-tu, mon trésor ?

La chienne gémit doucement, sans ouvrir les yeux. Les gens qui entraient dans le bureau savaient qu'ils devaient faire attention où ils mettaient les pieds, car s'il arrivait un accident à Juanita, Tammy en mourrait. Son attachement pour sa chienne était excessif, ainsi que sa mère le lui avait fait remarquer plus d'une fois. Elle remplaçait le compagnon qu'elle n'avait pas, les enfants, les amies et même ses sœurs, puisqu'elles ne se voyaient plus que rarement depuis qu'elles avaient quitté la maison. Un jour, elle avait disparu, et tout le personnel de la chaîne l'avait cherchée, pendant que Tammy pleurait à chaudes larmes. On l'avait retrouvée tranquillement assoupie sur un plateau, près d'un radiateur. Depuis, elle était célèbre dans tout l'immeuble. Sa maîtresse l'était aussi, pour deux raisons : le succès de sa série et le caractère obsessionnel de son amour pour sa chienne.

Tammy était une très belle jeune femme aux longs cheveux roux et bouclés, si épais et si brillants qu'on pensait parfois qu'elle portait une perruque. Elle les tenait de sa mère, rousse elle aussi. Elle avait les yeux verts, les pommettes et le nez parsemés de taches de rousseur qui lui donnaient un air espiègle et juvénile. Elle était la plus petite des quatre sœurs, avait une allure d'adolescente et exerçait un charme irrésistible sur son entourage, du moins lorsqu'elle ne courait pas dans toutes les directions. Il était quasiment impossible de l'arracher à son bureau, pourtant elle était toujours chez ses parents le 4 juillet. C'était d'ailleurs une bonne période pour y aller, puisque la série n'était pas diffusée pendant l'été.

Pour Thanksgiving et Noël, c'était plus difficile, car la bataille des audiences faisait rage. Mais elle partait quand même, sans s'occuper du reste. Elle emportait deux téléphones portables ainsi que son ordinateur, ce qui lui permettait de recevoir ses mails et de rester en contact avec son personnel. Tammy était l'archétype même de la dirigeante. Ses parents étaient fiers d'elle, mais ils s'inquiétaient pour sa santé. Elle ne pouvait subir une telle pression, crouler sous des responsabilités aussi lourdes, sans le payer un jour. Sa mère l'incitait à ralentir le rythme, tandis que son père lui exprimait son admiration. Ses sœurs la traitaient affectueusement de « barjo » et elles n'avaient pas entièrement tort. Tammy elle-même affirmait qu'il fallait être folle pour travailler à la télévision et que c'était justement la raison pour laquelle ce boulot lui convenait si bien. Elle était d'ailleurs persuadée qu'elle ne survivait que parce qu'elle avait grandi dans une famille normale. Elle avait eu tout ce dont on pouvait rêver : des parents aimants qui s'adoraient et avaient toujours procuré à leurs filles l'appui dont elles avaient besoin. Ils manquaient énormément à Tammy. Sa vie lui semblait amputée, depuis qu'elle était partie. Les quatre sœurs vivaient aux quatre coins du monde, maintenant : Annie était installée à Florence, Candy sillonnait le monde et Sabrina vivait à New York. Quand, par hasard, elle aurait eu le temps de leur téléphoner, le soir, le décalage horaire le lui interdisait. Elle devait donc se contenter de leur envoyer des mails. Et quand ses sœurs l'appelaient sur son téléphone portable, elle était généralement en train de courir d'un rendez-vous à l'autre ou sur un plateau, si bien qu'elles échangeaient à peine quelques mots. Tammy se réjouissait de pouvoir passer le week-end avec elles.

À midi et demi, Hailey, son assistante, passa la tête dans l'embrasure de la porte.

— Ta voiture t'attend en bas, Tammy.

— Tu as les lettres que je dois signer ? s'enquit anxieusement la jeune femme.

— Bien sûr.

Hailey revint avec un dossier les contenant. Elle le posa sur le bureau et tendit un stylo à Tammy. Celle-ci parcourut rapidement les lettres avant d'y apposer sa signature. Au moins, elle pouvait partir tranquille, puisque toutes les tâches importantes étaient accomplies. Le vendredi soir, elle ne supportait pas de s'en aller si tout n'était pas terminé. C'était la raison pour laquelle elle revenait souvent au studio le samedi, parfois même le dimanche, et ne partait jamais le week-end.

Elle adorait sa maison, située à Beverly Hills. Elle l'avait achetée trois ans auparavant, mais n'avait toujours pas terminé son installation. Voulant la décorer elle-même, elle n'avait pas engagé de professionnel, mais n'avait malheureusement pas le temps de s'en occuper. Résultat, elle n'avait pas encore ouvert tous les cartons de son déménagement. Un jour, avait-elle promis à ses parents, elle ralentirait le rythme. Mais pour l'instant, elle était au sommet de sa carrière, sa série marchait bien et si elle se relâchait maintenant, elle risquait de tout perdre. En vérité, elle aimait la vie qu'elle menait, trépidante et frénétique. Elle aimait sa maison, son métier et ses amis… quand elle avait le temps de les voir, c'est-à-dire presque jamais. Elle aimait vivre à Los Angeles autant qu'Annie à Florence et Sabrina à New York. Candy était la seule à ne pas se soucier de l'endroit où elle habitait, du moment qu'elle descendait dans un hôtel cinq étoiles. Qu'elle soit à Paris, Milan, Tokyo ou dans son duplex de New York, elle s'estimait parfaitement heureuse. Tammy avait toujours dit que Candy était une nomade dans l'âme. Les autres étaient bien plus attachées à leur ville et au nid qu'elles s'y étaient créé.

Bien que Candy n'ait que huit ans de moins qu'elle, Tammy la considérait comme un bébé. Elles menaient des existences extrêmement différentes. Celle de Candy reposait sur sa beauté, même si elle ne s'en vantait jamais. Le métier de Tammy, lui, reposait sur la beauté des autres et sur son intelligence. Elle était très séduisante, mais n'y attachait pas d'importance. C'était sans doute l'une des raisons pour lesquelles elle était célibataire depuis plus de deux ans. Elle n'avait pas une minute à accorder aux hommes et appréciait rarement ceux qui croisaient son chemin. Ceux qu'elle rencontrait dans le show-business étaient dépourvus de tout intérêt. La plupart d'entre eux étaient bizarres, égocentriques et imbus d'eux-mêmes, et elle avait souvent le sentiment qu'ils la trouvaient trop âgée pour eux. Ils préféraient sortir avec des actrices. Ceux qui l'invitaient étaient généralement mariés et cherchaient plus à tromper leur femme qu'à s'engager sérieusement avec une célibataire. Elle ne supportait pas leurs boniments, leurs mensonges, leur narcissisme et n'avait aucune envie de devenir leur maîtresse. Quant aux acteurs qu'elle rencontrait, elle les trouvait dans l'ensemble assez dérangés. Au début de sa carrière, elle avait eu beaucoup d'aventures, toutes plus décevantes les unes que les autres. Désormais, lorsqu'elle quittait son bureau, elle préférait rentrer chez elle avec Juanita et décompresser après sa journée de folie. Elle n'avait aucune envie de se retrouver au restaurant avec un type qui lui expliquerait que son mariage était désastreux, sa future ex-femme folle à lier et son divorce imminent. Quant aux célibataires sains d'esprit, ils étaient rares. De toute façon, elle n'était pas pressée de se marier. Sa carrière la préoccupait davantage. Sa mère lui rappelait chaque année que le temps passait vite et qu'un jour il serait trop tard. Tammy accordait peu d'importance à ses mises en garde. Pour l'instant, elle se réjouissait de son ascension rapide. Elle n'avait peut-être pas de vie sociale ou de petit ami, mais tout allait bien pour elle.

À 13 heures, elle empoigna Juanita et la fourra dans son sac, puis elle prit une pile de dossiers et son ordinateur, qu'elle casa dans sa mallette. Son assistante avait déjà descendu sa valise dans le coffre de la voiture. Tammy n'emportait pas grand-chose pour le week-end : des jeans, des tee-shirts, une jupe en coton blanc pour la réception de ses parents et deux paires d'espadrilles compensées de chez Louboutin. Plusieurs bracelets cliquetaient à ses poignets. Malgré la simplicité de sa mise, elle semblait comme toujours à la fois chic et décontractée. Depuis son observatoire, Juanita regardait autour d'elle avec intérêt. La petite chienne frissonna quand sa maîtresse quitta son bureau en adressant un dernier salut à son assistante, avant de s'engouffrer dans l'ascenseur. Deux minutes plus tard, la voiture les emmenait à l'aéroport. Tammy voulut passer quelques coups de fil depuis son portable mais elle fut déçue de constater que ses correspondants avaient déjà quitté leur bureau pour profiter du week-end. Il ne lui restait plus qu'à poser sa tête sur la banquette et à se détendre. Comme elle comptait travailler dans l'avion, elle espérait ne pas être assise à côté d'un bavard.

Sa mère lui rappelait souvent qu'elle pouvait très bien rencontrer l'homme de sa vie dans un avion. Tammy sourit à cette pensée. Elle n'attendait pas le prince charmant. M. Tout-le-monde ferait tout aussi bien l'affaire, mais elle n'avait pas beaucoup d'illusions à ce sujet. Pour l'instant, elle souhaitait seulement produire la nouvelle saison de sa série et maintenir son audience au même niveau. C'était déjà assez compliqué, surtout quand votre vedette tombait enceinte. Elle ne savait pas encore comment elle allait résoudre ce problème. Elle trouverait bien un moyen… Elle n'avait pas le choix.

À l'aéroport, l'hôtesse du service d'accueil VIP qui s'occupa de ses bagages la reconnut immédiatement et s'extasia sur Juanita.

— Tu entends ça, ma chérie ? dit Tammy en se penchant pour embrasser la petite chienne. On te trouve mignonne, et c'est vrai que tu l'es !

En guise de réponse, Juanita frissonna. Tammy lui mettrait son petit manteau dans l'avion. Elle-même se plaignait toujours de la fraîcheur qui régnait en première classe et emportait avec elle une veste de laine. Elle grelottait pendant les vols, sans doute parce qu'elle sautait trop souvent les repas et manquait de sommeil. Elle ferait la grasse matinée chez ses parents. Chaque fois qu'elle leur rendait visite, il lui semblait retomber en enfance. C'était le seul endroit au monde où elle se sentait aimée, chouchoutée, et où elle n'avait à se soucier de personne d'autre que d'elle-même. Sa mère adorait dorloter ses filles, même à leur âge. En décembre, Tammy et ses sœurs organiseraient une grande réception pour fêter le trente-cinquième anniversaire de mariage de leurs parents. Deux de ses sœurs voulaient que cela se passe dans le Connecticut, alors que Tammy souhaitait louer un salon dans un grand hôtel de New York.

L'hôtesse la quitta devant la porte d'embarquement. Tammy prit Juanita dans ses bras avant de passer au détecteur. Dès qu'elle eut franchi le portique, elle la remit dans le sac. Une fois dans l'avion, elle constata avec soulagement qu'elle n'avait pas de voisin. Posant la mallette sur le siège à côté d'elle, elle en sortit son travail, puis elle enfila son manteau à Juanita, car il régnait un froid glacial dans la cabine. Elle mit ensuite sa propre veste et se plongea dans ses dossiers, bien avant le décollage. Elle refusa la coupe de champagne qu'on lui offrait, parce qu'elle ne voulait pas somnoler pendant le trajet, puis elle prit sa bouteille d'eau et en donna un peu à la chienne. Lorsqu'elle releva les yeux, l'avion avait accompli la moitié du parcours. Se carrant dans son fauteuil, elle appuya sa tête au dossier et ferma les yeux. Elle dormit pendant tout le reste du trajet. Elle ne s'était pas interrompue pour déjeuner, pas plus qu'elle n'avait regardé le film proposé. La semaine avait été trépidante, mais maintenant qu'elle avait quitté le bureau, elle commençait à se détendre.

Elle voulait être en pleine forme lorsqu'elle retrouverait ses sœurs. Elles avaient toujours du temps à rattraper et beaucoup de choses à se dire. Mais, pardessus tout, Tammy avait hâte de serrer sa mère dans ses bras et de l'embrasser.

4

Sabrina quitta son bureau à 18 heures. Elle aurait voulu partir plus tôt, mais elle avait dû revoir des documents avant de les signer. Elle serait absente lundi et il fallait, lorsqu'elle reviendrait le mardi, que sa secrétaire ait déjà déposé certains dossiers au tribunal. Sabrina n'aimait pas s'en aller en laissant du travail en suspens. Elle était avocate dans l'un des cabinets les plus prisés de New York. La plupart du temps, elle s'occupait des contrats de mariage, des divorces et des conflits concernant la garde des enfants. En huit ans de carrière, elle en avait vu suffisamment pour décider qu'elle ne se marierait jamais. Pourtant, elle était très amoureuse de Chris, avocat dans un autre cabinet. Il s'était spécialisé dans les lois antitrust et s'occupait des recours collectifs en justice. Il était solide, gentil, tendre, et leur liaison durait depuis trois ans.

Sabrina avait trente-quatre ans. Chris et elle ne vivaient pas ensemble, mais ils passaient la nuit chez l'un ou l'autre, trois ou quatre fois par semaine. Les parents de Sabrina ne lui demandaient plus quand ils se marieraient. En réalité, cet arrangement leur convenait parfaitement à tous les deux. Sabrina savait qu'elle pouvait compter sur Chris. Ils aimaient le théâtre, les concerts, la danse classique, le vélo, la marche et le tennis, tout comme ils adoraient passer le week-end ensemble. Plusieurs de leurs amis s'étaient mariés et en étaient même à leur deuxième enfant. Pour l'instant, Sabrina se sentait incapable de les imiter. Chris et elle étaient passés au rang d'associés dans leurs cabinets respectifs. À presque trente-sept ans, Chris émettait parfois le désir d'avoir des enfants. Sabrina y pensait aussi… mais pas pour tout de suite. Elle était pourtant l'une des dernières à ne pas encore être mère, parmi le cercle de ses amies. Elle trouvait que ce qu'elle vivait avec Chris était bien plus enviable que le mariage et le risque de divorce. Elle avait vu trop de ses clientes souffrir, haïr l'homme qu'elles avaient épousé et regretter amèrement le tour qu'avait pris leur vie. Elle aimait Chris et ne voulait rien changer à son mode de vie actuel.

Il était invité à la réception de ses parents dans le Connecticut, le lendemain, et passerait la nuit là-bas. Il savait l'importance qu'elle attachait à ces week-ends en famille et appréciait ses parents et ses sœurs. Il aimait tout en elle, sauf peut-être son aversion pour le mariage. Elle avait pourtant l'image de ses parents, qui étaient visiblement très heureux, mais il comprenait que son métier l'en ait dégoûtée. Au début de leur liaison, il pensait qu'ils se marieraient dans les deux ans, mais maintenant ils étaient installés dans une agréable routine. Ils habitaient très près l'un de l'autre, si bien que les allers-retours ne les gênaient pas. Il avait la clef de son appartement, tout comme elle possédait la sienne. Lorsqu'elle rentrait tard, elle téléphonait à Chris, qui passait sortir sa chienne. Beulah était un basset hound qui remplaçait dans le cœur de Sabrina l'enfant qu'elle n'avait pas. Il la lui avait offerte trois ans plus tôt à Noël et elle l'adorait. C'était un basset blanc et noir à l'air triste comme tous ceux de son espèce et au caractère difficile. Quand Beulah estimait qu'on ne lui accordait pas suffisamment d'attention, elle sombrait dans une profonde apathie dont on ne l'arrachait qu'après l'avoir cajolée pendant plusieurs jours. Bien qu'elle pèse trente kilos, elle dormait au pied du lit. Chris ne regrettait pourtant pas son cadeau, qui avait fait le bonheur de Sabrina et qui lui valait encore toute sa gratitude.

En sortant du bureau, Sabrina rentra chez elle. Elle trouva Beulah dans le séjour, assise sur son fauteuil préféré, près de la cheminée. À son air offensé, Sabrina comprit que la chienne lui reprochait son retard.

— Ne sois pas aussi grincheuse, lui dit-elle. J'ai été obligée de terminer mon travail. De toute façon, je ne peux pas te donner à manger avant de partir, sinon tu seras malade.

Beulah détestait les longs trajets en voiture. Sabrina savait qu'il lui faudrait au moins deux heures pour aller dans le Connecticut, et même plus s'il y avait des bouchons à cause des départs en week-end. Et Beulah n'aimait pas sauter un repas. Son surpoids était dû au manque d'exercice. Le samedi et le dimanche, Chris l'emmenait souvent courir dans le parc, mais ces derniers temps ils étaient tous les deux surchargés de travail. Il s'occupait d'une affaire particulièrement importante et Sabrina traitait six divorces en même temps. Elle était très demandée, car elle avait acquis une excellente réputation parmi la bourgeoisie new-yorkaise.

Sabrina donna un biscuit pour chiens à Beulah, qui détourna le museau avec dédain. C'était sa façon de punir sa maîtresse, qui se contenta d'en sourire. Plus patient qu'elle, Chris savait arracher la chienne à son humeur maussade. Mais la jeune femme avait hâte de prendre la route. Elle avait fait sa valise la veille, si bien qu'il ne lui restait plus qu'à se changer et à ôter son tailleur gris, son chemisier en soie, son collier de perles et ses escarpins. Elle enfila un jean, un tee-shirt et des sandales. Sachant qu'elle n'arriverait pas avant 22 heures, elle était pressée de partir. Ses sœurs Candy et Annie seraient déjà à la maison. En revanche, Tammy ne se montrerait pas avant 2 heures du matin. Son avion devait atterrir à 23 h 30 à l'aéroport John Fitzgerald Kennedy, après quoi elle devrait elle aussi prendre la route. Sabrina avait hâte de retrouver ses sœurs, qu'elle ne voyait pas assez à son goût. Deux ans auparavant, Chris et elle avaient rendu visite à Tammy en Californie. Après s'être mutuellement promis de recommencer, elles n'avaient jamais pris le temps de le faire. Bien que Tammy débordée de travail, elles avaient passé un excellent week-end. Les deux aînées étaient aussi accros l'une que l'autre à leur métier. Chris les accusait d'ailleurs d'en faire trop. Lui quittait son bureau à des heures raisonnables et refusait d'emporter ses dossiers à la maison, alors que Sabrina avait toujours sa mallette bourrée à craquer à portée de la main, avec des documents à lire ou une affaire à préparer. Chris prenait la vie du bon côté ; c'était d'ailleurs la raison pour laquelle ils étaient parfaitement complémentaires. Il l'aidait à se détendre, tandis qu'elle le cadrait et l'empêchait de céder à sa tendance naturelle à remettre les choses au lendemain. Et, même si elle le houspillait, il restait de bonne humeur.

Elle aurait voulu que Tammy rencontre quelqu'un comme lui, mais Chris était unique. Depuis dix ans, aucun des hommes avec qui Tammy était sortie n'avait plu à Sabrina. Elle n'attirait que des types égocentriques et compliqués, alors que Chris était comme son père, décontracté, gentil, facile à vivre et tendre. Il était impossible de ne pas l'aimer et tout le monde l'appréciait. Physiquement, il ressemblait même un peu à leur père, au point que ses sœurs s'étaient moquées d'elle lorsqu'elles avaient fait sa connaissance. La seule ombre au tableau était qu'elle n'avait pas envie de l'épouser. Elle craignait trop que cela ne gâche tout, comme elle le constatait si souvent. Combien de couples ne lui avaient-ils pas dit qu'ils avaient vécu heureux jusqu'à ce qu'ils se marient ? À ce moment-là, l'un des deux, et parfois les deux, s'était transformé en monstre. Elle n'imaginait pas que cela puisse leur arriver, à Chris et à elle, mais elle préférait ne pas tenter le sort.

Quand Sabrina posa sa valise près de la porte, Beulah la fixa d'un air malheureux, s'imaginant déjà qu'on allait l'abandonner.

— Ne me regarde pas comme ça, idiote. Je t'emmène avec moi.

Tout en parlant, elle avait pris la laisse. Aussitôt, Beulah sauta de sa chaise et agita la queue avec enthousiasme.

— Tu vois ? La situation n'est pas aussi désespérée que tu l'imaginais, lui dit Sabrina.

Elle se baissa pour attacher la laisse, puis elle éteignit les lumières, prit sa valise et sortit de l'appartement avec Beulah.

Sa voiture se trouvait dans un parking voisin et elle ne l'utilisait que lorsqu'elle quittait la ville. Quelques minutes plus tard, elle déposa ses affaires dans le coffre. Beulah s'installa majestueusement à l'avant, sur le siège passager, et regarda dehors avec intérêt. Par bonheur, les parents de Sabrina supportaient bien les chiens de leurs filles. Lorsqu'elles étaient petites, ils avaient eu des cockers anglais, mais n'en avaient plus depuis longtemps.

Sabrina était persuadée que l'une de ses deux plus jeunes sœurs se marierait la première, et imaginait que ce serait Annie. Candy était trop jeune et ne rencontrait que des hommes attirés par sa beauté et sa célébrité. En sortant du parking, Sabrina se demanda à quoi ressemblait le petit ami d'Annie. Elle semblait drôlement amoureuse, affirmant même qu'il était fantastique. Mais peut-être pas au point de vouloir se marier. Annie lui avait dit qu'il devait rentrer aux États-Unis à la fin de l'année. C'était sans doute la seule chose qui pourrait lui faire quitter Florence. Elle s'était prise d'un amour inconditionnel pour cette ville et cela ennuyait Sabrina. Que se passerait-il, si sa sœur restait en Europe ? Ce serait encore plus difficile de lui rendre visite que d'aller voir Tammy à Los Angeles. Elles s'étaient toutes éparpillées et elle détestait cela. Ses sœurs lui manquaient vraiment. Elle voyait Candy de temps à autre, quand elles disposaient toutes les deux d'un peu de temps. Sabrina s'arrangeait pour déjeuner, dîner ou prendre un café avec elle, mais elle voyait rarement les deux autres. Parfois, il lui semblait qu'elle en souffrait plus que ses sœurs. Son sens de la famille était extrêmement développé et le lien qui l'unissait à ses sœurs très fort, plus fort même que ce qu'elle ressentait pour Chris.

Elle appela ce dernier dès qu'elle fut sur l'autoroute. Il lui confia être épuisé mais ravi d'avoir gagné la partie de squash qu'il venait de disputer avec un ami.

— À quelle heure arrives-tu, demain ? lui demanda-t-elle.

Il lui manquait déjà. Il lui manquait toujours, dès qu'ils ne passaient pas la nuit ensemble, mais cela leur permettait de se retrouver avec plus de bonheur.

— J'arriverai dans l'après-midi, avant que la fête commence. J'ai pensé que tu préférerais être un peu seule avec tes sœurs. Je vous connais, vous, les filles. Vous allez parler chaussures, coiffure, petits amis, chiffons, travail. Vous avez tellement à vous raconter !

Il plaisantait, mais il n'était pas loin de la réalité. Chaque fois qu'elles se retrouvaient, elles étaient aussi excitées que des adolescentes. Elles bavardaient et riaient jusque tard dans la nuit. La seule chose qui avait changé, c'était qu'elles fumaient, buvaient et se montraient nettement plus tolérantes à l'égard de leurs parents qu'elles ne l'avaient été dans leur enfance. Aujourd'hui, elles avaient conscience de leur chance et elles comprenaient à quel point ils étaient fantastiques.

Adolescentes, Tammy et elle avaient fait vivre de durs moments à leur mère. Candy et Annie avaient été plus faciles, jouissant d'ailleurs d'une liberté que leurs aînées avaient gagnée de haute lutte. Sabrina répétait souvent qu'elles avaient eu leur mère à l'usure, tout en reconnaissant que celle-ci s'était parfois montrée intraitable. Sabrina devinait qu'il ne devait pas être facile d'élever quatre filles. Leurs parents avaient fait du beau travail, même si leur père laissait souvent à son épouse le soin de prendre les décisions difficiles, ce qui mettait Sabrina hors d'elle. Elle avait souvent recherché son soutien, mais à chaque fois il l'abandonnait et se rangeait à l'avis de sa femme. Il avait horreur des conflits. Sa mère avait son franc-parler et se souciait moins que lui d'être impopulaire auprès des filles. Sabrina la trouvait très courageuse et la respectait profondément. Si un jour elle avait des enfants, elle espérait être une bonne mère, elle aussi... mais c'était encore une décision qu'elle remettait à plus tard, comme celle de se marier. À trente-quatre ans, elle n'avait reçu aucun signal de son horloge biologique et n'était donc pas pressée.

En revanche, Tammy commençait à avoir peur de ne jamais avoir d'enfants si elle ne rencontrait pas l'homme de sa vie. À Noël, elle avait prétendu que, s'il le fallait, elle se rendrait dans une banque du sperme. Elle ne voulait pas laisser passer sa chance d'avoir un bébé uniquement parce qu'elle ne trouvait pas de mari. Ses sœurs l'avaient suppliée de ne pas céder à la panique, sinon elle tomberait une fois encore sur le mauvais numéro. Tous les hommes que Tammy avait présentés à Sabrina étaient nuls.

Par bonheur, Chris ne leur ressemblait absolument pas, elles étaient toutes d'accord à ce sujet. Elles trouvaient même que Sabrina était folle de refuser de l'épouser. Mais pour l'instant, elle ne voulait ni d'un mari ni d'un bébé et souhaitait seulement profiter de la vie qu'elle menait avec Chris, sans rien y changer.

— Qu'est-ce que tu fais, ce soir ? lui demanda-t-elle au téléphone.

Elle était bloquée dans un embouteillage. À ce rythme, elle allait mettre une éternité pour arriver, mais elle était contente de pouvoir bavarder avec lui. C'était toujours agréable. Ils ne se disputaient presque jamais et si par hasard cela arrivait, c'était vite oublié. En cela aussi, il ressemblait à son père. Ce dernier détestait les disputes, surtout celles qui l'opposaient à sa femme ou à ses filles. C'était l'homme le plus facile à vivre du monde et Chris était comme lui.

— Je crois que je vais regarder le match à la télé et aller me coucher, dit-il. Je suis crevé.

Elle savait à quel point il travaillait dur sur cette affaire concernant une société pétrolière, et le procès risquait de durer des années.

— Comment va Beulah ? demanda-t-il.

Jetant un coup d'œil à sa passagère, Sabrina sourit.

— Elle s'est endormie. Elle était fâchée contre moi, quand je suis rentrée, car j'étais en retard. Tu es bien plus tolérant qu'elle.

— Elle te pardonnera, quand elle pourra gambader dans l'herbe et chasser les lapins.

Beulah adorait chasser. C'était pourtant un chien de ville.

— Demain, je lui ferai faire un peu d'exercice.

— Elle en a besoin. Elle est en train de devenir obèse.

À cet instant, Beulah se réveilla en sursaut, car la voiture venait de repartir brusquement. Elle posa sur sa maîtresse des yeux furibonds, comme si elle avait entendu ce qu'elle avait dit et s'estimait offensée.

— Excuse-moi, Beulie, je ne voulais pas te vexer.

La chienne se coucha en rond sur la banquette, émit un grognement et se rendormit. Sabrina l'aimait vraiment et adorait sa compagnie.

— J'espère que Juanita ne l'attaquera pas, dit-elle à Chris. La dernière fois, elle avait vraiment terrorisé Beulah.

— C'est étrange que Beulah se laisse impressionner par une bestiole d'un kilo et demi, non ?

— Juanita agresse tous les chiens, parce qu'elle se prend pour un danois.

— J'ai mangé des tacos plus gros qu'elle. Elle est ridicule et elle ressemble à une chauve-souris.

Chris sourit en pensant aux chiennes de la famille, plus risibles les unes que les autres. Celle de Candy était une petite princesse toujours affublée de rubans qu'elle n'avait de cesse d'arracher. C'était aussi un minuscule chien d'attaque.

— Ne dis pas cela, s'inquiéta Sabrina. Tammy la trouve ravissante.

— L'amour est aveugle, même vis-à-vis des chiens. Au moins, ta sœur Annie est saine d'esprit.

— Elle a toujours détesté les animaux, elle les considère comme une source d'ennuis. Une fois, elle a tondu le cocker anglais de maman. Elle a prétendu qu'il avait trop chaud avec sa fourrure en plein été. La pauvre bête était pathétique.

Chris et Sabrina rirent de bon cœur. Comme les voitures redémarraient, Sabrina jugea plus prudent de raccrocher. Mais, auparavant, Chris lui répéta qu'il l'aimait.

Tout en roulant, Sabrina pensait à lui. Elle avait eu de la chance en le rencontrant, car les hommes comme lui étaient rares. Elle en avait bien conscience et se sentait pleine de reconnaissance envers la providence qui leur accordait ce bonheur. D'année en année, c'était de mieux en mieux. C'est pourquoi d'ailleurs sa mère ne comprenait pas son aversion pour le mariage. Mais Sabrina était ainsi et Chris n'y était pour rien. Il n'aurait pas demandé mieux que de se marier, mais il respectait sa volonté et ne la harcelait pas à ce sujet. Il l'acceptait telle qu'elle était, avec ses phobies.

Le voyage jusqu'au Connecticut fut plus long que d'habitude, aussi Sabrina téléphona-t-elle à ses parents pour les prévenir de son retard. Sa mère lui apprit qu'Annie et Candy étaient arrivées et se reposaient au bord de la piscine.

— Elles sont toutes les deux en pleine forme, bien que Candy n'ait pas pris un gramme, précisa-t-elle. Enfin, du moment qu'elle n'a pas maigri ! Annie nous a parlé de son Charlie… Ça m'a l'air plutôt sérieux, entre eux.

Sabrina ne put s'empêcher de sourire.

— J'arrive le plus vite possible, maman. Je suis vraiment désolée d'être en retard.

— Je m'en doutais un peu, ma chérie. Ne t'inquiète pas pour cela. Je sais à quel point tu as du mal à quitter ton bureau. Comment va Chris ?

— Très bien. Il arrivera demain après-midi. Il a préféré nous laisser un peu seules entre filles. Il est toujours plein d'attentions.

— C'est vrai. Sois prudente, ma grande. Ne va pas trop vite. De toute façon, nous nous coucherons tard. Tammy n'arrivera pas avant 2 heures du matin. Elle a eu beaucoup de travail, elle aussi. Vous travaillez trop, toutes les deux, même si vous réussissez. Je ne crois pas que votre père et moi en ayons jamais autant fait.

Leur mère était fière de ses quatre filles, qui la comblaient toutes. Mais le plus important pour elle était de savoir qu'elles étaient heureuses et s'épanouissaient dans leur activité. Elle ne les avait jamais comparées, même lorsqu'elles étaient enfants. Chacune était unique, avec sa propre personnalité. C'était ce qui rendait leur relation avec elle si facile aujourd'hui. Elles adoraient leur mère. Elle était celle qui leur prodiguait une approbation et un amour inconditionnels. Elle était un peu comme leur meilleure amie, pourtant elle n'oubliait jamais qu'elle était leur mère et non une copine. Dans leur enfance, tous leurs amis aimaient venir chez elles ; ils avaient toujours été les bienvenus tant qu'ils se montraient polis et bien élevés. Leur mère n'avait jamais toléré l'alcool ou la drogue. À quelques exceptions près, leurs amis avaient accepté ces règles. Lorsqu'ils ne les avaient pas respectées, elle s'était montrée inflexible.

Sabrina s'engagea dans l'allée à 22 heures. Dès qu'elle eut coupé le moteur, elle fit sortir Beulah et gagna aussitôt la piscine, où elle savait trouver tout le monde. Ses sœurs étaient dans l'eau et discutaient avec leurs parents, confortablement installés dans des chaises longues. L'arrivée de Sabrina fut saluée par des cris de joie. Jaillissant hors de l'eau, Candy la serra dans ses bras. Sabrina fut instantanément trempée des pieds à la tête. Lorsqu'elle embrassa à son tour Annie, les trois sœurs éclatèrent d'un rire heureux.

— Cela valait la peine de venir de Florence rien que pour te voir ! déclara Annie. Tu m'as l'air en pleine forme.

Récemment, Sabrina s'était fait couper les cheveux à la hauteur des épaules. Enfant, Annie avait l'habitude de dire que sa grande sœur ressemblait à Blanche-Neige, avec sa peau claire, sa chevelure d'un noir bleuté et ses grands yeux bleus, semblables à ceux de Candy. Leur père avait lui aussi les yeux bleus. Tammy et Annie avaient hérité de leur mère leurs prunelles vertes. Et leur mère avait les cheveux aussi roux que ceux de Tammy, mais raides. Maintenant, elle les portait courts. Tammy était la seule de la famille à posséder une magnifique tignasse bouclée. Autrefois, elle s'était efforcée de la discipliner et de la lisser, mais aujourd'hui elle laissait ses boucles tomber souplement sur ses épaules. Sabrina lui avait toujours envié ses cheveux, parce que les siens étaient noirs et raides. Comme ses sœurs, mais de manière tout à fait différente, Sabrina était ravissante, avec ses longues jambes et son corps svelte. Elle était grande, quoique moins que Candy. Tammy était petite, comme leur mère. Quant à Annie, elle était de taille moyenne, mais exceptionnellement jolie, elle aussi.

Pour profiter de tous, Sabrina s'assit au bord de la piscine, les pieds dans l'eau et un verre de citronnade à la main. Leur mère semblait aux anges, trois de ses filles étaient à la maison et la quatrième était sur le point d'arriver. Quand toute la famille était réunie, elle était comblée. Elle regarda tendrement son mari, qui lui sourit en retour, sachant combien c'était important pour elle. Il se pencha pour l'embrasser : après trente-cinq ans de mariage, ils étaient toujours aussi amoureux.

Ils avaient eu des différends, au cours des années, mais cela n'avait jamais été très grave. Leur union avait été solide, dès le premier jour de leur mariage. Sabrina se demandait parfois si elle hésitait à se marier justement à cause de cela. Si elle ne pouvait connaître le même bonheur que ses parents, elle préférait ne rien tenter du tout. Chris paraissait le mari idéal, mais serait-elle une aussi bonne épouse que sa mère ? Elle en doutait fortement. À ses yeux, Jane incarnait l'épouse et la mère parfaites. Celle-ci en avait été la première étonnée quand Sabrina le lui avait dit. Elle avait répondu à sa fille que, comme tout le monde, elle avait ses défauts et ses faiblesses. Selon elle, si leur union était aussi heureuse, c'était grâce à Jim, qui était un merveilleux compagnon. Au début, le mariage l'avait effrayée, elle aussi. Mais, avec le recul, elle était certaine que le risque en valait la peine.

— Où en es-tu avec Charlie ? demanda Sabrina à Annie. C'est sérieux, entre vous ? Vous êtes fiancés ?

— Tu plaisantes ! répliqua Annie d'un ton léger. Pas encore, en tout cas. Il est vraiment formidable, mais on ne se fréquente que depuis six mois. Je n'ai que vingt-six ans et je ne suis pas prête à faire le grand saut. Toi d'abord. À ce propos, comment va Chris ?

— Il est en pleine forme.

À cet instant, l'attention des deux jeunes femmes fut attirée par Zoé, le yorkshire de Candy, qui aboyait furieusement contre le basset. L'air terrifiée, Beulah se réfugia dans un buisson, chassée par la petite chienne dont les poils soyeux étaient retenus sur le haut du crâne par un nœud rose.

— Ma chienne est une vraie poule mouillée, constata Sabrina en riant. Je crois qu'elle manque de confiance en elle ou quelque chose comme ça. C'est une grande névrosée et, en plus, je crois qu'elle est déprimée.

— Attends que Juanita s'en prenne à elle ! répliqua Candy. Elle fait peur à ma chienne.

— Comment était Paris, dis-moi ?

— Fantastique, comme d'habitude. Tout le monde est parti à Saint-Tropez, mais je préfère de beaucoup être ici.

— Moi aussi, renchérit Annie avec un sourire radieux.

— Nous sommes toutes du même avis, conclut Sabrina en se tournant vers leurs parents.

Il régnait dans la maison familiale une atmosphère idyllique et paisible qui leur rappelait leur enfance. Elles avaient le sentiment d'être en sécurité, aimées et protégées comme autrefois. Sabrina s'y sentait toujours heureuse.

Elles restèrent dehors à bavarder encore une heure, puis leur père alla se coucher. Leur mère préférait attendre Tammy pour l'accueillir. Sabrina alla mettre son maillot de bain et rejoignit ses sœurs dans la piscine. La nuit était douce et embaumait, les lucioles dansaient, l'eau était tiède. Vers une heure du matin, elles rentrèrent dans la maison et enfilèrent leurs chemises de nuit. Leur mère posa des sandwiches, des gâteaux et de la citronnade sur la table de la cuisine.

— Si j'habitais ici, je grossirais et je ne pourrais plus travailler, commenta Candy en croquant un petit gâteau qu'elle reposa aussitôt.

— Je ne crois pas que cela t'arrivera un jour, répondit Annie.

Comme les autres, la trop grande minceur de Candy l'inquiétait.

Elles bavardaient encore dans la cuisine quand la limousine de Tammy s'engagea dans l'allée. Elles entendirent la portière de la voiture claquer. Un instant plus tard, leur sœur fit irruption dans la pièce et elles furent toutes dans les bras les unes des autres, riant et parlant à la fois, pendant que Juanita aboyait furieusement. À peine Tammy l'eut-elle déposée par terre qu'elle arracha le ruban de Zoé et contraignit Beulah à se cacher sous une chaise. Elle était certainement la chienne la plus agressive du lot. Sa maîtresse la prit dans ses bras pour la gronder, mais dès qu'elle fut de nouveau sur le sol, elle se mit à poursuivre les deux autres chiennes.

— Son cas est désespéré, s'excusa Tammy.

Elle s'approcha alors de sa mère et l'embrassa. Quelques minutes plus tard, Jane se leva pour aller se coucher. Toutes ses filles étaient là, elle pouvait les laisser. Elle savait qu'elles allaient passer des heures à rattraper le temps perdu, à échanger des secrets et à se raconter leurs vies. Il était temps pour elle de se retirer.

— À demain matin, leur dit-elle en bâillant.

Elle quitta la cuisine, heureuse de leur présence.

Leur venue était pour elle un moment important de l'année.

— Dors bien, maman, et à demain, lui dirent-elles en l'embrassant, comme elles le faisaient petites.

Après son départ, elles débouchèrent une bouteille de vin et bavardèrent jusqu'à 4 heures du matin, puis elles montèrent se coucher. Il leur semblait bizarre de dormir dans leurs anciens lits. Cela réveillait de nombreux souvenirs d'enfance tout en leur donnant l'impression de remonter le temps. Elles trouvaient toutes que leur mère semblait en forme. Elles se promirent de discuter le lendemain de la réception d'anniversaire. Elles avaient tant à se dire et tant à partager ! Toutes les tensions qui avaient pu exister autrefois entre elles avaient disparu ; elles étaient devenues adultes. Candy était la seule qui avait conservé un côté petite fille, mais elle était encore très jeune. Elle était pourtant depuis longtemps dans la vie active. Elle avait très vite gagné beaucoup d'argent et connu le succès, si bien qu'elle pouvait parfois paraître plus mûre qu'elle ne l'était réellement. Sabrina et Tammy s'inquiétaient à son sujet, car, dans son métier, Candy était exposée à toutes sortes de dangers et elles espéraient qu'elle saurait se protéger. Son alimentation constituait à elle seule une source de préoccupation.

Elles s'embrassèrent en se souhaitant bonne nuit et gagnèrent leurs chambres. Quelques minutes plus tard, Sabrina rejoignit Tammy dans la sienne pour lui redire combien elle était contente de la voir. Vêtue d'une chemise de nuit rose, le visage auréolé de ses boucles rousses, Tammy était assise sur son lit.

— Je regrette que tu vives aussi loin, lui dit tristement Sabrina.

— Moi aussi. Vous me manquez toutes beaucoup, j'en ai vraiment conscience chaque fois que nous nous retrouvons. Mais il n'y a pas de travail intéressant pour moi, ici. Toutes les grandes émissions sont conçues à Los Angeles.

— Je le sais bien. C'est pareil pour moi, je voudrais aller te voir plus souvent, mais je suis coincée.

— Nous le sommes toutes. Le temps passe trop vite ! Je déteste attendre six mois avant de pouvoir vous revoir. Quelquefois, j'aimerais que nous vivions toutes ici, avec papa et maman, et que nous n'ayons pas grandi.

— Oui, moi aussi, reconnut Sabrina en embrassant sa sœur. Je suis contente que nous puissions encore nous retrouver à la maison. C'est déjà ça ! On devrait organiser un voyage pour aller voir Annie à Florence. Ce serait amusant. Les parents pourraient peut-être venir avec nous.

— Je suis sûre que maman nous suivrait, mais papa, je ne sais pas. Il s'imagine toujours qu'ils ne survivraient pas sans lui, au bureau, affirma Tammy en riant. On devrait vraiment essayer de passer plus de temps ensemble, tant qu'aucune d'entre nous n'est mariée et que nous n'avons pas d'enfants. Plus tard, ce sera encore plus difficile. Nous devrions organiser quelque chose pendant qu'il est encore temps.

— Tu as raison, dit gravement Sabrina.

À cet instant, Juanita sortit la tête de dessous la couverture et gronda. Sabrina sursauta, surprise par l'attitude menaçante d'une chienne à peine plus grosse qu'un hamster. Par bonheur, le basset était profondément endormi dans sa chambre.

— On devrait fixer une date pour ce voyage, suggéra-t-elle. Je peux prendre une semaine de congé, à condition de la prévoir longtemps à l'avance.

— Moi aussi, dit Tammy.

Elle le souhaitait, mais elle ignorait si elle pourrait facilement s'absenter. Pendant le tournage d'une saison, le rythme était effréné.

— On en discutera demain, conclut Sabrina en quittant la pièce.

Elle était tellement heureuse d'être avec ses sœurs ! Elles l'étaient toutes.

Depuis sa chambre, leur mère les entendait marcher, aller chez l'une ou chez l'autre. Elle sourit en se tournant vers Jim. Cela lui rappelait le bon vieux temps, lorsque, le soir, elle était rassurée de les savoir toutes à la maison. Elle était heureuse d'entendre les bruits familiers et réconfortants qui trahissaient leur présence. Elle s'endormit en se disant qu'elle avait bien de la chance de les avoir et qu'elles seraient réunies pendant trois jours. Elles étaient le plus beau cadeau que la vie lui avait fait.

5

Quand les filles se levèrent, le lendemain, leur mère les attendait dans la cuisine, prête à leur préparer le petit déjeuner. Debout depuis longtemps, leur père lisait le journal près de la piscine. Il préférait les laisser seules avec leur mère, et conserver un peu de tranquillité. Il savait ce qui l'attendait, avec cinq femmes tourbillonnant autour de lui.

Sabrina avait toujours été une lève-tôt, elle fut donc la première à descendre. En entrant dans la cuisine, elle proposa à sa mère de l'aider à préparer le petit déjeuner. Mais Jane était si heureuse de les avoir toutes à la maison, même pour peu de temps, qu'elle tenait à tout faire elle-même. Elle avait fait du café et Sabrina s'en servit une tasse avant de s'asseoir pour bavarder avec elle. Elle avait à peine bu deux gorgées que Tammy arriva, Annie sur les talons. Candy était toujours la dernière à les rejoindre… Certaines choses ne changeaient pas, en dépit des années qui passaient. La benjamine dormait toujours profondément, tandis que sa petite chienne jouait dans la cuisine avec Juanita. Sabrina avait mis Beulah dehors.

— Bonjour, les filles ! dit gaiement Jane.

Elle portait un short blanc, un haut rose et des sandales à talons. Sabrina ne put s'empêcher de remarquer qu'elle avait toujours des jambes sublimes. Les trois aînées en avaient hérité. Quant à celles de Candy, qui tenait les siennes de leur père, elles étaient interminables.

— Qu'est-ce que je vous prépare ?

Elles commencèrent toutes par répondre qu'elles ne mangeaient rien le matin, qu'elles n'avaient pas faim et qu'un peu de café leur suffirait. En raison du décalage horaire, c'était l'heure du dîner pour Annie, qui mourait de faim, sans vouloir l'avouer. Elle prit une orange sur le comptoir et commença à l'éplucher pendant que sa mère remplissait deux tasses de café pour elle et Tammy. Cette dernière avait l'impression de n'en être qu'à la moitié de sa nuit, tout en étant parfaitement éveillée. Elles l'étaient toutes les trois, d'ailleurs. Malgré l'heure tardive à laquelle elles s'étaient couchées, elles se sentaient pleines d'énergie. Jane leur proposa des œufs brouillés et posa une assiette de muffins sur la table, avec du beurre et de la confiture. Les trois jeunes femmes se servirent tout en bavardant. Sabrina proposa que l'une d'entre elles aille réveiller Candy, pour qu'elle ne se lève pas au milieu de l'après-midi. Annie s'en chargea. Dix minutes plus tard, elles descendaient ensemble. Leur mère avait préparé les œufs brouillés et fait frire le bacon. Elles déclarèrent en chœur qu'elles n'avaient pas faim, mais dès que les œufs furent prêts, elles se servirent largement. Sabrina constata avec satisfaction que Candy en prenait, ainsi qu'un demi-muffin et une tranche de bacon. C'était certainement le petit déjeuner le plus copieux qu'elle s'offrait depuis plusieurs années.

Jane prit place au milieu de ses filles, une assiette d'œufs brouillés devant elle.

— Qu'est-ce que vous allez faire, ce matin ? demanda-t-elle avec intérêt.

Tous les magasins étaient fermés en ce jour férié, mais elle pensait qu'elles rendraient peut-être visite à leurs amis qui vivaient encore dans le quartier.

— J'ai juste envie de profiter de vous toutes, dit Annie, exprimant le sentiment général. Et de papa aussi, s'il n'a pas l'impression d'être envahi.

Elles savaient qu'il était content de les savoir à la maison, mais il avait besoin de son indépendance. Dans leur enfance, il jouait souvent au golf ou au tennis avec des amis et elles savaient qu'il en était toujours ainsi.

À cinquante-neuf ans, il avait l'allure d'un jeune homme et se comportait comme tel. Ses cheveux étaient un peu plus gris, mais son pas était toujours aussi alerte. Quant à leur mère, elle était en pleine forme, à peine marquée par le temps. Elle aurait pu facilement mentir sur son âge et prétendre qu'elle avait dix ans de moins. Il était difficile de croire qu'elle pût avoir des enfants de leur âge. Elle n'avait presque pas de rides et prenait soin d'elle-même. Elle se rendait trois fois par semaine dans un club de gymnastique et suivait des cours de danse. Ses efforts étaient payants puisqu'elle avait une silhouette parfaite.

— Qu'est-ce qu'on doit faire pour la réception ? demanda Annie.

— Le traiteur arrivera à 16 heures et les invités à 19, répondit-elle. Il y aura des hot dogs, des hamburgers, du poulet rôti ainsi que des salades, des sushis, et tout un assortiment de glaces et de tartes. Mais j'ai oublié d'acheter des pickles et vous savez comment votre père réagit quand il n'en a pas ! En plus, je suis à court de mayonnaise. Comme le supermarché de l'autre côté de la nationale est ouvert aujourd'hui, j'y ferai un saut après le déjeuner.

Elle semblait désolée de les quitter, ne serait-ce qu'un court instant. Annie lui sourit gentiment.

— Je t'accompagnerai, maman. On n'aura qu'à partir après le petit déjeuner. Le trajet prend dix minutes à peine, je peux même y aller à ta place, si tu veux.

— On ira ensemble, décida Jane, qui avait commencé à débarrasser, aidée de Sabrina.

Lorsque les filles étaient là, elle était heureuse d'avoir un lave-vaisselle. Depuis que Jim et elle étaient seuls, il fallait plusieurs jours pour le remplir et en général elle le faisait tourner à moitié vide.

Il ne leur fallut que quelques minutes pour ranger la cuisine. Ensuite, Jane monta dans sa chambre pour prendre son sac et ses clefs de voiture. Puis elle redescendit rapidement et sortit avec Annie par la porte de derrière, pendant que les trois autres filles rejoignaient leur père près de la piscine.

Pendant le trajet, Annie parla à sa mère des cours qu'elle suivait à Florence et des méthodes qu'on lui apprenait pour mélanger elle-même ses couleurs, parfois même avec de l'œuf.

— Tu penses revenir un jour aux États-Unis ? lui demanda sa mère d'une voix qu'elle espérait naturelle.

Sachant combien elle souffrait de cet éloignement, Annie sourit.

— Un jour, peut-être, mais pas tout de suite, répondit-elle avec honnêteté. J'adore mes études et la vie que je mène là-bas. C'est génial pour un artiste.

— New York aussi. J'espère seulement que tu ne resteras pas toujours là-bas. Je déteste te savoir aussi loin.

— Tu exagères, maman. Si tu as besoin de moi, je peux être à la maison en un jour. Il me suffit de prendre l'avion.

— Il ne s'agit pas de cela. Ton père et moi nous en sortons très bien. Mais je souhaiterais vous voir plus de trois fois par an. Cela ne me suffit pas. Je ne voudrais pas paraître égoïste, mais je préférerais que vous habitiez à deux pas, ou encore à New York, comme Sabrina.

— Je sais, maman. Vous devriez venir me voir, toi et papa. Florence est une ville magnifique. Quand il le faudra, je sais que j'aurai du mal à la quitter.

Elle ne précisa pas que Charlie allait rentrer aux États-Unis et qu'elle-même y réfléchissait. Elle ne souhaitait pas que sa mère accorde trop d'importance à sa relation avec lui et ne voulait pas non plus lui donner de faux espoirs.

Elles se garèrent facilement au parking du supermarché et firent rapidement leurs courses. Il y avait peu de monde et les caisses étaient vides, si bien qu'elles regagnèrent la voiture en un temps record. Avec cette chaleur, elles avaient hâte de plonger dans la piscine. Comme les invités n'arriveraient qu'en début de soirée, Jane se réjouissait de passer la journée avec ses filles. Il allait faire plus de quarante degrés dans l'après-midi et elle espérait que la nuit serait un peu plus fraîche.

— Il fait encore plus chaud qu'à Florence, remarqua Annie en retrouvant avec plaisir l'air conditionné de la Mercedes.

Dès que sa mère avait mis le contact, elle avait senti un souffle d'air frais sur son visage.

Pour rentrer, elles devaient traverser la nationale. Annie parlait de Charlie lorsqu'elles se retrouvèrent derrière un camion-remorque qui transportait des cylindres d'acier. Soudain il y eut un énorme fracas et elles virent les cylindres commencer à tomber de la plate-forme. Certains roulaient sur le côté, obligeant les voitures à faire des embardées pour les éviter. D'autres glissaient vers l'arrière, droit vers la Mercedes. Jane freina et Annie poussa un cri en voyant trois cylindres arriver sur elles.

— Maman ! cria-t-elle en tendant instinctivement les bras vers sa mère.

Mais il était trop tard. Comme dans un film, Annie vit les cylindres pulvériser le pare-brise. Jane perdit le contrôle de la voiture, qui s'engagea à contresens. Annie s'entendit hurler. Elle essaya de prendre le volant pour tenter de redresser la Mercedes. Il y avait un terrible bruit de verre brisé, de tôle froissée et de freins qui crissaient. Elle tourna la tête vers sa mère, mais elle n'était plus là. La portière s'était ouverte et la voiture était lancée à toute vitesse. Annie eut le temps d'entrevoir le conducteur du véhicule qu'elle heurtait de plein fouet, avant que tout devienne noir.

Deux des tubes d'acier étaient passés à travers leur voiture, qui avait continué sa course folle avant d'aller s'encastrer dans deux véhicules. Derrière elles, les voitures freinaient désespérément. La circulation fut immédiatement interrompue et quelqu'un appela la police.

Aucun signe de vie n'émanait des voitures accidentées. Sur le côté de la route, le chauffeur du camion regardait, effondré, la scène de carnage causée par son véhicule. En état de choc, il était incapable de parler. Les pompiers ne tardèrent pas à arriver sur les lieux, suivis par les ambulances et la police. Les conducteurs des trois voitures et cinq passagers avaient été tués. Il n'y avait qu'une seule survivante, que les pompiers mirent près d'une demi-heure à désincarcérer. Elle avait été coincée sous les cylindres et était toujours inconsciente quand l'ambulance l'emmena. Les autres victimes furent sorties des voitures, déposées sur le sol et recouvertes d'un drap en attendant d'être emportées. Le visage sombre, les policiers faisaient reculer les voitures. Il n'était pas rare de voir ce genre de drame le 4 juillet. Éjectée de son siège quand les cylindres avaient heurté la voiture, Jane était morte sur le coup. Quant à Annie, elle était dans un état désespéré lorsqu'on l'emmena aux urgences du Bridgeport Hospital.

À la maison, ses trois sœurs bavardaient avec leur père et profitaient en toute innocence de cette belle journée ensoleillée. Dans leur esprit, Jane et Annie allaient rentrer d'une minute à l'autre. Elles ne pouvaient imaginer qu'elles ne reverraient jamais leur mère et que leur sœur était entre la vie et la mort.

6

Peu après 12 h 30, deux hommes de la sécurité routière sonnèrent à la porte des Adams. Ils avaient quitté le lieu de l'accident au moment où Annie avait été emmenée à l'hôpital. Ils avaient trouvé les permis de conduire de Jane et d'Annie dans leurs sacs, à l'intérieur de la voiture, et ils s'étaient rendu compte qu'elles étaient mère et fille. Ils auraient pu prévenir la famille par téléphone, mais Chuck Petri, l'officier responsable, trouvait cette façon de procéder inhumaine. Si quelque chose était arrivé à sa femme ou à sa fille, il aurait souhaité qu'on le lui annonce de vive voix. Il avait donc envoyé deux agents chez les Adams, tandis qu'il restait sur place à rétablir la circulation. Roulant à dix kilomètres à l'heure sur une seule file, les voitures passaient près des véhicules accidentés et des corps qu'on devinait sous les draps.

Lorsqu'ils sonnèrent à la porte, les deux hommes paraissaient très mal à l'aise. L'un des deux était une jeune recrue qui se trouvait pour la première fois dans cette situation, et l'autre, plus âgé, lui avait promis de prendre la parole dès qu'on leur ouvrirait.

Ils durent attendre quelques minutes, car depuis la piscine, on n'entendait pas le carillon. Sabrina commençait justement à se demander où étaient leur mère et Annie. Elles étaient parties depuis plus d'une heure, plus longtemps qu'il n'était nécessaire pour aller au supermarché et en revenir. Peut-être le magasin était-il fermé et avaient-elles dû aller ailleurs. Tammy, qui se rendait à la cuisine pour boire, entendit la sonnette. Elle alla ouvrir et son cœur battit plus vite à la vue des policiers, mais elle tenta de se convaincre que leur présence n'avait rien de menaçant. Ils étaient sûrement là pour un petit problème : peut-être que l'arroseur automatique avait mouillé les fenêtres des voisins ou que les chiens faisaient trop de bruit... C'était sûrement cela. Le plus jeune des deux hommes affichait un sourire contraint et le plus âgé la fixait, la mine sombre.

— Que puis-je pour vous, messieurs ? demanda-t-elle.

— M. James Adams habite bien ici ?

Il était inscrit sur les registres comme étant le parent le plus proche de Jane. La jeune recrue avait consulté son ordinateur portable pendant le trajet.

— Bien sûr, affirma Tammy en s'écartant pour qu'ils puissent entrer et échapper à la chaleur accablante qui régnait dehors.

À l'intérieur de la maison, il faisait presque froid, car leur mère poussait la climatisation à fond.

— Je vais le chercher, dit-elle. Pouvez-vous me dire de quoi il s'agit ?

Mais, avant qu'ils puissent répondre, son père apparut. Il sembla troublé lorsqu'il aperçut les deux hommes en uniforme.

— Monsieur Adams ?

Tammy vit son père pâlir, tandis que ses deux sœurs les rejoignaient à leur tour.

— Puis-je vous parler en tête à tête, monsieur ? demanda le plus âgé des policiers.

Bien qu'il soit chauve, Tammy remarqua que c'était un assez bel homme, à peu près du même âge que son père. En revanche, son collègue semblait très jeune.

Sans un mot, leur père les fit entrer dans la bibliothèque, une pièce que leur mère et lui utilisaient beaucoup en hiver. C'était une belle salle aux murs lambrissés. Il y avait une cheminée et des étagères remplies de livres accumulés au fil des années. Deux canapés confortables et plusieurs fauteuils en cuir la meublaient. Jim prit place dans l'un d'eux tout en faisant signe aux deux hommes de s'asseoir sur un canapé. Il n'avait aucune idée de ce qui les amenait chez lui. L'espace d'un instant, il fut traversé par l'idée absurde que l'un des membres de sa famille allait être arrêté, mais il ne pouvait en imaginer la raison. Il espérait seulement que l'une de ses filles n'avait pas commis un acte stupide. La plus jeune, Candy, était sans doute la seule à pouvoir faire encore des bêtises. Elle avait peut-être rapporté de la drogue de Paris… Ou alors, il s'agissait d'Annie, que sa vie parmi des artistes aurait incitée à commettre un faux pas. Il espérait se tromper, mais rien d'autre ne lui venait à l'esprit. Ses filles passaient et repassaient devant la porte, la mine soucieuse. Les mains du policier se crispèrent. Il prit une profonde inspiration. Il n'avait pas connu de situation aussi pénible depuis bien longtemps.

— Je suis désolé d'avoir à vous dire cela, monsieur, mais un accident s'est produit sur la nationale, il y a une heure, à une dizaine de kilomètres d'ici.

— Un accident ? répéta Jim d'une voix blanche.

Dans l'entrée, Sabrina poussa un cri et prit les mains de ses deux sœurs. Leur père ne semblait pas saisir la portée de ce qu'on venait de lui dire.

— Oui, monsieur. Je suis vraiment navré. Nous avons tenu à nous déplacer pour vous l'annoncer nous-mêmes. C'est un camion qui a provoqué l'accident. Des tubes d'acier ont glissé de la plate-forme et causé une collision entre plusieurs véhicules. Des cylindres ont traversé l'une des voitures. La conductrice était Jane Adams, née le 11 juin 1950. D'après les registres, vous êtes son plus proche parent. Je crois qu'elle était votre épouse.

La voix du policier mourut, tandis que Jim le fixait avec horreur.

— Qu'entendez-vous par « elle était votre épouse » ? Elle l'est toujours ! s'écria-t-il.

— Elle a été tuée dans l'accident. Les cylindres ont traversé le pare-brise et l'ont éjectée de la voiture, qui a heurté deux autres véhicules arrivant en sens inverse. Elle est morte sur le coup.

Les mots étaient terribles et décrivaient une réalité qu'il était impossible d'adoucir. La douleur déforma le visage de Jim.

— Oh mon Dieu… oh mon Dieu…

Les filles l'entendirent sangloter. Incapables de rester à l'écart plus longtemps, elles se ruèrent dans la pièce. Elles avaient toutes les trois entendu « morte sur le coup », mais elles ignoraient de qui il s'agissait. Était-ce leur mère, Annie, les deux ? Sabrina fut la première à entrer dans la bibliothèque. Candy pleurait déjà, sans savoir encore pour qui.

— Qui est-ce ? Que s'est-il passé ? demanda Sabrina.

— C'est maman, dit son père d'une voix brisée. Plusieurs voitures se sont heurtées de front… Des tubes d'acier sont tombés d'un camion…

Les yeux de Tammy et de Sabrina s'emplirent de larmes. Avec effroi, Sabrina se tourna vers le policier, qui répéta combien il était désolé pour leur mère.

— Et ma sœur ? Elle se trouvait aussi dans la voiture. Elle s'appelle Annie.

Elle refusait d'imaginer qu'elles puissent être mortes toutes les deux. Elle retint son souffle en attendant la réponse.

— Elle est vivante. J'allais le dire à votre père, mais j'ai voulu lui laisser le temps de récupérer un peu.

Il semblait très ému et son collègue avait les yeux brillants de larmes. C'était encore pire que ce qu'il avait craint. Il avait l'âge de Candy et trois sœurs à peu près de l'âge de ces jeunes femmes. Sa mère était née la même année que la leur.

— Elle est gravement blessée, expliqua le policier. On vient de l'emmener à l'hôpital. Elle était inconsciente lorsqu'on l'a sortie de la voiture. C'est un miracle… Elle est la seule survivante parmi les passagers des trois voitures.

Huit personnes étaient mortes, mais il ne le précisa pas. Il était là, avant tout, pour dire aux Adams qu'Annie était vivante, afin qu'ils puissent se rendre rapidement à l'hôpital.

— Que lui est-il arrivé ? Est-ce qu'elle va s'en sortir ? demanda Tammy.

Derrière elle, Candy sanglotait comme un bébé.

— Elle était dans un état critique quand elle a été transportée. Je peux vous emmener, mais si vous préférez prendre votre voiture, je vous escorterai sirène hurlante pour vous ouvrir la route.

Hébété, Jim le fixait. Il avait vécu près de trente-cinq ans avec une femme qu'il avait profondément aimée depuis le jour de leur rencontre. Et maintenant, elle était morte à cause d'un accident stupide. Il n'avait pas tout à fait saisi ce qui avait été dit à propos d'Annie. Pour l'instant, il ne pouvait penser qu'à Jane.

— Nous allons vous suivre, décida Sabrina.

Le policier hocha la tête. Tammy et Sabrina coururent pour prendre leurs sacs. Mue par une impulsion subite, Sabrina alla chercher le carnet d'adresses et la liste des invités sur le bureau de sa mère. Elles devaient annuler la réception le plus vite possible. Pendant ce temps, Tammy s'assura que les trois chiens étaient dans la maison. Elle prit des bouteilles d'eau dans le réfrigérateur et les fourra dans son sac. Un instant plus tard, elles fonçaient vers la voiture de leur père. Sabrina se glissa derrière le volant, son père s'assit auprès d'elle et ses deux sœurs prirent place à l'arrière. Elle était obnubilée par l'idée qu'Annie serait peut-être morte avant leur arrivée et priait pour qu'elle soit encore en vie.

Les policiers actionnèrent la sirène avant même d'avoir quitté l'allée, Sabrina derrière eux. Ils roulèrent à fond de train et arrivèrent au Bridgeport Hospital en quelques minutes. Leur père n'avait pas cessé de pleurer depuis qu'ils avaient quitté la maison.

— Pourquoi ne suis-je pas allé au supermarché à sa place ? J'aurais pu le faire. Je n'ai même pas pensé à le lui proposer.

— Si tu l'avais fait, c'est elle qui serait en train de te pleurer, papa. Ce qui est important, c'est que nous sachions comment va Annie et que nous l'aidions.

Sabrina espérait que leur sœur n'était pas aussi gravement blessée qu'ils le craignaient tous. Avec un peu de chance, elle s'en sortirait. C'était déjà assez terrible d'avoir perdu leur mère. Inconcevable, en fait. Mais pour l'instant, elle était focalisée sur Annie. Elle descendit de voiture et attendit que les autres en fassent autant. Il lui sembla qu'ils mettaient une éternité à s'extraire de leurs sièges. Quand ce fut fait, elle verrouilla les portières et adressa un signe de la main aux deux policiers pour les remercier de les avoir conduits si vite. Ils se précipitèrent vers les urgences. À l'accueil, on leur indiqua où on avait emmené Annie. Sabrina courut le long d'un couloir, Tammy et Candy sur les talons et leur père loin derrière. Sabrina aurait voulu le consoler, mais pour l'heure il fallait penser à Annie. On ne pouvait plus rien faire pour leur mère… Pourtant, en entrant dans le service des soins intensifs, Sabrina eut l'impression que sa mère les y attendait et qu'elle allait leur dire qu'Annie allait bien. Hélas, ils affrontèrent une réalité bien différente.

Dès que Sabrina eut dit qui ils étaient, le chef du service vint immédiatement. Il leur apprit que la vie d'Annie ne tenait qu'à un fil et qu'elle devait être opérée le plus vite possible, pour soulager son cerveau de la pression qu'il subissait et éviter qu'elle ne perde la vue.

— J'ignore si nous réussirons à empêcher qu'elle ne devienne aveugle, précisa-t-il franchement. Pour l'instant, nous faisons tout pour la maintenir en vie.

Tammy et Candy échangèrent un regard horrifié.

— Mais vous devez absolument réussir. C'est une artiste. Elle ne peut pas devenir aveugle ! s'exclama Tammy.

Il hocha la tête, puis il leur montra les radios et déclara qu'il attendait l'arrivée du chirurgien du cerveau et de l'ophtalmologiste. Aucun des deux n'était de garde, en ce 4 juillet, mais on avait laissé des messages sur leurs répondeurs. Le chirurgien du cerveau avait déjà appelé pour dire qu'il était en route. On venait de joindre l'ophtalmologiste. Pour l'instant, Annie était sous respirateur artificiel. Son cœur s'était arrêté deux fois pendant le trajet et elle n'était plus capable de respirer seule, mais l'électroencéphalogramme était normal. Apparemment, le cerveau n'avait pas subi de lésions majeures. En revanche, l'œdème cérébral allait causer des problèmes si l'on n'intervenait pas rapidement. C'étaient les yeux d'Annie qui inquiétaient surtout le médecin. Si elle s'en sortait, il y avait de fortes chances pour qu'elle n'ait aucune séquelle au niveau du cerveau, mais il craignait pour sa vue. D'après les examens, il pensait que le nerf optique était tellement endommagé qu'on ne pourrait rien faire. Cependant, des miracles survenaient parfois et il fallait se raccrocher à cet espoir.

Ils regardaient les clichés, quand le chirurgien du cerveau arriva. Après les avoir examinés, il leur expliqua ce qu'il allait tenter, les risques que cela comportait et la durée de l'intervention. Tout comme son confrère, il n'y alla pas par quatre chemins : Annie pouvait mourir sur la table d'opération. Mais ils n'avaient pas le choix. Sans chirurgie, on ne pourrait pas réduire l'œdème et Annie en mourrait ou garderait de graves séquelles.

— Annie ne supporterait pas cela, murmura Tammy à ses sœurs.

Elle faisait allusion aux conséquences du traumatisme cérébral et les deux autres tombèrent d'accord avec elle. Tammy et Sabrina autorisèrent donc l'opération et signèrent les formulaires. Assis dans la salle d'attente, leur père était incapable de prendre la moindre décision. Quant à Candy, elle était prostrée et semblait sur le point de s'évanouir. Blottis l'un contre l'autre, ils pleuraient en se tenant les mains. Tammy et Sabrina étaient tout aussi bouleversées, mais elles affrontaient la situation.

Quelques minutes après que le chirurgien les eut quittés pour aller examiner Annie, l'ophtalmologiste arriva. Il leur exposa à son tour les détails de l'intervention. Après avoir regardé les clichés, il fut honnête avec elles. L'opération serait longue et délicate, mais il fallait la tenter. On leur précisa un peu plus tard que la double intervention durerait de six à huit heures et que leur sœur pouvait ne pas survivre.

— Pouvons-nous la voir avant l'opération ? demanda Tammy au médecin.

Il acquiesça d'un signe de tête.

— Oui, si vous êtes certaines de pouvoir le supporter.

Tammy et Sabrina s'approchèrent de leur père et de Candy pour leur demander s'ils souhaitaient voir Annie avant qu'on l'emmène au bloc, sans leur préciser que c'était peut-être la dernière fois qu'ils la verraient vivante. Leur père se détourna en secouant la tête. On venait juste de lui annoncer qu'il devrait identifier le corps de sa femme à la morgue. C'était déjà plus qu'il n'en pouvait supporter. Candy leva vers ses sœurs des yeux horrifiés et sanglota plus fort.

— Oh mon Dieu, je ne pourrai pas… Oh, mon Dieu ! Annie… et maman…

Leur petite sœur s'effondrait, ce qui ne les surprit ni l'une ni l'autre. Elles laissèrent Candy et leur père dans la salle d'attente et suivirent le médecin dans la pièce où se trouvait Annie.

Reliée à de multiples fils et tuyaux, intubée, elle était isolée derrière un rideau. Quatre infirmières et deux internes s'occupaient d'elle et surveillaient attentivement ses signes vitaux. Sa tension avait chuté et ils faisaient tout pour la maintenir en vie. Le médecin indiqua à Tammy et à Sabrina où elles devaient se placer pour ne pas gêner leurs mouvements. Elles ne pouvaient s'approcher de leur sœur que l'une après l'autre. Le visage d'Annie portait de nombreuses ecchymoses et de grosses coupures. L'une de ses pommettes était brisée. Ses deux bras étaient tailladés et elle avait une vilaine plaie à l'épaule. Les joues ruisselantes de larmes, Sabrina caressa sa main et lui embrassa les doigts.

— Résiste, Annie… Tu peux le faire… Accroche-toi, ma chérie, fais-le pour nous. On t'aime ! Tu vas guérir. Sois forte. On est tous ici, avec toi.

Elle se rappela soudain le jour où elle avait emmené Annie sur une aire de jeux ; elle avait treize ans et sa petite sœur cinq. Profitant de ce que son aînée ne la regardait pas, la petite était montée sur une balançoire.

Elle était tombée et s'était cassé le bras. Bouleversée, Sabrina avait heureusement vu une mère de famille qu'elle connaissait et lui avait demandé de les conduire aux urgences, d'où l'adolescente avait pu appeler leur mère. Loin de se mettre en colère, Jane avait loué son sang-froid, la félicitant d'avoir emmené Annie à l'hôpital. Elle lui avait dit que cet accident aurait aussi bien pu se produire avec elle et l'avait complimentée pour son courage. Ce jour-là, Sabrina avait compris qui était sa mère, comment elle gérait les situations et à quel point elle était bonne et les aimait. Elle n'avait jamais oublié la leçon et se la rappelait aujourd'hui.

— Tu vas être courageuse, Annie, comme le jour où tu t'es cassé le bras.

Mais l'épreuve était mille fois plus terrible. Sabrina ne parvenait pas à concevoir que sa sœur puisse perdre la vue et encore moins qu'elle puisse mourir. Elle était prête à tout accepter pourvu qu'elle vive. Même si le cerveau d'Annie était endommagé et qu'elle ne redevenait jamais elle-même, sa famille l'aimerait autant qu'avant. Elle lui embrassa encore les doigts, avant de céder la place à Tammy, qui se tenait derrière elle, le visage baigné de larmes. Elle pouvait à peine parler.

— Tu as entendu Sabrina, Annie… Elle va te botter le derrière, si tu ne t'accroches pas.

C'était la menace qu'elle utilisait pour effrayer sa sœur cadette, lorsqu'elles étaient enfants. Sabrina était leur aînée à toutes les deux, puisqu'elle avait cinq ans de plus que Tammy et huit de plus qu'Annie. À l'époque, cette différence d'âge leur paraissait énorme.

— Tu es forte, Annie. Quand tu te réveilleras, nous serons là. Je t'aime… Ne l'oublie pas.

Éclatant en sanglots, elle dut s'éloigner. Sabrina la prit dans ses bras et elles retournèrent dans la salle d'attente. Leur père et Candy n'avaient pas bougé et ils semblaient aller encore plus mal que lorsqu'elles les avaient quittés.

Tammy pensa alors à leur médecin de famille et chercha son numéro de téléphone dans le carnet d'adresses emporté par Sabrina. S'écartant discrètement, elle sortit son téléphone portable et appela son cabinet. L'appel fut transféré au domicile du médecin, qui ne tarda pas à décrocher. Après lui avoir exposé la situation, elle lui demanda s'il pouvait venir à l'hôpital pour identifier le corps de sa mère à la place de son père. On l'avait prévenue qu'elle était abominablement défigurée et Tammy préférait qu'aucun d'entre eux ne se la rappelle ainsi. Le médecin accepta de venir immédiatement. Tammy précisa que son père et sa jeune sœur réagissaient très mal et qu'il faudrait sans doute leur donner des calmants.

— Bien sûr… Et vous, comment vous sentez-vous ? s'enquit-il avec sollicitude.

Tammy jeta un coup d'œil à Sabrina, qui s'était approchée d'elle.

— Je n'en sais trop rien, répliqua-t-elle franchement. Je suis certainement en état de choc. Nous le sommes tous. C'est très dur.

Elle expliqua au médecin ce que les chirurgiens comptaient faire pour Annie et le remercia de venir aussi vite et d'aller reconnaître leur mère à la morgue. Grâce à lui, leur père ne serait pas obligé de subir cette épreuve. Elle ne supportait pas d'imaginer sa mère allongée sans vie et elle savait que son père en était tout à fait incapable. Après avoir raccroché, elle lui expliqua que leur médecin de famille était en route et qu'il se chargeait d'aller à la morgue. Ensuite, le corps serait emporté au funérarium, mais aucun d'entre eux n'était en mesure d'y penser. Ils étaient trop choqués par le drame qui venait de les frapper. Pendant qu'elle téléphonait, un infirmier était venu les prévenir qu'Annie était au bloc et que l'opération allait commencer. Il leur promit de revenir dès qu'il en saurait davantage, tout en leur rappelant que l'intervention allait durer plusieurs heures.

— Tu ne crois pas que je devrais dire au revoir à Jane ? demanda Jim.

Tammy chercha les mots susceptibles de le soulager de toute culpabilité. Réprimant ses larmes, elle répondit avec douceur :

— Je pense que ce serait une erreur, papa. Maman ne voudrait certainement pas que tu gardes d'elle cette dernière image ou que tu sois attristé par sa vue. Tu sais combien elle était belle.

— Tu veux dire que je ne peux pas la serrer dans mes bras encore une fois ?

Cette question déchira le cœur de la jeune femme. Les yeux de Jim exprimaient une telle angoisse. Elle comprit que son père était un homme brisé. Le matin même, il était plein de vie, jeune et beau, tel qu'elles l'avaient toujours connu. Et en quelques heures, il s'était transformé en un vieil homme terrifié, en proie à une douleur insupportable. C'était horrible.

— Tu en as le droit, papa, répondit Sabrina, mais je pense que ce serait affreux, autant pour toi que pour maman. Il arrive qu'on ne puisse pas dire au revoir aux personnes qu'on aimait le plus. Si elle avait disparu dans un accident d'avion, tu n'aurais pas pu la serrer dans tes bras. Ce qui reste de maman, c'est une enveloppe, ce n'est pas elle. Elle est partie, papa. Si tu veux vraiment la voir, tu le peux, personne ne t'en empêchera. Je pense seulement que maman ne l'aurait pas voulu.

Leur mère avait passé sa vie à rendre celle de son mari heureuse et facile... Elle n'aurait certainement pas souhaité accentuer ses tourments.

— Tu as peut-être raison, dit-il très bas.

Il paraissait soulagé. Un peu plus tard, le médecin de famille arriva. Il fut parfait. C'était un homme bon et sympathique. Il remit un flacon de Valium à Sabrina et lui conseilla d'en donner tout de suite à son père, avant de le ramener à la maison. Jim était en bonne santé, mais il avait un petit souffle au cœur et il venait de subir une terrible épreuve. Candy aussi allait mal. Elle avait eu deux malaises depuis qu'ils se trouvaient à l'hôpital et se plaignait de nausées. Sabrina leur donna à chacun un comprimé. Puis, pendant que le médecin était à la morgue, elle discuta avec Tammy. Le médecin leur avait demandé si elles avaient contacté une entreprise de pompes funèbres. Elles lui avaient répondu qu'elles n'en avaient pas eu le temps, puisqu'elles étaient tout de suite parties pour l'hôpital. Elles n'avaient passé aucun coup de téléphone. Leurs parents n'avaient ni frères ni sœurs et leurs grands-parents étaient morts depuis des années. Toute la famille était réunie à l'hôpital et c'est là qu'il allait falloir prendre les décisions. En dépit de leur peine, Tammy et Sabrina devraient s'en charger. Leur père et Candy s'étaient effondrés, mais pas elles, quelle que soit l'immensité de leur chagrin.

Le médecin leur avait donné le numéro d'une entreprise de pompes funèbres. Quand Sabrina l'appela, elle indiqua à l'employée que sa sœur et elle essaieraient de passer le lendemain, mais que tout dépendait de l'état de leur sœur. Elle espérait seulement qu'elles n'auraient pas à préparer deux enterrements… Dans leurs pires cauchemars, elles n'avaient pas imaginé devoir organiser un jour celui de leur mère et elles ne concevaient pas qu'Annie puisse mourir à son tour.

Tammy et Sabrina se tenaient près de la fontaine à eau, non loin de leur père et de Candy. Le Valium commençait à faire de l'effet. Ils semblaient tous les deux un peu hébétés. Jim battait des paupières comme s'il allait s'endormir.

— Je crois que l'une d'entre nous devrait les ramener à la maison, suggéra Tammy.

— Je ne veux pas te laisser seule ici, répliqua Sabrina en fronçant les sourcils. Moi aussi, je veux être auprès d'Annie. En fait, nous devrions rester toutes les deux.

— C'est impossible.

Dotée d'un solide bon sens, Tammy faisait preuve de pragmatisme quelles que soient les circonstances. De son côté, Sabrina avait la tête sur les épaules. Bien que très différentes, elles étaient profondément unies et ressemblaient beaucoup à leur mère, chacune à leur façon. Sabrina avait conscience que Jane aurait géré la situation comme elles.

— Papa et Candy ne peuvent pas rester ici, insista Tammy. Nous devons les ramener à la maison et les coucher. Ils sont dans un état épouvantable. Pour l'instant, notre présence à toutes les deux à l'hôpital n'est pas vraiment nécessaire. L'opération va durer plusieurs heures. Je ne crois pas qu'Annie sortira du bloc avant 21 ou 22 heures. Il vaut mieux que nous nous relayions plus tard auprès d'elle.

— Je pourrais peut-être demander à Chris de rester avec eux ? Comme cela, tu pourrais revenir à l'hôpital après l'opération. Il s'entend bien avec papa et de toute façon, il est en route puisqu'il était invité à la réception.

— Mon Dieu ! Nous devons appeler les invités !

Si elles ne faisaient rien, dans quelques heures une centaine de personnes allait sonner à leur porte.

— Si tu ramènes Candy et papa à la maison, je m'en charge, proposa Sabrina. De toute façon, je n'aurai rien d'autre à faire. Je veux juste être là au cas où les choses tourneraient mal.

Tammy aurait préféré attendre elle aussi à l'hôpital, mais la suggestion de Sabrina paraissait raisonnable.

— D'accord. Dès que Chris arrivera, je reviendrai et resterai avec toi. À moins que tu ne veuilles rentrer, si on nous dit qu'Annie est tirée d'affaire.

— Malheureusement, je ne crois pas qu'on pourra nous rassurer aussi rapidement, répliqua tristement Sabrina. L'incertitude risque de durer un bon moment.

— Tu as sûrement raison, répondit Tammy, accablée.

Elles l'étaient toutes les deux, mais tout comme leur mère, elles puisaient le réconfort dans l'action. Annie et Candy ressemblaient davantage à leur père : elles étaient plus rêveuses, plus impressionnables. Jusque-là, pourtant, Tammy n'avait jamais considéré son père de cette façon. Elle l'avait toujours cru fort, mais elle s'apercevait aujourd'hui qu'il ne l'était pas. Sans sa femme, il s'effondrait, alors qu'elle aurait voulu qu'il fasse preuve d'un peu plus de courage.

Les deux jeunes femmes retournèrent auprès de leur père et de Candy. Le médecin avait conseillé qu'ils rentrent à la maison pour prendre un peu de repos, leur dirent-elles. En ce qui concernait Annie, il n'y aurait rien de nouveau avant plusieurs heures, aussi Tammy proposait-elle de les raccompagner.

Une pensée frappa soudain leur père :

— Et la réception ?

— Je vais appeler les invités, papa. J'ai apporté le carnet d'adresses de maman, ne t'inquiète pas.

Les yeux mouillés de larmes, il hocha la tête.

— Je ne sais pas où elle a mis la liste des convives, fit-il d'une voix enrouée.

Candy les fixait d'un air hagard. Le Valium l'avait complètement assommée. Elle en avait pris autant que son père, mais elle était beaucoup plus mince que lui, et Sabrina n'avait pas pensé à réduire la dose pour elle, car elle savait que Candy en consommait quand elle était bouleversée, que ce soit parce qu'elle s'était disputée avec son petit ami ou qu'une séance photo s'était mal passée.

— J'ai la liste, papa, dit-elle d'un ton apaisant. Ne t'inquiète de rien, tu vas rentrer à la maison et te reposer.

Un instant plus tard, Candy et lui quittèrent l'hôpital avec Tammy. Avant de se séparer, Tammy et Sabrina s'étaient serrées dans les bras l'une de l'autre en sanglotant.

Dès qu'elle fut seule, Sabrina appela Chris. Il était sur le point de quitter son appartement et lui demanda si elle avait oublié quelque chose. Il paraissait de très bonne humeur et ne remarqua pas immédiatement que ce n'était pas le cas de Sabrina.

— Il faut que tu viennes tout de suite ! dit-elle.

— J'allais partir, justement, répliqua-t-il, étonné. Pourquoi es-tu si pressée ? Quelque chose ne va pas ?

Il ne pouvait pas imaginer ce qui s'était passé et crut que les chiens avaient fait une bêtise.

— Je… euh… oui, dit-elle d'une voix brisée par les larmes.

Et, d'un seul coup, elle craqua. Incapable de parler, elle sanglotait. À l'autre bout du fil, Chris était au comble de l'inquiétude. La Sabrina qu'il connaissait était toujours calme et maîtresse d'elle-même. Jamais il ne l'avait entendue pleurer de cette façon.

— Ma chérie… que se passe-t-il ?… Dis-le-moi… J'arrive le plus vite possible.

— Je… Chris… C'est maman… et Annie…

Le cœur de Chris se mit à battre à grands coups. Il fut pris d'un terrible pressentiment. Il aimait la famille de Sabrina autant que la sienne, peut-être même davantage. Tous l'avaient adopté dès qu'ils avaient fait sa connaissance.

— Que s'est-il passé ? demanda-t-il avec angoisse.

Sabrina prit une profonde inspiration, mais sa voix continua de trembler et ses larmes de couler. Elle pouvait se le permettre, avec lui, mais elle ne parvenait plus à s'arrêter.

— Elles ont eu un accident… terrible… Avec un camion… Maman est morte sur le coup… et Annie…

Les forces lui manquèrent, mais elle s'obligea à poursuivre :

— Elle souffre de graves traumatismes cérébraux. En ce moment, elle est au bloc, dans un état critique. Ils pensent que si elle s'en sort, elle restera peut-être aveugle.

— Oh mon Dieu ! Sabrina… ma chérie… J'arrive le plus vite possible.

Elle laissa échapper un cri :

— Non ! Ne roule pas trop vite ! Je t'en supplie !

Et elle se remit à pleurer.

Il aurait voulu être déjà à ses côtés. La moindre seconde passée loin d'elle lui était insupportable. Il savait qu'il allait mettre plusieurs heures pour la rejoindre. Les jours fériés, la circulation était toujours chargée.

— Où es-tu, en ce moment ? lui demanda-t-il.

— Au Bridgeport Hospital, aux urgences, dans la salle d'attente.

— Tu es toute seule ?

Il était au bord des larmes et aurait voulu pouvoir la serrer dans ses bras et la réconforter.

— J'ai demandé à Tammy d'emmener papa et Candy à la maison. Ils sont complètement anéantis. Nous leur avons donné du Valium et cela n'aurait servi à rien qu'ils restent ici, car l'opération va durer très longtemps. Il vaut mieux que nous nous relayions auprès d'eux.

— Je pourrai rester avec toi ou veiller sur ton père et Candy, si tu veux.

Elle savait qu'elle pouvait toujours compter sur lui.

— Oui, je veux bien, murmura-t-elle. Mais, Chris… Est-ce que tu peux passer me voir d'abord ? J'ai besoin de toi, ajouta-t-elle en éclatant de nouveau en sanglots.

Elle l'entendit qui pleurait lui aussi à l'autre bout du fil. Il lui fallut un peu de temps pour lui répondre :

— Je t'aime, Sabrina. J'ai tellement de peine pour toi… Je vais faire tout mon possible pour arriver rapidement. Si tu as besoin de m'appeler, mon portable est allumé. Je te laisse, maintenant, à tout à l'heure.

Il allait raccrocher, quand une pensée lui vint :

— Qu'est-ce que tu vas faire, pour la réception ?

Il fallait l'annuler, mais c'était une tâche énorme et affreusement éprouvante.

— J'ai pris le carnet d'adresses de maman. Je vais appeler tout le monde.

— Je t'aiderai dès que je serai là, s'il n'est pas trop tard.

En fait, il lui faudrait au moins trois heures pour arriver et la fête devait commencer dans quatre. Il ne lui serait donc pas d'un grand secours.

— Je me dépêche. Je t'aime, Sabrina.

Il allait prendre quelques jours de congé. Il voulait rester le plus possible à ses côtés, d'autant que l'enterrement aurait certainement lieu dans la semaine. Ce serait une épreuve terrible pour toute la famille. Il espérait qu'Annie s'en sortirait. Si elles devaient perdre leur sœur après avoir perdu leur mère, elles risquaient de craquer. Mais il ne voulait pas l'envisager, pas plus que l'idée qu'Annie serait peut-être aveugle, si elle survivait. Comment une artiste pourrait-elle supporter d'être privée de la vue ? Mais, avant tout, il espérait qu'elle allait s'en sortir.

Sabrina commença par prévenir le traiteur qu'il devait tout annuler, puis elle appela chacun des invités. L'épreuve dura deux heures et se révéla épouvantable. Chaque fois, elle devait raconter ce qui s'était passé.

La nouvelle bouleversa tous leurs amis. Ils furent nombreux à proposer de rendre visite à son père, mais elle les en dissuada. C'était trop tôt et il n'était pas en état de les recevoir. Par téléphone, Tammy lui avait dit que leur père et Candy étaient profondément endormis. Par bonheur, le Valium avait fait son œuvre. Tammy n'avait rien pris. Tout comme Sabrina, elle voulait rester d'attaque.

Chris arriva à 18 heures. Il la trouva dans la salle d'attente, les yeux dans le vague. L'opération durait depuis déjà quatre heures. Le médecin lui avait dit que tout se déroulait bien et que les chirurgiens étaient satisfaits. Mais la partie n'était pas encore gagnée. Ils s'efforçaient toujours de résorber l'œdème au cerveau et n'avaient pas encore commencé l'intervention des yeux. Sabrina s'efforçait de ne pas y penser, mais elle éclata en sanglots dans les bras de Chris dès qu'il entra. Blottis l'un contre l'autre, ils parlèrent pendant plusieurs heures de sa mère, d'Annie, de son père et d'elles toutes. Pour l'instant, ils étaient réduits à l'impuissance et n'avaient rien d'autre à faire qu'attendre en priant pour Annie.

Tammy avait appelé les pompes funèbres depuis la maison et avait déjà pris des dispositions. Elle avait prévenu Sabrina qu'elles devraient y passer le lendemain matin pour choisir le cercueil. Ensuite, il leur faudrait se rendre à l'église pour fixer le jour et l'heure de l'enterrement, sélectionner les chants et trouver une photographie de leur mère qu'elles feraient imprimer pour la distribuer à leurs amis au moment de la cérémonie. Elles vivaient un véritable cauchemar. Comment un tel malheur avait-il pu leur arriver ? Mais c'était la réalité et elles devaient l'affronter.

À 20 heures, Sabrina demanda à Chris d'aller remplacer Tammy à la maison. Celle-ci leur apprit au téléphone que leur père s'était réveillé et pleurait. Elle ne savait pas si elle devait lui redonner du Valium. Quant à Candy, elle était complètement éteinte. Chris les rassura en disant qu'il allait leur préparer à dîner et qu'il s'occuperait de tout pour permettre à Tammy de revenir à l'hôpital. Celle-ci arriva une demi-heure plus tard. Les deux sœurs restèrent assises dans la salle d'attente, serrées l'une contre l'autre, la main dans la main. Plus elles étaient proches, plus elles se persuadaient que rien d'autre ne pourrait leur arriver… du moins, rien de pire que ce qu'elles vivaient déjà.

— Comment allait papa, quand tu es partie ? demanda Sabrina.

— Il a eu l'air content de voir Chris et il a pleuré sur son épaule. Il est dans un état lamentable… Je ne sais pas comment il se débrouillera quand nous serons parties.

— Je pourrai peut-être faire la navette pendant quelque temps, dit pensivement Sabrina.

Ce ne serait pas facile, avec ses horaires, mais d'autres l'avaient fait avant elle, à commencer par leur père. Évidemment, il ne passait pas autant de temps qu'elle au bureau. Au cours des années, il avait réduit sa charge de travail pour être le plus possible avec sa femme. Et maintenant, qu'allait-il se passer ? Il rentrerait chaque soir et trouverait la maison vide. Sabrina voulait lui épargner cela.

— C'est absurde ! répondit Tammy. Tu ne t'en sortiras pas.

— Il pourrait peut-être habiter chez moi, avança Sabrina.

— Ce serait encore pire. Tu n'aurais plus de vie. Et il n'a pas quatre-vingt-dix ans, pour l'amour du ciel ! Il n'en a que cinquante-neuf. D'ailleurs, il voudra rester ici, chez lui.

— Sans maman ? Je n'en suis pas si sûre. Je commence à me demander s'il pourra se débrouiller sans elle. Ce n'est qu'aujourd'hui que je réalise à quel point il se reposait sur elle.

— Tu ne peux pas être aussi affirmative. Pour l'instant, nous sommes tous en état de choc. Il va devoir s'habituer à vivre seul. Cela arrive à d'autres et ils réussissent à s'en sortir. Peut-être se remariera-t-il, conclut Tammy d'une voix tremblante.

Sa sœur aînée la fixa avec horreur.

— Tu es folle ? Papa ? Tu plaisantes, j'espère ! Maman était l'amour de sa vie et je suis certaine qu'il ne s'intéressera jamais à une autre femme. En revanche, je ne sais pas s'il pourra se prendre en charge.

— Il n'est pas invalide et il est encore jeune. Il y arrivera, comme les autres. Il pourra te rendre visite, mais ne lui propose pas de s'installer chez toi. Ta vie deviendrait impossible et ce ne serait pas bien pour lui non plus. Il se reposait sur elle, mais il ne faut pas qu'il en fasse autant avec toi, sauf si tu veux te sacrifier et être la vieille fille de la famille.

— Je le suis déjà, répliqua Sabrina en souriant pour la première fois depuis l'annonce du drame.

— Ne te mets pas ça en tête, lui conseilla Tammy, ou tu le regretteras. Et ce ne serait pas juste pour Chris. Papa a vécu de belles années avec maman et maintenant c'est ton tour. Il doit s'en sortir. Peut-être devrait-il aller voir un psy.

Elles organisaient sa vie sans lui demander son avis, mais cela leur permettait d'oublier pendant quelques instants l'atroce douleur que leur causaient la mort de leur mère et l'état de leur sœur.

— Tu ne crois pas qu'on devrait appeler Charlie ? demanda Sabrina.

— Le Charlie d'Annie ? Celui qui est à Florence ?

— Peut-être voudrait-il qu'on le tienne au courant. Je crois que leur histoire est devenue assez sérieuse, ces derniers temps. Annie dit qu'il est formidable et solide comme un roc. Je crois même qu'elle songe à le suivre à New York. Maman espérait qu'elle le ferait.

— Tu le connais ? Tu l'as déjà rencontré ?

Sabrina secoua négativement la tête.

— Dans ce cas, reprit Tammy, je crois qu'on ferait mieux d'attendre. Pour l'instant, nous ignorons ce qui va se passer. Les choses vont peut-être s'améliorer… ou au contraire empirer. Il est inutile de l'effrayer plus que nécessaire. Il ne fréquente Annie que depuis six mois et ils sont jeunes.

Sabrina acquiesça. Les propos de sa sœur étaient pleins de bon sens.

Il était presque 22 heures quand Annie sortit du bloc. Elle y était restée huit heures et, de l'avis des médecins, tout s'était bien passé. Elle avait survécu. Elle était bien sûr sous respirateur artificiel, mais ils essaieraient de le débrancher dans quelques jours. Elle était jeune, en bonne santé, ses signes vitaux étaient bons et ils l'étaient restés pendant l'intervention. Ils avaient réussi à résorber l'œdème et ils espéraient qu'il n'y aurait pas de séquelles. Si elle se réveillait vite, ce serait bon signe. Elle était encore dans un état critique, mais ils étaient optimistes.

Tout dépendrait de la façon dont elle allait franchir les soixante-douze prochaines heures.

Ils leur parlèrent ensuite du pire. Le nerf optique avait été sectionné et ils ne pouvaient rien faire, pas même envisager une greffe. Si Annie vivait, elle serait aveugle…

Sous le choc, Tammy et Sabrina restèrent un long moment silencieuses.

— Annie est une artiste très talentueuse, dit enfin Sabrina comme si cela pouvait changer leur diagnostic.

L'ophtalmologiste secoua la tête, répétant qu'il était désolé. Annie aurait déjà beaucoup de chance si elle s'en sortait, confia-t-il. Elles étaient d'accord avec lui, mais quelle existence mènerait-elle si elle était aveugle ? La connaissant comme elles la connaissaient, les deux jeunes femmes devinaient que leur sœur aurait préféré mourir plutôt que de perdre la vue. Mais, pour elles, le plus important était qu'elle vive.

— Vous êtes sûr que c'est irrévocable ? demanda Tammy.

— Absolument sûr, répliqua le médecin.

Il les quitta alors et les deux sœurs restèrent assises dans la salle d'attente. Main dans la main, elles pleurèrent en silence sur Annie, sur elles-mêmes, sur leur mère qu'elles avaient tant aimée et qu'elles ne reverraient plus. Agrippées l'une à l'autre, elles ressemblaient à deux enfants perdues dans la tempête. Les infirmières respectèrent leur chagrin et ne les dérangèrent pas. Elles étaient désolées qu'elles aient à affronter une si terrible épreuve.

7

Cette nuit-là, sous l'effet de l'anesthésie générale, Annie ne se réveilla pas. Les médecins préféraient d'ailleurs la garder ainsi, pour éviter qu'elle ne bouge la tête. Comme tout danger leur paraissait désormais écarté, ils conseillèrent à Tammy et Sabrina de rentrer se reposer. On les appellerait aussitôt en cas de problème. Lorsqu'elles franchirent le seuil de la maison, les jeunes femmes étaient épuisées. Elles avaient du mal à croire qu'il ne s'était écoulé qu'une journée depuis la mort de leur mère. Il leur semblait plutôt avoir vécu un siècle dont chaque jour aurait été atroce.

— Comment va Annie ? leur demanda Candy dès qu'elles entrèrent dans la cuisine.

Assise à table avec Chris, elle venait juste de se lever et paraissait groggy. L'unique comprimé de Valium qu'elle avait pris l'avait littéralement assommée. Leur père s'était recouché après en avoir pris un second que lui avait donné Chris, selon les instructions de Tammy. Les deux hommes avaient pu parler un peu et pleurer ensemble la mort de Jane.

— L'opération s'est bien passée, répondit Sabrina. C'est pour cela qu'ils nous ont conseillé de rentrer.

Tammy et elle avaient décidé de ne pas en dire davantage pour le moment. Elles ne voulaient pas infliger un second coup à leurs proches, d'autant que la nuit était déjà bien avancée. Il valait mieux attendre le lendemain pour leur révéler qu'Annie avait définitivement perdu la vue. Le choc allait être terrible, surtout pour Annie, qui aurait besoin de tout leur soutien.

— Et sa vue ? demanda Candy.

— On ne sait rien pour l'instant, rétorqua très vite Tammy. On nous en dira plus demain.

Chris scruta un instant le visage de Tammy, puis il se tourna vers Sabrina. Il n'aimait pas la façon dont Tammy avait répondu et l'expression de Sabrina l'inquiétait. Mais il s'abstint de les questionner et Candy n'insista pas, se contentant de hocher la tête et de boire un peu d'eau. Les chiens couraient à travers la pièce. Chris les avait nourris et les avait sortis plusieurs fois. Il ne pouvait pas faire grand-chose d'autre, puisque Jim et Candy avaient dormi presque tout le temps. Il était resté assis en silence, à réfléchir, et avait joué avec les chiens. Il craignait de déranger Sabrina en l'appelant, aussi avait-il attendu qu'elle rentre pour avoir des nouvelles. Apparemment, elles semblaient bonnes. Mais il craignait que la réalité ne soit différente. Cependant, il préférait se taire pour le moment.

Il attendit d'être seul avec Sabrina dans leur chambre pour poser les questions qui lui brûlaient les lèvres.

— Est-ce que ta sœur va vraiment mieux ? demanda-t-il.

Sabrina le fixa un long moment avant de répondre :

— En ce qui concerne le cerveau, oui. Elle va aussi bien que possible après un traumatisme crânien.

— Et pour le reste ?

La jeune femme s'assit sur le lit en soupirant. Elle avait mal à la tête à force d'avoir pleuré. Il lui semblait avoir épuisé toutes ses larmes.

— Elle est aveugle. Ils ne peuvent plus rien faire. Si elle vit, elle restera aveugle.

Il n'y avait rien à ajouter. Les yeux de Sabrina exprimaient une profonde affliction. Elle ne pouvait concevoir ce que serait l'existence d'Annie, sans la vue. Une artiste aveugle... Quelle abomination !

— Mon Dieu... On doit sans doute se réjouir qu'elle soit vivante, mais ce sera terrible pour elle, lorsqu'elle l'apprendra.

Il semblait complètement anéanti.

— Je le sais bien et cela me terrifie. Elle va avoir besoin de soutien.

Il hocha la tête. C'était un euphémisme.

— Quand vas-tu le dire à ton père et à Candy ?

— Demain. Ce soir, nous nous en sentions incapables, reconnut-elle tristement.

Tammy et elle n'avaient même pas eu le temps de pleurer leur mère, tant elles s'inquiétaient pour Annie. D'une certaine façon, ce drame les détournait de l'autre. Peut-être était-ce mieux ainsi.

— Ma pauvre chérie, murmura Chris en l'attirant contre lui.

Lorsqu'elle se fut déshabillée, il la porta dans ses bras et la déposa sur le lit comme une enfant, ce qui était exactement ce dont elle avait besoin. Car, durant cette terrible journée, tout s'était passé comme si Tammy et elle avaient été les parents. Leur mère partie, leur père effondré, elles avaient dû endosser toutes les responsabilités. En l'espace d'un instant, leur famille avait été foudroyée et plus rien ne serait jamais pareil. Et si elle survivait, ce qui n'était pas encore sûr, Annie serait la plus durement frappée.

Chris cajola et réconforta Sabrina une bonne partie de la nuit. Lorsqu'elle s'endormit dans ses bras, jamais elle n'avait éprouvé une telle gratitude envers quiconque.

Le lendemain matin, Tammy, Sabrina et Chris se levèrent de bonne heure. Chris prépara le petit déjeuner pendant que les jeunes femmes prenaient une douche et s'habillaient avant de se rendre aux pompes funèbres. Candy et leur père dormaient encore. Chris s'occupa des chiens, puis il servit aux deux sœurs des œufs brouillés, du bacon et des muffins, affirmant qu'elles devaient se nourrir pour préserver leurs forces. À peine levée, Sabrina avait appelé l'hôpital. On lui avait dit qu'Annie avait passé une bonne nuit et qu'elle allait bien. On lui avait encore administré des sédatifs, pour éviter tout mouvement brusque. Mais on devait réduire les doses le lendemain. Tammy et elle iraient la voir dès qu'elles auraient pris les « dispositions » nécessaires. Tammy avait toujours détesté ce mot et tout ce qu'il impliquait. Désormais, elle l'avait en horreur.

Elles passèrent deux heures aux pompes funèbres à choisir le cercueil, fixer les détails de la cérémonie, s'occuper des faire-part, du salon où se rendraient leurs amis pour un dernier hommage avant l'enterrement. Le cercueil serait fermé. Les deux sœurs avaient opté pour quelque chose de simple. Ne pouvant supporter l'idée de s'en charger lui-même, leur père les avait laissées prendre les décisions à sa place. À leur retour, elles étaient pâles et fatiguées. Leur père et Candy étaient dans la cuisine. Chris leur avait préparé un copieux petit déjeuner et il incitait Candy à manger. À leur grand étonnement, Jim débarrassa et fit la vaisselle. Pour la première fois depuis vingt-quatre heures, il ne pleurait pas.

Sabrina et Tammy s'étaient mises d'accord pour leur dire la vérité concernant Annie. Après le petit déjeuner, Sabrina voulut parler, mais elle s'en découvrit incapable. Elle se tourna vers Tammy, qui leur rapporta les propos de l'ophtalmologiste. Après cela, un lourd silence s'abattit sur la cuisine. Leur père regardait Tammy comme s'il ne la croyait pas ou doutait d'avoir bien entendu.

— C'est ridicule ! s'écria-t-il avec colère. Ce type est incompétent. Il semble ignorer qu'Annie est une artiste !

Elles avaient eu la même réaction, aussi ne purent-elles la lui reprocher. Mais cela ne changeait rien. Ils allaient tous devoir se faire à cette idée, mais ce n'était rien à côté de ce qu'Annie devrait endurer. Ce serait une tragédie, un véritable cataclysme. Le lui apprendre constituerait la pire épreuve de leur vie, en dehors de la mort de leur mère. Il leur était quasiment impossible de concevoir qu'Annie resterait aveugle. Rien que de l'envisager les bouleversait et leur fendait le cœur.

— Tu veux dire qu'elle aura une canne blanche ? demanda Candy d'une voix de petite fille, l'air complètement affolée.

Depuis la mort de leur mère, elle semblait en pleine régression, revenue au stade de l'adolescence et même de l'enfance. En revanche, les deux aînées avaient l'impression d'avoir vieilli de plusieurs siècles.

— Oui, sans doute, répondit Sabrina d'une voix lasse.

Elle était épuisée. Tendant le bras, Chris lui prit la main.

— Elle aura peut-être besoin d'un chien pour aveugle ou d'une personne pour l'assister, expliqua-t-il. Je ne sais pas très bien comment on s'organise, dans ces cas-là.

Mais ils allaient tous devoir l'apprendre, songea Sabrina, du moins s'ils avaient cette chance, car Annie pouvait aussi mourir. Cependant, pour l'instant, ils étaient tous trop secoués par la nouvelle de sa cécité pour envisager cette possibilité.

La cérémonie d'adieu à leur mère devait avoir lieu le mardi après-midi. Un buffet serait proposé ensuite aux nombreux amis venus lui rendre un dernier hommage. Puis Jim, ses filles et Chris se rendraient au crématorium. Leur mère n'avait laissé aucune instruction à ce sujet, mais Jim avait donné son accord.

— Annie déteste les chiens, leur rappela Candy.

Sabrina n'y avait pas pensé.

— Tu as raison, mais peut-être devra-t-elle changer d'avis. Ce sera à elle de décider.

Leur père parla peu, sinon pour dire qu'il faudrait solliciter l'avis d'autres spécialistes. Il était convaincu que le chirurgien d'Annie était un incapable et son diagnostic complètement faux. Sabrina et Tammy en doutaient, car le Bridgeport Hospital était extrêmement réputé. Elles acceptèrent cependant de demander à leur médecin de leur conseiller un autre ophtalmologiste, même si celui de l'hôpital s'était montré si explicite et si clair qu'elles avaient du mal à croire à une erreur. Si c'était le cas, ce serait merveilleux. Elles comprenaient que leur père ait besoin de se raccrocher à un espoir, même infime. Elles ne pouvaient le lui reprocher. L'épreuve qu'ils traversaient était trop douloureuse.

Candy monta prendre une douche, pendant que leur père allait se recoucher. Il avait le teint gris et semblait malade. Après leur départ, Sabrina reparla de Charlie. Cette fois, Tammy admit qu'il fallait le prévenir. S'il cherchait à joindre Annie sur son téléphone portable, il risquait de s'inquiéter. Par chance, elles trouvèrent ses coordonnées dans le carnet d'adresses qu'Annie avait laissé dans sa chambre. Ce fut Sabrina qui se chargea de l'appeler. Les deux sœurs s'assirent toutes les deux à la table de la cuisine, pendant que Sabrina composait le numéro. Il décrocha dès la seconde sonnerie. À Florence, c'était l'heure du dîner. Dès que Sabrina eut décliné son identité, il éclata de rire :

— La grande sœur veut des renseignements à mon sujet ?

Apparemment, l'appel ne le surprenait pas le moins du monde et il semblait détendu.

— Il ne s'agit pas de cela, répliqua Sabrina.

Elle ne savait pas très bien comment lui annoncer la nouvelle. Cela aurait été plus facile s'il avait paru inquiet. Mais il ne semblait pas se rendre compte que quelque chose n'allait pas.

— Comment s'est passée votre réception ? demanda-t-il. Annie ne m'a pas téléphoné.

— Eh bien… C'est la raison de mon appel. Nous avons dû annuler la fête parce qu'il y a eu un accident.

Il y eut un silence, à l'autre bout du fil. Apparemment, il commençait à comprendre.

— Il y a eu une collision entre deux voitures et un camion. Ma mère et Annie se trouvaient dans l'une d'elles. Notre mère est morte sur le coup et Annie est grièvement blessée, mais elle est vivante.

Charlie semblait abasourdi.

— Qu'entendez-vous exactement par « grièvement blessée » ? Euh… Je vous présente toutes mes condoléances pour votre mère.

Sabrina commençait à détester cette phrase. Elle l'avait entendue aux pompes funèbres, à l'hôpital et chez le fleuriste. C'était la formule de rigueur et elle comprenait bien que les gens n'y mettaient pas de mauvaise intention. Que dire à une famille qui venait de subir un pareil choc ? Elle-même aurait eu du mal à trouver les mots adéquats et, après tout, pour le petit ami d'Annie, elle n'était qu'une parfaite étrangère. Tout ce qu'ils avaient en commun, c'était sa sœur, ce qui était beaucoup. Surtout maintenant. Pourtant, contrairement à ce qu'elle imaginait, il ne semblait pas fou d'angoisse. Plutôt surpris.

— Ses blessures sont très graves, répliqua-t-elle franchement. Elle est dans un état critique et elle a subi une opération du cerveau, hier soir. Elle semble aller mieux, mais elle n'est pas encore tirée d'affaire. D'après ce qu'Annie nous a dit, vous êtes très attachés l'un à l'autre, c'est pourquoi j'ai tenu à vous avertir. Pour l'instant, elle est en sommeil artificiel et elle le restera certainement encore quelques jours. Elle est aussi sous respirateur, mais les médecins espèrent le débrancher demain.

— Seigneur ! Elle va rester à l'état de légume ?

Cette façon d'exprimer les choses irrita Sabrina. C'était particulièrement cruel.

— Non. L'opération s'est bien passée et on a pu réduire l'œdème qui comprimait son cerveau. Elle a passé une bonne nuit.

— Vous me rassurez. Je ne peux imaginer Annie privée de ses facultés mentales. Je crois que dans ce cas, la mort serait préférable pour elle.

Pour quelqu'un à qui l'on venait d'annoncer que la femme qu'il aimait avait été victime d'un accident, il restait étrangement détaché. Cette réaction déplaisait fortement à Sabrina, mais elle s'abstint de tout commentaire. Annie était amoureuse de ce jeune homme, c'était une raison suffisante pour que Sabrina se taise et lui accorde, au moins pour le moment, le bénéfice du doute.

— Je ne suis pas de votre avis, dit-elle calmement. Nous ne voulons pas la perdre, quel que soit son état. Elle est notre sœur et nous l'aimons.

— Vous voulez dire que vous ne la débrancheriez pas, si son cerveau était mort ?

Sabrina commençait à le détester. Il n'avait aucune sensibilité.

— Je ne vous ai pas tout dit, reprit-elle.

Elle se demandait comment il allait réagir.

— L'accident a eu d'autres conséquences, pour Annie. Des conséquences graves. Elle a aussi subi une opération des yeux et cela ne s'est pas bien passé.

Elle prit une profonde inspiration. Chris et Tammy pouvaient lire sur son visage le dégoût que lui inspirait son interlocuteur.

— Si elle survit, Annie sera aveugle. On ne peut rien faire pour lui rendre la vue. Elle devra fournir un énorme effort d'adaptation. J'ai pensé que vous deviez être mis au courant, de façon à la soutenir.

— La soutenir ? Comment ?

Il semblait en proie à la panique, s'imaginant peut-être que la famille d'Annie voulait se débarrasser d'elle. Si c'était ce qu'il pensait, elles avaient frappé à la mauvaise porte. Sabrina en était déjà persuadée. Elle était désolée pour sa sœur, mais toutes les femmes n'avaient pas la chance de rencontrer un homme comme Chris. Il était la perle rare.

— Annie aura besoin de votre amour et de votre soutien. Sa vie va être complètement bouleversée. Elle devra affronter le plus grand changement de son existence. Cela va être atroce pour elle, et tout ce que nous pouvons faire, c'est être là pour l'aider. Si vous l'aimez, votre présence lui sera indispensable.

À l'autre bout du fil, il y eut un long silence.

— Attendez une minute ! Tout cela n'a aucun sens. Annie et moi, nous nous fréquentons depuis six mois. Je la connais à peine. Nous avons passé de bons moments ensemble, c'est une fille fantastique et je l'adore, mais d'après ce que vous dites, la donne n'est plus du tout la même. Pour elle, l'art appartient au passé. Sa carrière de peintre est terminée. Qu'est-ce que je suis censé faire ?

Sabrina comprit à sa voix que Charlie était affolé.

— C'est à vous de me le dire, répliqua-t-elle froidement. Comment envisagez-vous de participer à sa vie ?

Cette question fit tressaillir Chris. Les choses ne se passaient pas comme ils l'avaient espéré. Tammy avait déjà rangé Charlie dans la catégorie des pauvres types. Chris aurait été plus enclin à l'indulgence, mais il commençait à changer d'avis. Apparemment, Charlie semblait peu affecté par la nouvelle, puisque Sabrina n'avait pas cherché à le consoler.

— Qu'est-ce que vous attendez de moi, exactement ? répondit Charlie. Je ne suis pas un chien d'aveugle ! Aucune de mes petites amies n'a jamais perdu la vue et j'ignore absolument comment on est censé réagir dans ces cas-là. C'est bien trop lourd ! Et d'abord, pourquoi m'avez-vous appelé ? Qu'est-ce que vous voulez ?

Sabrina s'efforça de maîtriser sa colère.

— Rien, en fait.

Elle aurait voulu lui dire ses quatre vérités, mais elle s'en abstint par égard pour Annie. Elle ne voulait pas être la cause de leur rupture. Il semblait pourtant bien s'engager dans cette voie, mais c'était à Annie de le chasser définitivement de sa vie. Pour l'instant, elle avait besoin de lui et ce n'était pas à Sabrina de dire à Charlie ce qu'il devait éprouver ou comment il devait se comporter.

— Je vous appelle parce que ma sœur est certaine que vous l'aimez autant qu'elle vous aime. Hier, elle a failli mourir dans un terrible accident. Notre mère a été tuée. On vient de nous apprendre qu'Annie resterait aveugle toute sa vie. J'ai cru que si vous l'aimiez, vous voudriez être mis au courant. Je n'avais aucune idée de ce que vous feriez, cela vous regarde. Vous pouvez lui envoyer une carte postale, venir la voir, l'assister ou la quitter parce que c'est plus que vous ne pouvez en supporter. C'est à vous de décider. Mais Annie va vivre de durs moments et je sais que vous comptez beaucoup pour elle.

Charlie soupira. Il aurait voulu ne jamais entendre ces propos. Il allait être obligé de prendre une décision pénible. Il n'avait pas d'argent, il avait pris une année sabbatique pour entamer une carrière d'artiste, du moins l'espérait-il. Il avait passé de bons moments avec Annie, il s'était même cru amoureux d'elle. Mais une fille aveugle, dont l'avenir était désormais gravement compromis… Il ne se sentait pas les épaules pour cela. C'était plus qu'il ne pensait pouvoir assumer. Puisqu'elle était honnête avec lui, il décida de l'être aussi avec Sabrina.

— Je ne sais pas quoi vous dire.

— Vous n'avez rien à dire. Je vous ai simplement informé de ce qui s'était passé. Je pensais que vous vous inquiéteriez si vous n'aviez pas de nouvelles d'elle.

— Je me suis fait un peu de souci, en effet, mais pas vraiment. Je ne pouvais pas imaginer que quelque chose d'aussi horrible lui arriverait. Franchement, Sabrina, je ne suis pas sûr de pouvoir lui être d'un grand secours, ni de le vouloir. C'est une fille formidable et elle avait beaucoup de talent, mais elle va avoir besoin d'être soutenue et aidée. Elle sera sans doute déprimée pendant plusieurs années, et peut-être toute sa vie. Je ne me vois pas en infirmier psychiatrique ou en chien d'aveugle. C'est à peine si je parviens à gérer mes propres problèmes, je serais incapable d'assumer les siens. Je ne veux pas lui laisser croire que je vais l'assister dans l'épreuve. Elle aura besoin de gens sur qui elle puisse compter et je ne pense pas en faire partie. Croyez bien que j'en suis désolé. Je n'en suis pas capable, constata-t-il d'une voix triste. Elle a besoin de quelqu'un de plus fort et de moins égocentrique que moi.

Surprise par sa franchise, Sabrina pensa qu'il avait sans doute raison. Il se connaissait bien et avait au moins le courage d'avouer sa faiblesse, même si cela ne l'excusait pas pour autant. Se fondant sur ce qu'avait dit Annie, Sabrina avait cru qu'il l'aimait et s'était attendue à ce qu'il se comporte différemment. Il était clair qu'il était incapable d'assumer la situation.

— Qu'est-ce que vous allez lui dire ? demanda-t-il d'une voix soudain inquiète.

— Rien, pour l'instant, puisqu'elle est inconsciente. Comment souhaitez-vous que je lui présente les choses, lorsqu'elle reviendra à elle ? Je ne suis pas obligée de lui dire que je vous ai contacté. Pendant sa convalescence, vous pourrez l'appeler et lui dire ce que vous voudrez. De toute façon, ce sera sûrement très dur pour elle.

Charlie réfléchit un instant.

— Je pourrais peut-être lui écrire une lettre ou lui dire que j'ai rencontré quelqu'un d'autre, reprit-il. J'apparaîtrai comme un salaud, mais au moins ne saura-t-elle pas que je la quitte parce qu'elle est aveugle. Ainsi, je l'épargnerai un peu.

Il semblait plein d'espoir, comme s'il venait de trouver la solution qui allait tout arranger, du moins en ce qui le concernait. En l'écoutant, Sabrina souffrait pour Annie. Ce type était sans intérêt, égoïste et lâche.

— Ce sera un choc pour elle, de toute façon. Je crois qu'elle envisageait de vous suivre à New York, ce qui montre à quel point vous étiez important pour elle, constata-t-elle tristement.

— Elle l'était pour moi aussi… jusqu'à cet accident. Elle n'a vraiment pas eu de chance.

C'était l'euphémisme du siècle…

— Je pense que je lui écrirai, continua Charlie. Je vous enverrai la lettre et vous la lui remettrez lorsqu'elle sera prête.

Sabrina aurait voulu lui dire qu'elle ne le serait peut-être jamais.

— Je pense qu'elle comprendra, lorsqu'elle constatera que vous ne l'appelez pas et que vous ne venez pas.

— Sans doute. La meilleure solution serait peut-être de disparaître tout simplement de sa vie.

Sabrina n'en croyait pas ses oreilles. Cette dernière hypothèse semblait le soulager.

— Je ne trouve pas cela très noble, répliqua-t-elle.

Cette façon de se défiler était pathétique mais ne la surprenait pas. Le prince charmant d'Annie était un lâche.

— Je n'ai jamais prétendu l'être. De toute façon, je pars pour la Grèce, la semaine prochaine. Je lui écrirai sans doute à mon retour. Je lui dirai que j'ai rencontré quelqu'un d'autre ou que j'ai renoué avec un ancien amour.

— Je suis certaine que vous trouverez quelque chose.

Sabrina n'avait plus qu'une envie : raccrocher. Elle en avait plus qu'assez de l'entendre. Quelles que soient ses excuses, il méritait de souffrir pour ce qu'il allait faire à Annie.

— Merci d'avoir appelé. Je suis désolé de ne pas pouvoir faire plus.

— J'en suis navrée pour Annie. Vous perdez une femme hors du commun, aveugle ou non.

— Je suis sûr qu'elle trouvera quelqu'un d'autre.

— Merci, dit Sabrina avant de raccrocher, folle de rage.

Tammy et Chris avaient saisi l'essentiel de la conversation.

— Quelle ordure ! marmonna Chris.

Tammy paraissait aussi anéantie que sa sœur. Ni l'une ni l'autre ne s'étaient attendues à une telle défection.

Dans l'après-midi, elles allèrent voir Annie à l'hôpital. Elle était toujours inconsciente et le resterait encore un jour ou deux. Elle le serait donc le mardi, pendant les funérailles de leur mère. C'était sans doute ce qui pouvait lui arriver de mieux.

Le soir, Chris et Sabrina préparèrent le dîner. Tristes et fatigués, ils restèrent tous à la maison. Leur père prononça à peine deux phrases avant d'aller se coucher. Candy resta en bas et ils discutèrent tous les quatre jusqu'à une heure avancée de la nuit, parlant de leur enfance, de leurs espoirs et de leurs rêves. Comme souvent dans les moments les plus difficiles de la vie, des souvenirs saugrenus remontaient à la surface.

Le lundi, les médecins débranchèrent le respirateur en présence de Sabrina et de Tammy. Chris et Candy étaient restés dans la salle d'attente. Ce furent des minutes chargées d'angoisse. Main dans la main, Sabrina et Tammy se mirent à pleurer quand la poitrine d'Annie se souleva pour la première fois sans assistance. Plus tard, Sabrina confia à Tammy qu'il lui semblait avoir donné naissance à leur sœur. Les médecins réduisirent la dose de sédatifs. Il ne restait plus qu'à attendre qu'elle se réveille d'elle-même.

Ce soir-là eut lieu le dernier hommage à Jane au funérarium. Ce fut affreux. Les amis de leurs parents affluèrent par dizaines, il y avait aussi leurs propres amis d'enfance, des personnes qui appartenaient aux mêmes associations que Jane et d'autres qu'elles ne connaissaient pas. Elles passèrent trois heures à serrer des mains et à recevoir des condoléances. Elles avaient disposé de belles photographies de leur mère un peu partout dans le salon du funérarium. En rentrant à la maison, tous étaient trop épuisés pour parler, réfléchir ou bouger. Il était difficile de croire que leur mère vivait encore seulement deux jours auparavant. Tous les invités avaient demandé des nouvelles d'Annie et il avait bien fallu leur fournir des explications, mais elles n'avaient fait aucune allusion à sa cécité. Par respect pour elle, ses sœurs avaient décidé qu'Annie devait être la première à l'apprendre.

La crémation aurait lieu le lendemain à 15 heures. Le matin, Tammy et Sabrina rendirent visite à Annie, qui dormait toujours paisiblement, ce qui les soulagea. Elles bénéficiaient d'un petit délai pour lui révéler qu'elle était aveugle.

La cérémonie fut très émouvante. Ce fut beau et simple. Il y avait du muguet et des orchidées blanches partout. L'église était bondée, tout comme le fut ensuite la maison. Par la suite, Sabrina avoua à Chris qu'elle ne s'était jamais sentie aussi fatiguée de sa vie. Ils étaient sur le point d'aller se détendre dans le séjour, quand l'hôpital téléphona. Ce fut Tammy qui décrocha. Dès qu'elle sut qui appelait, son cœur cessa de battre. Si le médecin leur annonçait qu'Annie était morte, elle était certaine qu'ils ne s'en remettraient pas. Ils ne pouvaient plus en supporter davantage.

— Je voulais vous annoncer moi-même la bonne nouvelle, lui dit-il.

Il existait donc encore de bonnes nouvelles ? Cela semblait difficile à croire.

— Je crois que vous devriez venir, dit doucement le médecin.

Tammy faillit lui répondre qu'ils étaient incapables de se déplacer, après les événements des derniers jours et l'adieu à leur mère, mais elle n'en eut pas le temps.

— Elle s'est réveillée, annonça-t-il triomphalement.

Tammy ferma les yeux. Des larmes de soulagement et de gratitude roulèrent sur ses joues.

— Nous serons là dans une demi-heure, promit-elle après l'avoir remercié.

Mais elle savait que, pour Annie, les épreuves ne faisaient que commencer.

8

Lorsqu'elles entrèrent dans la chambre de leur sœur, elles constatèrent que ses yeux étaient toujours bandés. Le médecin leur assura qu'ils le seraient pendant au moins une semaine encore. Cela leur permettrait de réfléchir à la façon dont elles allaient lui annoncer qu'elle était aveugle. Annie se plaignit de ne rien voir et demanda d'une voix faible qu'on lui enlève les pansements.

— Tes yeux ont été blessés dans l'accident, ma chérie, lui expliqua Sabrina. On t'a opérée, on ne peut pas te retirer ces pansements pour l'instant.

Elles l'embrassèrent, lui pressèrent les mains et lui dirent combien elles l'aimaient. Chris les avait accompagnées, mais pas leur père, trop anéanti pour venir. Il irait voir sa fille le lendemain. La mise en terre de leur mère devait avoir lieu dans l'après-midi. Il y aurait une cérémonie très brève près de la tombe, puis tout serait fini. Les jeunes femmes avaient hâte que ce soit terminé. C'était trop dur. Depuis quatre jours, elles vivaient un cauchemar. La mise en terre de leur mère constituait l'étape ultime d'une série de coutumes qui leur semblaient aujourd'hui barbares.

Mais voir Annie parler, bouger, s'adresser à chacune d'entre elles était la preuve que la vie prenait le dessus.

— Où sont les parents ? leur demanda-t-elle.

— À la maison, répliqua simplement Tammy.

Elles avaient décidé d'un commun accord de ne pas lui dire que leur mère était morte. Il leur semblait cruel de lui infliger un si gros choc, alors qu'elle venait tout juste de se réveiller. Elle devait d'abord reprendre des forces. D'autant qu'ensuite, une autre épreuve l'attendait.

— Tu nous as fait une belle peur, dit Tammy, qui ne se lassait pas de l'embrasser.

Elles éprouvaient une grande joie à la savoir hors de danger. Candy s'allongea sur le lit près d'elle. Elle se blottit contre sa sœur et sourit pour la première fois depuis quatre jours.

— Tu m'as manqué, murmura-t-elle.

Elle se rapprocha d'elle autant qu'elle le pouvait, comme une enfant qui quémande un câlin à sa mère.

— Vous aussi, murmura Annie.

Elle tendit les bras pour les toucher toutes l'une après l'autre. Chris entra alors, disant qu'il ne resterait pas longtemps pour ne pas la fatiguer davantage.

— Tu es là, toi aussi ?

Elle sourit. Il était le grand frère qu'elles n'avaient pas eu.

— Je suis venu pour le 4 juillet et je ne suis pas reparti, répondit-il.

— Ce n'était pas ainsi que j'imaginais passer mes vacances, dit-elle avec un faible sourire.

De nouveau, elle tâta ses bandages du bout des doigts.

— D'ici quelques jours, tu trotteras comme avant, promit Tammy.

— Pour l'instant, ce n'est pas le cas, admit-elle. J'ai une horrible migraine.

— On va prévenir l'infirmière, dit aussitôt Sabrina.

Quelques minutes plus tard, cette dernière entra pour examiner Annie et leur rappeler qu'elles ne devaient pas la fatiguer. Une fois qu'elle lui eut administré un analgésique, tous les quatre embrassèrent la jeune femme et la laissèrent. Ils étaient complètement vidés. Les dernières vingt-quatre heures avaient été particulièrement difficiles.

— Quand va-t-on lui ôter les pansements ? demanda Chris dans la voiture.

— Dans une semaine environ, répondit Sabrina, l'air soucieuse.

Elle avait appelé le cabinet dans la matinée, pour avertir ses collègues qu'elle prenait une semaine de congé supplémentaire. Chris s'était arrangé pour obtenir quatre jours de plus, si bien qu'il passerait le reste de la semaine avec elle. Tammy en avait fait autant, mais elle devait impérativement être à son bureau le lundi suivant. Elle ne voyait pas comment elle pourrait rester un jour de plus. Candy avait appelé son agence pour annuler son voyage au Japon. Ils étaient furieux, mais elle leur avait expliqué qu'elle était trop bouleversée pour travailler. Au moins resteraient-elles ensemble au chevet d'Annie pendant toute la semaine. Sabrina savait que leur sœur aurait longtemps besoin de chacune d'entre elles. Jusqu'à maintenant, elles avaient attendu qu'Annie se réveille pour penser à l'avenir. Mais désormais, elles devaient y réfléchir. Par bonheur, Annie n'avait pas parlé de Charlie. Elle était trop fatiguée pour cela, mais tôt ou tard, elle le ferait. Elle allait devoir apprendre le décès de leur mère, sa cécité et sa rupture avec Charlie… C'était plus que n'importe qui aurait pu en supporter. Sabrina aurait voulu atténuer le choc, mais c'était impossible.

Ce soir-là, elles restèrent longtemps assises dans la cuisine, après que leur père fut monté se coucher. Les sourcils froncés, Sabrina regardait ses sœurs.

— Oh, oh ! fit Tammy d'un air moqueur.

Elle se servit un autre verre de vin. Malgré les circonstances qui les obligeaient à rester ici, elle commençait à apprécier leurs petites soirées. Plus que jamais, elle puisait un énorme réconfort dans la présence de ses sœurs. Même leurs chiens commençaient à s'entendre.

— Je connais cette expression, observa-t-elle en avalant une gorgée de vin.

Chaque soir, elles pillaient la cave de leur père, tout comme elles l'avaient fait dans leur jeunesse. Lorsqu'il l'avait découvert, il avait failli avoir une attaque. Elle pensa qu'elle lui enverrait une caisse de bordeaux. Elles avaient bu quelques-uns de ses meilleurs vins.

— Toi, tu as une idée, dit-elle en fixant sa sœur aînée. Autrefois, quand tu faisais cette tête, cela signifiait en général que tu mijotais quelque chose d'interdit, comme d'inviter les copains à la maison en l'absence des parents. Elle me donnait cinq dollars pour que je ne la dénonce pas, précisa-t-elle à l'intention de Chris. Alors ? Qu'est-ce que c'est, cette fois ?

— Il s'agit d'Annie, répondit Sabrina.

— Je m'en doutais. Qu'est-ce que tu comptes faire, à son sujet ?

Toutes les trois redoutaient le moment où elles devraient lui apprendre le décès de leur mère. Pourtant, il faudrait bientôt le faire. Inévitablement, elle finirait par se demander où était sa mère. Le jour même, elles avaient eu du mal à répondre aux questions qu'elle leur posait. Normalement, Jane aurait dû se précipiter au chevet de sa fille et dormir dans sa chambre. Elles souffraient affreusement de l'absence de leur mère et il en serait de même pour Annie.

— Elle ne peut pas retourner à Florence, dit Sabrina. Et Charlie est un nul.

Sa lâcheté les avait énormément déçues. Ce serait pire pour Annie, mais des épreuves bien plus douloureuses l'attendaient. Charlie ne serait qu'une source de chagrin supplémentaire.

— Tu as raison, confirma Tammy. Elle ne peut pas retourner à Florence. Même si elle veut être autonome, je ne vois pas comment elle pourrait vivre dans un appartement situé au cinquième étage. Il faudra sans doute qu'elle habite avec papa. Cela lui fera de la compagnie.

— Ce serait bien trop déprimant ! Elle aurait l'impression de redevenir une enfant. Sans compter que sans maman, ce serait vraiment trop triste !

Son absence de la maison leur manquait douloureusement. En trois jours, tout leur univers avait été bouleversé. Elles savaient que leur père éprouvait la même chose. Il en allait de même de la femme de ménage, qui était venue dans la journée et n'avait fait que pleurer. À vingt-six ans, Annie refuserait de revenir habiter chez ses parents, après avoir mené une existence indépendante en Italie pendant deux ans.

— Elle peut venir chez moi si elle en a envie, suggéra Tammy. Mais elle ne connaît personne à Los Angeles et comme elle ne pourra pas se déplacer en voiture ni se promener, elle se sentira prise au piège. En plus, je serai absente toute la journée.

Elles savaient toutes que Tammy travaillait jusqu'à des heures impossibles. Sabrina aussi, d'ailleurs, mais au moins vivait-elle à New York, une ville que connaissait Annie. Quatre ans auparavant, elle y avait vécu quelque temps avant de partir pour Paris et avait trouvé qu'il y régnait une atmosphère trop trépidante. Elle avait préféré Paris et encore plus l'Italie, mais maintenant elle ne pouvait plus y retourner. Jusqu'à ce qu'elle s'adapte à son nouvel état, elle devrait rester près de sa famille. Toutes étaient d'accord sur ce point.

— Elle peut aussi vivre chez moi, avança Candy, mais je n'y suis pas souvent, ajouta-t-elle sur un ton d'excuse.

— C'est là où je voulais en venir. Nous serions toutes ravies qu'elle vive avec nous, mais nous avons chacune toutes sortes de problèmes qui rendraient la chose difficile. Du moins en ce qui vous concerne. J'ai un emploi du temps impossible, mais je crois qu'elle gérerait mieux la situation à New York.

— Que proposes-tu ? demanda Tammy.

Elle but une gorgée de vin. Elle savait comment le cerveau de Sabrina fonctionnait. Elle avait sûrement déjà un plan.

— Et si elle vivait avec nous toutes ? suggéra Sabrina avec un grand sourire.

Le plan se précisait.

— Tu veux dire qu'elle passerait quelque temps chez chacune d'entre nous ? Tu ne crois pas que cela la perturberait plus qu'autre chose ? Je ne voudrais pas être rabat-joie, mais je n'imagine pas Annie allant chez les uns et les autres, la valise toujours à la main, pour la seule raison qu'elle est aveugle. Je ne sais pas où elle voudra s'installer, mais ce sera certainement dans un lieu fixe et chez elle. C'est elle qui décidera.

— J'ai mieux que cela à vous proposer, dit Sabrina. Je suis certaine qu'un jour Annie saura où et comment elle voudra vivre. Mais pour l'instant, rien ne sera plus pareil pour elle et elle aura besoin d'être aidée en permanence, du moins au début. Alors… si nous nous installions ensemble pendant un an ? Nous pourrions louer un grand appartement et habiter toutes les quatre sous le même toit, jusqu'à ce qu'elle se soit adaptée à son nouvel état. Nous pourrions essayer. Si cela ne marche pas, nous réintégrerons nos pénates, mais si nous sommes satisfaites, nous signerons pour une année de plus. De toute façon, à ce moment-là, Annie aura bien progressé et nous verrons où elle en est. Qu'est-ce que vous en pensez ?

Tammy et Candy semblaient abasourdies. Ne sachant s'il faisait partie du plan, Chris aussi avait l'air un peu étonné. Comme pour le rassurer, Sabrina l'embrassa.

— Tu m'as prévu dans tes projets ? s'enquit-il prudemment.

— Évidemment ! Ce sera comme maintenant et tu viendras chez nous quand tu le voudras.

— Tu veux dire que j'aurai un harem pour moi tout seul ?

Il grimaça un sourire. Tout cela lui semblait un peu fou, mais tout à fait typique des quatre sœurs. Elles étaient uniques, liées par une affection indéfectible. Il devinait que Sabrina allait remplacer leur mère et toutes les materner. Si elle se lançait dans cette aventure, ce ne serait facile ni pour elle ni pour lui. Mais d'abord, il voulait l'écouter et voir dans quoi son idée les entraînerait. Il en comprenait les avantages pour Annie, qui allait avoir besoin d'aide dans un premier temps. À plus long terme, il lui faudrait trouver sa propre voie. Sabrina le savait et elle avait la certitude que sa mère aurait approuvé son projet.

Tammy, en revanche, parut légèrement agacée.

— C'est peut-être parfait pour vous deux qui habitez New York. Mais moi, je vis à Los Angeles. Que suis-je censée faire ? Démissionner ? Et ensuite ? Je ne trouverai pas de travail à New York. Sans compter que ma série devrait encore mieux marcher, cette année.

Elle aimait Annie, mais elle ne voulait pas tout abandonner pour elle. Elle avait travaillé dur pour en arriver là.

— Tu ne peux pas être engagée par une chaîne locale ? demanda Sabrina.

Elle n'ignorait pas le succès remporté par sa sœur, mais elle en savait très peu sur son travail.

Parfois, Tammy détestait les plans farfelus de Sabrina.

— Il n'y a rien d'intéressant ici, répondit-elle calmement. Ils ne produisent que des séries à l'eau de rose et de la téléréalité. Ce serait une sacrée dégringolade pour moi, Sabrina, et une grosse baisse de salaire.

Elle aurait pu se le permettre, puisqu'elle avait mis pas mal d'argent de côté, mais elle ne souhaitait pas compromettre sa carrière et surtout abandonner sa série, qui était devenue son bébé.

— Et toi ? demanda Sabrina à Candy, qui semblait réfléchir.

— Je n'ai pas envie de quitter mon duplex, observa-t-elle d'une voix pensive, mais je pourrais le sous-louer pendant un an.

En réalité, cette éventualité ne lui déplaisait pas. Souvent, elle se sentait très seule chez elle. Ce ne serait plus le cas, si elle vivait avec ses sœurs.

— Je vais me mettre en quête d'un logement suffisamment vaste pour nous trois, décida Sabrina. Dès qu'Annie sera prête, nous lui en parlerons. Pour ma part, je n'aime pas mon appartement et cela ne m'ennuiera pas de déménager. Et toi, Chris ?

Il secoua la tête.

— Cela m'est complètement égal, du moment que je reste avec vous. Trois femmes sous le même toit… L'ambiance sera sûrement électrique, par moments, mais pour un an, ce devrait être assez drôle. Tu pourras toujours venir chez moi de temps en temps.

Elle acquiesça d'un signe de tête. Elle était d'accord, dans la mesure, bien sûr, où il y aurait quelqu'un pour veiller sur Annie. Ce serait certainement possible, puisque Candy revenait souvent à New York. Il s'agissait avant tout d'aider leur sœur à gérer la situation. Sachant combien elle était débrouillarde et énergique, Sabrina était persuadée qu'une année lui suffirait pour s'adapter à sa cécité. Encore fallait-il qu'elle ne sombre pas dans la dépression. Sabrina souhaitait de tout son cœur que cela n'arrive pas.

— Cette idée me plaît bien, dit-elle.

Candy émit un petit rire.

— À moi aussi. C'est comme d'aller en pension.

Elle l'avait toujours souhaité, mais leur mère s'y était opposée. Elle voulait garder sa dernière fille à la maison. Elle croyait en la famille et avait transmis cette conviction à ses enfants. Aujourd'hui, Sabrina s'en inspirait pour voler au secours d'Annie. Elle était d'ailleurs convaincue d'avoir trouvé la solution. Chris n'était pas loin de croire qu'elle avait raison. Tammy était la seule à se montrer réticente, ce qui était compréhensible puisque sa vie était à Los Angeles.

— En plus, reprit Sabrina, nous serons près de papa et nous pourrons le soutenir en cas de besoin.

— Et si ça ne marche pas ? avança Tammy.

— Dans ce cas, nous retournerons toutes chez nous. Mais je crois que nous pourrons nous supporter pendant un an.

— Peut-être, continua Tammy. Mais nous n'avons pas vécu ensemble depuis l'université. Tu as quitté la maison il y a seize ans, moi onze, Annie huit. Et Candy était encore une petite fille quand nous sommes toutes parties. L'expérience devrait être intéressante, ajouta-t-elle avec une petite grimace. Si ça se trouve, nous nous entendons très bien parce que nous ne vivons pas ensemble. Tu as envisagé cette possibilité ?

— Je pense que cela vaut le coup d'essayer, pour le bien d'Annie, insista Sabrina.

Elle avait réfléchi à la façon dont elles pourraient aider leur sœur sans qu'elle se sente humiliée ou dépendante. La solution qu'elle proposait était peut-être la bonne et elle était prête à sacrifier un an de sa vie pour Annie. Candy était du même avis qu'elle. Sabrina comprenait parfaitement la réticence de Tammy et elle ne lui en voulait pas. Tammy avait travaillé dur et elle ne pouvait pas compromettre sa carrière.

— Je contacterai une agence immobilière dès demain. Nous verrons bien si on nous propose quelque chose qui nous conviendrait à toutes les trois. Je n'ai pas les moyens de Candy et ce sont les parents qui aidaient Annie. Peut-être papa pourra-t-il continuer. Évidemment, ce devrait être plus cher qu'à Florence. Cela me fait penser que quelqu'un devra se rendre là-bas pour récupérer ses affaires et résilier le bail.

— Et si elle veut rester en Italie ? demanda Tammy.

— Je pense qu'elle pourra tenter l'aventure dans un an, si elle est capable de vivre seule. Mais auparavant, elle devra avoir appris à assumer sa cécité et à gagner son indépendance. Je suis persuadée qu'elle y parviendra mieux si elle est avec nous. Ensuite, elle fera ce qu'elle voudra.

— Je pourrai m'occuper de son appartement quand je serai en Europe, proposa Candy.

C'était très gentil de sa part, mais ses aînées savaient combien elle était désordonnée et surtout très jeune. Cependant, cela pouvait l'aider à mûrir. En tant que mannequin, elle menait une existence hors du commun, mais elle était encore très immature. À vingt et un ans, elle restait un bébé pour ses sœurs. Mais cela valait le coup d'essayer.

Tammy sourit à ses sœurs. Elle se sentait un peu coupable de ne pas se joindre à elles, mais elle ne le pouvait pas. Sabrina et Candy en avaient bien conscience.

— Eh bien, l'aventure ne manquera pas de piment ! Je suis certaine que vous allez aider Annie à se reconstruire.

Avant cela, il leur fallait lui annoncer le décès de leur mère et lui révéler qu'elle était aveugle. Elles devraient aussi lui faire part de l'abandon de Charlie. Tout cela serait très difficile et elles espéraient que le projet de Sabrina lui ferait chaud au cœur. Elles burent à leur santé et Chris se joignit à elles. Sabrina leur promit de les tenir au courant de ses démarches concernant leur futur appartement.

— Maintenant, il ne nous reste plus qu'à convaincre Annie que c'est la bonne solution.

Elles ne savaient pas comment leur sœur allait réagir. Elle allait devoir intégrer tant de tristes nouvelles que cela donnait le vertige rien que d'y penser.

— À nous ! dit Sabrina en levant de nouveau son verre.

— Aux femmes les plus surprenantes que j'aie jamais rencontrées, enchaîna Chris.

— À maman, murmura Candy.

Elles se turent un long moment avant de porter leurs verres à leurs lèvres.

9

Le mercredi, la mise en terre de Jane fut la dernière épreuve que dut endurer la famille Adams. Ainsi que Sabrina l'avait demandé au prêtre, la cérémonie fut brève et recueillie. Les cendres de leur mère se trouvaient dans une belle urne en acajou. Les filles avaient du mal à concevoir que leur mère les avait quittées à jamais, qu'elle était réduite à quelque chose d'aussi petit et insignifiant. Désormais, elles devaient la laisser dans le caveau familial.

Elles n'attendirent pas que la boîte disparaisse dans la terre. Au funérarium, Sabrina et Tammy avaient décidé qu'elles ne pourraient pas supporter un tel supplice et leur père était du même avis.

Pendant la cérémonie, le prêtre avait précisé qu'il y avait au moins un événement heureux dont tous pouvaient se réjouir : Annie n'avait pas subi le même sort que sa mère, elle se remettrait bientôt de ses blessures. Il ignorait qu'elle était aveugle, car la famille avait gardé le secret. C'était une nouvelle épreuve trop douloureuse pour être divulguée, d'autant que la principale intéressée ne le savait pas encore. Avant de le lui annoncer, Sabrina, Tammy et Candy voulaient d'abord en discuter avec les médecins.

Si elle apprenait coup sur coup le décès de sa mère et sa cécité, Sabrina craignait que sa sœur ne sombre dans un profond désespoir. Elle était pourtant consciente qu'on ne pourrait pas tergiverser très longtemps, car les médecins comptaient lui ôter ses bandages à la fin de la semaine. À ce moment-là, il faudrait bien lui dire la vérité. Leur père continuait de prétendre que les médecins se trompaient. Il ne pouvait pas admettre que l'une de ses filles soit aveugle. Depuis cinq jours, leur univers avait brusquement basculé dans le malheur. Leur famille, qui auparavant n'avait jamais été touchée par la tragédie, venait de subir deux drames successifs qui les avaient tous ébranlés.

En disant adieu à leur mère, chacune des filles déposa une rose blanche près de l'urne qui contenait ses cendres. Puis leur père resta seul près de la tombe, pendant un long moment. Ses filles le laissèrent ainsi jusqu'à ce que Sabrina retourne sur ses pas et le tire par la manche.

— Viens, papa, on rentre à la maison.

Il tourna alors vers elle un visage ruisselant de larmes.

— Je ne peux pas la laisser ici comme ça. Comment un tel malheur a-t-il pu se produire, alors que nous l'aimions tant ?

Sabrina essuya ses propres larmes du dos de la main, sans pouvoir lui répondre.

Ils portaient tous des vêtements noirs qui leur conféraient une élégance pleine de dignité. Ils avaient toujours été beaux et l'étaient encore, même dans le deuil qui les frappait. Mais pour Jim, la beauté n'existait plus depuis la mort de Jane. Elle avait été l'étoile qui illuminait sa vie, il ne pouvait imaginer continuer sans elle.

— Peut-être est-ce mieux ainsi, murmura Sabrina. Désormais, elle ne sera jamais ni malade ni vieille. Elle n'a pas souffert et elle a vécu suffisamment longtemps pour nous voir grandir. Dans tes souvenirs, elle sera toujours jeune et belle.

Jane avait à peine été griffée par le temps. Elle avait gardé sa beauté et débordait de chaleur et d'énergie. Jusqu'à la fin, elle avait été lumineuse et c'est ainsi qu'ils se souviendraient d'elle.

Hochant la tête, Jim déposa à son tour une rose sur l'urne. Il en prit ensuite une autre qu'il tint un instant dans ses mains avant de s'éloigner, tête basse. Depuis cinq jours, il vivait un cauchemar. En moins d'une semaine, il semblait avoir vieilli de dix ans.

Sans dire un mot, il monta dans la limousine et s'assit près de Sabrina. Pendant tout le trajet, il regarda à l'extérieur. Tammy se trouvait avec eux, mais Candy et Chris suivaient dans la seconde limousine. La mise en terre ayant été une cérémonie privée, les trois sœurs étaient soulagées que tout soit terminé. Entre les démarches à accomplir, le cérémonial des condoléances, la messe, la réception en l'honneur de la défunte et maintenant ce dernier et poignant adieu, les trois derniers jours avaient été lourds en émotions. Elles avaient envisagé de garder les cendres à la maison, mais Sabrina et Tammy avaient estimé que ce serait trop douloureux, tant pour elles que pour leur père. Mieux valait laisser l'urne au cimetière. Sabrina sentait d'ailleurs que c'était ce que leur mère aurait préféré. Puisqu'elle n'avait laissé aucune instruction concernant ses obsèques, elles avaient dû se fier à leur intuition. Elles avaient constamment consulté leur père mais il voulait seulement que ce cauchemar se termine et que son épouse lui revienne. En réalité, aucun d'entre eux n'avait encore vraiment intégré la réalité. Il leur semblait que Jane ne les avait quittés que pour quelques jours et qu'elle allait rentrer à la maison après un long week-end.

Sabrina savait que désormais, il leur fallait se concentrer sur Annie, sur sa guérison et son adaptation à une vie entièrement différente. Ce serait long et difficile. Pour qu'une artiste accepte l'idée qu'elle serait dorénavant privée de la vue, il faudrait du temps. La croix qu'Annie allait devoir porter serait bien lourde.

En arrivant à la maison, leur père leur dit qu'il devait se rendre à la banque dans l'après-midi. Sabrina lui proposa de l'accompagner, mais il refusa. Elle s'efforçait de lui apporter son soutien lorsqu'il en avait besoin, mais s'il manifestait l'envie d'être seul, elle respectait son souhait. Parfois, il semblait écrasé de douleur. À d'autres moments, il pouvait tenir le coup pendant quelques heures, puis s'effondrer brutalement, quand toute l'horreur de la perte s'imposait à lui. Il avait le sentiment qu'un précipice s'était ouvert sous ses pieds, et, à bien des égards, c'était vrai.

Il avait prévenu ses collègues qu'il serait absent pendant toute la semaine, peut-être davantage. Le temps seul lui dirait quand il aurait la force de retourner au bureau. Il avait effectué toute sa carrière en tant que conseiller financier. Ses clients comprendraient qu'il s'absente après la mort de sa femme. Les plus importants avaient été prévenus et nombre d'entre eux avaient envoyé des fleurs.

La famille restait ensemble jusqu'à la fin de la semaine, ensuite Tammy repartirait pour la Californie, Chris reprendrait son travail et peut-être que Jim aussi. Sabrina pensait que ce serait bon pour lui, mais les autres n'étaient pas toutes d'accord. Leur père paraissait épuisé et fragile, il avait d'ailleurs perdu plusieurs kilos. Les trois sœurs craignaient que la mort de leur mère ne compromette sa santé et ne fasse de lui un vieillard. C'était déjà presque le cas. Il semblait complètement détruit.

En revenant du cimetière, Sabrina s'isola dans la bibliothèque et appela l'agence immobilière qui lui avait trouvé l'appartement qu'elle occupait. Elle expliqua ce qu'elle cherchait. Elle voulait un appartement ensoleillé, de préférence sur un seul niveau et disposant de trois grandes chambres, de trois salles de bains, d'un grand séjour, si possible d'un salon et peut-être d'un petit bureau. Elles souhaitaient qu'il y ait un portier au bas de l'immeuble, car Candy rentrait souvent très tard et Annie aurait besoin d'aide lorsqu'elle entrerait ou sortirait. Candy et elle pouvaient être absentes. Elles préféraient l'Upper East Side, plutôt que SoHo, Tribeca ou Chelsea. Sabrina se sentait mieux dans les quartiers résidentiels, alors que Candy s'en moquait, pourvu qu'elles soient ensemble. La seule chose qui comptait pour elle était la sécurité.

— Vous m'en demandez beaucoup, lui répondit honnêtement la femme de l'agence. À moins que, par chance, je ne trouve quelqu'un qui souhaite louer pour un an.

Sabrina avait précisé que la vue n'avait pas d'importance. Elles accepteraient éventuellement un appartement confortable dans un vieil immeuble. Le principal était qu'elles puissent vivre ensemble et qu'Annie apprenne à s'adapter à sa nouvelle vie. Elle devait donc s'y sentir bien. Sabrina voulait aussi que la cuisine soit suffisamment vaste car Chris viendrait souvent et leur préparerait de bons petits plats, puisqu'il était un vrai cordon-bleu. Sabrina avait toujours souhaité qu'il lui transmette un peu de son talent, mais elle n'avait jamais eu le temps de s'y mettre et sautait d'ailleurs souvent les repas. Quant à Candy, elle ne mangeait plus du tout, ces temps-ci. Tammy se situait entre elles deux : elle se souciait de sa ligne, sans être obsédée par la question.

L'employée de l'agence lui promit de la rappeler dès qu'elle aurait quelque chose à lui proposer, mais Sabrina avait conscience que cela prendrait un certain temps. Lorsqu'elle avait exposé son projet à son père dans la limousine, il avait souri.

— C'est une bonne idée, avait-il dit. Ce sera comme au bon vieux temps, quand vous habitiez toutes sous le même toit. J'imagine l'ambiance ! Mais que fais-tu de Chris, Sabrina ? N'importe quel homme serait effrayé à l'idée de vivre avec trois femmes.

— Ne t'en fais pas pour lui, papa. J'imagine que ce ne sera pas de tout repos, mais Chris est habitué, maintenant. Je crois même qu'il apprécie notre remue-ménage.

Sabina ne pensait pas avoir confié une mission impossible à l'agence immobilière. Elle lui avait précisé que c'était assez pressé. Annie allait sortir de l'hôpital d'ici quelques semaines et Sabrina voulait qu'elles emménagent immédiatement. Avant cela, il lui faudrait donner son congé à son propriétaire pendant que Candy chercherait un locataire pour son duplex. Dans la mesure où il lui appartenait, elle pouvait même le laisser inoccupé. Candy avait amassé de telles sommes qu'elle pouvait se le permettre, contrairement à ses sœurs. Malgré son poste important à la télévision, Tammy ne gagnait pas autant qu'elle. Candy admettait d'ailleurs elle-même que les gains des top-modèles étaient démentiels. Les siens, surtout, puisqu'elle était la plus sollicitée de tous.

En rentrant, leur père leur avait dit qu'il réglerait la part d'Annie, ajoutant qu'il donnerait même un peu plus. En fait, il voulait payer la moitié du loyer parce qu'il était très touché de ce que faisaient ses filles pour leur sœur, même s'il refusait toujours d'admettre qu'Annie resterait aveugle. Selon lui, elle recouvrerait la vue un jour. Il ne pouvait accepter la réalité, c'était trop dur pour lui. Sabrina savait qu'il y serait bien obligé, mais pour l'instant son esprit refusait d'y croire. Ce n'était pas plus facile pour ses filles.

En arrivant, Tammy et Chris préparèrent des sandwiches, même si les voisins avaient déposé des paniers remplis de victuailles. On se serait presque cru à Noël, mais les circonstances n'avaient rien à voir. En fait, Sabrina redoutait déjà la période des fêtes, maintenant que leur mère n'était plus là. Ce serait atroce, car la disparition de Jane se ferait plus cruellement sentir.

Dans l'après-midi, leur père se rendit à la banque, pendant qu'elles allaient voir Annie. Chris avait proposé d'emmener Jim, car il était tellement distrait que ses filles ne voulaient pas qu'il prenne le volant. Elles redoutaient un autre accident. Quand Jim sortit de la maison, Chris remarqua avec étonnement qu'il portait un grand sac fourre-tout et une petite valise. Le jeune homme ignorait totalement ses intentions, mais il nota que Jim paraissait très déterminé. Durant le trajet, il parla très peu, ce qui ne lui ressemblait pas.

Quand Tammy, Sabrina et Candy arrivèrent à l'hôpital, Annie dormait. Elles s'assirent dans sa chambre sans faire de bruit et attendirent qu'elle se réveille. L'infirmière leur avait dit qu'Annie faisait la sieste et qu'elle avait bon moral. Ses sœurs savaient que cela ne durerait pas. Bientôt, elle connaîtrait la terrible vérité.

Quand Annie s'éveilla, elle perçut la présence de ses sœurs, qui chuchotaient à son chevet. Avec ces bandages qui lui masquaient les yeux, elle avait développé une sorte de sixième sens qui lui permettait de capter les mouvements des gens. Son ouïe était plus fine et elle devinait facilement laquelle de ses sœurs se tenait le plus près d'elle.

— Salut, Tammy !

Tammy se pencha en souriant pour l'embrasser.

— Comment sais-tu que c'est moi ? demanda Tammy.

— Je sens ton parfum. Et celui de Sabrina aussi, précisa Annie en la désignant du doigt.

— C'est bizarre ! s'exclama Sabrina. Je n'en mets plus. Je l'ai oublié à New York.

— Je ne sais pas comment ça se fait, répondit Annie en bâillant, mais je peux vous reconnaître, les filles. Par exemple, je sais que Cindy est couchée en travers du lit, à mes pieds.

Elles éclatèrent de rire tant les affirmations de leur sœur étaient justes.

— Où est maman ? demanda-t-elle comme elle l'avait fait la veille.

Elle semblait intriguée, mais sans plus.

— Papa a dû aller à la banque, dit Tammy.

Elle ne voulait pas lui mentir franchement, mais elle espérait détourner son attention en laissant entendre que leur mère avait accompagné leur père.

— Qu'est-ce qu'il fait à la banque ? Il n'est pas au bureau ? Quel jour sommes-nous, d'ailleurs ?

— On est mercredi, répondit Sabrina. Papa a pris une semaine de congé.

— Ah bon ? Il ne fait jamais ça…

Annie fronça les sourcils. Les trois sœurs échangèrent des regards inquiets.

— Vous êtes en train de me mentir, les filles, constata tristement Annie. Maman a dû être blessée dans l'accident. Je la connais ! Me sachant blessée, elle se serait précipitée ici, au lieu d'accompagner papa à la banque ! Que s'est-il passé ? C'est grave ?

Un lourd silence s'abattit sur la pièce. Les trois sœurs n'avaient pas eu l'intention de lui dire la vérité aussi tôt, mais elle ne leur laissait pas le choix. Il en avait toujours été ainsi. Allant droit au but, Annie exigeait des réponses à ses questions. Elle détestait les situations embrouillées et elle se montrait toujours précise et directe.

— Dites-moi ce qui est arrivé à maman. Où est-elle ?

Effrayées à l'idée de lui infliger un tel choc, elles se turent.

— Allez ! Vous me faites flipper !

Elle commençait à être angoissée et il en allait de même pour ses sœurs. C'était horrible d'avoir à lui révéler la vérité au moment où elle commençait à se remettre.

— Ça a été épouvantable, Annie, dit finalement Tammy.

Elle se pencha vers sa sœur. Candy et Sabrina l'imitèrent et lui prirent la main.

— L'accident a été terrible, poursuivit Tammy. Il y a eu trois voitures et un camion impliqués.

— Je me rappelle quand maman a perdu le contrôle de la voiture. J'ai essayé de prendre le volant avant que nous nous retrouvions à contresens, mais quand je me suis tournée vers elle, elle n'était plus là et je n'ai pas compris comment elle avait pu disparaître ainsi.

Jane avait été éjectée entre les rails de sécurité qui séparaient les deux voies, mais le policier leur avait dit qu'elle était déjà morte. Elle avait été tuée au moment où les cylindres d'acier avaient traversé le pare-brise, la frappant de plein fouet. Annie en avait réchappé d'un cheveu.

— Ensuite, je ne me souviens de rien, murmura-t-elle.

— Tu es restée coincée dans la voiture, victime d'un gros choc à la tête. Il a fallu plus d'une demi-heure pour te désincarcérer, précisa Tammy.

— Heureusement, les secours sont arrivés très rapidement, ajouta Sabrina.

Elles formaient un petit groupe très uni qui parlait souvent d'une seule voix. Leur mère les avait surnommées « le monstre à quatre têtes », lorsqu'elles étaient petites. Si elle en grondait une, elle avait affaire aux quatre. Et si elles estimaient qu'elle avait été injuste envers l'une d'entre elles, alors rien ne les arrêtait. Et aujourd'hui, il en était toujours de même. Elles étaient plus mûres, plus calmes, elles s'énervaient moins souvent, mais elles étaient toujours aussi soudées et promptes à se défendre mutuellement.

— Vous ne m'avez toujours pas dit où est maman.

Elles savaient qu'elles ne pourraient pas esquiver longtemps la question.

— Elle est dans une autre chambre, à côté ? poursuivit-elle.

Tammy regarda Sabrina, qui hocha la tête. Elles se serrèrent toutes les trois autour de leur sœur. L'une lui prit la main, la deuxième le bras, la troisième lui caressa le visage. Elle les sentait autour d'elle et leur présence était à la fois réconfortante et inquiétante. Elle devinait que quelque chose de terrible était arrivé. Ses sens étaient plus développés que jamais et son cerveau fonctionnait parfaitement bien.

— Elle ne s'en est pas sortie, Annie, expliqua Tammy dans un souffle. Tout est allé très vite. Les tubes en acier lui sont tombés dessus et elle a été tuée sur le coup.

Annie suffoquait. Elle ouvrit la bouche pour hurler, mais aucun son n'en sortit. Elle se mit alors à battre l'air de ses bras, s'efforçant de saisir leurs mains pour s'y agripper. Toutes pleuraient. Annie était le miroir de leur propre souffrance, mais elles avaient eu quatre jours pour s'y habituer. Sa douleur était totale.

— Maman est morte ? souffla-t-elle.

Elle détestait les bandages qui l'empêchaient de voir ses sœurs. Elle avait tenté à plusieurs reprises de les arracher, mais le médecin lui avait dit qu'elle devrait les garder encore quelques jours. Elle aurait voulu voir dans les yeux de ses sœurs le reflet de sa propre détresse.

— Oui, répondit Sabrina. Nous sommes tellement désolées de devoir te l'annoncer !

— Mon Dieu, c'est trop affreux !

Ses larmes jaillirent, aussitôt absorbées par les bandages. Elles lui brûlaient les yeux, et les pansements ne faisaient qu'aggraver les choses. Se redressant sur le lit, elle pleura pendant longtemps, serrée dans les bras de ses sœurs qui veillaient sur elle comme trois anges gardiens. Mais le plus doux des anges les avait quittées et, pas plus que ses sœurs, Annie ne parvenait à intégrer cette réalité. C'était le pire malheur qui l'avait jamais frappée, le plus incompréhensible. Et Tammy, Sabrina et Candy ressentaient la même chose.

— Comment va papa ? demanda Annie.

Ce fut Candy qui prit le relais :

— Pas trop bien. Tout comme nous. Je me suis effondrée. Sabrina et Tammy se sont occupées de tout, elles ont été fantastiques.

— Est-ce qu'elle est déjà enterrée ? s'enquit Annie d'une voix tremblante.

Ce n'était pas la chose la plus importante pour elle, mais elle se sentait un peu exclue de ne pas avoir été informée plus tôt. Mais elle était inconsciente et personne ne savait quand elle s'éveillerait. Il avait bien fallu prendre des décisions. Attendre aurait été trop pénible pour leur père et même pour elles.

— La cérémonie a eu lieu hier, précisa Sabrina.

Annie n'arrivait pas à croire que sa mère était morte. Son esprit refusait de l'accepter. Ses sœurs avaient rencontré la même difficulté et avaient encore beaucoup de mal à s'y faire. L'amour que leur mère leur portait était si fort, elle était tellement présente dans leur vie que sa disparition brutale était incompréhensible. Quant à imaginer l'existence sans elle, c'était pratiquement impossible, même si les aînées avaient réussi à gérer la situation.

— Pauvre papa… pauvres de nous… pauvre maman, pleura Annie. Comment quelque chose d'aussi terrible a-t-il pu se produire ?

Mais c'était la réalité, et elle ne savait pas tout. Car elle était plus à plaindre encore que leur mère. Jane était morte trop jeune, bien sûr, mais elle avait pleinement vécu sa vie et elle avait été heureuse jusqu'à la fin. En revanche, Annie allait devoir relever un immense défi. Plus jamais elle ne pourrait admirer un tableau ou peindre, elle qui consacrait toute son existence à l'art. Si jeune, elle se retrouvait aveugle et ses sœurs souffraient pour elle autant que pour leur mère.

Cet après-midi-là, elles restèrent longtemps près d'elle. Après ce qu'elles venaient de lui apprendre, elles ne voulaient pas la laisser seule. Elles parlèrent, pleurèrent, rirent même, à travers leurs larmes, quand l'une d'elles racontait une anecdote que les autres avaient oubliée. Elles avaient toujours été proches, mais la mort de leur mère les avait encore rapprochées. Elles avaient des caractères très différents mais s'aimaient profondément. Cet amour leur avait été transmis avant tout par leur mère, mais aussi par leur père. Elles s'accrochaient à lui, tout comme elles se cramponnaient les unes aux autres. C'était tout ce qui restait de leur monde anéanti.

Il était 19 heures lorsqu'elles quittèrent l'hôpital. Tout comme Annie, elles étaient épuisées. En arrivant à la maison, elles trouvèrent leur père et Chris qui bavardaient tranquillement dans le séjour. Jim leur confia que de nombreuses personnes l'avaient abordé pour demander de leurs nouvelles et présenter leurs condoléances. La mort de leur mère n'avait pas seulement causé un vide immense dans leurs vies, elle allait manquer aussi à tous ceux qui l'avaient aimée.

Tammy proposa de commander des plats chez le traiteur pour éviter d'avoir à faire la cuisine, mais leur père leur annonça qu'il devait d'abord leur montrer quelque chose. Il semblait toujours aussi triste et affligé, mais paraissait déterminé. Il demanda à ses filles de le suivre dans la salle à manger. Chris, qui connaissait son projet, resta discrètement à l'écart. Cela ne le concernait pas. Quand Jim lui avait dévoilé ce qu'il pensait faire, il avait été surpris. Cela lui semblait prématuré, mais Jim lui avait fait remarquer que plusieurs mois s'écouleraient avant que les filles soient de nouveau réunies sous le même toit. En outre, il était persuadé d'exaucer ainsi le désir de sa femme.

Quand les filles entrèrent dans la salle à manger, ce qui les attendait les bouleversa. N'étant pas prévenues, elles n'étaient donc pas préparées. Reculant d'un pas, Tammy laissa échapper un gémissement de souffrance. Sabrina se cacha les yeux et Candy s'immobilisa avant de se mettre à pleurer.

— Oh, papa !

Ce fut tout ce que Tammy put dire. Elle ne voulait pas affronter cela… pas si tôt ! La vue de tous ces objets lui faisait mal.

Leur père avait disposé tous les bijoux de Jane sur la table. Les bagues, les bracelets, les boucles d'oreilles, les perles que lui avait données sa propre mère, les cadeaux que son mari lui avait offerts au fil des anniversaires, à Noël, ou à la naissance des enfants. Tout était là, bien en ordre sur la table. Tammy avait vu des bijoux plus somptueux à Hollywood et Candy en avait porté de plus chers pour *Vogue*. Ils ne venaient pas de chez Tiffany ou de chez Cartier, mais ils étaient très beaux et leur mère les avait aimés. Elles penseraient à elle chaque fois qu'elles les porteraient. Pourtant, pour l'instant, les voir leur donnait le sentiment de profiter de son absence pour les lui emprunter. Elles avaient encore l'espoir qu'elle allait revenir. Mais, en les forçant à les choisir, leur père les obligeait à admettre la réalité. Elles étaient maintenant contraintes d'entrer dans le monde des adultes, plus rien ne les protégeait contre les aléas de la vie. La mort de leur mère les avait fait brutalement grandir.

Sabrina posa sur son père des yeux pleins de larmes. Tammy pleurait sans bruit.

— Tu es sûr, papa ? demanda Sabrina.

— Absolument, répondit Jim. Je ne voulais pas attendre que vous reveniez à la maison pour Thanksgiving. Annie n'est pas là, mais vous connaissez ses goûts et vous pourrez choisir pour elle ou faire des échanges par la suite. Je veux que vous passiez l'une après l'autre, par ordre d'âge. À chaque fois, vous prendrez un bijou jusqu'à ce qu'il n'y en ait plus un seul. Maman avait l'intention de vous les donner et il y en a de très beaux. Ils vous appartiennent.

Sur ces mots, il quitta la pièce en essuyant ses joues ruisselantes de larmes. Après son départ, elles s'aperçurent qu'il avait aussi sorti de la penderie les quatre manteaux de fourrure de leur mère. Les deux premiers étaient en vison, le troisième en renard et le quatrième, absolument superbe, en lynx. Jim le lui avait offert au dernier Noël. Chacun d'entre eux était posé sur le dossier d'une chaise.

— Waouh ! Par où on commence ? interrogea Sabrina en s'asseyant.

— Tu as entendu papa, répliqua sombrement Tammy. Tu seras la première, ensuite ce sera moi, puis Annie et enfin Candy. Qui choisit pour Annie ?

— On le fera ensemble. Nous savons toutes ce qu'elle aime.

Annie portait peu de bijoux et ses goûts étaient très éclectiques. Elle aimait les bracelets en argent et les turquoises. Les parures de leur mère étaient de plus grande valeur. Certaines d'entre elles lui iraient bien et même si elle ne les portait pas, ce serait toujours un souvenir précieux. Elles choisirent d'abord ce que leur père avait offert à sa femme pour leur naissance : un fin bracelet de saphir pour Sabrina, une bague ornée de rubis pour Tammy, un collier de perles pour Annie et un magnifique bracelet en diamant pour Candy, qui était née près de treize ans après Sabrina, à une époque où ils étaient plus fortunés.

Elles se partagèrent ensuite le reste des bijoux. Quelques-uns avaient appartenu à leur grand-mère. Datant des années 1940, ils étaient splendides. Il y avait de belles topazes, des aigues-marines et un beau camée qu'elles réservèrent à Annie. Elles pensaient qu'il lui plairait, d'autant que le visage représenté ressemblait beaucoup au sien. Durant le partage, aucun conflit ne les divisa. Quand l'une d'elles appréciait quelque chose, les autres s'effaçaient immédiatement, la pressant de le prendre. Elles attribuèrent à Sabrina la broche en saphir que leur père avait offert à Jane pour son cinquantième anniversaire. Les boucles d'oreilles en or étaient superbes sur Tammy. Dans sa jeunesse, leur mère en avait porté en perles, ainsi qu'un diamant monté en broche, et ils allaient parfaitement à Candy. Elles furent toutes les trois d'accord pour que le bracelet en or revienne à Annie et elles le mirent de côté pour elle. Il y avait des pièces absolument splendides et, parvenues à la moitié du partage, elles étaient déjà moins tristes. Chaque fois que l'une d'entre elles essayait un bijou, elles riaient, plaisantaient ou faisaient des commentaires. Ce fut un moment doux-amer, à la fois triste et gai.

Lorsqu'elle se furent tout partagé, chacune se retrouva avec trois bijoux de grand prix et d'autres moins chers mais d'une grande valeur sentimentale. Contentes de ce qu'elles avaient choisi pour Annie, elles s'étaient promis de faire des échanges si leur sœur n'appréciait pas ce qu'elles lui décriraient. Elles savaient que la plupart des bijoux auraient mieux convenu à des femmes plus âgées, mais elles avaient bien conscience que le temps ferait son œuvre et qu'en attendant elles les porteraient en souvenir de leur mère. Elles passèrent alors aux fourrures.

Elles décidèrent que le manteau en renard serait pour Annie. Il était presque de la même couleur que ses cheveux châtains. Long et ample, il lui irait très bien et elle pourrait le porter avec un jean. En vison noir, Sabrina paraissait très élégante. Il lui allait d'autant mieux que leur mère choisissait des fourrures toujours un peu grandes pour elle et que la mode était aux manteaux larges. Le vison brun faisait un effet absolument extraordinaire sur Tammy. Elle le porterait aux prochains Emmy Awards, assura-t-elle. Le trois-quarts en lynx semblait avoir été créé pour Candy. Lorsqu'elle l'enfila, ses sœurs la trouvèrent fabuleuse. Sa longueur mettait en valeur ses jambes. Les manches étaient un peu courtes, mais Candy affirma qu'elle les aimait ainsi. Les manteaux étaient en excellent état, car Jane ne les sortait de la penderie que pour dîner en ville ou participer à un événement mondain. Elle avait toujours eu un penchant pour la fourrure, mais elle n'y avait cédé que ces dernières années. Dans sa jeunesse, elle avait eu un manteau en astrakan qui venait de sa grand-mère et qui datait des années 1930, mais elle s'en était débarrassée depuis longtemps, tellement il était usé. Lorsqu'elles eurent terminé l'essayage, elles les reposèrent avec précaution et retournèrent remercier leur père.

Il les vit entrer, souriantes. Elles l'embrassèrent chacune à leur tour en lui disant combien ces cadeaux avaient de signification pour elles. Il n'avait conservé que l'alliance de sa femme, ainsi que sa bague de fiançailles, et les avait posées dans un écrin, sur son bureau. Il pourrait ainsi les contempler chaque fois qu'il le désirerait. Il n'aurait pas pu s'en séparer.

À la fin, Candy s'assit près de lui et lui prit la main.

— Merci, papa.

Elles savaient toutes les trois le sacrifice que cela représentait pour lui, si tôt après le décès de sa femme.

— Plus tard, vous pourrez choisir ce qui vous plaît parmi ses autres affaires, dit-il.

Jane avait de beaux sacs et des vêtements élégants que seule Tammy pourrait porter, puisqu'elle était de la même taille. Mais ce n'était pas pressé. Le partage des bijoux avait paru important à Jim, puisqu'il fallait qu'elles soient réunies pour le faire et qu'il ne souhaitait pas attendre Thanksgiving. Lorsqu'il les avait sortis de leurs écrins, il avait eu un choc, mais maintenant il était soulagé. En outre, tout s'était bien passé et elles s'étaient entendues aussi bien que d'habitude. Il était fier d'elles et de ce que Jane et lui leur avaient inculqué.

Pendant qu'elles choisissaient les bijoux, leur père et Chris avaient commandé un délicieux repas au curry chez un traiteur indien. Tout en mangcant, ils bavardèrent, rirent et plaisantèrent. L'espace d'un instant, ce fut comme si rien n'avait changé. Tout avait été si rapide que c'était surréaliste.

Tandis qu'elles rangeaient la cuisine, Tammy prit conscience que ses sœurs allaient horriblement lui manquer lorsqu'elle aurait regagné Los Angeles. C'était avec elles qu'elle se sentait le plus heureuse. Et comme chaque fois qu'elle était en famille, sa vie en Californie lui semblait dénuée de sens. Mais elle vivait et travaillait à Los Angeles et, lorsqu'elle y était, rien ne lui semblait plus important et plus précieux que la série qu'elle avait contribué à créer. Au moment où elles quittaient toutes la cuisine, Sabrina l'enlaça et la serra contre elle.

— Tu vas me manquer, quand tu seras repartie. Comme toujours.

— Vous aussi allez me manquer, répondit-elle tristement.

Sa vie semblait si vide, loin de ses sœurs. Ici, elles partageaient leurs repas et pouvaient bavarder à n'importe quelle heure du jour, sous le regard bienveillant de leur père. Ces instants la renvoyaient à leur enfance, si heureuse. À présent, elles vivaient toutes aux quatre coins du monde. Du moins, jusqu'alors, car bientôt Candy et Sabrina habiteraient avec Annie. Mais elle, Tammy, se trouverait à des milliers de kilomètres. Elle ne pouvait pas faire autrement, sinon elle abandonnerait tout ce qu'elle avait édifié, et la carrière qu'elle avait eu tant de mal à construire serait anéantie. Le choix était douloureux.

Les trois chiennes les suivirent hors de la pièce. Apparemment, elles avaient conclu une sorte de trêve. Depuis quelques jours, Beulah et Juanita semblaient devenues les meilleures amies du monde. Zoé trottinait derrière Candy, lorsqu'elle n'était pas sur ses genoux. Juanita et Beulah avaient pris l'habitude de dormir ensemble. Le chihuahua mordillait les longues oreilles soyeuses de Beulah et elles avaient couru après un lapin dans le jardin. Elles faisaient rire tout le monde. Zoé était la plus élégante des trois, avec son collier en faux diamants et ses rubans roses. Juanita était la plus agressive. Chris avait fait observer que Beulah n'était plus du tout déprimée, depuis qu'elle était ici. Il prétendait qu'elle avait besoin de frères et sœurs et qu'elle détestait sa condition de fille unique.

Candy promit d'envoyer à Juanita et Beulah des colliers semblables à celui que portait Zoé.

Chris leva les yeux au ciel.

— C'est un chien de chasse, Candy, pas un top-modèle.

— Il faut la rendre un peu plus élégante, rétorqua Candy avec une petite grimace. C'est sans doute pour cette raison qu'elle est déprimée.

Le collier de Beulah était usé et décoloré. Comme si elle comprenait qu'on parlait d'elle, la chienne leva les yeux et agita la queue.

— Vous voyez ! s'exclama Candy. Je connais une femme absolument fabuleuse qui crée les vêtements de Zoé, à Paris. Je vais prendre les mesures de Beulah.

— Maintenant, c'est moi qui déprime, prétendit Chris. Tu es en train de corrompre notre chien, ajouta-t-il fermement.

Beulah était tout ce que Sabrina et lui possédaient en commun. Ils vivaient chacun de leur côté, ne faisaient pas bourse commune et étaient très attentifs à ne pas confondre amour et argent. En tant qu'avocats, ils savaient les dégâts que pouvait produire une rupture. Mais Beulah était un peu leur enfant. Sabrina prétendait parfois en riant que, s'ils se séparaient un jour, ils en demanderaient la garde conjointe. Chris lui répondait que la meilleure façon de protéger leur chienne serait qu'ils se marient. Mais jusqu'à maintenant et sans doute pour longtemps encore, le mariage ne faisait pas partie des projets de Sabrina.

— Mais pourquoi ? lui demanda justement Tammy le lendemain.

Assises dans la cuisine, elles buvaient un café. Les autres étaient sortis. Leur père et Chris faisaient les courses, pendant que Candy s'était mise en quête d'une salle de gymnastique. Elle ne faisait plus ses exercices de remise en forme depuis une semaine et prétendait qu'elle était sur la mauvaise pente et prenait du poids, ce qui en soi était plutôt une bonne nouvelle. Mais Candy se plaignait que son corps s'amollissait, ou tout au moins elle en avait l'impression, même si à vingt et un ans, c'était difficile à croire.

— Je ne sais pas, répondit Sabrina en soupirant. Je ne me vois pas mariée, tout simplement. Toute la journée, j'entends des histoires très moches. Les gens cherchent à s'arnaquer mutuellement, ils trichent. Ils se sont aimés et le mariage a tout gâché. Chris a beau être parfait, ce n'est pas très tentant. Au début, tout est merveilleux, mais ensuite, c'est l'horreur.

— Regarde papa et maman, remarqua Tammy.

Leurs parents leur avaient offert l'exemple du mariage réussi. Si elle trouvait un homme comme son père, Tammy ne demanderait pas mieux que de se marier. Mais ceux qu'elle rencontrait à Los Angeles, surtout dans le show-business, étaient tous fous, joueurs, égoïstes et en général sans intérêt. Elle prétendait n'attirer que les dingues et les imbéciles. Surtout les dingues.

— Oui. Regarde papa et maman, répéta Sabrina d'une voix lugubre. Ils s'entendaient parfaitement bien. Comment pourrions-nous trouver un jour l'équivalent ? Cela n'arrive qu'une fois. Maman n'arrêtait pas de le répéter, d'ailleurs. Elle disait tout le temps qu'ils avaient eu beaucoup de chance et je ne suis pas certaine d'en avoir autant. Si ce n'était pas le cas, je me sentirais bernée, alors je préfère m'abstenir. Ils ont placé la barre très haut.

— Pour moi, Chris est proche de la perfection. Tu as trouvé le bon, Sabrina, et c'est rare ! Je te rappelle aussi que papa et maman ont dû faire des efforts pour réussir leur mariage, ce n'est pas tombé tout rôti. Il leur est arrivé de se disputer, quand nous étions petites.

— Pas souvent et en général, c'était quand nous avions fait une bêtise et qu'ils n'étaient pas d'accord à ce propos. Comme la fois où j'ai fait le mur une nuit, pendant la semaine. Papa pensait qu'une bonne semonce suffirait, mais maman m'a privée de sortie pendant trois semaines. Elle était bien plus sévère que lui.

— C'est peut-être pour cette raison qu'ils s'entendaient si bien. Mais je ne me rappelle pas qu'ils se soient vraiment opposés. Peut-être une fois, quand il avait trop bu, un soir de nouvel an. Je crois qu'elle ne lui a pas adressé la parole pendant huit jours.

Les deux sœurs rirent à ce souvenir. Même un peu ivre, leur père restait charmant. Leur mère avait prétendu qu'il lui avait fait honte devant leurs amis. Leurs parents étaient plutôt sobres et elles aussi, même si elles appréciaient davantage l'alcool qu'eux. Candy était sans doute celle des quatre qui buvait le plus, mais elle était encore jeune et son métier ainsi que le monde dans lequel elle évoluait en étaient la cause. Elle ne dépassait jamais les limites du raisonnable, et les trois autres ne faisaient aucun excès. Elles savaient qu'Annie fumait de l'herbe avec ses amis artistes, mais son travail était tellement important pour elle qu'elle n'en abusait pas. Aucune d'elles n'avait jamais eu de problèmes de drogue. Elles formaient avec leurs parents une famille très saine. Chris buvait plus que Sabrina et, lorsqu'il sortait, il appréciait un petit verre de vodka, mais il n'exagérait jamais. C'était encore une raison pour que Tammy le trouve parfait, surtout en comparaison des cinglés qu'elle fréquentait.

— Ce serait très triste, si vous ne vous mariiez pas, Chris et toi, insista-t-elle en déposant leurs tasses dans le lave-vaisselle. Tu vas avoir trente-cinq ans en septembre et, si tu veux des enfants, tu ferais bien de ne pas trop traîner. D'ailleurs, il pourrait se lasser d'attendre. Vous ne vivez même pas ensemble et je suis surprise qu'il ne te mette pas un peu plus la pression. Il ne rajeunit pas, lui non plus.

— Il n'a que trente-sept ans. Et, ne t'inquiète pas, il me met de temps en temps la pression. Je lui réponds que je ne suis pas prête, et j'ignore si je le serai un jour. Notre situation me convient parfaitement. Nous passons trois ou quatre nuits par semaine ensemble et cela me suffit. J'ai besoin de temps pour moi et je travaille pas mal la nuit.

— Tu es trop gâtée.

— Tu as sans doute raison.

— Laisse-moi te dire une chose : si je rencontrais un type comme Chris, je ne le lâcherais plus. Est-ce que tu as déjà pensé que tu pourrais le perdre ?

Tammy l'avait envisagé et trouvait Chris incroyablement patient, d'autant qu'il voulait des enfants. Mais Sabrina n'était pas bien fixée là-dessus non plus et elle ne voulait pas avoir à partager la garde des enfants si elle divorçait un jour. Bien sûr, son métier n'était pas fait pour la rassurer, puisqu'elle devait gérer chaque jour les problèmes – souvent monstrueux – de ses clients.

— Je m'en inquiéterai le moment venu, si cela arrive. Pour l'instant, nous sommes heureux comme ça.

Dégoûtée, Tammy secoua la tête.

— Moi, j'envisage d'avoir recours à une banque du sperme quand j'aurai ton âge, si je n'ai pas rencontré l'homme de ma vie, ce qui me pend au nez ! Et toi, tu trouves le type le plus fantastique de la planète, il veut t'épouser et avoir des enfants, et tu préfères vivre seule... La vie est injuste.

— C'est faux ! Et ne t'avise pas d'aller dans une banque du sperme ! Je suis certaine que tu vas rencontrer quelqu'un de bien.

— Pas dans mon boulot et pas à Los Angeles. C'est presque certain. Tu n'imagines pas à quel point ils sont tous dingues, dans ce métier. Je n'accepte plus un seul rendez-vous. Je ne supporte plus le baratin du pauvre mec qui soi-disant n'a pas rencontré la femme de sa vie depuis vingt ans qu'il est divorcé, mais qui me trompe avec des starlettes, est végétalien, a besoin d'un lavage d'estomac par semaine pour garder la tête sur les épaules et aimerait surtout que je lui obtienne le rôle principal dans ma série. Tout cela me donne envie de vomir ! Je préfère rester à la maison avec Juanita et regarder mes émissions préférées à la télé. Le plus souvent, je relis des scripts chez moi, après avoir quitté le bureau à 22 heures. À quoi bon me maquiller et mettre des talons hauts pour tous ces types ? Je crois vraiment que je finirai seule et je préfère encore ça. L'année dernière, je suis allée deux fois sur un site de rencontres et c'était encore pire. Le premier m'a invitée à dîner, mais il m'a demandé de payer et ensuite il voulait m'emprunter de quoi mettre de l'essence dans sa voiture. Le second m'a avoué qu'il était gay, mais qu'il avait parié avec ses copains qu'il pourrait sortir avec une femme, juste une fois. J'étais l'heureuse élue. Je détiens le record du monde des histoires idiotes avec des débiles incurables.

Sabrina ne put s'empêcher de rire, mais sa sœur disait vrai. Dans sa situation, il n'était pas facile de rencontrer des hommes normaux. Elle avait réussi professionnellement, mais elle évoluait dans un monde où tous ceux qu'elle rencontrait attendaient quelque chose d'elle et ne donnaient rien en retour. Pourtant, elle était jeune, belle et intelligente. Il était difficile d'admettre qu'elle ne pouvait pas tomber sur un seul homme bien, et pourtant c'était le cas. Elle travaillait trop, n'avait pas un moment à elle et ne s'en donnait pas la peine. Elle passait ses week-ends à travailler ou restait chez elle avec son chien.

— D'ailleurs, conclut-elle, ce serait traumatisant pour Juanita si j'avais une liaison. Elle déteste les hommes.

— Elle aime Chris, rectifia Sabrina avec un sourire.

— Tout le monde aime Chris, à part toi, gronda Tammy.

— C'est faux ! protesta Sabrina. Je l'aime, mais je ne veux pas gâcher ce que nous avons.

— Ne sois pas si poule mouillée ! Ça vaut le coup de courir le risque. Tu ne rencontreras jamais un type aussi bien. Crois-en mon expérience. Chris est un amour et tu as tiré le bon numéro. Ne le chasse jamais de ta vie ou tu auras affaire à moi.

Sabrina rit au nez de sa sœur.

— Pourquoi ne t'installes-tu pas à New York, si les hommes de Los Angeles sont tellement épouvantables ? demanda-t-elle.

Sabrina y avait maintes fois réfléchi. Elle s'inquiétait que sa sœur mène une vie solitaire à Los Angeles. Leur mère aussi s'était fait du souci à son sujet. Elle répétait souvent que Tammy ne se marierait jamais, si elle restait là-bas. Pour Jane, le mariage et les enfants étaient ce qu'il y avait de meilleur. Mais c'était normal, puisqu'elle avait épousé leur père !

— Je ne vais pas déménager pour me trouver un mec, répliqua Tammy avec une moue de dégoût. Ce serait grotesque et je mourrais de faim ! Je ne peux pas abandonner une carrière dans laquelle j'ai autant investi. J'adore mon métier ! Et en plus, je ne suis même pas certaine de rencontrer quelqu'un ici. Le problème est peut-être en moi.

— Arrête ! Il n'est pas en toi, mais en eux. Il n'y a que des individus bizarres dans ton milieu.

— J'ai l'impression qu'ils me poursuivent partout où je vais. Même en vacances. Je les attire comme des mouches. S'il y a un crétin dans les parages, tu peux être sûre qu'il est pour moi.

Chris passa la tête dans l'embrasure de la porte.

— De quoi parlez-vous ?

Jim et lui venaient de rentrer, après avoir passé du temps dans un magasin d'outillage. Le jeune homme avait promis de faire quelques travaux dans la maison. Tous deux cherchaient à s'occuper l'esprit et Chris estimait qu'il utiliserait mieux son temps en donnant un coup de main. Il adorait bricoler.

— Nous parlions du néant de ma vie sentimentale, dit Tammy. Je suis la présidente du Club des rencontres débiles. Le siège se trouve à Los Angeles, mais j'ai ouvert quelques succursales dans d'autres villes. Tu serais étonné si je te révélais le nombre de nos membres. Les cotisations sont raisonnables et les occasions uniques.

Ce discours les fit tous rire, mais les deux sœurs savaient qu'il reflétait assez bien la situation. Quant à Chris, il ne comprenait pas que Tammy n'ait pas rencontré un homme digne d'elle. Elle était ravissante, intelligente et elle gagnait bien sa vie. Elle n'aurait pas dû se retrouver seule.

— Un de ces jours, tu tomberas sur le bon, assura-t-il.

— Je ne suis pas sûre d'en avoir encore envie. À quelle heure allons-nous voir Annie ? demanda-t-elle pour changer de sujet.

— Après le déjeuner, dès que Candy reviendra de sa gymnastique. Si elle revient jamais, d'ailleurs. Elle fait trop de sport.

Le visage de Tammy s'assombrit.

— Je sais.

Elles parlaient souvent de la trop grande minceur de leur jeune sœur. Au moins mangeait-elle un peu quand elle était à la maison, mais ce n'était pas assez. Elle ne cessait de surveiller sa ligne et de répéter que son corps était son gagne-pain. Ses sœurs lui rappelaient que sa santé aussi. Elle risquait de devenir stérile, si elle continuait à se priver de nourriture. Mais l'argument avait encore peu de valeur pour Candy. Elle voulait conserver sa place dans le monde de la mode et pour cela elle devait rester extrêmement mince.

Les trois sœurs se retrouvèrent au bord de la piscine et nagèrent quelque temps. Puis leur père les rejoignit et bavarda avec Chris, pendant qu'elles parlaient d'Annie et du travail d'adaptation qu'elle devrait faire. Toujours très excitée par son idée d'appartement, Sabrina espérait avoir très vite des nouvelles de l'agence immobilière. Si elle pouvait vivre avec ses sœurs pendant un an, Annie en tirerait sans doute le plus grand bénéfice.

— Je voudrais pouvoir rester avec vous, dit tristement Tammy. Je me sens coupable de ne pas emménager avec elle. Mais c'est impossible.

— Je le sais bien, la rassura Sabrina.

Étendue au soleil, elle jeta un coup d'œil à Chris et à Jim. Ils s'entendaient très bien et elle se réjouissait que Chris soit là. Leur père avait été entouré de femmes toute sa vie. Chris était le fils qu'il n'avait pas eu.

— Tu pourras prendre l'avion et passer de temps en temps un week-end avec nous, suggéra-t-elle.

Tammy essaya de se rappeler la dernière fois où elle n'avait pas eu de travail en fin de semaine ni de gros problème à régler au studio. Cela remontait à plus de six mois.

— J'essaierai, promit-elle.

Somnolant au soleil, elles pensaient toutes les deux à la même chose : si elles fermaient les yeux, leur mère ouvrirait dans une minute la porte de la cuisine et les appellerait pour le déjeuner. Peut-être n'avait-elle disparu que pour quelques jours et reviendrait-elle bientôt. Elle ne pouvait pas être partie pour toujours. Elle s'était seulement absentée. Elle n'était pas morte et Annie n'était pas aveugle.

C'était tout simplement impossible.

10

Les trois sœurs passèrent le jeudi après-midi et le vendredi matin à l'hôpital. Annie était agitée et avait de violents maux de tête, ce qui n'était pas surprenant. Elle pleurait souvent en pensant à leur mère. Elle ne parvenait pas encore à admettre sa disparition. Il en allait de même pour elles, mais pour l'instant, elles s'inquiétaient pour Annie. Elle allait très prochainement apprendre qu'elle était aveugle, puisqu'on devait lui retirer les pansements le samedi. Elles en étaient littéralement malades. Ce serait comme si la foudre s'abattait sur elle.

Le jeudi soir, son père vint la voir et il repassa le vendredi matin. Elle le remercia pour les bijoux. Ses sœurs les lui avaient décrits et elle s'était rappelé les avoir vus sur leur mère. Elle était heureuse de leur choix et se réjouissait qu'elles lui aient laissé le manteau en renard de leur mère. Elle l'adorait. Elle ajouta que ce serait amusant de le porter à Florence, parce que les hivers y étaient très froids et que les Italiennes appréciaient les fourrures. Là-bas, cela ne semblait contrarier personne. Aux États-Unis, elle aurait été gênée de le porter dans la rue.

Elle avait hâte de savoir quand elle pourrait repartir pour l'Italie et s'inquiétait de ne pas avoir eu de nouvelles de Charlie. Elle avait demandé plusieurs fois à ses sœurs de l'appeler pour elle et elle avait même tenté de le joindre sur son téléphone portable. Mais elle tombait toujours sur son répondeur. Peut-être n'y avait-il pas de réseau à Pompéi, où il se trouvait sans doute avec ses amis. De peur de l'inquiéter, elle ne voulait pas lui laisser de message lui annonçant qu'elle avait été blessée dans un accident au cours duquel sa mère était morte. Mais elle souffrait de ne pouvoir le contacter. Le temps lui paraissait long, bien qu'elle ne l'ait quitté que depuis une semaine. Mais tant de choses s'étaient produites ! Plus, hélas, qu'elle ne l'imaginait. Bien sûr, Sabrina ne lui avait pas dit qu'elle avait parlé à Charlie. Chaque fois qu'Annie chantait ses louanges, elle se retenait d'exploser.

L'agence de Candy l'avait appelée pour qu'elle fasse une série de photos à Paris, mais pour la seconde fois, elle avait refusé. Pour l'instant, elle restait à la maison. Pas plus que les autres elle n'était en état de travailler. Quant à Sabrina, elle avait réussi à prendre une semaine supplémentaire de congé. Seule Tammy était obligée de repartir pour Los Angeles le lundi suivant, malgré sa répugnance à quitter ses sœurs. Il y avait de nombreux problèmes à régler au bureau, leur vedette n'était pas encore remplacée et il fallait modifier les scénarios. Tammy préférait ne pas y penser. Pour l'instant, son esprit était entièrement accaparé par le souvenir de sa mère et par Annie. Cela allait être difficile pour elle d'être si loin et de laisser tous les problèmes à Sabrina et Candy. Elle aurait tant voulu rester auprès de sa sœur et de son père ! Les médecins avaient dit à Annie qu'elle devrait demeurer à l'hôpital encore huit jours et qu'il lui faudrait ensuite se reposer au moins jusqu'à la fin du mois. Il était donc prévu qu'elle passe deux semaines de convalescence chez son père. Elle n'arrêtait pas de répéter qu'elle avait hâte qu'on lui retire ses pansements et, à chaque fois, ses sœurs pleuraient en silence. Le monde d'Annie serait à jamais plongé dans le noir. Ce serait terrible pour elle.

Le vendredi, lorsqu'elles quittèrent l'hôpital en fin d'après-midi, les trois sœurs étaient épuisées. Il avait été convenu qu'elles seraient près d'Annie quand l'ophtalmologiste passerait la voir, le lendemain. Elles redoutaient que, dès qu'on lui aurait ôté ses pansements, Annie ait le sentiment que sa vie était finie. La veille, elles en avaient discuté avec leur père et il avait été décidé qu'il ne viendrait pas. Ce serait trop éprouvant pour lui.

En rentrant, Sabrina constata que le répondeur contenait deux messages de l'agence immobilière. Y voyant un heureux présage, elle rappela aussitôt. Par chance, elle put joindre l'employée qui s'apprêtait à quitter son bureau pour partir en week-end.

— J'ai essayé de vous contacter toute la journée, se plaignit celle-ci.

— J'en suis désolée, mais je suis allée voir ma sœur à l'hôpital et j'ai dû couper mon téléphone portable. Vous avez trouvé quelque chose ?

— J'ai deux propositions à vous faire, toutes les deux très intéressantes et qui correspondent à ce que vous cherchez. Que diriez-vous du centre-ville ?

— Qu'entendez-vous par là, exactement ?

Le bureau de Sabrina était situé du côté de Park Avenue, dans la 50e Rue, et Chris et elle habitaient assez loin de là. Si elle trouvait un appartement dans le centre, il serait plus difficile à Chris de passer la voir, ce qu'il faisait actuellement assez souvent, même lorsqu'ils ne passaient pas la nuit ensemble. Et, lorsqu'elle travaillait tard, il se chargeait de sortir la chienne.

— J'ai un appartement fabuleux dans le Meatpacking District. Les propriétaires souhaitent vendre leur maison avant de s'y installer et ils veulent le louer pour six mois ou un an. Il a été entièrement remis à neuf et magnifiquement équipé. Il y a une piscine et un club de remise en forme dans l'immeuble.

— Je suppose que le loyer est très élevé ?

— En effet, mais il le vaut.

Lorsqu'elle annonça le prix, Sabrina fut abasourdie.

— Ce n'est pas dans nos moyens !

Même en comptant sur l'aide de leur père, elles ne pouvaient pas se permettre de dépenser une telle somme.

— J'espérais que vous trouveriez quelque chose d'un peu plus abordable, précisa-t-elle.

— C'est une affaire exceptionnelle, objecta la femme d'une voix offensée. Ah, j'oubliais de vous préciser qu'ils n'acceptent pas les chiens. La moquette est blanche et les parquets flambant neufs.

— Dans ce cas, c'est impossible. Nous avons des chiens… des petits chiens, bien entendu, ajouta-t-elle pour ne pas inquiéter son interlocutrice. Indépendamment du prix, nous ne pourrions donc pas prendre cet appartement.

— Absolument. Les propriétaires se sont montrés très clairs à ce sujet. Mais j'ai autre chose à vous proposer de totalement différent, dans la 84e Rue Est.

— Comment est-ce ? demanda-t-elle prudemment.

— En fait, il s'agit d'une maison. Elle est située assez loin vers l'est. Le quartier n'est pas aussi branché que le centre, mais il est très agréable. Le propriétaire est un médecin qui vient de perdre sa femme. Il est psychiatre et a décidé de prendre une année sabbatique. D'après ce qu'il m'a dit, il compte se rendre à Londres et à Vienne. Il écrit un livre sur Freud et il a un chien, ce qui signifie qu'il ne verra sans doute aucune objection à ce que vous ameniez les vôtres. Sa femme était décoratrice, elle a donc très bien arrangé cette petite maison qui est à la fois ravissante et pleine de charme. Il souhaite la louer pendant un an. Si le locataire est d'accord, il aimerait laisser quelques meubles. Dans le cas contraire, il trouvera un garde-meuble.

— Combien y a-t-il d'étages ? demanda Sabrina.

Elle pensait à Annie, qui serait sans doute plus à l'aise sur un seul niveau. De plus, en cas d'accident elles pourraient moins facilement faire appel aux voisins si elles habitaient dans une maison que dans un immeuble.

— Quatre. Il y a une sorte de salon, au quatrième. La maison dispose d'un petit jardin. Il y a quatre chambres. Vous pourrez utiliser la quatrième comme bureau. La cuisine et la salle à manger se trouvent au sous-sol. Il y a un séjour et un bureau au rez-de-chaussée, et les deux autres étages comportent chacun deux chambres, avec chacune sa salle de bains, ce qui est rare. Elles sont petites, mais joliment agencées. La femme avait du goût. Et ainsi que je vous le disais, le dernier étage est occupé par un salon. Le jardin est ravissant et exposé au sud. Le prix est raisonnable, mais le propriétaire veut récupérer sa maison dans un an. C'est là qu'il reçoit ses patients. Il a une certaine notoriété et a écrit plusieurs livres.

Rien de tout cela ne prouvait qu'elles apprécieraient cette maison. Cependant, Sabrina réfléchissait. Elle se disait qu'elle pourrait installer Candy et Annie au deuxième étage, tandis qu'elle prendrait une chambre au troisième. De cette façon, elle pourrait jouir d'un peu d'intimité avec Chris et ils pourraient tous se retrouver dans le salon du dernier étage. Avec de la chance et un minimum d'organisation, cela pourrait fonctionner, à condition qu'Annie puisse se déplacer.

— Et le loyer ?

C'était l'élément déterminant. Quand la femme annonça le prix, Sabrina fut une seconde fois abasourdie, mais cette fois parce qu'il était étonnamment bas. Le loyer était moins élevé que ce qu'elle payait pour son appartement et elle n'en aurait que le quart à sa charge.

— Pourquoi est-ce si bon marché ?

— L'argent n'est pas le principal souci du propriétaire, il tient surtout à ce que sa maison soit occupée par des gens bien. Il ne veut pas qu'elle reste vide. Ses enfants ne peuvent pas l'habiter. L'un vit à Santa Fe, l'autre à San Francisco. Il a d'abord cherché un gardien, mais n'a trouvé personne. Il ne veut pas de locataires qui organiseraient des fêtes ou vandaliseraient son domicile. C'est une jolie petite maison qu'il tient à retrouver en bon état à son retour. Lorsqu'il m'a annoncé le prix, je lui ai dit qu'il pouvait en demander le double, mais ça ne l'intéresse pas. Si vous voulez la visiter, je vous conseille de le faire assez vite. Je ne pense pas qu'elle restera longtemps sur le marché. En ce moment, les gens sont en vacances, mais ils vont bientôt rentrer. Le propriétaire ne l'a mise en agence que la semaine dernière, deux mois après le décès de sa femme.

Le pauvre... Sabrina se sentit désolée pour lui. La perte de sa mère lui avait fait comprendre beaucoup de choses.

— Je ne sais pas si ma sœur pourra s'en sortir avec les étages, mais il faut voir. Ce ne serait pas aussi facile que dans un appartement, surtout avec cette cuisine au sous-sol. Mais tout le reste me plaît assez et j'aimerais bien la visiter.

Et cela lui permettrait de continuer à se rendre à pied chez Chris, même si la maison était un peu plus loin de chez lui que son appartement actuel.

— Votre sœur est handicapée ?

Sabrina retint son souffle. C'était la première fois qu'on lui posait cette question, et elle était bien obligée d'admettre que oui, sa sœur était handicapée.

— Oui... Elle est aveugle.

Le mot avait du mal à passer.

— Cela ne devrait pas poser de problème, répondit la femme. Ma cousine est aveugle, elle habite un quatrième étage sans ascenseur et pourtant elle se débrouille très bien. Votre sœur a un chien d'aveugle ?

— Euh... pas encore, mais nous l'envisageons.

Elle ne pouvait pas dire à cette étrangère que l'accident était survenu quelques jours auparavant.

— Je suis certaine que le propriétaire ne s'en formaliserait pas. Il possède un chien de berger et sa femme avait un teckel. Il ne m'a rien dit à ce propos, il veut juste des locataires corrects qui paient le loyer et entretiennent la maison.

La femme savait que Sabrina était avocate, qu'elle était donc financièrement solvable et avait de bonnes références.

— Quand pouvez-vous la visiter ? demanda-t-elle.

Le lendemain, les médecins ôtaient les pansements d'Annie, si bien que le week-end serait certainement très éprouvant. Sabrina ne pouvait pas se rendre à New York dans l'immédiat.

— Pas avant lundi.

— J'espère que la maison n'aura pas trouvé preneur d'ici là.

Les agents immobiliers cherchaient toujours à vous faire croire que vous alliez rater l'affaire du siècle si vous ne la saisissiez pas dans l'heure.

— Je pourrais éventuellement passer dimanche, mais pas avant.

Elle ne laisserait pas Annie le jour où on lui retirait ses bandages. Jusque-là, ses sœurs et elle avaient interdit aux infirmières de faire la moindre allusion à sa cécité devant elle.

— Nous devrions pouvoir attendre lundi, répliqua la femme.

Elle donna l'adresse à Sabrina et promit de l'appeler si elle dénichait une autre affaire avant le début de la semaine. Mais, ajouta-t-elle, elle était persuadée que celle-ci était la bonne. Et le prix était très attractif. Bien sûr, elles ne jouiraient pas de la sécurité que les jeunes femmes recherchent en général, puisqu'elles n'auraient pas de portier, mais on ne pouvait pas tout avoir. Les maisons et les appartements, c'est comme les histoires d'amour : on tombe amoureux au premier coup d'œil ou non. Elle espérait que Sabrina serait dans le premier cas.

Après avoir raccroché, Sabrina mit Candy et Tammy au courant. Si cette maison était vraiment aussi bien que le prétendait la femme de l'agence, leur projet commençait à prendre forme. Et elle semblait parfaite. C'était presque trop beau pour être vrai !

— Attends de l'avoir vue pour t'exciter, lui conseilla Tammy. J'ai visité une quarantaine de maisons avant de trouver la mienne. Tu n'imagines pas l'état dans lequel étaient certaines d'entre elles. Les masures de Calcutta sont des palaces comparées aux taudis qu'on m'a montrés. J'étais vraiment heureuse quand j'ai enfin déniché la perle rare.

Elle adorait sa maison. Elle disposait d'une très belle vue, de plusieurs chambres et d'une cheminée dans chaque pièce. Elle avait acheté quelques objets anciens, ainsi que de très beaux tableaux. Elle n'avait pas fini de l'aménager, mais elle s'y sentait bien, même si elle vivait seule. Tout comme Candy, ses revenus lui permettaient d'habiter dans un endroit merveilleux et de s'acheter de belles choses. Le budget de Sabrina était plus serré. Quant à Annie, elle se contentait de ce qu'elle demandait à ses parents, puisqu'elle n'avait aucune rentrée d'argent, sauf quand elle vendait un tableau. Mais elle avait peu de besoins. Maintenant qu'elle était aveugle, ses sœurs n'imaginaient pas comment elle pourrait s'en sortir par elle-même. Elle ne savait que peindre. La peinture n'était pas pour elle un loisir, mais sa raison de vivre. Bien entendu, elle pourrait donner des cours d'histoire de l'art, puisqu'elle avait une maîtrise, mais Sabrina doutait qu'on recherche des professeurs aveugles. Elle ignorait totalement ce qui attendait sa sœur. Et surtout, elle craignait qu'Annie ne sombre dans le désespoir. C'était un risque majeur.

Les trois sœurs convinrent que la maison serait peut-être la solution idéale. Chris lui-même se montra enthousiaste. Il n'avait jamais aimé l'appartement de Sabrina, qu'elle n'avait choisi que parce qu'il était proche du sien, que l'immeuble était bien tenu et le loyer modéré. Mais il manquait totalement de charme. Cette maison semblait pittoresque, peut-être peu pratique, mais bien plus intéressante.

— Annie devrait s'habituer assez vite aux escaliers, dit-il. Je pense qu'on peut aménager n'importe quel endroit de façon qu'un aveugle puisse y évoluer plus facilement. Je suis sûr qu'il existe toutes sortes d'astuces que nous allons tous apprendre pour l'aider.

Ses paroles touchèrent Sabrina. Le soir même, elle parla de la maison à son père, qui se montra enthousiaste. Il était heureux que ses deux filles s'occupent ainsi d'Annie, et la présence de Sabrina le rassurait, car elle avait treize ans de plus que Candy et était beaucoup plus raisonnable. À bien des égards, Candy était encore une enfant, alors qu'on pouvait toujours compter sur Sabrina et Tammy. Évidemment, Tammy devait repartir, mais elle avait promis de venir souvent, surtout si elles prenaient la maison, puisqu'il y avait une quatrième chambre.

Le lendemain matin, les trois sœurs partirent pour l'hôpital, mortes d'inquiétude. Le chirurgien devait passer à 10 h 30. Aucune d'elles n'avait eu le courage de préparer Annie à ce qui l'attendait. Le médecin qui la suivait avait laissé au chirurgien le soin de lui annoncer la nouvelle. Ce dernier était plus habitué que lui à traiter ce genre de situation et saurait trouver les mots pour dire à Annie ce qu'il en était.

On leur avait dit que leur sœur devrait séjourner dans un institut spécialisé pour apprendre à se débrouiller par elle-même. Il allait lui falloir acquérir des réflexes et des habitudes qui lui permettraient de s'adapter à sa nouvelle vie. Elle pourrait éventuellement avoir un chien d'aveugle. Mais, sachant combien elle détestait les chiens, ses sœurs ne pensaient pas qu'elle accepterait.

L'avenir se présentait de manière plutôt sombre. Pour une artiste, la cécité était la pire des choses. Elle allait devoir abandonner tout ce qu'elle aimait, tout ce à quoi elle s'était consacrée ces dernières années, son art, sa joie de vivre. Et en plus, elle avait perdu sa mère. Durant toute la semaine, elle s'était demandé si elle n'aurait pas pu agir, si l'issue aurait été différente si elle avait pris le volant au moment de l'accident. Elle éprouvait la culpabilité que nombre de rescapés ressentent, même si ses sœurs ne cessaient de lui répéter qu'elle se torturait en vain et que rien n'aurait pu sauver leur mère, parce que tout s'était passé trop vite. Elles lui avaient juré que personne ne lui en voulait, mais malgré cela elle culpabilisait.

Lorsqu'elles entrèrent dans la chambre, Annie était allongée sur son lit et semblait très calme. Candy était vêtue d'un short ultracourt, d'un fin tee-shirt blanc, et elle portait ses sandales argentées. Dans le couloir, plus d'une tête s'était retournée sur son passage et Sabrina lui avait reproché d'avoir mis un tee-shirt sans soutien-gorge et trop transparent. Elle estimait que l'hôpital n'était pas le lieu pour s'habiller de la sorte.

— Ne sois pas aussi coincée ! En Europe, les femmes ne portent pas forcément de soutien-gorge, avait rétorqué Candy.

— Nous ne sommes pas en Europe.

À la maison, Candy se baignait seins nus dans la piscine, ce qui gênait leur père et Chris, mais son métier consistait justement à montrer son corps.

— Comment Candy est-elle habillée ? demanda Annie avec un petit sourire amusé.

Elle les avait entendues qui continuaient de se disputer en entrant dans sa chambre. Tammy avait ajouté son grain de sel, en affirmant que si elle avait mis autant d'argent dans ses seins que sa petite sœur, elle gagnerait une fortune en faisant payer les gens pour les voir.

— Elle est à peine vêtue, maugréa Sabrina, et le peu qu'elle porte est transparent.

Annie ne put s'empêcher de rire, tandis qu'elles se groupaient toutes autour de son lit en attendant le médecin.

— Comment ça va ? demanda Tammy.

— Pas trop mal. J'ai hâte qu'on me retire mes pansements. J'ai des démangeaisons et j'en ai assez d'être plongée dans le noir. J'ai envie de vous voir, les filles, conclut-elle avec un sourire.

Ses sœurs ne répondirent pas. Sabrina lui tendit un verre de jus d'orange et l'aida à boire avec une paille.

— Comment va papa ? demanda la jeune femme.

— À peu près bien, en grande partie grâce à Chris, qui l'aide à s'occuper. Ils ont réparé toutes les portes de la maison, ont vérifié que tous les tiroirs glissaient facilement et ont changé toutes les ampoules. En fait, je ne sais pas ce qu'ils fabriquent, mais je peux t'assurer qu'ils s'activent, conclut-elle, ce qui fit rire Annie.

Quelques minutes plus tard, le chirurgien entra. Il émanait de lui une assurance tranquille. Il sourit à la vue des quatre sœurs. Les ayant toutes rencontrées à plusieurs reprises dans la semaine, il trouvait qu'Annie avait de la chance d'être soutenue de la sorte. Cela ne se passait pas toujours ainsi, entre sœurs. Il comprit qu'elles faisaient bloc toutes les quatre face à ce qu'il allait annoncer.

Il prévint Annie que lorsqu'il retirerait les pansements, elle ne verrait pas plus. Sabrina retint son souffle et Tammy tendit le bras pour lui prendre la main. Candy se trouvait entre ses sœurs aînées.

— Pourquoi ? demanda Annie, étonnée. Est-ce qu'il faudra du temps pour que je revoie normalement ?

— Voyons déjà comment cela se passe, répondit-il calmement.

Sur ces mots, il entreprit d'ôter les pansements qu'elle avait portés durant toute la semaine.

— Vous allez enlever des fils ? demanda Annie.

— Non. Ils sont résorbables et, de toute façon, ils sont tous à l'intérieur.

Les plaies de son visage avaient commencé à se refermer. Seule une profonde entaille laisserait une cicatrice sur son front, mais elle pourrait la dissimuler sous une frange ou envisager une intervention esthétique plus tard. Pour l'aider à cicatriser, Candy lui avait mis chaque jour de la crème à la vitamine E.

Une fois qu'il eut retiré les bandes de gaze, il ne resta que les deux compresses qui recouvraient ses yeux. À cet instant, le médecin jeta un coup d'œil aux trois sœurs, avant de se concentrer à nouveau sur Annie.

— Maintenant, je vais ôter les compresses, Annie. Je veux que vous fermiez les yeux. Vous voulez bien faire cela pour moi ?

— Oui, souffla-t-elle.

Elle pressentait que quelque chose n'allait pas. Elle ignorait ce que c'était, mais la tension qui régnait dans la pièce était palpable et elle n'aimait pas cela.

Il enleva les compresses. Annie avait fermé les paupières ainsi qu'il le lui avait demandé. Il les lui couvrit alors de sa main et demanda à Sabrina de baisser les stores. En dépit de sa cécité, la lumière du soleil pouvait la blesser. Sabrina obéit, puis elles attendirent, tandis que le médecin demandait à Annie d'ouvrir les yeux. Pendant quelques secondes, un silence terrifiant régna dans la chambre. Sabrina avait cru que sa sœur se mettrait à hurler, mais il n'en fut rien. Elle semblait troublée et un peu effrayée, mais le chirurgien l'avait prévenue qu'il n'y aurait pas de grand changement dans sa vision.

— Que voyez-vous, Annie ? demanda-t-il. Vous percevez la lumière ?

— Un peu… Une sorte de gris pâle et du noir autour. Mais je ne vois rien d'autre.

Le médecin hocha la tête. Tammy et Sabrina se mirent à pleurer silencieusement. Candy sortit de la chambre sur la pointe des pieds. C'était trop douloureux, elle ne pouvait pas rester. Annie perçut le bruit étouffé que faisait la porte en se refermant, mais elle ne posa pas de question. Elle se concentrait sur ce qu'elle voyait et ne voyait pas.

— Je ne vois rien, juste cette lueur gris pâle.

Le chirurgien écarta la main et la passa devant ses yeux.

— Que voyez-vous, maintenant ?

— Rien. Qu'est-ce que vous faites ?

— Je passe la main devant vos yeux, dit-il en faisant signe à Sabrina de lever légèrement le store de façon à éclairer de nouveau la pièce. Et maintenant, la lumière est-elle plus intense ?

— Un peu. Le gris est un peu plus lumineux, mais je ne vois toujours pas votre main.

Elle s'était exprimée d'une voix légèrement haletante et paraissait maintenant très effrayée.

— Combien de temps cela prendra-t-il, pour que je voie normalement ? Je veux dire, pour que je voie les formes, les couleurs, les visages.

La question était directe et il ne chercha pas à l'esquiver.

— Annie, il arrive qu'on ne puisse pas réparer certaines choses, répondit-il franchement. Nous faisons tout ce que nous pouvons pour les remettre en état, mais une fois qu'elles sont cassées, que des branchements ont été coupés, on ne peut plus rétablir la liaison en dépit de tous nos efforts. Un des cylindres qui vous ont blessée pendant l'accident a sectionné votre nerf optique, ainsi que les vaisseaux qui l'irriguaient. Quand cela arrive, il est presque impossible de réparer les dommages. Je pense qu'avec le temps, vous verrez la lumière et les ombres, peut-être même des formes et des contours. Vous aurez même une impression de couleur, un peu comme ce que vous percevez maintenant. En ce moment, la chambre est bien éclairée et vous voyez du gris perle. Sinon, le gris serait plus sombre. Cela pourra s'améliorer au fil du temps, Annie, mais peu. Je sais que c'est dur à accepter aujourd'hui, mais vous avez beaucoup de chance d'être en vie. Les conséquences auraient pu être pires. Votre cerveau n'a pas subi de dommages. Mais vos yeux, si. Dites-vous que vous auriez pu perdre la vie.

Ce n'était pas facile à dire, même pour lui. Il savait qu'elle était peintre, tous les membres de la famille le lui avaient répété. Mais la réalité était là et il ne pouvait rien y changer, malgré toute sa bonne volonté.

Annie semblait paniquée. Elle se tourna vers ses sœurs, mais ne les distingua pas. La couleur grise qu'elle voyait au début lui parut plus terne, lorsqu'elle se détourna de la lumière.

— Qu'est-ce que vous êtes en train de me dire ? Que je suis aveugle ?

Il hésita pendant une fraction de seconde. Pétrifiées, Sabrina et Tammy avaient l'impression que leurs cœurs allaient se briser.

— Oui, Annie.

Il lui prit la main, mais elle la lui arracha en pleurant.

— Vous êtes sérieux ? Je suis *aveugle* ? Je ne peux plus *rien* voir ? Mais je suis *peintre* ! Il faut que je voie ! Comment pourrai-je peindre, sans mes yeux ?

Les inquiétudes de ses sœurs étaient plus prosaïques : comment pourrait-elle traverser la rue, aller chez une amie, faire la cuisine ou même trouver son dentifrice ?

— Il faut que je voie, insistait-elle encore. Vous ne pouvez pas m'opérer ?

Elle sanglotait comme une enfant. Se rapprochant du lit, ses sœurs la caressèrent pour essayer de l'apaiser.

— Nous vous avons déjà opérée, répondit le chirurgien d'une voix triste. Vous êtes restée huit heures sur la table d'opération. Mais les dégâts étaient irréversibles. Le nerf optique était détruit et c'est un miracle que vous soyez encore en vie. Malheureusement, certains miracles exigent une contrepartie élevée et la cécité en est une. Je suis vraiment navré. Mais vous savez, cela ne vous empêchera pas de faire beaucoup de choses. Vous pourrez travailler, voyager, mener une existence autonome. Partout, des gens privés de la vue réalisent des choses remarquables, qu'il s'agisse de personnalités connues ou d'anonymes comme vous ou moi. Simplement, vous devrez modifier votre façon d'envisager l'avenir.

Il savait bien qu'il était trop tôt pour qu'Annie entende ses paroles, mais il devait lui redonner espoir. Plus tard, elle s'en souviendrait peut-être. Mais pour l'instant, elle était sous le choc de la nouvelle.

— Je ne veux pas être aveugle, cria-t-elle. Je veux mes yeux ! Pourquoi ne pas me faire une greffe ? Je ne peux pas avoir les yeux de quelqu'un d'autre ?

Elle était désespérée et aurait vendu son âme pour retrouver la vue. Pourtant le médecin ne voulut pas la bercer d'illusions. Un jour, elle verrait peut-être les ombres et la lumière, mais elle ne recouvrerait jamais la vue. Elle était aveugle. À la demande de son père, un autre ophtalmologiste s'était penché sur son dossier, mais il avait abouti aux mêmes conclusions.

— Les dégâts sont irréversibles, répéta-t-il.

— Oh, mon Dieu ! gémit Annie.

Sa tête retomba sur l'oreiller et elle se mit à sangloter à fendre l'âme. Ses sœurs se rapprochèrent encore d'elle, tandis que le chirurgien lui tapotait la main. Il ne pouvait rien faire de plus pour elle. Pour le moment, seule sa famille pouvait l'aider. Il était le méchant qui venait de détruire son univers. Bien sûr, il la reverrait pour lui prescrire un traitement et lui conseiller différentes écoles spécialisées. Mais il était trop tôt pour en parler. D'habitude, il était plus détaché, mais ces quatre jeunes femmes, et en particulier sa patiente, l'avaient profondément ému. Il aurait voulu l'aider davantage, mais c'était impossible. La seule chose qu'il avait pu préserver était ses pupilles, si bien qu'elle n'était pas défigurée. Annie était et resterait ravissante.

Candy le vit sortir de la chambre, le visage attristé. Elle se glissa à l'intérieur et vit Annie sangloter, serrée dans les bras de Tammy et de Sabrina. Aussitôt, elle se mit elle aussi à pleurer.

— Oh, mon Dieu ! Je suis aveugle… aveugle ! hurlait Annie. Je veux mourir… Je veux mourir… Je ne verrai plus jamais rien… Ma vie est finie.

— C'est faux, ma chérie, répondit Sabrina d'une voix douce. C'est ce que tu crois, mais ce n'est pas vrai. Je suis désolée. Je sais combien c'est dur. C'est affreux. Mais tu es vivante. Ton cerveau n'a rien et tu n'es ni défigurée ni paralysée. C'est le principal.

— Non ! l'interrompit Annie. Tu ne comprends pas ! Je ne peux pas te *voir* ! Je ne peux rien voir… Je ne sais pas où je suis… Tout est gris et noir… Je veux mourir.

Elle sanglota longtemps dans les bras de ses sœurs. Finalement, une infirmière entra et proposa de lui donner un calmant, ce que Sabrina accepta aussitôt d'un signe de tête. En l'espace d'une semaine, Annie avait perdu sa mère et était devenue aveugle. C'était trop. Sabrina aussi aurait eu besoin d'un calmant.

Annie pleurait dans les bras de Tammy lorsque l'infirmière lui fit la piqûre. Vingt minutes plus tard, elle s'assoupissait et l'infirmière les prévint qu'elle allait dormir pendant plusieurs heures. Elle leur conseilla de partir et de revenir plus tard. Elles quittèrent donc l'hôpital et gagnèrent le parking sans un mot, bouleversées par le désespoir d'Annie.

Tammy alluma une cigarette en tremblant avant de s'asseoir sur une grosse pierre, près de la voiture de leur père.

— Seigneur, quelle horreur… La pauvre… c'est tellement affreux.

— Je crois que je vais vomir, murmura Candy en s'asseyant à côté d'elle.

Elle prit une cigarette dans le paquet de Tammy et l'alluma à son tour. Aussi secouée que ses sœurs, Sabrina cherchait les clefs de voiture dans son sac.

— Ne vomis pas sur moi, dit Tammy. Je ne le supporterais pas.

La veille, le médecin avait donné à Sabrina le nom d'une psychiatre qui avait l'habitude de travailler avec les aveugles. Après ce qui venait de se passer, Sabrina allait l'appeler.

Elle finit par trouver les clefs, et ses sœurs s'installèrent dans la voiture. Elles étaient toutes épuisées après être restées quatre heures avec Annie, dont plus de trois à voir leur sœur sangloter, désespérée. Elles n'eurent pas la force d'échanger un mot durant tout le trajet. Tammy annonça seulement qu'elle retournerait à l'hôpital vers 16 heures, au cas où Annie se réveillerait. Sabrina proposa de l'accompagner, mais pas Candy.

— Je ne peux pas supporter ça, c'est trop affreux. Pourquoi ne lui donnent-ils pas les yeux de quelqu'un d'autre ?

— Tu n'étais pas là quand le médecin a dit que ce n'était pas possible, que les lésions étaient trop importantes pour cela. Nous devons l'aider à accepter son sort, dit Sabrina.

En arrivant à la maison, elles sentirent à quel point la matinée les avait éprouvées. Elles étaient démoralisées. Leur père et Chris finissaient de déjeuner. Dès qu'ils les virent, ils comprirent aussitôt.

— Comment ça s'est passé ? demanda pourtant Chris.

— Comment a-t-elle réagi ? s'enquit leur père.

Il se sentait lâche de ne pas les avoir accompagnées. Il savait qu'à sa place, Jane l'aurait fait, mais elle était leur mère et elle aurait su comment se comporter. Tammy et Sabrina le rassurèrent : cela n'aurait rien changé pour Annie. Elle voulait ses yeux, pas son père.

Chris posa une assiette de sandwiches sur la table, mais elles étaient incapables de manger. La matinée avait été terrible pour elles, mais, pour Annie, elle avait constitué une véritable torture.

— Elle ne voit vraiment rien ? demanda Chris.

— Une sorte de gris et un peu de lumière, semble-t-il, répondit Sabrina. Le chirurgien a dit que plus tard, elle verrait peut-être des ombres ou des couleurs, mais ce n'est pas certain. Il est plus probable que ce soit définitif et qu'elle vivra dans un monde en noir et blanc, où elle ne distinguera rien.

Hochant la tête, Chris caressa tendrement la joue de Sabrina.

— Je suis navré, mon amour.

— Moi aussi, dit-elle en se pressant contre lui, les yeux pleins de larmes.

— Comment était-elle, quand vous êtes parties ?

— Elle dormait. L'infirmière lui a fait une piqûre. Tant qu'elle n'aura pas admis la réalité, elle restera en plein cauchemar. Je crains qu'elle ne sombre dans le désespoir ou pire encore.

Sabrina redoutait qu'elle ne se suicide. Personne dans la famille n'avait jamais eu de tendances suicidaires, mais aucun n'avait à la fois perdu sa mère et la vue. Sabrina aurait fait n'importe quoi pour aider et protéger sa sœur.

Tammy monta se reposer dans sa chambre, emportant Juanita avec elle. Candy préféra s'allonger au bord de la piscine. Chris et Sabrina l'y rejoignirent, suivis de Beulah et de Zoé. Le yorkshire sauta aussitôt dans la piscine et, lorsqu'elle en ressortit, elle ressemblait à un rat mouillé. Beulah préférait se promener sur les marches du petit bain pour se rafraîchir. Les voir arracha un sourire à Sabrina et détendit un peu l'atmosphère.

Jim ne tarda pas à sortir de la maison et alla droit dans l'eau. Il fit quelques longueurs, nageant vigoureusement. Lorsqu'il vint s'asseoir près d'eux, il semblait épuisé, alors qu'il était en parfaite santé. Il avait toujours autant de mal à croire que sa femme adorée était morte.

— Je vous accompagnerai quand vous retournerez voir Annie, annonça-t-il.

Sabrina acquiesça. Sa sœur avait besoin de l'amour, de l'aide et du soutien de tous. Leur père tenait un rôle important dans leur vie, les aimant, les écoutant et les soutenant, même s'il s'impliquait moins dans leur existence que leur mère. Annie avait besoin de tout ce qu'il pouvait lui donner.

— Qu'est-ce que je peux faire ?

— Rien, répliqua franchement Sabrina. Elle vient tout juste d'apprendre qu'elle est aveugle et elle est sous le choc.

— Et ce petit ami qu'elle a à Florence ? Vous pensez qu'il va venir la voir ? Cela pourrait lui remonter le moral.

Sabrina hésita un instant, avant de secouer négativement la tête.

— Cela m'étonnerait, papa. Quand je l'ai appelé, il y a quelques jours, il ne s'est pas montré d'un grand soutien. La situation est un peu lourde, pour un garçon de son âge.

Elle ne voulait pas dire à son père ce qui s'était passé.

— Il n'est pas si jeune que cela, répliqua sévèrement celui-ci. À son âge, j'étais marié et tu étais déjà née.

— C'était une autre époque.

Il acquiesça et alla s'habiller. Quand Sabrina et Tammy furent prêtes à partir, il l'était aussi. Candy préféra rester à la maison. Ces derniers jours avaient été si éprouvants que Sabrina n'insista pas. Candy pouvait rester avec Chris.

Cette seconde visite se passa encore plus mal que la précédente. Assommée par les calmants, Annie était en pleine dépression. Assise dans son lit, elle sanglotait.

En la voyant, leur père se mit à pleurer et tenta d'affirmer, d'une voix brisée, que tout allait bien se passer. Lorsqu'il lui dit qu'elle pourrait vivre avec lui et que ses sœurs prendraient soin d'elle, Annie se laissa aller au désespoir.

— Ma vie est fichue ! Je n'aurai plus jamais de petit ami, je ne me marierai jamais. Je n'aurai plus la moindre autonomie, je ne pourrai plus peindre, je ne verrai plus jamais de coucher de soleil ni de film. Je ne saurai pas comment vous êtes, je ne pourrai même plus me coiffer toute seule.

Le cœur brisé, ils l'écoutèrent dresser la liste de tout ce qui lui était désormais interdit.

— Tu pourras encore faire beaucoup de choses, lui rappela Sabrina. Tu ne pourras plus peindre, mais tu pourras donner des cours.

— Et comment ? Je ne verrais pas ce que je décrirais ! Tu crois qu'on enseigne l'histoire de l'art sans voir les œuvres dont on parle ?

— Je suis sûre que tu en es capable. Et n'oublie pas que des tas de personnes aveugles sont mariées. Ta vie n'est pas finie, Annie, mais elle va être différente. Ce n'est pas la fin de tout, c'est un changement.

— Facile à dire ! Tu sais parfaitement que j'ai raison. Comment retournerai-je en Italie dans cet état ? Je vais devoir habiter chez mon père, comme une petite fille.

Comme elle se remettait à sangloter, Tammy intervint :

— C'est faux. Tu pourras vivre avec nous, jusqu'à ce que tu te sois habituée à ta nouvelle condition. Ensuite, rien ne t'empêchera de reprendre ton indépendance. Il existe des écoles pour aveugles où ils apprennent à se débrouiller au quotidien.

— Je ne veux pas retourner à l'école. Je veux peindre.

— Tu pourrais peut-être essayer la sculpture, suggéra Tammy.

De l'autre côté du lit, Sabrina leva le pouce en signe d'admiration. Elle n'y avait pas pensé !

— Je ne suis pas sculpteur, je suis peintre.

— Tu peux peut-être apprendre. Donne-toi le temps de la réflexion.

— Ma vie est fichue, affirma tristement Annie avant de se remettre à pleurer comme une enfant.

Sabrina se demanda alors s'il n'allait pas falloir la secouer un peu pour la forcer à faire les efforts qu'elle refuserait d'accomplir. Tammy pensait la même chose. Si Annie restait à s'apitoyer sur elle-même et refusait de coopérer, il faudrait la bousculer. Mais il était encore trop tôt pour cela. Elle venait juste d'apprendre la terrible nouvelle.

Les deux sœurs et leur père restèrent avec elle jusqu'à l'heure du dîner. Ensuite, malgré leur regret de la quitter, ils durent s'en aller. Ils étaient tous les trois épuisés et elle avait besoin de repos. Ils avaient passé la majeure partie de la journée avec elle et reviendraient le lendemain.

Le dimanche fut pire, car la réalité s'imposa à Annie. C'était une étape obligatoire pour qu'elle finisse par accepter ce qui lui était arrivé. Ils la quittèrent à 18 heures. C'était la dernière soirée de Tammy. Elle devait faire ses bagages et voulait passer un peu de temps avec leur père. Chris repartait lui aussi le soir même.

Tammy embrassa Annie, qui était allongée sur le lit, les joues ruisselantes de larmes. Ses yeux grands ouverts étaient toujours verts et brillants, mais ils ne lui étaient plus d'aucune utilité.

— Je pars demain, lui rappela Tammy, mais je veux que tu te reprennes en main en mon absence. Quand je reviendrai en septembre, je veux que tu sois capable de faire plein de choses toute seule. Tu veux bien ?

— Non !

Pour la première fois, Annie paraissait plus furieuse que triste.

— Je ne pourrai même pas me coiffer, fulmina-t-elle.

Ses sœurs ne purent s'empêcher de sourire. Elle était toujours aussi belle et semblait vulnérable, allongée sur le lit. Les infirmières lui avaient lavé les cheveux, et Sabrina les avait brossés pour qu'ils brillent.

— Eh bien, si c'est le cas, fit Tammy pragmatique, je crois en effet que tu ne trouveras pas de mari ni même de petit ami. Mais, si tu ne te coiffes plus, j'espère au moins que tu prendras des bains.

Annie s'assit sur son lit, les bras croisés sur la poitrine.

— Non !

Ils éclatèrent tous de rire et elle ne put s'empêcher d'en faire autant, du moins l'espace d'un instant.

— Ce n'est pas drôle, dit-elle en se remettant à pleurer.

— Tu as raison, ma chérie, dit Tammy en l'embrassant. Ce n'est pas drôle du tout, mais tous ensemble, nous essaierons de faire en sorte que ça se passe à peu près bien. Nous t'aimons tous tellement !

— Je le sais, soupira Annie en retombant sur l'oreiller. Mais comment vais-je m'en sortir ? Tout me fait si peur !

Les larmes jaillirent de ses yeux.

— Aie confiance, assura Tammy, très émue. On y arrive toujours, quand on y est obligé. Toute la famille est avec toi.

— Mais je n'ai plus maman, remarqua tristement Annie.

Voyant les deux grosses larmes qui roulaient sur ses joues, leur père se détourna.

— C'est vrai, admit Tammy, mais tu nous as et nous t'aimons de tout notre cœur. Quand je t'appellerai de Los Angeles, tu auras intérêt à m'annoncer de bonnes nouvelles. Et si Sabrina me dit que tu sens mauvais, je reviendrai pour te donner un bain moi-même. Fais gaffe à toi.

C'était ce qu'elle disait à sa cadette lorsqu'elles étaient enfants. Elles n'avaient que trois ans d'écart, et Annie était encore une petite peste quand Tammy se prenait déjà pour une adulte. Annie n'arrêtait pas de l'asticoter, surtout à propos des garçons. Tammy menaçait régulièrement de la frapper, mais elle ne l'avait jamais fait.

— Je t'aime, Tammy, murmura Annie. Appelle-moi.

— Tu sais bien que je le ferai.

Tammy embrassa une dernière fois sa sœur avant de partir, et les autres en firent autant, car eux aussi devaient s'en aller. Sabrina lui promit de revenir le lendemain avec Candy, mais pas avant l'après-midi. Elle ne le dit pas à Annie, mais elle allait voir la maison à New York. Elle partirait à 8 heures du matin, comme Tammy. Candy l'accompagnerait, si bien qu'elles pourraient donner immédiatement leur réponse.

Pendant le dîner, la conversation tourna autour d'Annie. De l'institut spécialisé qu'elle devrait fréquenter. De tout ce qu'elle devrait apprendre pour pouvoir se débrouiller seule. Remplir une baignoire, faire griller ses tartines, se coiffer…

— Il faut qu'elle consulte un psy, affirma Sabrina, qui avait laissé un message sur le répondeur de la psychiatre. Et je trouve ton idée de sculpture géniale, ajouta-t-elle en regardant Tammy.

— Si elle l'accepte, ce pourrait être la solution idéale. Actuellement, elle s'imagine que sa vie est finie. Et de son point de vue, elle a raison. Ce n'est pas facile de devoir repartir à zéro, même à son âge.

— Au mien non plus, ajouta leur père tristement.

La remarque de Jim leur rappela que cela n'allait pas être facile pour lui non plus. Après avoir été marié pendant près de trente-cinq ans, il se retrouvait seul, sans avoir eu l'habitude de s'occuper de lui. Il s'était reposé sur sa femme pendant plus de la moitié de sa vie et il allait être perdu sans elle. Il ne savait même pas faire la cuisine. Il faudrait demander à la femme de ménage de lui préparer ses repas du soir, pour qu'il n'ait plus qu'à les réchauffer au micro-ondes.

— Toutes les veuves et les divorcées du quartier vont venir frapper à ta porte, lui fit remarquer Tammy pour le dérider. Tu vas être très sollicité.

— Je ne suis pas intéressé, répliqua-t-il d'une voix morose. J'aime ta mère et je ne veux personne d'autre.

Cette idée lui était insupportable.

— Sans doute, mais elles ne vont pas te laisser tranquille.

— J'ai autre chose à faire, grommela-t-il.

Ce n'était malheureusement pas le cas. Il ne pouvait rien faire sans sa femme. Elle s'était occupée de tout à sa place, avait organisé leur vie sociale, l'emmenant en ville pour écouter des concerts, aller au théâtre ou voir des ballets. Aucune de ses filles n'imaginait qu'il arriverait à se débrouiller et à prendre des initiatives.

— Il faudra que tu viennes nous voir et nous emmener dîner, papa.

Sabrina lui rappela alors qu'elles devaient visiter une maison, le lendemain.

— D'après ce que tu m'en dis, elle semble très bien.

— C'est possible, mais ce sera peut-être une horreur. Tu sais comment sont les agents immobiliers : ils mentent comme des arracheurs de dents et leur goût est détestable !

Jim hocha la tête, réalisant soudain qu'il allait se sentir bien seul quand les filles seraient parties.

— Je devrais peut-être prendre ma retraite, suggéra-t-il, l'air déprimé.

— Non, papa ! s'exclamèrent-elles à l'unisson, ce qui les fit rire.

Leur père ne devait pas abandonner tout ce qui avait donné un sens à son existence. Au contraire, il devait s'occuper, s'activer davantage. C'était une évidence pour elles.

— Tu dois travailler, voir des amis, sortir comme tu le faisais avec maman.

— Tout seul !

Il paraissait horrifié. Sabrina échangea un regard avec Tammy en soupirant. Désormais, elles devraient prendre soin d'Annie et de leur père.

— Non, avec des amis, dit Tammy. C'est ce que maman aurait souhaité. Elle n'aurait pas voulu que tu restes ici tout seul, à te complaire dans ton malheur.

Il ne répondit pas et, quelques minutes plus tard, il monta dans sa chambre.

Chris prit la route après le dîner, de façon à ne pas être en retard à son travail le lendemain. Sabrina était triste de le voir partir, mais elle lui était infiniment reconnaissante de toute l'aide et de tout l'amour qu'il lui avait prodigués. Lorsqu'elle l'accompagna jusqu'à sa voiture, il l'embrassa tendrement avant de se glisser derrière le volant.

— On a vécu une semaine épouvantable, murmura-t-elle.

— Oui, mais je pense que tout le monde va s'en sortir. Vous avez la chance d'être une famille unie.

— C'est vrai.

Bien qu'il soit assis dans la voiture, elle noua ses bras autour de son cou. Il lui était toujours aussi difficile de réaliser que l'accident s'était produit juste une semaine plus tôt.

— Sois prudent. Je dois encore rester ici, mais j'essaierai de laisser papa et Candy seuls et de passer une nuit avec toi, cette semaine.

— Bonne idée. Je reviendrai vendredi, si ça te va.

C'était comme s'ils avaient été mariés, songea Sabrina. L'épouse restait à la campagne avec les enfants, et le mari revenait le week-end. Mais, en l'occurrence, les « enfants » étaient un père et deux sœurs. Il semblait à Sabrina qu'elle était devenue leur mère à tous.

— Essaie de ne pas en faire trop, Sabrina, dit-il comme s'il lisait en elle à livre ouvert, je t'appellerai en arrivant.

Elle savait qu'il le ferait. Chris était fiable et solide, on pouvait compter sur lui. Il venait encore de le lui prouver, et c'était en partie pour cela qu'elle l'aimait. En dehors de son père, Chris était le meilleur des hommes qu'elle eût jamais rencontrés.

— Si tu ne l'épouses pas, je le ferai, la menaça Tammy lorsqu'elle rentra.

Beulah s'était réfugiée dans un coin de la cuisine. Comme chaque fois que Chris s'en allait, elle était déprimée.

— Je veux quelqu'un comme lui, continua Tammy. Normal, sympathique, serviable et gentil avec ma famille. Il doit aussi savoir cuisiner et être beau mec. Comment peux-tu avoir autant de chance, alors que je ne tombe que sur des tarés ?

— Peut-être parce que je ne vis pas à Los Angeles. Ou peut-être que j'ai répondu à la bonne annonce.

— Si je pensais pouvoir trouver l'homme de ma vie grâce à une annonce, crois-moi, j'essaierais.

— Sûrement pas. Je t'en empêcherais. Avec ta chance, tu tomberais sur un tueur en série. L'homme de ta vie se présentera un jour, Tam, tu verras.

— Je n'y crois plus beaucoup et je crois même que je m'en moque. Je râle uniquement par habitude. En fait, je suis très contente d'être seule à la maison avec ma chienne. Personne ne me dispute la télécommande de la télévision et je fais ce que je veux.

— Oh là là, tu m'inquiètes vraiment. Il y a tout de même plus à espérer de la vie que la garde d'une télécommande !

— Je ne vois pas de quoi tu parles. Mon Dieu, je déteste m'en aller !

Elles montèrent ensemble à l'étage, comme au temps de leur enfance. Candy écoutait de la musique et elle avait poussé le son au maximum. Tammy s'attendait presque à ce que sa mère sorte de sa chambre pour lui ordonner de le baisser.

— C'est tellement bizarre, ici, sans maman, murmura-t-elle pour que leur père ne l'entende pas.

— Oui, et ça va être encore pire pour papa.

— Tu crois qu'il se remariera ? demanda Tammy.

Elle ne pouvait pas le concevoir, mais on ne savait jamais.

— C'est parfaitement impossible, assura Sabrina. Il était tellement amoureux de maman qu'il ne regardait personne d'autre.

— Il est encore jeune.

— Oui, mais il ne pourra pas trouver mieux. Elle était tout pour lui.

Et elle avait aussi été la meilleure des mères.

— Je ne sais pas si je supporterais la méchante marâtre des contes de fées, avoua Tammy.

Sabrina se mit à rire.

— Cela n'arrivera pas. Peut-être te rendra-t-il visite de temps en temps à Los Angeles. Il aura certainement du mal à supporter les week-ends.

— Ce serait une bonne idée.

Candy les rejoignit au moment où Tammy sortait sa valise de l'armoire. Les trois sœurs bavardèrent pendant qu'elle rassemblait ses affaires. Il était plus de minuit lorsqu'elles regagnèrent leurs chambres. Entretemps, Chris avait appelé Sabrina. Les chiennes dormaient sur les lits. Quant à leur père, il s'était couché à 22 heures. La maison était paisible et, au moment de se laisser aller au sommeil, Sabrina pensa qu'en fermant les yeux, elle pourrait faire semblant de croire que leur mère était encore là. Dans leurs lits, les trois filles pensaient la même chose. Ne serait-ce qu'un instant, elles eurent besoin de croire que rien n'avait changé, alors qu'en réalité leur univers était à jamais bouleversé.

11

Le lendemain, Tammy prit la navette de l'aéroport à 8 heures. Candy et Jim s'étaient levés pour lui dire au revoir. Candy portait un short en jean et un tee-shirt trop moulant qui révélait ses seins. Tous les hommes qui se trouvaient dans la navette ouvrirent des yeux admiratifs à la vue de cette superbe créature aux longs cheveux blonds.

Avant qu'elle ne monte, Sabrina, Candy et leur père embrassèrent Tammy. Elle avait enfoui Juanita dans son grand sac. Quelques minutes plus tard, Candy et Sabrina partirent à leur tour pour visiter la maison. Elles arrivèrent à 9 h 30 à New York et s'arrêtèrent chez Sabrina, qui voulait consulter ses mails et prendre quelques affaires.

Sabrina avait du mal à croire que, lorsqu'elle avait quitté son appartement, sa mère était encore en vie et Annie en pleine forme. Tant de choses venaient de changer ! Et cela allait continuer, surtout si elle déménageait. Elle se moquait de devoir quitter son appartement, car elle n'y était pas particulièrement attachée. Mais vivre avec Candy et Annie représenterait un grand bouleversement. Depuis l'université, elle vivait seule. Son indépendance allait lui manquer, mais elle acceptait de bonne grâce d'y renoncer. Elle espérait que, dans un an, Annie se serait adaptée à la situation et serait en mesure de vivre seule. Candy pourrait alors regagner son luxueux duplex tandis qu'elle-même se mettrait en quête d'un nouvel appartement. En attendant, elles feraient tout leur possible pour aider Annie à s'en sortir. Il le fallait.

Elles restèrent peu de temps dans l'appartement de Sabrina. Au moment où celle-ci se garait dans la 84e Rue Est, Tammy l'appela. Elle allait monter dans l'avion.

— Je voulais juste vous dire au revoir une dernière fois, dit-elle.

Elles s'accrochaient les unes aux autres pour compenser la perte de leur mère. Sa disparition les avait toutes terriblement affectées.

— Bon voyage, dit Sabrina en sortant de la voiture. Nous nous apprêtons justement à visiter la maison.

Se sentant soudain exclue, Tammy regretta de ne pas être avec ses sœurs.

— Tu me diras à quoi elle ressemble.

— Bien sûr. Trouve-toi un beau mec, dans l'avion.

— Je ne m'assois qu'à côté des prêtres et des vieilles femmes. C'est un principe.

— Tu es folle ! dit Sabrina en riant.

— Non. Seulement décidée à rester vieille fille. Je pense que c'est ma vocation.

— Un de ces jours, nous serons vertes de jalousie en te voyant au bras d'une vedette de cinéma.

— Si seulement !

Comme Candy et Sabrina arrivaient devant la maison, Sabrina prévint Tammy.

— Je te laisse. Je t'appellerai plus tard. Salut.

La femme de l'agence, grande, corpulente et blonde, venait vers elles, un grand sourire aux lèvres. C'était l'une de ces femmes qui se parfument trop et se teignent les cheveux. À sa voix éraillée, on devinait qu'elle fumait. Sabrina lui présenta Candy, puis la femme ouvrit la porte et les fit entrer.

— Nous allons voir ce que vous en pensez. J'ai d'autres propositions dans le centre, mais je pense que c'est celle-ci qui vous conviendrait le mieux.

Sabrina espérait qu'elle ne se trompait pas. Elles auraient de la chance si la première maison qu'elles voyaient était la bonne. Elle détestait les visites, alors que Candy trouvait cela amusant.

L'entrée était sombre et peinte en vert foncé, ce qui sembla un peu triste à Sabrina, mais des dalles en marbre vertes et blanches égayaient le sol. Elle remarqua au mur un beau miroir ancien. Des tableaux représentant des scènes de chasse donnaient à la pièce un petit air britannique. La salle de séjour, très ensoleillée, était orientée au sud. La bibliothèque, petite, sombre elle aussi et confortable, possédait une belle cheminée qui semblait en état de marche. Sabrina nota qu'elle avait lu un grand nombre des livres qui en garnissaient les murs. Le sourire aux lèvres, Candy regarda autour d'elle avant d'adresser un petit signe de tête approbateur à sa sœur. Elles étaient toutes les deux conquises par l'atmosphère chaude et accueillante qui régnait dans la maison. Les plafonds étaient hauts, des appliques anciennes ornaient les murs, les pièces étaient lumineuses et, malgré sa taille, Candy pouvait se déplacer sans se cogner partout.

Elles descendirent au sous-sol pour découvrir la cuisine et la salle à manger. La cuisine était bien équipée, fonctionnelle, avec au milieu une table ronde qui pouvait accueillir dix personnes. Elle donnait sur le jardin, mal entretenu mais plein de charme. Il y avait deux chaises longues et un barbecue qui avait visiblement souvent servi. Sabrina savait que cela plairait à Chris.

Avec ses murs laqués rouge, la salle à manger avait un petit côté original. Tous les travaux avaient visiblement été effectués par des professionnels, même s'ils dataient. Mais c'était ce que Sabrina appréciait. Cela ne ressemblait pas à un magazine. La maison n'était pas trop encombrée et l'on s'y sentait chez soi. Sabrina pensait pouvoir y mettre quelques-uns de ses meubles, mais ceux qui s'y trouvaient déjà étaient parfaits. Au besoin, elle entreposerait les siens dans un garde-meuble. Cet endroit était vraiment agréable. Elle comprenait pourquoi son propriétaire souhaitait y revenir. Quand la femme de l'agence s'éloigna, Candy fit part à Sabrina de son enthousiasme.

— Je l'adore ! murmura-t-elle.

— Moi aussi.

Les chambres étaient petites, ainsi qu'on le leur avait dit, mais de taille suffisante, avec de jolies fenêtres et des rideaux en soie pastel ornés de glands et retenus par d'élégantes embrasses. Il y avait de grands lits dans toutes les chambres. L'une des chambres était spacieuse, celle d'à côté un peu plus petite, mais en tant que chambre d'amis, elle serait très bien. Les chambres destinées à Annie et à Candy étaient douillettes et joliment décorées. Carrelées de marbre, les salles de bains possédaient des baignoires et des douches. Sous le charme, Sabrina se tourna vers l'employée de l'agence. Elle aimait absolument tout dans cette maison et Candy était du même avis. Celle-ci trouvait d'ailleurs qu'il y régnait une bonne atmosphère et qu'on y sentait des « ondes positives ». Elle leur convenait, d'autant plus qu'il n'y avait rien pour compliquer la vie d'Annie. Les escaliers étaient droits et larges et leur sœur pourrait les emprunter sans difficulté.

— Super ! s'écria Sabrina.

Rayonnante, Candy approuva, reconnaissant même qu'elle la préférait à son appartement, sophistiqué, prétentieux et froid. Elle se sentait beaucoup mieux ici. C'était le genre d'endroit qui donnait envie de se pelotonner dans un fauteuil confortable et de ne plus en bouger. Elles n'avaient plus qu'à souhaiter qu'Annie s'y plairait aussi une fois qu'elle aurait accepté sa situation, ce qui, espéraient-elles, finirait par arriver.

— Qu'est-ce que tu en dis ? demanda Sabrina à sa sœur, bien qu'elle connût déjà la réponse.

— Je dis « oui » ! Prenons-la. À condition que je puisse amener Zoé.

Candy ne se déplaçait jamais sans sa chienne, bien qu'elle l'ait confiée à son père le matin même, craignant qu'il ne fasse trop chaud dans la voiture. Zoé tenait compagnie à Beulah, car Sabrina l'avait laissée aussi là-bas, de peur que la présence d'un gros chien n'effraie l'employée de l'agence. De plus, Beulah était malade en voiture, ce qui n'était pas très agréable.

La femme leur confirma que le propriétaire ne voyait aucun inconvénient à ce qu'il y ait des chiens dans sa maison.

— Je l'ai appelé ce matin pour m'en assurer, dit-elle.

La maison leur convenait donc à tous points de vue : elle était chaleureuse, confortable, jolie, accueillante et le prix était abordable. Les meubles du propriétaire étaient aussi bien que les leurs et elles pouvaient y vivre avec leurs chiens. Candy avait déjà décidé qu'elle louerait son propre appartement meublé, ce qui le rendait encore plus attractif. Elle comptait le faire immédiatement. On ne cessait pas d'en louer à des prix astronomiques dans son immeuble, elle en tirerait donc un bon prix.

— Nous le prenons, déclara Sabrina. Quand pourrons-nous emménager ?

— Le 1er août.

Les deux filles échangèrent un regard. Le délai était court, mais c'était sans doute préférable. Sabrina allait devoir résilier rapidement le contrat de son appartement. Annie sortait de l'hôpital dans une semaine et irait chez leur père. Mais dès que Sabrina et Candy auraient tout préparé dans la maison, elles pourraient s'y installer.

— C'est parfait, dit Sabrina.

Durant les prochains jours, elles n'allaient pas manquer d'occupations. Il faudrait aider Annie, s'occuper de leur père et emménager. Candy avait prévenu son agence qu'elle ne reprendrait le travail qu'en septembre. En revanche, Sabrina retournait au cabinet le lundi suivant. Elle savait qu'elle serait aussitôt débordée, comme d'habitude.

— Si vous le souhaitez, je pense pouvoir obtenir les clefs plus tôt, proposa la femme.

— Ce serait bien, reconnut Sabrina. Car nous allons devoir emménager très vite. Notre sœur sort de l'hôpital cette semaine.

— Elle est malade ? s'étonna la femme.

— Elle vient d'avoir un accident et elle a perdu la vue, précisa Sabrina.

— Oh ! Je suis navrée. Quand vous m'avez dit qu'elle était aveugle, je n'avais pas compris que c'était si récent… Vous allez vous installer ensemble, toutes les trois ?

— Jusqu'à ce qu'elle ait retrouvé une certaine autonomie. Cela ne va pas être facile pour elle.

— Je m'en doute, répondit la femme avec sympathie. Je vais parler au propriétaire. Je trouve votre initiative formidable, ajouta-t-elle, émue.

Son visage auparavant fermé s'était ouvert dès qu'elle avait compris ce qu'elles avaient décidé de faire.

— C'est normal, puisque nous sommes sœurs, dit Candy.

— Toutes les sœurs ne sont pas aussi proches. Je n'ai pas vu la mienne depuis vingt ans.

— C'est triste, reconnut Candy.

— Que devons-nous signer ? demanda Sabrina.

— Un bail classique, avec une caution. Je ne pense pas qu'elle sera très élevée. Je vais rédiger tout cela et je vous le ferai parvenir à votre bureau.

— Cette semaine, je suis dans le Connecticut, chez mon père. Je peux passer le prendre à l'agence.

— Ce sera prêt demain.

— C'est très bien.

L'arrangement convenait parfaitement à Sabrina, qui passerait ainsi la nuit avec Chris.

— Vous aurez besoin de toutes nos signatures ? demanda-t-elle.

— La vôtre me suffira pour l'instant. Vos sœurs signeront le contrat quand vous serez toutes en ville, ce sera plus facile ainsi.

— C'est vrai. Merci de nous le proposer.

Avant de partir, elles firent une dernière fois le tour de la maison, qui leur plut encore davantage. Dès qu'elles furent dans la voiture, elles laissèrent éclater leur joie. Sabrina appela Chris, qui fut heureux pour elles, ajoutant qu'il avait hâte de voir la maison. Elles mettraient Tammy au courant dès qu'elle descendrait de l'avion.

Lorsqu'elles rentrèrent, leur père était sorti. Sabrina prépara le déjeuner et gronda Candy, qui refusait de manger.

— Tu ne travailles pas, en ce moment. Il est inutile de te laisser mourir de faim.

— Je ne meurs pas de faim. Je n'ai envie de rien, voilà tout. C'est à cause de la chaleur.

— Tu n'as pas non plus pris de petit déjeuner.

Contrariée, Candy se leva pour passer quelques coups de fil. Elle détestait qu'on surveille son alimentation. Depuis des années, c'était un sujet sensible. Elle se fâchait même avec leur mère quand celle-ci y faisait allusion. Elle avait commencé à se priver de nourriture à dix-sept ans, en entamant sa carrière de mannequin.

Elles allèrent voir Annie à 14 heures. Elle dormait mais remua légèrement en les entendant entrer dans la chambre.

— C'est nous, dit Sabrina en lui souriant.

Annie ne pouvait pas la voir, mais elle perçut son enthousiasme.

— Je sais que c'est vous. Je sens ton parfum et j'entends les bracelets qui cliquettent aux bras de Candy.

Sabrina s'abstint de tout commentaire, mais Annie commençait à s'adapter instinctivement à son infirmité, ce qui était une bonne chose. Son ouïe et ses autres sens paraissaient déjà plus développés.

— On a une surprise pour toi, annonça Candy.

— C'est sympa, fit Annie d'une voix lugubre, mais depuis quelque temps les surprises n'ont pas été très bonnes.

Elles ne pouvaient qu'être d'accord avec leur sœur sur ce point, mais elles espéraient que la description qu'elles allaient lui faire de la maison lui donnerait du courage.

— Qu'est-ce que vous avez encore comploté ?

— Nous sommes allées à New York, dit Sabrina. Nous sommes parties après avoir quitté Tammy. Elle nous a dit de t'embrasser…

Annie sourit et attendit la suite.

— Nous avons vu une maison, continua Sabrina.

Annie sembla prise de panique.

— Une maison ? Papa va déménager ?

Elle ne voulait pas que tout change aussi vite. Elle aimait la maison de ses parents, elle appréciait de pouvoir y séjourner lorsqu'elle venait les voir. Elle espérait que son père n'avait pas l'intention de la vendre.

— Bien sûr que non ! la rassura Sabrina. Nous cherchions une maison pour nous.

— Chris et toi vous mariez ? Ou vous voulez vivre ensemble ?

Sabrina se mit à rire. Elle était heureuse d'avoir trouvé la maison qu'il leur fallait, du premier coup.

— Tu n'y es pas du tout ! C'est toi, moi et Candy qui allons habiter dans cette maison. Pendant un an. Le temps que tu t'organises et que… euh… tu t'habitues. Ensuite, tu verras ce que tu veux faire. Tu pourras te débarrasser de nous si tu le souhaites, ou bien nous chercherons quelque chose ailleurs, car nous ne pourrons y rester qu'un an. Mais, tu verras, c'est une maison fantastique, dans la 84e Rue Est.

— Qu'est-ce que j'irais faire là-bas ? répliqua Annie d'une voix sombre.

— Tu pourras suivre un stage dans un institut spécialisé, par exemple. Cela te permettra de retrouver peu à peu ton indépendance.

Sabrina s'efforçait de présenter les choses de façon positive. Pour l'instant, personne ne savait ce qui attendait Annie. Elle en saurait plus quand elle sortirait de l'hôpital.

— J'étais indépendante, il y a une semaine. Maintenant, j'ai l'impression d'être un enfant de deux ans que vous allez devoir prendre en charge.

— C'est faux ! Nous voulons être tes colocataires, Annie, pas tes nounous. Tu pourras aller et venir à ton gré.

— Et comment penses-tu que j'y parviendrai ? Avec une canne blanche ? s'écria Annie, les yeux pleins de larmes. Je ne sais même pas comment on s'en sert.

Toutes les trois eurent alors l'image des aveugles contraints de demander de l'aide pour traverser, quand le trafic était dense.

— Je préférerais être morte, continua Annie. Je ferais peut-être mieux de rester chez papa.

Mais cette solution serait la pire, car dès que leur père aurait repris son travail, dans quelques semaines, elle serait seule à la maison toute la journée et ne pourrait pas sortir.

— Tu périrais d'ennui, ici. Tu seras beaucoup mieux en ville avec nous.

— Non ! Je serais un fardeau pour vous. Vous feriez mieux de me mettre dans une institution et de m'oublier.

— Ça m'aurait plu quand j'avais quinze ans et que tu en avais sept, mais je crois qu'il est un peu tard pour cela. Allez, Annie, nous devons tirer le meilleur parti de la situation. Ce sera drôle de vivre ensemble. Candy va louer son appartement pendant un an, je vais résilier mon bail et Tammy passera de longs week-ends avec nous. Il faut saisir l'occasion. Nous n'arrêtons pas de répéter que nous ne sommes pas assez souvent ensemble. C'est sans doute la seule chance que nous aurons jamais d'être réunies. Et cela ne durera qu'une année. Ensuite nous volerons de nos propres ailes.

Étendue sur son lit, Annie secoua la tête avec désespoir.

— Je veux retourner en Italie. J'ai essayé de joindre Charlie. Nous pourrions vivre tous les deux dans mon appartement.

Il fallait la raisonner. La solution proposée par Sabrina pouvait être la bonne, à condition qu'Annie y mette un peu de bonne volonté. Quant à Charlie, c'était de l'histoire ancienne, mais elle ne le savait pas encore, et Sabrina ne voulait pas être celle qui le lui apprendrait. Annie avait essayé toute la matinée de l'appeler sur son téléphone portable. Sans succès.

Lorsqu'elle en parla à sa sœur aînée, celle-ci ne put s'empêcher de se demander s'il l'avait éteint pour ne pas avoir à lui répondre. Depuis leur conversation, elle l'en croyait tout à fait capable.

— Tu ne peux pas retourner à Florence.

— Je ne veux pas habiter avec vous comme une espèce d'infirme, déclara Annie avec colère. Je ne veux pas être la sœur aveugle que tout le monde plaint et dont on doit s'occuper.

— Ce ne sera pas moi qui m'occuperai de toi, en tout cas, intervint Candy. Je voyage beaucoup et, comme Sabrina travaille, tu devras apprendre à t'occuper de toi-même toute seule. Mais nous pourrons t'aider.

— Je ne veux pas être aidée. Je souhaite seulement vivre chez moi et j'ai justement un appartement à Florence. Je n'ai pas besoin d'une maison à New York.

Sabrina s'efforça de se montrer patiente :

— Écoute, Annie, tu pourras vivre n'importe où dans le monde dès que tu auras appris à te débrouiller, mais ça prendra peut-être un peu de temps. Tu ne crois pas qu'il vaudrait mieux que tu habites avec nous, au début ?

— Non. Je vais retourner à Florence et vivre avec Charlie. Il m'aime, affirma Annie avec entêtement.

Le cœur de Sabrina se serra. Il ne l'aimait pas et elle ne pouvait pas s'en sortir seule à Florence. Pas encore et sans doute pas avant de longs mois, si elle y retournait un jour.

— Et si Charlie n'en avait pas envie ? demanda-t-elle. S'il ne savait pas comment s'y prendre ou s'il ne supportait pas la situation ? Tu ne préférerais pas vivre avec nous ?

— Non. J'aime mieux être avec lui.

— Je peux le comprendre, mais tu lui demandes beaucoup. Nous sommes ta famille, pas lui. À New York, il existe des écoles pour aveugles absolument fantastiques.

— Je ne veux pas aller dans une école pour aveugles ! s'exclama Annie. Je m'en sortirai toute seule.

Elle pleurait, et Sabrina, de son côté, refoula des larmes de frustration.

— Ne rends pas les choses plus difficiles pour toi qu'elles ne le sont déjà, Annie. Laisse-nous t'aider.

— Non ! s'écria-t-elle en leur tournant le dos.

Sabrina et Candy échangèrent un long regard, mais ne dirent rien.

— Et ne vous regardez pas comme ça ! hurla-t-elle.

Sabrina sursauta.

— Tu as des yeux derrière la tête maintenant ? Tu nous tournes le dos et, excuse-moi de te le rappeler, mais tu es aveugle, alors comment sais-tu ce que nous faisons ?

— Je vous connais !

Sabrina ne put s'empêcher de rire.

— Tu n'as vraiment pas changé depuis tes sept ans ! Tu es toujours une sale morveuse ! Tu m'espionnais, et ensuite, tu allais tout raconter à maman.

— Tammy aussi.

— Je sais, mais tu étais pire qu'elle. Et maman te croyait toujours, même quand tu mentais.

Elle leur tournait toujours le dos, mais Sabrina perçut son rire.

— Tu comptes rester infecte ou tu vas te décider à être raisonnable ? Candy et moi avons trouvé une maison fantastique et nous sommes sûres qu'elle te plaira aussi. Alors, calme-toi. En plus, ce sera drôle de vivre ensemble.

— Rien ne sera plus jamais drôle.

— Bien sûr que si, répliqua Sabrina.

Elle espérait avoir bientôt des nouvelles de la psy. Annie en avait un besoin urgent. Elles aussi, d'ailleurs. Peut-être pourrait-elle lui dire comment il fallait s'y prendre avec Annie.

— Je signe le bail demain, dit-elle. Et si nous ratons cette occasion parce que tu fais ta crise, je serai vraiment fâchée.

C'était normal qu'Annie soit furieuse, mais Sabrina pensait qu'elle devait se montrer ferme avec elle pour son propre bien. Évidemment, cela aurait été plus facile de la prendre dans ses bras et de la serrer très fort, mais l'état d'Annie nécessitait des mesures plus drastiques. Étant donné ce qui l'attendait, elle ne pouvait pas la laisser s'attendrir sur elle-même.

— Je vais y réfléchir, dit Annie. Partez, ajouta-t-elle sans se retourner. Laissez-moi seule.

— Tu penses vraiment ce que tu dis ? demanda Sabrina, choquée.

Candy ne prononça pas un mot. Elle avait toujours souffert du caractère d'Annie. Elles avaient cinq ans de différence et, pour elle, Annie était toujours la grande sœur qui lui avait mené la vie dure lorsqu'elle était petite.

— Oui, dit tristement Annie.

En ce moment, elle haïssait le monde entier.

Sabrina et Candy restèrent encore une demi-heure, s'efforçant de plaisanter pour essayer de la dérider. En vain. Elles finirent par la prendre au mot et la quittèrent en promettant de revenir plus tard si elle les appelait, ou bien le lendemain.

Pendant le trajet du retour, elles parlèrent de ce qui venait de se passer. Sabrina pensait que la colère d'Annie était peut-être un bon signe. Elle s'en prenait à ses sœurs, mais en réalité elle en voulait au destin qui lui avait pris sa mère et l'avait laissée aveugle.

— Qu'est-ce qu'on va faire, pour la maison ? demanda Candy avec inquiétude. Et si elle refusait de s'installer avec nous ?

— Elle acceptera, répondit calmement Sabrina. Elle n'a pas vraiment le choix.

— C'est triste.

— Oui, ce qui est arrivé est triste pour elle, pour papa et pour nous. Il ne nous reste plus qu'à faire face et essayer de nous en sortir.

En dépit de la réaction de sa sœur, Sabrina restait persuadée que cette maison était la meilleure solution pour elle.

— Elle acceptera, répéta-t-elle en espérant ne pas se tromper.

En rentrant, Sabrina trouva un message de la psychiatre. Elle la rappela aussitôt et lui raconta ce qui était arrivé. La thérapeute accepta d'aller voir Annie. Son cabinet se trouvait à New York, expliqua-t-elle, mais elle se déplaçait quand les circonstances l'exigeaient, ce qui était manifestement le cas. Elle promit de venir le mercredi et se réjouit d'apprendre qu'elles allaient prochainement s'installer à New York. Elle acceptait Annie comme patiente et semblait intéressée par son histoire. Sabrina se sentit soulagée. La psychiatre avait une voix sympathique et lui avait en outre été chaudement recommandée par le chirurgien.

Sabrina laissa un message à Tammy pour lui annoncer qu'elles prenaient la maison. Elle passa ensuite l'après-midi à passer des coups de fil et à en recevoir. Elle appela le cabinet pour s'assurer que tout allait bien, puis son propriétaire afin de discuter avec lui de la résiliation de son bail. Lorsqu'elle lui eut exposé ce qui s'était passé, il se montra très compréhensif.

Elles ne retournèrent voir Annie que le lendemain. Lorsqu'elles arrivèrent, une infirmière la faisait marcher dans le couloir. Annie semblait triste. Elle perçut leur présence avant même qu'elles se soient signalées. Elle prit alors le bras de Sabrina et lui demanda de la raccompagner dans sa chambre. Elle paraissait tendue et craignait de se cogner aux meubles. En la voyant dans le couloir, ses sœurs prirent encore plus conscience de sa vulnérabilité. Elle semblait aussi fragile qu'un nouveau-né. De retour dans sa chambre, elle resta un moment silencieuse avant de leur révéler qu'elle avait parlé à Charlie. Sabrina et Candy comprirent alors pourquoi elle était si triste.

— Il était en Grèce et il m'a dit que jusqu'à maintenant, il n'avait pas eu de réseau, commença-t-elle.

Elle hésita un instant avant de continuer :

— Il a rencontré quelqu'un d'autre. C'est charmant, n'est-ce pas ? Quand j'ai quitté Florence, il y a deux semaines, il était éperdument amoureux de moi. Et aujourd'hui, il est déjà avec une autre. Il ne voulait pas en parler. J'ai cru comprendre qu'elle était en Grèce avec lui.

Deux larmes coulèrent sur ses joues, et Sabrina les essuya délicatement du bout des doigts.

— Les hommes se conduisent parfois en salauds. Il arrive que les femmes ne se comportent guère mieux, d'ailleurs. Il a été vraiment nul, avec toi.

Encore plus nul qu'elle ne s'en doutait, malheureusement.

— C'est sûr ! Je ne lui ai pas dit que j'étais aveugle, ce n'est donc pas pour ça qu'il me quitte. Je lui ai parlé de l'accident et de la mort de maman, mais je lui ai fait croire que je m'en étais sortie indemne. Je ne voulais pas de sa pitié. Si tout s'était bien passé entre nous, je lui aurais dit la vérité, bien sûr. Ensuite, il aurait décidé s'il pouvait assumer la situation. Mais je n'ai pas eu à le faire, puisqu'il m'a annoncé la nouvelle aussitôt après avoir décroché.

En l'écoutant, Sabrina pensa que cela valait mieux ainsi. Elle avait bien fait de téléphoner à Charlie. S'il avait rompu après qu'Annie lui eut révélé sa cécité, sa souffrance aurait été pire. De cette façon, elle pouvait croire qu'elle avait été plaquée comme n'importe qui. Elle n'avait pas eu à entendre qu'il ne voulait plus d'elle parce qu'elle était aveugle. De toute façon, il valait mieux pour elle qu'il l'ait quittée, car ce n'était visiblement pas un type bien.

— Je suis navrée, Annie, dit Sabrina.

— Il ne valait rien ! affirma Candy. Tu en rencontreras d'autres beaucoup mieux.

— Je ne pense pas. Aucun homme ne voudra d'une aveugle.

De nouveau, elle s'apitoyait sur son sort. Sabrina ne lui avait pas encore parlé de la psychiatre, mais elle se réjouissait qu'elle vienne prochainement.

— Bien sûr que si, lui dit-elle doucement. Tu es toujours aussi ravissante. Rien n'a changé, de ce côté-là.

— Tu sais, enchaîna Candy, je n'arrête pas de me faire larguer.

Ses deux sœurs se mirent à rire. Elle était si belle que c'était difficile à croire.

— Je suis sortie avec pas mal de débiles, continua-t-elle. Je trouve que la plupart des types de notre âge le sont. Ils ne savent pas ce qu'ils veulent. Ils t'aiment un jour et regardent ailleurs le lendemain. Ou alors, ils veulent seulement coucher ou être invités à une réception. Il y en a beaucoup qui ne cherchent qu'à nous exploiter.

C'était le lot quotidien de Candy. Beaucoup de gens cherchaient à se servir d'elle et elle était trop jeune pour gérer ce genre de situation. Tammy ne s'en sortait d'ailleurs pas mieux avec ceux qu'elle rencontrait et qui étaient pourtant plus âgés.

— À vous entendre, dit Sabrina, je suis contente de n'avoir plus vingt ans. J'avais oublié à quel point les garçons de cet âge pouvaient être idiots. Pourtant, j'en ai rencontré quelques-uns, avant Chris.

Candy et Annie continuèrent de parler de tout ce que leurs petits amis leur avaient fait subir, mais, elles avaient beau plaisanter, Sabrina percevait l'accablement d'Annie. Elle venait d'apprendre que Charlie l'avait abandonnée pour une autre et le choc était rude, surtout en ce moment.

— Cela ne te tuera pas de vivre quelque temps avec nous. Ce sera peut-être amusant.

— Sûrement pas, répliqua Annie. Rien ne sera plus jamais amusant pour moi.

— Tu m'en reparleras dans six mois, quand tu sortiras avec quelqu'un d'autre.

— Il n'y aura personne d'autre.

— Très bien, dit Sabrina. Nous sommes le 14 juillet. Je te parie cent dollars que dans six mois, c'est-à-dire le 14 janvier, tu auras quelqu'un dans ta vie. Candy est témoin. Tu es prête à parier ?

— D'accord ! Je te parie que dans six mois ou six ans, je serai toujours seule.

— Le pari est sur six mois, rétorqua Sabrina. Si tu veux parier sur six ans, la somme sera tellement élevée que tu ne pourras pas te le permettre. Rappelle-toi que tu vas me devoir cent dollars.

Allongée sur son lit, Annie souriait. Elle était déprimée par sa rupture avec Charlie, mais la compagnie de ses sœurs lui faisait du bien. Tammy l'avait appelée de Los Angeles, la veille. Elle aussi avait réussi à la faire rire en lui racontant des anecdotes à propos de Juanita et d'un excentrique qui était assis à côté d'elle dans l'avion.

Sabrina et Candy la quittèrent un peu plus tard mais, avant de partir, Sabrina lui dit qu'elle allait signer le bail de la maison.

— Je n'ai pas encore accepté de m'y installer, insista Annie d'une voix maussade.

Elle paraissait pourtant moins déprimée qu'à leur arrivée, même si la défection de Charlie l'affectait. Au moins ne parlait-elle plus de retourner à Florence, où elle savait ne pas pouvoir vivre seule et aveugle. Elle insistait cependant pour garder son appartement là-bas. Sabrina lui conseilla d'en parler à leur père. Dans la mesure où le loyer était peu élevé, peut-être accepterait-il.

— Eh bien, si tu refuses de venir avec nous, Candy et moi vivrons ensemble. Mais tu nous manqueras.

Un mince sourire étira les lèvres d'Annie.

— D'accord… Je vais y réfléchir.

— Je te promets une chose, Annie, déclara Sabrina en se levant. Si tu ne viens pas avec nous, tu manqueras l'occasion de ta vie. Avec nous, la cohabitation sera géniale !

Annie se mit à rire et la fixa comme si elle la voyait.

— Ça m'étonnerait ! J'ai vécu avec toi jusqu'à mes dix ans et je peux t'affirmer que tu es assommante. Et Candy ne vaut pas mieux. C'est la fille la plus désordonnée de la planète.

— Ce n'est plus le cas ! protesta Candy, l'air offensée. De toute façon, nous aurons besoin d'une employée de maison, si nous vivons ensemble. Je n'ai pas l'intention de faire le ménage.

— Eh bien, s'exclama Annie, si vous me proposez d'être servie, cela mérite réflexion !

Pour la première fois, elle semblait redevenue elle-même.

— C'est ça, réfléchis, dit Sabrina en l'embrassant.

Sur ces mots, elle sortit avec Candy. Se tournant vers sa jeune sœur, elle lui fit un clin d'œil et Candy lui répondit en levant le pouce. Annie allait accepter. Elle n'avait pas d'autre solution.

12

Comme promis, Ellen Steinberg, la psychiatre, rendit visite à Annie le mercredi après-midi et appela ensuite Sabrina. Étant tenue au secret professionnel, elle ne pouvait lui rapporter les propos d'Annie, mais elle était satisfaite de l'entretien et retournerait la voir avant sa sortie de l'hôpital. Elle espérait qu'Annie accepterait ensuite de la rencontrer régulièrement à New York.

La psychiatre assura qu'Annie n'avait pas de tendances suicidaires et qu'elle n'était d'ailleurs pas excessivement déprimée, étant donné les circonstances. Tout comme le chirurgien, elle pensait qu'Annie devrait suivre un stage pour aveugles. Normalement, l'hôpital s'occuperait de lui trouver un centre avant qu'elle ne rentre chez elle.

Quand la psychiatre était entrée dans sa chambre et s'était présentée, Annie l'avait très mal accueillie et avait même refusé de lui parler, prétendant pouvoir s'en sortir toute seule.

— J'en suis convaincue, avait répondu Ellen Steinberg, mais cela ne vous coûte rien de discuter un peu avec moi.

Annie avait explosé :

— Vous n'avez aucune idée de ce que je ressens, puisque vous ne savez pas ce que c'est que d'être aveugle.

— Il se trouve que si, avait répondu calmement le médecin. Je suis moi-même devenue aveugle à la suite d'un accident de voiture. C'est arrivé à la fin de mes études de médecine, il y a vingt-quatre ans. Ensuite, j'ai vécu des années très difficiles. Je voulais abandonner la médecine. Je m'étais spécialisée en chirurgie et je pensais que ma carrière était fichue. Il n'y a pas beaucoup de chirurgiens aveugles…

Annie l'avait écoutée, fascinée.

— J'étais sûre qu'aucune autre spécialité ne pouvait m'intéresser, avait continué Ellen. À mes yeux, la psychiatrie était réservée aux imbéciles. Qu'avais-je de commun avec les fous et les névrosés ? Je voulais être chirurgien du cœur, avec tout ce que cela comportait de prestigieux. Alors, je suis restée à la maison, où je me suis rongée pendant deux ans. J'ai rendu ma famille folle et je me suis mise à boire, ce qui n'a rien arrangé. Finalement, mon frère m'a dit un jour que tout le monde était fatigué de mes jérémiades et que je ferais bien de chercher un boulot, au lieu de punir la terre entière parce que j'étais malheureuse. Je ne pouvais rien faire. Je n'avais reçu aucune formation en dehors de mes études de médecine. J'ai décroché un premier emploi de standardiste, dans une compagnie d'ambulances. Puis, par une sorte de hasard absurde, j'ai été engagée par un service d'assistance en ligne, pour répondre à des suicidaires. Cela m'a plu et finalement conduite à la psychiatrie. Quand j'ai repris mes études, j'ai rencontré mon mari, qui enseignait à la faculté. Nous avons quatre enfants. Je n'ai pas pour habitude de raconter ma vie. Je suis ici pour parler de vous, mais j'ai pensé que mon histoire pouvait vous intéresser. J'ai été percutée par un chauffard ivre. Il a fait deux ans de prison et moi, je suis restée aveugle définitivement. Mais, d'une certaine façon, cet événement a été une bénédiction. J'exerce un métier que j'adore, je suis mariée à un homme merveilleux et j'ai quatre enfants formidables.

Annie était fascinée, mais elle ne voyait pas comment les choses pourraient tourner aussi bien pour elle.

— Comment pouvez-vous faire tout cela ?

— Vous apprendrez. Vous développerez d'autres dons. Vous connaîtrez l'échec, vous commettrez des erreurs comme tout le monde. Parfois, vous devrez faire plus d'efforts que les autres. Vous serez déçue, vous aurez des chagrins d'amour comme ceux qui voient. Au bout du compte, c'est la même chose, on fait ce qu'on a à faire. Et maintenant, si nous parlions un peu de vous ? Comment vous sentez-vous, en ce moment ?

Les larmes étaient montées aux yeux d'Annie.

— Je suis terrifiée, avait-elle répondu d'une voix de petite fille. Maman me manque. Je n'arrête pas de me dire que j'aurais dû essayer de la sauver. C'est ma faute si elle est morte. Je n'ai pas eu le temps de prendre le volant à sa place.

— J'ai lu le rapport de l'accident, avant de venir. C'était impossible.

— Comment l'avez-vous lu ?

— Il a été retranscrit en braille. C'est assez facile à faire. Je tape tous mes rapports en braille. Ma secrétaire les saisit une seconde fois pour ceux qui voient.

Elles avaient discuté pendant environ une heure. Au moment de partir, le Dr Steinberg avait dit à Annie que, si elle voulait la revoir, elle reviendrait.

— J'en serais très contente, avait répondu Annie.

Elle avait le sentiment d'être redevenue une enfant et de dépendre des autres. Elle avait alors parlé à la psychiatre de la proposition de ses sœurs.

— La question est de savoir ce que *vous* voulez faire.

— Je ne veux pas être un fardeau pour elles.

— Alors ne le soyez pas. Allez à l'école, apprenez ce que vous avez besoin de savoir pour être indépendante.

— Je suppose que c'est ce que vous avez fait.

— Oui, mais j'ai perdu beaucoup de temps à m'apitoyer sur moi-même. Vous n'êtes pas obligée d'en faire autant, Annie. Je crois que vous êtes bien entourée. Je l'étais aussi, mais j'ai puni ma famille pendant longtemps. C'est une perte de temps. La vie vous sourira de nouveau si vous faites le nécessaire. Vous aurez à peu près les mêmes activités que les gens qui voient, sauf peut-être que vous n'irez pas au cinéma. Mais il y a tant d'autres choses !

— Je ne pourrai plus peindre. C'était ma passion.

— Je n'ai pas pu être chirurgien, mais la psychiatrie me plaît encore plus. Il y a sans doute bien d'autres voies qui s'ouvriront à vous, dans le domaine artistique. Vous vous découvrirez des talents insoupçonnés. Le secret, c'est de les trouver, de relever le défi. Saisissez la chance qui vous est offerte d'être davantage que ce que vous étiez auparavant. Quelque chose me dit que vous y parviendrez. Vous avez toute la vie devant vous et bien des portes à pousser, si vous en avez la volonté.

Annie s'était tue pendant un long moment, réfléchissant. Quand le médecin s'était levée pour partir, elle avait perçu le bruit que faisait sa canne en balayant le sol.

— Vous n'avez pas de chien ?

— J'y suis allergique.

— Et moi je les déteste.

— Alors n'en ayez pas, Annie. Vous avez la plupart des choix dont vous disposiez auparavant et plus encore. À la semaine prochaine.

Annie avait entendu la porte se refermer. Elle était restée étendue sur son lit, repassant dans sa tête tout ce que le Dr Steinberg avait dit.

13

Durant les semaines suivantes, Sabrina vécut à un rythme effréné. Elle s'occupait de son père et s'efforçait de lui remonter le moral. Candy ne l'aidait pas autant qu'elle l'avait espéré. Elle était facilement distraite, brouillonne, encore trop bouleversée par la mort de leur mère pour lui prêter l'assistance dont Sabrina aurait eu besoin. À bien des égards, Candy était encore une enfant et elle attendait que Sabrina la materne. Celle-ci faisait de son mieux, mais c'était parfois vraiment difficile.

Après avoir signé le bail, elles retournèrent dans la maison pour décider quels meubles elles voulaient garder. Il y en avait de très beaux qu'elles aimaient toutes les deux. Sabrina aida Candy à mettre son appartement en location. Quelqu'un se présenta dans les trois jours. Sabrina vendit quelques-uns de ses meubles, décida d'entreposer les autres dans un garde-meuble et mit de côté ceux qu'elle voulait emporter. Elle demanda à Candy de contacter un déménageur et de le retenir pour le 1er août.

Entre deux démarches, Sabrina rendait chaque jour visite à Annie, qui avait finalement accepté de s'installer avec ses sœurs. Après un second entretien avec le Dr Steinberg, elle les avait averties que, si elles cherchaient à la materner ou lui donnaient l'impression qu'elle était incapable de faire quoi que ce soit, elle les quitterait. Sabrina et Candy lui avaient promis qu'elles ne l'aideraient que si elle le demandait, sauf si elle était sur le point de faire une chute dans l'escalier.

Annie sortit de l'hôpital la troisième semaine de juillet. Les premiers jours chez son père furent difficiles pour elle. Les autres avaient commencé à s'habituer à l'absence de leur mère, mais pour elle, c'était tout nouveau. Elle se déplaçait assez facilement dans cette maison qu'elle connaissait bien, mais elle s'attendait sans cesse à entendre la voix de sa mère. Elle ouvrait ses armoires, tâtait ses vêtements du bout des doigts ou les portait à son visage. Elle sentait son parfum et il lui semblait percevoir sa présence. Parfois, c'était un véritable supplice. Le souvenir de sa mère lâchant le volant avant d'être éjectée hors de la voiture la poursuivait. Elle en parlait au Dr Steinberg chaque fois qu'elle la voyait. Elle était toujours persuadée qu'elle aurait pu la sauver et en rêvait la nuit. Sa rupture avec Charlie n'avait fait qu'aggraver les choses. D'une certaine façon, elle était contente de repartir à zéro à New York plutôt que de retourner en Italie. Son père avait accepté de payer le loyer de Florence pendant quelque temps.

Avant son départ de l'hôpital, l'ophtalmologiste parla longuement à Sabrina et à Annie du traitement qu'il voulait lui prescrire. Sabrina commençait à se sentir plus mère que sœur. Elle devait veiller sur tout le monde. Sur Annie, bien sûr, mais aussi sur Candy, qui était très jeune et parfois irresponsable. Quant à leur père, il semblait de plus en plus désarmé. Il perdait ou cassait les choses, il s'était coupé deux fois, ne se rappelait pas où se trouvaient les objets. Une nuit, au téléphone, Sabrina fit remarquer à Tammy que leur mère en avait trop fait pour lui. Elle l'avait dorloté, protégé, gâté. Sabrina ne pouvait pas la remplacer. Elle tentait sans grand succès de l'amener à se prendre en charge. Mais il se plaignait beaucoup, gémissait constamment et pleurait souvent. C'était compréhensible, mais Sabrina était à bout.

Le médecin d'Annie tenait à ce qu'elle passe régulièrement un scanner. Il lui avait aussi fortement conseillé de s'inscrire dans une institution spécialisée et de suivre les cours qui lui permettraient d'acquérir son indépendance. Cela avait rendu Annie maussade pendant plusieurs jours. Elle avait une canne blanche qu'elle n'utilisait pas, mais elle se débrouillait assez bien tant qu'on ne déplaçait rien. Candy avait oublié une fois de repousser une chaise et, lorsque Annie était passée, elle avait trébuché et était tombée. Candy l'avait aidée à se relever tout en se répandant en excuses.

— Très malin ! avait lancé Annie, furieuse contre sa sœur mais plus encore contre le sort. Pourquoi as-tu fait cela ?

— J'ai oublié… Je suis désolée… Je ne l'ai pas fait exprès.

C'était le genre d'arguments que Candy utilisait enfant. À ses yeux, c'était l'intention qui comptait, pas les conséquences.

Annie avait décidé qu'elle se débrouillerait seule pour prendre son bain et elle avait interdit à ses sœurs d'être avec elle dans la salle de bains. Elle n'était pourtant pas pudique, aucune d'elles ne l'était d'ailleurs. Elles avaient l'habitude d'entrer et de sortir de leurs salles de bains à moitié dévêtues pour chercher un sèche-cheveux, un fer à friser, du dissolvant, un collant ou un soutien-gorge. Mais, désormais, Annie y entrait habillée et verrouillait la porte derrière elle. Le second jour, l'eau déborda de la baignoire. Quand Sabrina s'en aperçut, elle tambourina à la porte jusqu'à ce qu'Annie la laisse entrer. Les pieds baignant dans l'eau, Sabrina ferma le robinet.

— Ce n'est pas possible, dit-elle calmement. Tu as besoin qu'on t'aide, même si tu n'es pas d'accord. Il faut que tu apprennes à te débrouiller, sinon tu vas tous nous rendre dingues. Qu'est-ce que je peux faire ? demanda-t-elle en épongeant le sol.

— Me laisser tranquille ! cria Annie en s'enfermant dans sa chambre.

— Fantastique ! fulmina Sabrina.

Annie s'en voulait autant qu'elle en voulait à sa sœur. Mais il fallut deux incidents supplémentaires pour qu'elle accepte de suivre un stage en septembre. Jusqu'alors, elle avait fait comme si sa cécité n'était qu'un état temporaire qu'elle pouvait gérer seule. Elle commençait à réaliser que ce n'était pas le cas et en voulait à la terre entière. Ses sœurs ne la reconnaissaient plus, tant son caractère avait changé. Elle ne leur permettait même pas de la coiffer. Au cours de la deuxième semaine, elle se coupa elle-même les cheveux. Le résultat fut désastreux. Sabrina la retrouva assise par terre, en larmes, au milieu de longues mèches auburn. Elle l'enlaça et elles pleurèrent dans les bras l'une de l'autre.

— D'accord, constata Annie, la tête sur l'épaule de sa sœur, d'accord… Je n'y arrive pas… Je déteste être aveugle… J'irai dans cet institut… Mais je ne veux pas de chien.

— Tu n'es pas obligée d'en avoir un.

Mais il était clair qu'elle avait besoin d'aide. La voir ainsi accentuait le désespoir de leur père, qui se sentait impuissant lorsqu'elle trébuchait ou tombait, se versait du café brûlant sur la main ou répandait de la nourriture autour d'elle, comme une enfant de deux ans.

— Tu ne peux rien faire pour elle ? demandait-il à Sabrina, l'air malheureux.

— J'essaie, répliquait-elle, s'efforçant de ne pas lui parler sèchement.

Elle appelait Tammy six fois par jour. Celle-ci avait reprit son rythme effréné et se sentait coupable d'être loin de sa famille et de ne rien faire pour elle. Tous, d'une façon ou d'une autre, étaient malheureux, et Annie encore plus.

Elle permit finalement à Candy de la coiffer. Elle était trop gênée pour aller chez le coiffeur et ne voulait pas se montrer dans cet état : aveugle, avec des cheveux qui semblaient avoir été coupés à la serpe, alors qu'ils étaient auparavant plus longs que ceux de Candy.

Le lendemain, Candy s'assit par terre près d'Annie, qui semblait sortir de prison, avec ses mèches de toutes les longueurs.

— Bon, dit-elle, nous allons voir ce qu'on peut faire. Ne crains rien, je suis plutôt douée pour coiffer les gens. C'est moi qui m'occupe de mes copines, quand une coiffeuse fait n'importe quoi, sous prétexte que ça rend bien sur la photo. Ce qu'il y a de bien, ajouta-t-elle gaiement, c'est que si je rate ma coupe, tu ne pourras pas te fâcher contre moi, puisque tu n'en sauras rien.

Même si ce n'était pas drôle, c'était si vrai qu'Annie éclata de rire et se soumit docilement aux mains de sa sœur, qui se mit aussitôt à l'œuvre. Quand ce fut terminé, Candy avait réussi une coupe stylée et adorable. Annie ressemblait à un elfe, avec ses cheveux courts. Les mèches cuivrées auréolaient son visage et mettaient en valeur ses yeux verts. Candy admirait son travail quand Sabrina entra dans la chambre et s'extasia à son tour. Plus jolie que jamais, Annie semblait être passée entre les mains d'un grand coiffeur.

— Waouh ! s'écria Sabrina, impressionnée par le talent de Candy. Tu es absolument ravissante, Annie, et complètement transformée. Le jour où tu ne seras plus mannequin, Candy, tu pourras ouvrir un salon de coiffure. Je te confie ma tête quand tu veux.

— C'est vraiment bien ? demanda Annie d'une voix inquiète.

N'ayant pas une idée précise des dégâts qu'elle avait commis dans un instant de colère, elle n'était pas consciente de ce qu'avait réussi Candy. Celle-ci avait transformé le désastre en une coupe sexy et jeune. En réalité, cette coiffure allait même mieux à Annie que ses longs cheveux raides qui la faisaient ressembler à une hippie, selon Candy. En l'espace d'une demi-heure, Candy l'avait transformée en vedette de cinéma.

— C'est plus que bien, affirma Sabrina. Tu pourrais faire la couverture de *Vogue*. Notre petite sœur possède vraiment un don. Je suis émerveillée par tous ces talents cachés que nous avons. Moi, par exemple, j'ai raté ma vocation de bonne à tout faire. À ce propos, mesdemoiselles, j'aimerais que la prochaine fois que vous jouerez à la coiffeuse, vous alliez dans la salle de bains. Hannah étant absente cette semaine, c'est moi qui fais le ménage.

— Oh, mon Dieu… ! s'exclama Candy, embarrassée.

Elle n'avait rien remarqué. Elle était tellement habituée à ce qu'on soit aux petits soins pour elle et qu'on nettoie derrière elle, que ce soit au travail ou chez elle, qu'elle n'était pas consciente du désordre qu'elle causait. Il y avait des cheveux partout.

— Désolée, Sabrina, je vais ranger.

— Moi aussi, ajouta Annie, bien qu'elle en fût incapable.

— Laisse, lui dit Sabrina. Tu peux faire autre chose, si tu veux m'aider. Montre à papa comment on charge le lave-vaisselle. Il doit avoir un problème de vision, lui aussi… Il n'arrête pas d'y mettre de la vaisselle qui contient encore de la nourriture. Résultat, ça fait comme du ciment qui colle aux assiettes et aux couverts. Maman ne le laissait sûrement pas l'aider.

— Je descends, dit Annie.

Se levant d'un bond, elle se dirigea vers la porte. Vingt minutes plus tard, lorsqu'elle eut fini de remettre la chambre en état, Sabrina trouva son père et sa sœur dans la cuisine. Annie rinçait les assiettes avant de les déposer dans le lave-vaisselle. Elle faisait du meilleur travail que leur père, qui n'était pourtant pas aveugle. C'était démoralisant de constater à quel point il était perdu depuis la mort de leur mère. Le père solide et sage avait disparu, faisant place à un homme faible, craintif, confus et déprimé. Sabrina lui avait suggéré de consulter un psychologue, mais il avait refusé. Il en avait pourtant autant besoin qu'Annie, qui semblait apprécier sa thérapeute.

Laissant à Annie le soin de le surveiller, elle partit pour New York avec Candy, afin de s'occuper du déménagement. Elles avaient emmené Annie une fois dans la maison, afin de la familiariser avec les lieux. Bien qu'elle n'ait pu la voir, elle avait dit que sa chambre lui plaisait et qu'elle la trouvait suffisamment grande. Elle était contente que Candy soit installée de l'autre côté du couloir, au cas où elle aurait besoin d'aide. En revanche, elle avait bien spécifié que personne ne devait intervenir à moins qu'elle ne le demande. Elle rencontrait constamment des difficultés, mais elle se forçait à les résoudre elle-même avec plus ou moins de succès. Lorsqu'elle n'y parvenait pas, cela se terminait par des crises de colère et des larmes. Elle n'était pas facile à vivre, mais Sabrina espérait que son comportement changerait lorsqu'elle suivrait son stage. Entre la dépression de leur père et la révolte d'Annie, l'atmosphère était lourde. Sabrina avait remarqué que Candy mangeait de moins en moins. Ses problèmes d'alimentation s'étaient aggravés depuis la mort de leur mère. Seul Chris était toujours lui-même. Il avait la patience d'un ange, même si son procès actuel l'absorbait beaucoup. Depuis qu'elle avait repris son travail, Sabrina n'avait plus un moment à elle. Elle devait s'occuper de tous, organiser le déménagement et exercer son métier.

— Tu vas bien ? lui demanda Chris un soir.

Ils étaient dans l'appartement qu'elle allait quitter. Trop fatiguée pour manger, elle s'était contentée d'une bière à laquelle elle avait à peine touché.

— Je suis épuisée, lui dit-elle franchement, la tête sur ses genoux.

Pendant qu'elle mettait ses livres dans des cartons, il avait regardé un match de base-ball à la télévision. Le déménagement devait avoir lieu dans trois jours et, malgré la climatisation, il faisait très chaud, une vague de chaleur s'étant abattue sur New York.

— J'ai l'impression d'être la bonne à tout faire de toute la famille, lui confia-t-elle, et que ça ne s'arrêtera jamais. C'est à peine si mon père noue ses lacets tout seul. Il en fait d'ailleurs de moins en moins et refuse de retourner travailler. Quant à Candy, on dirait qu'elle sort d'Auschwitz, et Annie risque de se blesser chaque fois qu'elle veut se couper une tartine elle-même. Et, pour finir, personne ne s'occupe de ce déménagement, sauf moi.

Elle était accablée et au bord des larmes.

— Tout ira mieux quand Annie sera inscrite dans ce centre.

Il essayait de lui redonner du courage, mais il avait conscience que l'atmosphère familiale était extrêmement pesante, ces derniers temps. Et il s'inquiétait pour Sabrina, qui devait tout assumer. C'était trop pour elle, trop pour une seule personne. Bien qu'il fît tout son possible pour l'aider, il se sentait impuissant.

— Peut-être, soupira-t-elle, mais encore faudra-t-il qu'elle accepte d'y aller et veuille bien apprendre. Annie veut tout faire seule et, lorsqu'elle n'y arrive pas, elle devient folle et se met à jeter les objets, en général dans ma direction. Nous aurions tous besoin d'un psychiatre.

— C'est peut-être une bonne idée. Qu'est-ce que tu as décidé, pour Candy ?

Sabrina haussa les épaules. Il lui semblait que toute sa famille était retombée en enfance et qu'elle était leur mère à tous. Elle n'en respectait que plus la sienne, qui les avait élevées et avait pris soin de son mari comme s'il était son cinquième enfant. Sabrina se demandait parfois comment elle avait réussi un tel exploit. Mais sa mère ne faisait que cela, alors qu'elle exerçait son métier d'avocat, organisait le déménagement, faisait la navette entre New York et le Connecticut, et s'efforçait de remonter le moral de tous.

— Rien. Elle voyait quelqu'un pour son anorexie, lorsqu'elle était plus jeune. Pendant quelque temps, cela avait été positif. Mais, aujourd'hui, c'est reparti. Je suis convaincue qu'elle a perdu environ cinq kilos depuis la mort de maman. Mais elle a vingt et un ans et je ne peux pas la forcer à aller voir un médecin. Elle pique une crise chaque fois que je lui en parle. J'ai peur qu'elle ne devienne stérile, qu'elle ne perde ses cheveux ou ses dents, ou même qu'elle ait un problème cardiaque. L'anorexie est une maladie grave, mais elle ne m'écoute pas. Elle ne semble pas se soucier de sa santé. Mais, un de ces jours, elle paiera le prix fort et se retrouvera sous perfusion à l'hôpital. Maman s'y prenait mieux que moi avec elle, elle avait beaucoup plus d'influence. Moi, personne ne m'écoute, ils veulent seulement que je résolve leurs problèmes et que je les laisse tranquilles. Je ne sais pas comment je me suis laissé embringuer là-dedans, mais je n'en peux plus.

Ils savaient pourtant parfaitement tous les deux comment c'était arrivé. Sa mère était morte et elle était l'aînée, ce qui faisait qu'elle avait tendance à prendre en charge les problèmes des autres, quelles que soient les conséquences sur sa propre vie. Elle se comportait de la même façon au cabinet et, malgré les mises en garde de Chris, elle était toujours en train de rendre service à quelqu'un. Elle ignorait ses propres besoins et passait toujours en dernier. Au cours de ces trois semaines, ils avaient à peine eu cinq minutes de paix en tête à tête. Tous les week-ends, Chris s'occupait de Jim et faisait la cuisine, pendant qu'elle gérait le reste. On aurait dit les parents d'une famille nombreuse, prenant soin de leurs enfants. Il semblait à Sabrina que sa vie était en miettes mais, heureusement, Chris était là. Tammy l'avait prévenue que cela ne durerait pas si elle n'y prenait pas garde. C'était facile à dire quand on vivait à des milliers de kilomètres. Sabrina s'occupait de tout et s'efforçait de redonner un semblant de normalité à leur univers.

Étendue sur le canapé, elle se mit à pleurer.

— Allez, lui dit Chris. Va te coucher. Tu es épuisée. Tu finiras tes cartons demain.

— Je ne peux pas. Les déménageurs vont passer prendre ce qui va au garde-meuble et je dois retourner chez mon père demain soir.

— Alors je m'en occuperai à ta place. File au lit et pas de discussion.

La prenant par la main, il l'aida à se lever et l'entraîna jusqu'à la chambre. Elle lui sourit lorsqu'il la déshabilla. Il était vraiment le meilleur homme de la terre.

— Je t'aime, dit-elle en se couchant.

Elle ne portait qu'un string, que Candy lui avait offert. Elle ne s'achetait jamais ce genre de lingerie.

— Je t'aime aussi et j'aime assez cette petite chose, dit-il en effleurant le string de dentelle noire. Dès que tu auras déménagé, je t'emmènerai en week-end. Nous sommes en train de tourner au vieux couple. Tes sœurs devront se débrouiller sans toi pendant deux jours.

Elle aussi ressentait le besoin de passer plus de temps avec lui. Le soir, elle était trop fatiguée et trop triste pour avoir envie de faire l'amour. Elle était encore profondément affectée par la mort de sa mère. Chris pouvait le comprendre, mais leur vie d'autrefois lui manquait. La situation finirait par s'améliorer, mais il ne savait pas quand…

Chris se demandait à quoi ressemblerait sa relation avec Sabrina quand elle habiterait avec ses deux sœurs. Cette cohabitation pouvait tourner au fiasco ou tenir du foyer pour étudiantes. Mais lui souhaitait être un peu seul avec Sabrina et il craignait que cela ne devienne tout à fait impossible. C'était une éventualité effrayante, mais il ne voulait pas lui en parler pour l'instant, car elle avait déjà assez de soucis comme cela.

Il s'allongea près d'elle pour lui caresser les cheveux et lui masser le dos, et, cinq minutes plus tard, elle était profondément endormie. Il se demanda s'ils pourraient se marier un jour. Les circonstances n'étaient pas particulièrement favorables. Il ne lui en reparlerait que dans quelques mois, lorsque tout serait un peu calmé. Il voulait fonder une famille et il faudrait qu'un jour elle prenne une décision. Il ne voulait pas se priver d'enfants sous prétexte qu'elle avait vu trop de couples s'entredéchirer pour en avoir la garde ! Elle ne pouvait pas le faire attendre plus longtemps, pas après trois ans de vie commune. En temps normal, ils s'entendaient magnifiquement bien, mais la grande crainte de Chris était qu'ils ne puissent plus jamais revenir en arrière et que ses sœurs deviennent toute sa vie.

Quand Sabrina se réveilla, Chris était parti travailler. Il lui avait laissé un petit mot qu'elle lut en souriant. Il lui demandait de ralentir le rythme. Le vendredi, il la rejoindrait dans le Connecticut et, le samedi, il repartirait avec elle pour l'aider à déménager. Le week-end s'annonçait chargé. Candy l'accompagnerait à New York pendant que leur père veillerait sur Annie… ou l'inverse. Sabrina espérait seulement qu'il n'y aurait pas de catastrophes. La mort de sa mère lui avait appris que tout pouvait basculer en une fraction de seconde.

14

Très tôt le samedi, Candy, Chris et Sabrina quittèrent le Connecticut. Chris conduisait, Sabrina vérifiait la liste de tout ce qu'elle avait à faire et Candy se limait les ongles. C'est alors que cette dernière annonça tranquillement qu'elle avait pris rendez-vous chez son esthéticienne dans l'après-midi pour un massage.

Sabrina lui lança un coup d'œil affolé.

— Tu ne vas pas te faire masser aujourd'hui ! Nous déménageons !

— C'est très stressant pour moi, répondit calmement Candy. J'ai du mal à passer d'un endroit à un autre. Mon ancien thérapeute disait que c'était lié au fait que maman était plus âgée, quand elle m'a eue. Les déménagements me traumatisent.

Sabrina la fixait d'un regard vide.

— Et c'est pour ça que tu as besoin d'un massage ?

Elle détestait ce genre de fadaises… le karma, l'aromathérapie, l'encens, les expériences destinées à recréer le ventre maternel. Elle avait trop les pieds sur terre pour écouter ces fariboles, mais elle ne voulait pas se montrer désagréable. En voyant son expression,

Chris sourit intérieurement. Il la connaissait bien, et Candy aussi.

— Je sais ce que tu en penses, mais ça m'aide. J'ai besoin de me recentrer. Ensuite, j'ai une séance de manucure et une autre de pédicure.

— Le pédicure t'aide à te recentrer ?

Sabrina commençait à fulminer et il n'était que 7 heures du matin ! Elle avait veillé jusqu'à 2 heures, pour aider Annie à faire ses bagages et finir d'étudier des dossiers qu'elle avait rapportés du bureau. Elle était épuisée avant même d'avoir commencé la journée. Les déménageurs allaient arriver à 8 heures. Candy n'avait pour tout bagage que deux sacs Vuitton et deux malles qu'elles étaient passées prendre à son appartement. Elle n'emportait que des vêtements.

— On me masse les pieds, pendant la séance de pédicure, expliqua-t-elle d'un air guindé. Est-ce que tu sais que tous tes centres nerveux sont dans les pieds ? Tu peux soigner presque tout, avec un massage des pieds. J'ai lu un long article là-dessus, dans *Vogue*.

— Candy, je t'adore, mais si tu ne la fermes pas, je crois que je vais te tuer. Cette semaine, j'ai reçu quatre nouveaux dossiers, ma secrétaire a démissionné, Annie a piqué quatre crises de colère et papa n'a pas cessé de pleurer. J'ai fait mes cartons, Zoé et Beulah ont eu la diarrhée et j'ai dû nettoyer toute la maison. J'ai une migraine affreuse et aujourd'hui nous déménageons. Alors, arrête de m'énerver en me parlant de pédicure !

— Je te trouve agressive et méchante, dit Candy, les larmes aux yeux. À cause de toi, maman me manque encore plus.

Sabrina, qui était assise à l'avant, se tourna vers elle en soupirant.

— Je suis désolée, mais je suis fatiguée. Maman me manque, à moi aussi. Je m'inquiète pour tout le monde. Tu perds du poids, papa est déprimé, maman est partie et Annie est aveugle. En plus, nous déménageons. Je ne crois pas pouvoir en supporter davantage.

— Tu veux que je te prenne un rendez-vous au centre de soins ? suggéra Candy.

Elle faisait visiblement un effort pour essayer d'arranger les choses, mais leurs treize ans d'écart et leurs personnalités différentes rendaient cela difficile, surtout à cette heure matinale. Sabrina avait l'impression d'être emportée dans un manège tournant à toute allure. Si cela continuait, elle allait se briser en mille morceaux. Mais elle n'avait pas le choix, ce qui n'était pas le cas de Candy, qui ne se sentait tenue par aucune obligation. Candy était un bébé, tout comme son père. Annie aussi, même si c'était contre son gré. Et elle, Sabrina, devait tout gérer.

— Tu es gentille, mais je dois rester dans la maison pour que tout soit rangé et que nous puissions y dormir demain.

— Tu crois que papa va s'en sortir, sans nous ?

— Il le faudra bien, puisqu'il ne peut pas vivre avec nous. D'autres ont survécu avant lui. Toi et Annie, vous pourrez lui rendre visite de temps en temps, ce mois-ci. Tu ne reprends ton travail qu'en septembre. Mais moi, je dois travailler. En septembre, papa devra vivre seul, alors ce serait bien qu'il commence à s'habituer.

Candy hocha la tête.

À 8 heures, ils arrivèrent dans la 84e Rue Est, après s'être arrêtés dans un café. Sabrina et Chris avaient pris un cappuccino et se sentaient mieux. Candy avait commandé un grand café glacé. Elle adorait cela et en buvait quatre par jour. Elle fonctionnait à la caféine et fumait, ce qui lui coupait l'appétit.

Les déménageurs étaient déjà là et ils se mirent rapidement au travail, si bien qu'à 13 heures, ils avaient tout déchargé. Ils passèrent le reste de l'après-midi à vider les cartons. À 18 heures, il y avait de la vaisselle, des livres, des tableaux et des vêtements partout. Un épouvantable désordre régnait dans la maison. Sabrina s'efforçait de ranger ses propres affaires avec l'aide de Chris. Candy les avait quittés deux heures auparavant pour se rendre à son centre de soins, mais elle avait promis de revenir à 19 heures. Sabrina appela son père pour le prévenir qu'ils allaient devoir passer la nuit à New York. Il lui répondit qu'Annie et lui se débrouilleraient très bien. Il allait préparer le dîner, c'est-à-dire de la soupe instantanée et des pâtés impériaux surgelés. Sabrina sourit, songeant que son père semblait aller un peu mieux. Il précisa qu'Annie l'avait aidé à mettre la table.

Chris avait porté un grand carton dans la pièce du haut. En redescendant, il la croisa dans l'escalier, déposa un baiser sur son nez et lui dit que la maison était géniale. C'était vrai, mais Sabrina savait qu'elle avait beaucoup de travail devant elle. Elle se demandait si elle ne ferait pas mieux de décaler d'une semaine l'installation d'Annie, que tous ces cartons allaient gêner. Lorsqu'elle arriverait, tous les objets devraient être à leur place, pour qu'elle puisse se repérer.

Candy appela à 19 h 30 pour dire qu'elle avait rencontré un ami au centre de soins. Si cela ne contrariait pas Sabrina, elle souhaitait dîner avec lui au restaurant, car elle ne l'avait pas vu depuis qu'il était revenu de Paris, six mois plus tôt. Sabrina lui annonça qu'elle ne retournait pas dans le Connecticut ce soir et lui indiqua qu'elle pouvait dormir dans la maison cette nuit, à condition de trouver des draps.

— Je rentrerai sans doute assez tard. On va dîner chez Cipriani et on terminera la soirée en boîte, répondit Candy.

Elle n'était pas sortie avec des amis depuis longtemps et venait de vivre, comme tous, de dures semaines, aussi Sabrina ne lui fit-elle aucun reproche.

— Pourquoi ne lui as-tu pas demandé de rentrer pour nous aider ? s'étonna Chris.

Il trouvait Sabrina un peu trop indulgente envers ses sœurs. Ayant tendance à tout faire elle-même, elle leur passait tout, si bien qu'elles en profitaient.

— Tu penses qu'elle nous serait d'un grand secours ? Elle aurait peur de s'abîmer les ongles et elle passerait deux heures au téléphone. J'aime autant faire mes rangements sans elle.

— Si tu agis ainsi, elle n'apprendra jamais ! Tu es trop faible avec elle.

— C'est bien pour ça que je ne veux pas d'enfants. Je serais une mère absolument nulle.

— Pas du tout, tu serais fantastique, tout comme tu l'es avec elle. Je pense seulement que tu devrais être un peu plus stricte et exigeante. Pourquoi es-tu obligée de tout faire seule ? Pourquoi devrait-elle jouer les princesses, pendant que toi, tu es la Cendrillon qui frotte le sol ? Laisse-la frotter un peu, pour changer.

Sabrina lui sourit avant de l'embrasser.

— Je t'aime ! De toute façon, je préfère être seule avec toi.

Les déménageurs étaient partis depuis déjà un certain temps. Sabrina et Chris avaient continué à travailler, jouissant du calme retrouvé. Une demi-heure plus tard, ils firent une pause, montèrent dans la chambre et mirent des draps. Ils firent l'amour et restèrent étendus dans les bras l'un de l'autre pendant une heure. Elle somnola contre lui jusqu'à ce qu'ils se décident finalement à se lever pour continuer à défaire les cartons. C'était la première fois depuis un mois que Chris avait eu l'impression que Sabrina ne pensait qu'à lui, qu'elle lui avait appartenu. Cet instant de pur bonheur lui donnait l'espoir que leur vie redeviendrait un jour normale. Mais il ne put s'empêcher de se demander quand ce jour arriverait.

Dans le Connecticut, Jim avait préparé à dîner. Annie ne voulait pas se plaindre mais, si la soupe était correcte, les rouleaux de printemps surgelés étaient un vrai désastre. Et quand son père s'excusa d'être un piètre cuisinier, elle en rit avec lui.

— Ce doit être génétique, papa. Je ne sais pas faire la cuisine, moi non plus.

Après lui avoir demandé quel était son parfum préféré, il lui apporta de la glace à la vanille et au chocolat. Elle était en train de la savourer quand on sonna à la porte. Elle resta dans la cuisine pendant que son père allait ouvrir.

Elle entendit une voix de femme, puis celle de son père qui s'écriait :

— Quelle surprise !

Elle termina tranquillement sa glace, sans y accorder beaucoup d'attention. Guidée par le son des voix, elle alla ensuite voir ce qui se passait. Son père se tenait sur la pelouse, devant la maison, et discutait avec une femme qu'elle ne put identifier. Tout ce qu'elle pouvait dire, c'était qu'elle semblait jeune.

— Tu te souviens d'Annie ? demanda son père à la visiteuse. Elle est grande, maintenant.

— Et aveugle, précisa Annie pour faire bonne mesure.

C'était ce qu'elle disait systématiquement. C'était sa façon d'exprimer sa colère. À plusieurs reprises, Sabrina lui avait gentiment fait remarquer que ce n'était pas en se montrant brutale avec les gens qu'elle retrouverait la vue. Un tel comportement ne ressemblait pas à Annie, du moins à celle qu'elle était autrefois.

— Oui, confirma tristement son père. Elle a été victime de l'accident qui a emporté sa mère.

Annie ne savait toujours pas à qui il parlait.

— Qui est-ce, papa ? demanda-t-elle en arrivant à leur niveau.

Elle sentait un parfum inconnu, à base de muguet.

— Tu te rappelles Leslie Thompson ? Son frère allait à l'école avec Tammy.

— Non, répliqua franchement Annie.

— Bonjour, intervint la jeune femme en question. Mon frère Jack fréquentait la même école que Tammy. Sabrina et moi étions amies.

Menteuse ! pensa Annie. La mémoire lui revenait, maintenant. Leslie Thompson était plus âgée que Tammy, mais plus jeune que Sabrina. Ses parents étaient d'horribles parvenus que leur mère n'aimait pas. C'était une jolie blonde que Sabrina avait traitée de garce, lorsqu'elle avait fait des avances à son petit ami. Âgée de dix-sept ans, Sabrina était en terminale.

Leslie en avait quinze et elle était ce que leur mère appelait une fille facile. Après cela, Sabrina ne l'avait plus jamais invitée.

— Je reviens de Californie et j'ai appris ce qui était arrivé à ta maman. Je suis venue vous présenter toutes mes condoléances.

Annie percevait une autre intention, dans sa voix. Le ton s'était durci quand Leslie s'était adressée à elle, alors que, lorsqu'elle parlait à son père, ses intonations étaient plus harmonieuses et plus douces. Annie sentit que sa présence paraissait la contrarier. Cette lucidité était une véritable malédiction, pensa-t-elle. Désormais, elle percevait les nuances les plus subtiles et avait l'impression étrange de pénétrer dans l'esprit des gens.

— Leslie nous a apporté une tarte aux pommes, dit son père avec chaleur. Elle l'a faite elle-même. Nous en étions justement au dessert, Leslie. Tu veux te joindre à nous ?

Annie fronça les sourcils. Pourquoi son père mentait-il ? Ils venaient de manger une glace ! Sans doute voulait-il être poli.

— Non merci, c'est gentil, mais je dois partir. Je voulais seulement vous saluer et vous dire combien Jack et moi sommes navrés.

— Quand repars-tu en Californie ?

Annie avait posé cette question sans raison particulière mais, à l'entendre, on aurait pu penser qu'elle était pressée que Leslie s'en aille.

— Je ne repars plus. Je vais rester chez mes parents en attendant de trouver un appartement à New York. J'habitais à Palm Springs, mais je viens de divorcer. J'y ai vécu pendant dix ans et je commençais à en avoir assez. C'est pourquoi me voici de retour !

De nouveau, sa voix avait pris une inflexion chantante.

— Je vais habiter à New York, moi aussi, affirma Annie bien que Leslie ne lui ait rien demandé. Candy, Sabrina et moi, nous emménageons demain.

Des effluves de parfum parvinrent à ses narines. Décidément, cette odeur était écœurante !

— Comme c'est dommage ! s'écria Leslie. Votre père va se sentir bien seul, quand vous serez toutes parties.

— C'est vrai, confirma celui-ci.

Peu de temps après, Leslie leur dit au revoir. Au moment où elle s'éloignait, il lança :

— Ne te fais pas trop rare, Leslie ! Passe me voir quand tu veux.

Il y eut un bruit de portière, puis la voiture démarra. Fronçant les sourcils, Annie prit le bras de son père pour rentrer dans la maison.

— Pourquoi lui as-tu dit de ne pas se faire trop rare ? demanda-t-elle à son père.

— Que voulais-tu que je dise ? Elle nous a apporté une tarte aux pommes. J'ai voulu me montrer poli.

— Je ne comprends même pas qu'elle soit venue. Nous ne l'avons pas revue depuis que Sabrina était en terminale. Je sens qu'il y a anguille sous roche.

— C'est stupide, Annie. C'est une gentille fille que vous fréquentiez quand vous étiez plus jeunes. Elle a appris ce qui était arrivé à votre mère, voilà tout !

— Ne sois pas si naïf, papa.

— Et toi, ne sois pas paranoïaque. Une fille de cet âge ne va pas s'intéresser à moi. Et je te rappelle que je suis amoureux de ta mère et le serai toujours.

Annie ne cessa pas pour autant de s'inquiéter. Elle regrettait de ne pas avoir vu cette fille. Cela lui aurait permis d'évaluer la situation. Elle en parlerait à Sabrina dès que celle-ci reviendrait. Elle n'aimait pas penser que des femmes pouvaient tourner autour de leur père. Surtout lorsqu'il s'agissait de filles comme Leslie Thompson, du moins si elle n'avait pas changé depuis leur enfance. Elle se rappelait seulement qu'elle était blonde et que Sabrina l'avait traitée de garce. À cette époque, Annie n'avait que neuf ans, mais la colère de sa grande sœur s'était gravée dans sa mémoire. Ce n'était qu'une histoire sans importance, pourtant elle s'en souvenait encore. Leslie Thompson resterait à jamais une garce dans l'esprit d'Annie.

Un peu plus tard, elle plaça les assiettes dans le lave-vaisselle pendant que son père dégustait une part de tarte, puis ils montèrent se coucher. Annie avait hâte d'emménager avec ses sœurs, le lendemain. L'existence était trop calme chez son père, et elle s'y sentait très isolée. Elle se réjouissait d'habiter à New York, tout en sachant qu'elle ne pourrait sortir seule. Mais tout changement était le bienvenu.

Elle resta longtemps assise dans sa chambre, à écouter de la musique en pensant à sa vie en Italie. La peinture, la visite à Sienne, les heures passées à la Galerie des Offices et sa rencontre avec Charlie. Il lui manquait tellement qu'elle aurait voulu l'appeler juste pour lui dire bonjour. Elle avait encore du mal à admettre qu'il ait rencontré une autre femme si vite après son départ. Elle appela Sabrina, qui lui annonça que les rangements avançaient, puis Tammy. Cette dernière lui raconta qu'elle était en train de donner un bain à Juanita. C'était triste de penser qu'elle ne reverrait plus jamais leurs visages. Elle pourrait les sentir, les écouter et les toucher, mais elle se les rappellerait toujours telles qu'elles étaient le jour de l'accident. Elle ne les verrait pas vieillir ni changer, et elle le regrettait.

Elle se coucha et rêva qu'elle contemplait un coucher de soleil avec Charlie, à Florence. Mais, quand elle se retournait pour lui dire qu'elle l'aimait, il avait disparu.

15

Le dimanche, Sabrina alla chercher Annie. Candy était rentrée à 4 heures du matin et était restée à New York. Quant à Chris, il était parti voir un match de base-ball avec des amis, après avoir passé la nuit avec Sabrina. La chambre était agréable et ils appréciaient le lit, qui était bien plus grand et confortable que celui qu'elle avait dans son ancien appartement. En fait, Sabrina et Chris aimaient tout, dans cette maison. Comme ils avaient l'étage pour eux, ils n'avaient pas entendu Candy lorsqu'elle était rentrée. Et Candy dormait profondément quand Sabrina s'en alla dans la matinée.

Elle trouva Annie et son père assis près de la piscine, avec Zoé et Beulah. Craignant qu'elle ne soit blessée ou perdue dans le déménagement, Candy avait en effet confié Zoé à la garde de son père. Sabrina lui demanda si elle pouvait les lui laisser un peu plus longtemps. Les chiennes lui tiendraient compagnie et Sabrina avait trop à faire pour s'occuper en plus de les sortir ou de les nourrir. Jim déclara qu'il serait ravi de les garder. Les deux sœurs partirent après le déjeuner. Annie semblait d'humeur morose, et Sabrina la laissa à ses pensées. Cela arrivait souvent, maintenant, même si elle avait toujours été introvertie et rêveuse.

Elles étaient à la moitié du chemin lorsque Annie prit la parole.

— Tu te rappelles Leslie Thompson ? demanda-t-elle à brûle-pourpoint, comme si ce nom venait tout juste de lui traverser l'esprit.

— Non. Pourquoi ? Qui est-ce ?

— Tu la détestais. Son frère était dans la même école que Tammy et elle avait essayé de te prendre ton petit ami.

— Ah bon ? Quand ?

Le ton perplexe de Sabrina fit rire Annie.

— Je crois que tu étais en terminale. J'avais neuf ans, mais je me rappelle que tu l'avais traitée de garce.

— J'ai dit ça ? s'exclama Sabrina en riant. Mon Dieu !

Elle jeta un coup d'œil à sa sœur, puis se concentra de nouveau sur la route. Depuis le 4 juillet, elle était nerveuse au volant, surtout sur l'autoroute. Après son retour à Los Angeles, Tammy lui avait confié qu'elle éprouvait la même chose.

— Ça y est ! s'écria-t-elle. C'était une garce, mais elle était plutôt jolie, dans le genre vulgaire. Elle était très manipulatrice. Maman disait que c'était un drôle de numéro. Pourquoi penses-tu à elle ?

— Elle est passée à la maison, hier.

— Pourquoi ? Je ne l'ai plus jamais revue, depuis cette époque.

— Elle a dit qu'elle venait de divorcer et qu'elle revenait de Californie. Elle voulait nous présenter ses condoléances. Elle apportait une tarte aux pommes à papa.

— Tu plaisantes ? s'exclama Sabrina avec dégoût. Ça y est ! Nous y voici... L'offensive a commencé. Mais elle n'est pas un peu jeune pour ça ? Elle doit avoir trente-deux ou trente-trois ans. Je me souviens parfaitement d'elle, maintenant. Je regrette que tu ne puisses pas me dire à quoi elle ressemble et comment elle regardait papa.

— Elle m'a fait l'effet d'être hypocrite. Elle s'asperge de parfum bon marché.

— Beurk !

— Et elle est maligne. Elle a apporté sa tarte dans un plat, de façon à le récupérer par la suite. Elle doit penser que papa a de l'argent.

— Elle ne peut pas courir derrière un homme aussi vieux ! Il a presque deux fois son âge !

— Peut-être, mais il est seul et elle suppose qu'il est riche.

— En tout cas, elle ne perd pas de temps, dit Sabrina, l'air contrariée. Mais peut-être voulait-elle vraiment nous présenter ses condoléances.

— Mon œil, répliqua Annie.

— D'accord, dit Sabrina en riant. Notre pauvre père ignore absolument ce qui va lui tomber dessus. Toutes les femmes seules du coin vont tambouriner à sa porte. Ce n'est pas un vieillard, il n'est pas mal de sa personne, il a réussi et il est libre. Prrrrrrenez garde !

Étant toutes très protectrices à l'égard de leur père, elles s'inquiétaient pour lui. Il était naïf et absolument pas préparé à ce qui l'attendait.

— J'ai essayé de le lui dire, mais il m'a répondu que j'étais paranoïaque.

— J'ai confiance en ton instinct. Quelle impression t'a-t-elle faite ?

— Elle est du genre mielleux. À quoi peut-on s'attendre d'une fille dans son genre ?

Elles rirent toutes les deux, puis réfléchirent un instant en silence avant de changer de sujet. Sabrina parla à Annie de toutes les heureuses surprises qu'elle avait découvertes en s'installant dans la maison. Elles regrettèrent toutes les deux que Tammy ne puisse pas vivre avec elles, tout en convenant qu'elle ne pouvait pas abandonner sa carrière.

Lorsqu'elles arrivèrent, Candy dormait encore. Elle apparut bientôt en haut de l'escalier, vêtue d'un string rose et d'un tee-shirt transparent. Elle bâilla et parut contente de les voir.

— Bienvenue chez nous, dit-elle à Annie.

Cette dernière commença aussitôt à circuler dans la maison. Pour aller d'un point à un autre sans crainte, elle devait absolument savoir où se trouvaient les meubles. Après avoir exploré la salle à manger et le bureau, elle monta au premier étage et entra dans la chambre de Candy au lieu de la sienne. Elle se cogna presque immédiatement dans une valise et faillit tomber.

— Ce n'est pas possible ! s'écria-t-elle en cherchant à retrouver son équilibre. Tu es vraiment odieuse !

Candy se précipita pour ôter la valise du chemin de sa sœur.

— Je suis désolée ! Tu veux que je te conduise dans ta chambre ?

Annie la rabroua sèchement.

— Non, merci ! Je peux la trouver toute seule !

Cette visite des lieux était stressante pour elle, mais elle savait qu'elle se sentirait mieux une fois qu'elle l'aurait faite. Une minute plus tard, elle entrait dans sa chambre, où Sabrina avait pris soin de poser sa valise sur le lit. Elle savait qu'Annie voudrait ranger ses affaires elle-même. Elle passa un instant plus tard, pour vérifier que tout allait bien.

— Merci de ne pas avoir défait ma valise, murmura Annie.

— Je savais que tu voudrais le faire toi-même pour pouvoir retrouver tes vêtements. Si tu as besoin d'aide, tu n'auras qu'à appeler.

— Ce ne sera pas nécessaire, répliqua fermement Annie.

Elle explora alors sa chambre, ouvrit la penderie et les tiroirs. Ayant trouvé la salle de bains, elle y rangea ses produits de beauté. Elle se coiffait plus facilement, grâce à sa nouvelle coupe.

Un peu plus tard, Sabrina et Candy vinrent la chercher pour dîner. Le moment semblait bien choisi pour informer Candy qu'une fille que Sabrina avait connue au lycée semblait avoir jeté son dévolu sur leur père.

— Tu rigoles ?

Candy paraissait abasourdie. Annie émit un petit rire et se rassit sur son lit. Elle était épuisée, mais elle avait tout rangé.

— Quel âge a-t-elle ? demanda Candy.

— Trente-deux ou trente-trois ans, répliqua Sabrina.

— C'est dégoûtant. Qui est-ce ?

— Une garce.

— Qu'est-ce que papa a dit ?

La conversation était amusante, dans la mesure où elles savaient toutes les trois que cette fille n'avait aucune chance de séduire leur père. Elles le connaissaient trop bien.

— Il a prétendu qu'elle n'avait aucune idée derrière la tête, répondit Annie. Il est vraiment naïf ! Elle empestait le parfum.

— C'est vraiment répugnant ! J'aimerais tellement savoir comment elle est ! s'exclama Candy.

— Moi aussi, dit tristement Annie.

Sabrina lança un coup d'œil à Candy pour lui faire comprendre qu'elle venait de commettre une gaffe.

— Je parie qu'elle est blonde et qu'elle s'est fait refaire les seins, dit-elle, oubliant que cette description correspondait aussi à Candy. Oh, excuse-moi ! se reprit-elle aussitôt. Je ne veux pas dire qu'elle te ressemble… seulement qu'elle est vulgaire.

Candy rit avec bonne humeur.

— Je te pardonne et je suis presque certaine que tu as raison.

Le soir même, elles en parlèrent à Tammy. Elles mirent ensuite Chris au courant, lorsqu'il revint de son match de base-ball avec Phillip, un ami, un jeune avocat qui travaillait dans le même cabinet que lui. Ce dernier faillit s'évanouir en voyant Candy, vêtue d'un short ultracourt et d'un haut minuscule. Une telle vision avait de quoi couper le souffle.

Chris estima que Leslie ne devait pas avoir d'intention particulière en rendant visite à leur père.

— Ben voyons ! protesta Sabrina. Pourquoi une fille de son âge apporterait-elle une tarte à papa ?

— C'est peut-être une gentille fille. Son comportement vis-à-vis de ton petit copain, au lycée, n'en fait pas une mangeuse d'hommes.

— À quinze ans, c'était déjà une garce et il semble qu'elle le soit toujours.

— Vous êtes dures, les filles ! dit Chris en riant.

Il constatait avec plaisir qu'elles semblaient avoir bon moral, dans leur nouvelle maison.

— Tu es aussi naïf que mon père, constata Sabrina en levant les yeux au ciel.

Ils avaient tous décidé d'aller dîner dans un petit restaurant italien. Tout d'abord, Annie refusa de les accompagner, puis elle se laissa convaincre. Pour cette première sortie, elle décida de porter des lunettes noires et se pendit au bras de Candy. Plus tard, elle admit qu'elle avait passé un bon moment et déclara qu'elle trouvait l'ami de Chris sympathique.

— Comment est-il ?

— Grand et beau, dit Candy, de type afro-américain. Il a de magnifiques yeux bleu-vert.

— Il a fait ses études à Harvard, ajouta Sabrina, mais je crois qu'il a une petite amie qui n'est pas à New York en ce moment. J'appellerai Chris, si tu veux en savoir davantage.

Chris avait décidé de dormir chez lui, ce soir-là, parce qu'il voulait laisser les trois sœurs s'installer tranquillement. Il aurait aimé rester, mais il ne voulait pas s'imposer à Candy et à Annie. C'était ce qu'il appréciait le moins, dans ce nouvel arrangement : il craignait de déranger les sœurs de Sabrina, bien qu'elles lui aient répété qu'il n'en était rien et qu'elles l'adoraient. Avant de la quitter, il prévint Sabrina qu'il viendrait le mardi soir, quand Annie et Candy dormiraient chez leur père. Sabrina ne pouvait pas quitter New York.

— J'en profiterai pour lui demander si Phillip a vraiment une petite amie, ajouta-t-elle d'une voix neutre.

— Laisse tomber, dit très vite Annie. Pour l'instant, je ne m'intéresse pas aux hommes. Je l'ai simplement trouvé sympathique et je me suis demandé comment il était physiquement. Cela m'énerve de ne pas pouvoir mettre un visage sur une voix ! De toute façon, je pense que je ne sortirai plus jamais avec un homme.

— Ne dis pas de bêtises ! s'exclama Candy. Bien sûr que si ! Tu es ravissante.

— C'est faux. Et ce n'est pas la question. Personne ne voudra de moi, telle que je suis aujourd'hui. Ce serait pathétique.

— Ce qui serait pathétique, intervint Sabrina, ce serait que tu renonces à vivre. Tu as vingt-six ans, tu es intelligente, belle, talentueuse, tu as beaucoup voyagé et ta compagnie est agréable. N'importe quel homme serait content de sortir avec toi, que tu sois aveugle ou non. Tu as bien d'autres qualités à faire valoir. Les hommes qui en valent la peine se moqueront de ta cécité. Quant aux autres, qu'ils aillent au diable.

— Ouais… peut-être, répondit Annie, peu convaincue.

— Donne-toi un peu de temps, Annie, dit doucement Sabrina. Tu viens de rompre avec quelqu'un, nous avons perdu maman et tu as été grièvement blessée. Cela fait beaucoup.

Et la carrière à laquelle elle se destinait avait volé en éclats. Elles en étaient toutes bien conscientes. Elle avait besoin d'une période d'adaptation. C'était plus que la plupart des gens n'en auraient supporté en toute une vie. La sienne avait basculé du jour au lendemain.

Elles se retirèrent alors dans leurs nouvelles chambres. Annie était couchée, quand son téléphone portable, posé sur la table de nuit, se mit à sonner. L'espace d'une seconde, elle espéra que Charlie avait changé d'avis, qu'il avait rompu avec l'autre fille et voulait se réconcilier avec elle. Mais alors, que lui dirait-elle ? Elle faillit ne pas décrocher, puis elle s'y résolut.

— Allô ?

Il lui fallut quelques secondes pour comprendre que c'était Sabrina qui l'appelait depuis sa chambre, à l'étage supérieur.

— Je voulais juste te souhaiter une bonne nuit, lui dit-elle dans un bâillement. Je t'aime.

— Tu es folle, mais moi aussi je t'aime. Pendant un instant, j'ai cru que c'était Charlie, mais je suis contente que ce soit toi.

C'était sans doute faux, mais Sabrina n'en fut pas moins touchée. Elle était navrée que sa sœur subisse de telles épreuves, ce n'était pas juste.

— J'aime notre nouvelle maison, dit gaiement Annie.

Elle était heureuse d'avoir quelqu'un à qui parler. Chez son père, elle s'était sentie très seule.

— Moi aussi, répondit Sabrina.

Chris lui manquait, mais elle trouvait cette cohabitation avec ses sœurs amusante.

— À qui parles-tu ? demanda Candy en passant la tête dans l'embrasure de la porte.

— À Sabrina, dit Annie en riant.

— Bonne nuit ! cria Candy en levant le nez vers l'escalier. Comment se fait-il que tu ne m'aies pas appelée ?

Elle entra dans la chambre et se pencha pour embrasser Annie.

— Je t'aime, Annie, dit-elle très bas en bordant sa sœur.

— Moi aussi. Je vous aime toutes les deux, dit Annie dans le téléphone, de façon à être entendues de ses deux sœurs. Merci pour tout ce que vous faites pour moi.

16

Le temps semblait filer à la vitesse de l'éclair. Tammy avait finalement trouvé une nouvelle vedette pour sa série, si bien que, début septembre, elle put passer le week-end avec ses sœurs. Le vendredi soir, Sabrina alla la chercher à l'aéroport pour partir directement dans le Connecticut. Candy et Annie s'y trouvaient depuis huit jours. D'après ce qu'elles disaient, leur père allait mieux. Après la mort de leur mère, les événements s'étaient succédé si rapidement qu'elles avaient du mal à croire que deux mois seulement s'étaient écoulés.

Comme toujours, Tammy débarqua avec Juanita, profondément endormie dans son sac. Sabrina lui raconta qu'elles adoraient toutes les trois la nouvelle maison, qui était parfaite. Son seul souci était qu'elle ne voyait pas Chris assez souvent. Il semblait craindre de les déranger.

— Il va s'habituer, déclara Tammy avec insouciance. Il fait partie de la famille. Je suppose qu'il vient, ce week-end ?

— Demain. Il a dit qu'il voulait nous laisser le temps de nous retrouver… Tu vois ce que je veux dire… Il a tendance à se tenir à l'écart quand nous sommes toutes ensemble.

— Je pense qu'il est seulement plein de délicatesse.

Elles bavardèrent pendant tout le trajet. Lorsqu'elles arrivèrent, il était 21 h 30 et elles trouvèrent la famille réunie au bord de la piscine. Tous furent ravis de revoir Tammy. Quant aux chiennes, elles firent fête à Juanita. Les quatre sœurs veillèrent tard dans la nuit, comme elles le faisaient toujours lorsqu'elles avaient été séparées un certain temps. Tammy était partie depuis six semaines et elles avaient beaucoup de choses à se raconter.

Chris arriva le lendemain matin et le week-end fut très agréable. Ils firent des parties de Scrabble et jouèrent aux cartes. Mais, en remarquant l'expression attristée d'Annie, qui se sentait exclue de ne pouvoir y participer, Sabrina fit signe aux autres d'abandonner les jeux de société. Annie, qui en devina aussitôt la raison, prétendit contre toute évidence que cela ne la gênait pas. Pour détendre l'atmosphère, elles taquinèrent leur père à propos de Leslie Thompson.

— Vous êtes impitoyables, leur dit-il avec un sourire. Cette pauvre fille sort d'un terrible divorce. Elle avait commencé à monter sa propre affaire et son mari l'a totalement plumée.

— Comment le sais-tu ? demanda Annie d'un ton soupçonneux. Elle n'a rien dit de tout cela quand je l'ai vue.

— Elle est venue chercher son plat, quand vous emménagiez.

Tammy et Sabrina échangèrent un regard entendu.

— C'est une rapide, observa Tammy. Qu'est-ce qu'elle t'a dit d'autre ?

— Elle a eu une vie difficile. Elle a été mariée à ce type pendant sept ans. Comme je vous le disais, il l'a privée de son travail et elle a perdu son bébé, victime de la mort subite du nourrisson. Après cela, elle a préféré quitter la Californie et revenir ici. C'est pour cette raison qu'elle a été touchée par le décès de votre maman. Elle sait ce que c'est que de perdre un être cher. Son bébé avait cinq mois, lorsqu'il est mort.

Il était clair que Jim et Leslie avaient abordé des sujets très personnels.

— Combien de temps a-t-elle mis pour récupérer son plat ? demanda Sabrina.

— En fait, j'ai été tellement ému par ce qu'elle me racontait que je l'ai invitée à déjeuner. C'est vraiment une fille charmante. Elle habite chez ses parents, en attendant de trouver un logement. Vous devriez être un peu plus indulgentes envers elle.

— Eh bien… peut-être…, dit Sabrina.

Elle plaignait Leslie d'avoir perdu son enfant, mais le souvenir qu'elle gardait d'elle n'était guère plaisant. Elle devait pourtant admettre que les gens changeaient, en dix-huit ans.

— C'est triste, ce qui lui est arrivé.

— Elle pleure chaque fois qu'elle parle de son bébé. Et… je dois reconnaître que j'ai pleuré aussi, quand je lui ai parlé de votre maman.

— Ce déjeuner a dû être joyeux, glissa Tammy à Sabrina.

Mais elle semblait soucieuse. Quand leur père les quitta un instant pour rentrer dans la maison, elle remarqua :

— Il est tellement naïf qu'il serait une proie idéale pour une femme sans scrupules. J'espère que ce n'est pas le cas de Leslie.

— Je ne pense pas, assura Sabrina. Papa est trop âgé pour elle !

— On ne sait jamais, répondit Tammy avec une pointe de cynisme. À Los Angeles, j'ai vu pas mal de filles de son âge mettre le grappin sur des hommes beaucoup plus vieux qu'elles. C'est presque devenu la norme, surtout si l'homme en question a de l'argent.

— Papa ne voit sûrement en elle qu'une gamine. Je n'en suis pas une, pourtant il me traite comme telle. Et elle a deux ans de moins que moi.

— Je n'en reste pas moins méfiante, assura Tammy.

— On ne peut pas l'enfermer, intervint Annie, mais on devrait peut-être le faire, jusqu'à ce qu'il soit plus conscient des dangers qui le menacent. On devrait se renseigner, il existe peut-être une école où on le mettrait en garde contre les femmes malhonnêtes.

Toutes éclatèrent de rire.

Le week-end passa très vite. Elles partirent le lundi matin pour montrer la maison à Tammy. En leur disant au revoir, leur père semblait triste. Candy et Annie promirent de revenir bientôt. Cette fois, elles emmenaient Beulah et Zoé avec elles.

— On devrait peut-être lui acheter un chien, suggéra Tammy. Il va se sentir très seul, dans cette grande maison.

— Oui, dit Sabrina. J'ai eu un peu honte de lui enlever Beulah, mais elle manque aussi à Chris.

— Il me fait de la peine, confia Tammy. Je crois vraiment que la compagnie d'un chien lui ferait du bien. À condition, bien entendu, qu'il veuille s'en occuper.

Juanita et Beulah dormaient paisiblement sur la banquette arrière. Candy et Annie rentraient de leur côté avec Zoé, et Chris devait les retrouver à la maison.

Dès qu'elle la vit, Tammy adora la maison. Ses trois sœurs l'avaient déjà bien arrangée. Il y régnait une atmosphère paisible et douce. Sabrina et Annie avaient acheté de nombreuses plantes. C'était une maison bien conçue et très agréablement décorée. Tammy tomba immédiatement amoureuse de sa chambre, séparée de celle de Sabrina par un couloir. Tout ce qui se trouvait à l'intérieur était rose, si bien qu'elle ressemblait à une bonbonnière. Elle était petite, mais charmante.

— Ce sera ta chambre chaque fois que tu viendras nous voir, assura Sabrina.

Tammy semblait ravie et Juanita aussi. Elle grimpa sur le lit et s'endormit immédiatement. Beulah montait et descendait sans cesse l'escalier, et Zoé aboyait après tout le monde. C'était sa façon de manifester sa satisfaction de les savoir toutes réunies sous le même toit.

En revanche, tout ce bruit fatiguait Annie. Elle sortit de sa chambre pour gronder Zoé. La chienne se précipita dans ses jambes et la fit tomber.

— Saleté de chien ! cria Annie.

Mais quand Zoé lui lécha le visage, elle sourit malgré elle.

— Personne ne t'a dit que je déteste les chiens ? Si tu me fais encore tomber, je t'expédie dans le jardin à coups de pied.

— Tu n'oserais pas ! cria Candy depuis sa chambre. Elle voulait juste te dire bonjour.

— Eh bien, dis-lui de ne pas se mettre en travers de mon chemin.

À cet instant précis, Beulah passa en trombe près d'elle, afin de rejoindre Sabrina à l'étage supérieur.

— Seigneur ! gémit Annie. Cet endroit est un véritable asile de fous. Heureusement que je n'ai pas de chien !

— J'adore cette maison ! s'écria Tammy avec enthousiasme. J'aimerais bien y rester.

— Viens quand tu veux, affirma Sabrina. Tu as ta chambre.

Chris aurait sans doute préféré préserver leur intimité à l'étage et pouvoir se promener en caleçon, mais elle était sûre que la présence occasionnelle de Tammy ne le gênerait pas. Il adorait ses sœurs, qu'il considérait comme les siennes.

Ce soir-là, elles dînèrent dans la cuisine et tout le monde donna un coup de main pour débarrasser. Sabrina conduisit ensuite sa sœur à l'aéroport, où elle devait prendre le dernier avion pour Los Angeles.

— Je regrette de m'en aller, lui confia tristement Tammy.

Avant de se séparer, elles se serrèrent longuement dans les bras l'une de l'autre. Leur mère leur avait souvent répété que le plus beau cadeau qu'elle avait fait à chacune d'entre elles était le soutien mutuel qu'elles pouvaient s'apporter. Elles devaient reconnaître que c'était précieux.

— Je t'aime, Tammy, dit Sabrina.

— Je t'aime aussi, souffla Tammy.

Elle souleva Juanita du sol et la fourra dans son sac puis, après un dernier adieu, franchit la porte d'embarquement.

L'avion atterrit à 1 heure du matin à Los Angeles, donc trop tard pour appeler ses sœurs. Lorsqu'elle alluma son téléphone portable, elle trouva un message de chacune d'elles. En rentrant dans sa maison, cette nuit-là, elle se sentit seule comme jamais. Elle avait toujours été parfaitement heureuse à Los Angeles, où elle vivait depuis l'université. Mais la mort de sa mère et la cécité d'Annie avaient tout changé. Elle se reprochait de ne pas être à New York pour aider ses sœurs. Le problème était insoluble. Elle aimait sa maison, son travail et sa carrière. Pourtant, maintenant, elle se sentait coupée des siens et avait l'impression de les laisser tomber. Juanita elle-même semblait mécontente d'être rentrée. Étendue sur le lit de Tammy, elle gémissait d'un air malheureux, comme si ses copines lui manquaient.

— Arrête ! ordonna Tammy. Tu ne m'aides pas du tout !

Mais elle caressa la tête soyeuse. Lorsqu'elle éteignit la lumière, il était 5 heures du matin à New York. Et quand elle parvint enfin à s'endormir, ce fut pour rêver de ses sœurs dans leur nouvelle maison.

Le lendemain matin, elle partit travailler complètement épuisée. Comme d'habitude après un week-end de congé, ce fut l'enfer. Les techniciens du son avaient des problèmes, les directeurs de production se plaignaient, les acteurs piquaient leur crise et menaçaient de s'en aller et, bien entendu, la direction s'en prenait à elle. Pour comble, leur vedette enceinte leur faisait un procès pour l'avoir remplacée au lieu de lui proposer de travailler, alors que son médecin le lui avait interdit.

— Expliquez-moi la logique de tout cela, fulmina Tammy quand l'avocat de la vedette lui tendit la lettre de sa cliente. Elle nous a dit qu'elle devait garder le lit pendant six mois. Si je comprends bien, la femme qu'elle incarne à l'écran devrait rester couchée, elle aussi ? Elle *ne peut pas* travailler, c'est elle-même qui l'a dit ! Et maintenant, elle a le culot de nous poursuivre ? J'en ai marre de ces acteurs ! Marre de la télé !

Elle devait consulter le juriste de la chaîne, pour vérifier avec lui la validité de ces poursuites et les conséquences d'un éventuel procès. Tout allait vraiment de travers, ce jour-là.

— Quel bonheur de travailler à Hollywood, ragea-t-elle entre ses dents lorsqu'elle quitta le studio à 21 heures pour rentrer chez elle.

Elle était dans sa voiture quand Sabrina l'appela.

— Comment s'est passée ta journée ?

— C'était l'horreur ! Il m'arrive de détester ce métier.

— Il t'arrive aussi de l'adorer.

— Oui, bien sûr. Vous me manquez, les filles. Comment ça va, pour vous ?

— Pas mal, mais l'atmosphère est un peu tendue. Le stage d'Annie débute demain et son humeur est exécrable. Je crois qu'elle est morte de peur.

Tammy en oublia aussitôt ses propres soucis.

— C'est compréhensible. J'imagine qu'elle doit éprouver la même chose que les enfants, le jour de la rentrée. J'étais tellement terrorisée que je n'arrivais même pas à trouver les toilettes, à l'école. Mais ta présence me rassurait.

Ce souvenir les fit sourire toutes les deux. Enfant, Tammy était très timide et elle l'était encore parfois, sauf au travail. Dans les réceptions, elle pouvait se montrer extrêmement réservée, à moins qu'elle ne connaisse bien les convives.

— Tu vas l'accompagner ? demanda-t-elle.

— Elle s'y refuse obstinément. Elle prétend qu'elle prendra le bus toute seule, répliqua Sabrina avec une inquiétude toute maternelle.

— Tu crois qu'elle en est capable ?

— Je l'ignore. Elle ne l'a jamais fait, jusqu'à maintenant.

— Elle devrait peut-être attendre qu'on le lui apprenne. Conseille-lui de prendre un taxi, si elle veut absolument y aller seule.

— Bonne idée ! Je lui en parlerai demain matin.

— Dis-lui de ne pas être aussi radine, elle peut s'offrir le taxi.

Elles rirent de bon cœur. Annie avait la réputation d'être économe, mais en tant qu'artiste elle avait toujours dû faire très attention à l'argent. Grâce à leurs salaires, les autres pouvaient se permettre d'être plus dépensières.

— Je le lui dirai de ta part, assura Sabrina en souriant.

Tammy était arrivée devant chez elle. Elle resta assise dans sa voiture pendant quelques minutes, à bavarder avec sa sœur, puis elle lui dit qu'elle devait la quitter. Bien qu'il fût près de 22 heures, elle n'avait pas eu le temps de manger convenablement depuis le petit déjeuner. Pour tenir le coup, elle avait pris l'habitude de grignoter des friandises toute la journée, alors qu'à midi elle avait donné de petits morceaux de dinde à Juanita. Tammy faisait plus attention à son alimentation qu'à la sienne.

— Appelle-moi demain et dis-moi comment ça s'est passé, dit-elle.

— D'accord, répondit Sabrina. Détends-toi. Tu ne peux pas régler tous tes problèmes en un jour.

— Non, mais j'essaie, car demain je suis certaine que j'en aurai des dizaines d'autres.

Elle avait raison, car le jour suivant fut pire : les régisseurs décidèrent une grève-surprise et quittèrent le plateau. Tout s'arrêta. C'était le cauchemar de tous les producteurs. Tammy apprit en outre que la vedette leur intentait bien un procès. Des journalistes l'appelèrent pour qu'elle commente l'événement.

Assise à son bureau, elle luttait contre les larmes.

— Seigneur ! Je n'arrive pas à y croire ! confia-t-elle à son assistante. Rappelle-moi pourquoi j'ai voulu faire carrière dans la télévision, parce que ça m'est sorti de l'esprit.

La situation ne fit qu'empirer dans la journée. À minuit passé, Tammy était encore dans son bureau et n'avait pas eu le temps de parler avec Sabrina. Elle avait quatre messages d'elle sur son répondeur et deux autres sur son portable, lui disant que tout allait bien. Mais il était trop tard pour la rappeler, puisqu'il était 3 heures du matin à New York. Tammy se demanda comment cette première journée de stage s'était passée pour Annie.

17

La première journée d'Annie à l'institut Parker fut un désastre. Du moins, la première partie de la journée. Suivant la suggestion de Tammy, elle prit un taxi pour aller à l'institut, qui se trouvait dans West Village. C'était un quartier agréable, mais très éloigné de chez elle. La circulation était dense et elle arriva en retard. Elle emporta sa canne blanche en prétendant qu'elle savait s'en servir. Entêtée comme elle l'était, elle refusa que Sabrina l'accompagne.

— Quand je suis partie pour l'Italie, je ne connaissais pas la langue. Je peux me débrouiller dans New York sans voir, affirma-t-elle.

Malgré tout, elle autorisa sa sœur aînée à appeler le taxi pour elle. Le cœur serré, Sabrina vit la voiture s'éloigner, emportant Annie. Elle résista ensuite à l'envie de l'appeler sur son portable pour lui recommander d'être prudente, craignant soudain que le chauffeur ne la kidnappe et ne la viole, parce qu'elle était jeune, belle et aveugle.

Elle fit part de ses craintes à Candy, qui la traita de folle. Celle-ci avait repris son travail et devait poser pour *Harper's Bazaar* à Milan, la semaine suivante. Il y avait des vêtements et des valises partout, et Annie trébucha sur deux d'entre elles en quittant la maison. Une fois de plus, Sabrina demanda à Candy de faire attention. Et au moment où elle le disait, elle faillit marcher sur Zoé.

— Je vis dans une maison de fous ! s'exclama-t-elle en montant dans sa chambre pour finir de s'habiller.

Elle allait arriver en retard au cabinet et, dans l'après-midi, elle devait se rendre au tribunal pour demander la suppression d'une clause dans un jugement de divorce. Un divorce assez délicat dont elle aurait préféré ne pas se charger. Sans cesser de penser à Annie, elle mit sa jupe et enfila des escarpins.

Ainsi que Sabrina l'apprit plus tard de la bouche d'Annie, celle-ci arriva sans problèmes devant l'institut et paya la course. Elle déplia sa canne blanche ainsi qu'on le lui avait montré. Mais à peine fut-elle sortie de la voiture qu'elle trébucha sur le trottoir, qui était exceptionnellement haut, et tomba. Elle s'écorcha les genoux à travers son jean et sentit le sang couler le long de ses jambes.

Le portier qui se tenait devant l'établissement vint l'aider. Il l'emmena au secrétariat, où elle put poser elle-même des sparadraps sur ses genoux, puis il la conduisit au premier étage. Là, il lui indiqua la bonne direction, mais elle se perdit presque aussitôt et se retrouva dans un cours d'éducation sexuelle réservé à des étudiants plus avancés dans le stage. Ils apprenaient à enfiler des préservatifs sur des bananes et c'est en les écoutant qu'Annie comprit qu'elle s'était trompée de salle. Quelqu'un lui demanda si elle avait pensé à apporter ses préservatifs.

— Je n'avais pas compris que j'en aurais besoin dès mon premier jour, répondit-elle.

Un rire discret parcourut l'auditoire. Une autre personne se chargea alors de la conduire dans sa salle de cours, mais tout le monde était parti visiter l'établissement. De nouveau perdue, Annie fondit en larmes. Elle sentait le sang sécher sur son jean et s'aperçut qu'elle s'était aussi écorché les mains. Elle avait envie de se moucher et, par-dessus le marché, elle avait besoin d'aller aux toilettes et n'avait aucune idée de l'endroit où elles se trouvaient.

Plus tard, en écoutant sa sœur lui raconter sa journée, Sabrina sentit son cœur se fendre. Elle aurait voulu prendre Annie dans ses bras et ne plus jamais la laisser partir.

— Qu'est-ce que tu as fait ? lui demanda-t-elle.

— Je me suis essuyé le nez avec ma manche et j'ai dû attendre un moment avant de trouver les toilettes. Entre-temps, mon groupe était revenu.

— Tu n'as vraiment pas eu de chance. Je te plains du fond du cœur, soupira Sabrina.

— Moi aussi, dit Annie.

Mais elle souriait, ce qu'elle n'avait pas fait à l'institut.

On leur avait exposé le programme des six prochains mois. Ils allaient devoir apprendre à se débrouiller dans les transports publics, à vivre seuls, à sortir les poubelles, à faire la cuisine, à donner l'heure, à taper en braille, à faire une demande d'emploi, à acheter des vêtements, à s'habiller seul, à s'occuper des animaux domestiques et à travailler avec un chien d'aveugle s'ils le souhaitaient. Ce dernier stage demandait huit semaines de plus et n'avait pas lieu sur place. Il leur fut précisé qu'un cours d'éducation sexuelle était prévu un peu plus tard. Plusieurs autres options étaient proposées, incluant un cours d'arts plastiques. La liste était longue et, à la fin, Annie avait la tête qui tournait. À les en croire, à part conduire une voiture ou piloter un avion, elle pourrait à peu près tout faire au bout de six mois. Il y avait même un cours de gymnastique et une piscine. Après cette séance d'information, ils avaient été conduits à la cafétéria pour déjeuner. On leur avait montré comment choisir leurs plats et payer. Les prix et le nom des plats étaient indiqués en braille, l'écriture pour aveugles, qu'on allait leur enseigner tous les matins. Mais, le premier jour, des assistants leur lurent la carte et les aidèrent dans leur choix, avant de les guider jusqu'à une table. Pour leur souhaiter la bienvenue, la direction leur offrait leur premier repas. Annie se contenta d'un sachet de chips et d'un yaourt. L'anxiété lui coupait l'appétit. Pour comble de malheur, le yaourt était à l'ananas, parfum qu'elle n'aimait pas.

— Eh bien, c'est plutôt dense, tu ne trouves pas ? dit une voix masculine près d'elle. J'ai fait mes études à Yale, mais c'était bien plus facile qu'ici. Ça va ?

Il s'agissait sans nul doute d'un jeune homme, qui paraissait aussi nerveux qu'elle.

— Je crois que oui, répondit-elle.

— Qu'est-ce qui t'amène ici ?

Elle eut envie de le rembarrer.

— Je fais des recherches pour un livre.

— Oh ! fit-il, l'air déçu. Moi, je suis aveugle.

Elle regretta immédiatement ce qu'elle avait dit.

— Moi aussi, dit-elle plus doucement. Je m'appelle Annie, et toi ?

On aurait dit deux enfants faisant connaissance le jour de la rentrée, pensa-t-elle.

— Je m'appelle Baxter. Ma mère m'a forcé à venir ici. Qu'est-ce qui t'est arrivé ?

— J'ai eu un accident de voiture, en juillet.

L'obscurité qui les entourait rendait les confidences plus faciles.

— Moi, c'est un accident de moto, en juin. J'étais avec un ami. Avant, j'étais graphiste, mais maintenant, j'imagine que je vendrai des crayons sur le trottoir. Il n'y a pas beaucoup d'offres d'emploi pour un graphiste aveugle.

Il s'était exprimé sur un ton mi-tragique, mi-comique. Sa voix était agréable et amicale.

— Je... j'étais peintre et j'ai le même problème. J'habitais à Florence.

— Ils conduisent comme des fous, là-bas. Ça ne m'étonne pas que tu aies eu un accident.

— C'est arrivé ici, le 4 juillet.

Elle ne lui parla pas de sa mère. Ils avaient beau partager la même obscurité, les mots ne franchirent pas ses lèvres. C'était impossible à dire. Plus tard, peut-être, s'ils devenaient vraiment amis. Mais, en ce premier jour, elle se réjouissait d'avoir quelqu'un à qui parler.

— Pendant que j'y pense, dit-il, je suis homo.

— Je suis hétéro, répliqua-t-elle avec un sourire. Mon petit ami vient de me laisser tomber, juste après l'accident, mais il ignorait que j'étais aveugle.

— C'est vache de sa part. Quel âge as-tu ?

— Vingt-six ans.

— Moi, j'en ai vingt-trois. J'ai terminé mes études l'an dernier. Dans quelle école es-tu allée ?

— Risdy.

L'abréviation, connue des gens bien informés, désignait la Rhode Island School of Design.

— Après avoir obtenu mon diplôme, continua-t-elle, je me suis inscrite aux Beaux-Arts, à Paris, où j'ai fait ma maîtrise. Depuis, j'étudiais à Florence. Tout cela nous fait une belle jambe, aujourd'hui ! Risdy, Yale, et maintenant cet institut... Toutes ces études pour réapprendre à se brosser les dents ou à faire marcher le micro-ondes. Ce matin, en sortant du taxi, je me suis étalée sur le trottoir.

Soudain, ce n'était plus aussi tragique. L'incident lui paraissait même presque comique.

— Ensuite, continua-t-elle, je suis entrée par erreur au cours d'éducation sexuelle et on m'a demandé si j'avais apporté mes préservatifs. J'ai répondu que j'y penserais demain.

Baxter se mit à rire.

— Tu vis avec tes parents ? demanda-t-il avec intérêt. Depuis le mois de juin, j'habite chez ma mère. Avant l'accident, je vivais avec mon petit ami... Il est mort dans l'accident, précisa-t-il sur un ton plus grave. Nous étions sur sa moto.

— Je suis désolée. Pour ma part, j'habite avec mes sœurs. Cela devrait durer un an, jusqu'à ce que je sois autonome. Elles sont formidables avec moi.

— Ma mère est plutôt sympa, elle aussi, sauf qu'elle me traite comme si j'avais deux ans.

— Je crois que c'est assez effrayant, pour nos proches.

Il était temps de retourner dans la salle de classe, où on divisa les étudiants en deux groupes.

— J'espère qu'on est dans le même, murmura Baxter.

Elle l'espérait aussi, maintenant qu'elle s'était fait un ami. Ils écoutèrent attentivement les deux listes de noms et découvrirent avec bonheur que leur vœu était exaucé. Ils suivirent le groupe jusqu'à leur classe et trouvèrent leurs sièges. Ils allaient suivre un cours de braille.

— Je ne me rappelle pas avoir étudié cette matière à la fac, souffla Baxter à l'oreille d'Annie, qui ricana comme une gamine.

Il était drôle, irrévérencieux, intelligent et il lui plaisait. Elle ignorait s'il était grand ou petit, gros ou mince, noir, blanc ou jaune. Elle savait seulement qu'il lui plaisait, qu'ils étaient tous les deux artistes et qu'il allait être son ami.

À la fin de la journée, ils étaient tous les deux épuisés. Elle lui proposa de le déposer chez lui en taxi, si l'appartement de sa mère se trouvait sur sa route. Il répondit qu'il devait prendre deux bus et le métro jusqu'à Brooklyn, où il prendrait encore un bus pour arriver à destination.

— Comment fais-tu ? lui demanda-t-elle avec admiration.

— Je demande de l'aide tout au long du chemin. J'ai mis deux heures pour arriver ici, mais ma mère m'aurait tué si je ne l'avais pas fait.

Annie se mit à rire.

— Mes sœurs en auraient fait autant.

— Tu vas acheter un chien ? demanda-t-il. Ma mère trouve que je devrais.

— Je ne pense pas. Je déteste les chiens. Ils font du bruit et ils sentent mauvais.

— Oui, mais ils peuvent nous aider, affirma-t-il. Quand je vivrai de nouveau seul, ce ne sera peut-être pas désagréable d'avoir un peu de compagnie. Je ne crois pas que les homos aveugles suscitent un grand intérêt dans la population.

Il semblait triste et, en l'écoutant, Annie sentit les larmes lui monter aux yeux.

— Je me suis fait à peu près la même réflexion.

— Dommage que je ne sois pas hétéro, murmura-t-il.

— Tu pourrais te faire soigner.

— Pour quelle maladie ? s'enquit-il, l'air choqué.

— L'homosexualité.

— Tu es sérieuse ?

— Bien sûr que non ! répliqua-t-elle dans un éclat de rire.

— Tu me plais, Annie.

— Toi aussi, Baxter.

Et ils étaient sincères. Leur rencontre à la cafétéria tenait du miracle. Deux artistes, au milieu d'une foule d'inconnus. Il y avait huit cents adultes dans l'institut. C'était l'un des meilleurs établissements de formation pour les aveugles au monde. Soudain, ce qui leur apparaissait auparavant comme une punition devenait une chance.

— On est amis ? demanda-t-il avant qu'ils se séparent pour rentrer chez eux.

Elle songea que le trajet qu'il allait parcourir ressemblait à une odyssée, comparé au sien.

— Pour toujours et à jamais, promit-elle en lui serrant la main. Rentre bien.

— Toi aussi. Essaie de ne pas tomber en sortant, cela ternirait la réputation de l'institut. Quand tu es arrivée, tu avais des excuses, mais tâche de sortir en ayant l'air de savoir ce que tu fais.

Elle rit une dernière fois, tandis qu'il s'éloignait. Dans le hall d'entrée, des assistants aidaient les nouveaux à trouver la sortie, puis ils les guidaient jusqu'aux voitures qui venaient les chercher. L'un d'entre eux se chargea d'appeler un taxi pour Annie. Elle attendait dans le hall, se sentant de nouveau un peu perdue, quand un homme l'aborda. Sa voix était calme et agréable.

— Mademoiselle Adams ?

— Oui ? fit-elle timidement.

— Je suis Brad Parker. Je voulais juste vous saluer et vous souhaiter la bienvenue à l'institut. Comment s'est passée cette première journée ?

Fallait-il lui dire la vérité ? Il semblait très mûr, contrairement à Baxter qui paraissait même plus jeune qu'il ne l'était.

— Très bien.

— On m'a dit que vous êtes tombée en arrivant. Il faut que les pouvoirs publics se décident à faire quelque chose pour ce trottoir. Ces incidents sont trop fréquents.

Du coup, elle se sentit moins bête d'avoir trébuché. Qu'il dise vrai ou non, c'était gentil de sa part.

— Vous avez trouvé facilement votre classe ?

— Oui.

Elle s'abstint de préciser qu'elle s'était retrouvée par hasard dans un cours d'éducation sexuelle, mais le souvenir la fit sourire.

— J'ai cru comprendre que vous parlez couramment l'italien et que vous avez vécu à Florence.

— Comment le savez-vous ?

— C'était sur votre formulaire d'inscription et je les lis tous. Il se trouve que j'ai moi-même passé beaucoup de temps à Rome, car mon grand-père y était ambassadeur des États-Unis quand j'étais enfant et nous allions le voir en été.

Elle hésita un instant avant de demander :

— Vous êtes aveugle ?

— Non, mais mes parents l'étaient tous les deux. J'ai fait construire cette école en leur mémoire, grâce à l'argent qu'ils m'ont légué. Ils sont morts dans un accident d'avion, quand j'étais encore à l'université.

Annie était impressionnée. Brad Parker lui faisait l'effet d'être un homme bien. Elle était touchée qu'il ait pris la peine de lui parler, qu'il ait lu tout ce qui la concernait et soit au courant de sa chute.

— Nous nous sommes considérablement agrandis, depuis le début, expliqua-t-il, mais l'institut n'existe que depuis seize ans. J'espère que vous vous y plairez et si je peux faire quelque chose pour vous, faites-le-moi savoir.

— Merci.

Elle se demanda quel âge il pouvait avoir. S'il avait fondé l'institut, il ne devait pas être tout jeune. À cet instant, l'assistant revint et la prévint qu'un taxi l'attendait. Elle dit au revoir à Brad, avant de se laisser entraîner à l'extérieur. L'assistant l'aida à monter dans le taxi et elle le remercia avant de donner l'adresse au chauffeur. Ainsi qu'elle l'avait promis, elle appela aussitôt Sabrina à son bureau.

— Comment était-ce ? lui demanda son aînée d'une voix anxieuse.

— Pas trop mal..., répondit d'abord Annie. Bon. D'accord, c'était plutôt bien, ajouta-t-elle en souriant.

— Tu me soulages. J'ai eu l'impression d'avoir envoyé mon enfant en colonie de vacances. Je me suis fait un sang d'encre toute la journée. J'avais peur que tu détestes cet endroit ou que quelqu'un se montre désagréable avec toi. Qu'est-ce que tu as appris ?

— J'ai eu un cours sur la façon d'enfiler un préservatif, dit Annie en éclatant de rire.

— Pardon ?

— Je me suis trompée de salle après m'être étalée sur le trottoir. Nous avons commencé à étudier le braille.

— Tu me raconteras tout ça quand je serai à la maison, dans environ une heure.

Annie avait quitté l'institut à 17 heures. Durant six mois, elle allait y recevoir une formation intensive, puisqu'elle y resterait neuf heures par jour.

Lorsqu'elle rentra, Candy faisait ses bagages. Bien entendu, il y avait des valises un peu partout dans sa chambre. Elle partait à Milan pour trois semaines mais, après le sermon de Sabrina, elle avait pris soin de ne pas mettre d'obstacle sur la route d'Annie. Dès qu'elle vit son jean déchiré et maculé de sang, elle s'inquiéta :

— Qu'est-ce qui t'est arrivé aux genoux ?

— Je suis tombée, mais ça va très bien, maintenant.

— Comment s'est passée ta journée ?

— Pas trop mal, admit Annie avant de sourire malicieusement comme une enfant. En fait, c'était presque cool.

— Presque cool ? répéta Candy en riant. Tu as rencontré des mecs ?

— Oui. Il y en a un, dans ma classe, qui était graphiste. Il a fait ses études à Yale et il est homo.

Ensuite, j'ai fait la connaissance du directeur, mais il a au moins cent ans. Je n'y vais pas pour faire des rencontres, de toute façon.

— Oui, mais il n'est pas exclu que tu en fasses.

— C'est vrai.

Candy pensa que la première impression de sa sœur était plutôt bonne. Elles furent d'ailleurs toutes d'accord pour reconnaître que cette première journée s'était bien passée. Le lendemain, lorsqu'elle les appela, Tammy fut soulagée. Sabrina lui demanda si la situation s'était améliorée au studio.

— Pas vraiment. J'ai une grève-surprise sur le dos et au moins quatre cents autres problèmes à régler, mais tout va bien.

Elle semblait stressée, mais elle était rassurée pour Annie. Sabrina espérait que dorénavant l'avenir se présenterait sous de meilleurs auspices. Et, pour mettre toutes les chances de leur côté, elles ouvrirent une bouteille de champagne.

18

Durant les jours qui suivirent, Tammy dut affronter mille problèmes avec les acteurs, avec la chaîne, les syndicats, les scénarios... À la fin de la semaine, c'était la catastrophe. Pour ne rien arranger, elle se sentait de plus en plus coupable de ne pas être avec ses sœurs. Candy était en Europe pour trois semaines, si bien que Sabrina devait gérer la situation toute seule. Elle était obligée de surveiller Annie, de remonter du mieux qu'elle le pouvait le moral de leur père et d'abattre un travail énorme au cabinet. Avec tout cela, elle n'avait pratiquement plus le temps de voir Chris. Il dormait à la maison plusieurs fois par semaine, mais elle avait à peine une minute pour lui parler. Tout reposait sur elle, et sur elle seule.

Tammy passa le week-end à réfléchir. En raison de la grève, le tournage avait cessé et on ne savait pas s'il serait possible de le reprendre la semaine suivante. Le syndicat prétendait qu'il pouvait tenir plusieurs mois. Tammy se retrouvait désœuvrée et impuissante. Cela fut long mais, le samedi soir, elle sut ce qu'elle voulait faire. La décision avait été difficile et était certainement la plus effrayante de son existence.

Le lundi matin, elle prit un rendez-vous avec le directeur de production et un autre avec le directeur de la chaîne, le lendemain.

La mine sombre, elle entra dans le bureau du directeur de production. Il leva les yeux et lui sourit.

— Ne fais pas cette tête ! La grève ne durera pas toujours. D'ici deux semaines, la crise sera terminée et on reprendra le boulot.

— J'espère que tu as raison.

Elle s'assit en face de lui et hésita un instant, ne sachant par où commencer.

— À propos, dit-il, je te présente mes condoléances.

C'était une expression qu'elle détestait. Les gens la prononçaient machinalement et passaient ensuite à autre chose. Mais, en l'occurrence, sa mère était morte et sa sœur avait perdu la vue. Bien sûr, ce n'était pas la faute de cet homme, qui avait été un bon patron. Et elle aimait cette série, qui lui avait tenu lieu de bébé pendant longtemps. Mais maintenant, elle allait passer le relais à quelqu'un d'autre. Les larmes lui montèrent aux yeux.

— Qu'est-ce que tu as, Tammy ? Tu sembles bouleversée.

— Je le suis, dit-elle en sortant un mouchoir de sa poche pour s'essuyer les yeux. Je n'ai pas envie de faire ce que je m'apprête à faire, mais j'y suis obligée.

— Tu n'es obligée à rien, voyons ! répondit-il calmement.

Il pressentait ce qui allait venir et essayait de l'empêcher, mais il était trop tard.

— Je suis venue te donner ma démission, dit-elle simplement, les joues ruisselantes de larmes.

— Tu ne crois pas que c'est un peu exagéré, Tammy ? Ce n'est qu'une grève, après tout.

Il avait l'habitude de gérer les crises et il y parvenait assez bien. En règle générale, Tammy aussi. Mais il ne s'agissait pas de cela. Tammy avait compris que sa place n'était plus à Los Angeles. Elle devait rentrer chez elle. Elle vivait à Los Angeles depuis sa sortie de l'université, elle aimait son travail et sa maison, mais elle aimait encore plus ses sœurs.

— Il ne s'agit pas de la grève.

— De quoi s'agit-il, alors ?

— Tu sais que ma mère est morte en juillet. Mais j'ai aussi une sœur qui est restée aveugle à la suite de l'accident et mon père est dans un état lamentable. Il faut que je rentre chez moi et que je donne un coup de main.

— Tu ne veux pas un congé ?

Cela ne l'arrangeait pas, car il ne pouvait pas se passer d'elle. Mais il ne voulait pas la perdre.

— Je pourrais te le demander, mais ce serait déloyal. Je pars pour un an, c'est pourquoi je préfère démissionner. J'aime mon travail, j'aime tout le monde, ici. Cela me fend le cœur de devoir partir, mais je dois aider ma famille. Ils ont besoin de moi, là-bas. Ma sœur aînée ploie sous les responsabilités et la plus jeune est très souvent absente. Quant à celle qui est aveugle, elle a besoin de notre soutien. C'est pourquoi je m'en vais.

Elle paraissait accablée. C'était le plus gros sacrifice qu'elle ait jamais fait, mais elle savait qu'elle avait raison.

— Tu es sûre de le vouloir ?

Il semblait très secoué, mais après ce qu'elle venait de lui apprendre, il ne voyait pas quels arguments il aurait pu lui opposer. Elle traversait visiblement de durs moments et il savait combien elle était attachée à sa famille.

— Oui.

— C'est un gros sacrifice.

— Je le sais, et je ne retrouverai jamais un travail que j'aime autant, mais je ne peux pas laisser tomber ma famille.

La décision avait été dure à prendre, mais elle savait que c'était la bonne. Elle se sentait mal depuis son retour à Los Angeles.

— À New York, il n'y a pas une seule émission convenable.

— Je le sais, mais je dois le faire pour ma famille. Si je ne le faisais pas, je ne me le pardonnerais jamais. Mes sœurs et mon père ont besoin de moi.

— Je t'admire, Tammy, mais ton sacrifice risque d'avoir des conséquences sur toute ta carrière.

— Et si je reste ? Comment pourrai-je continuer à me regarder dans une glace sans avoir honte ? lui demanda-t-elle.

Sa résolution n'avait faibli à aucun moment de l'entretien.

Stupéfié par sa volonté, il lui demanda :

— Quand comptes-tu nous quitter ?

— Dès que ce sera possible. Je m'en remets à ta décision, mais je souhaiterais partir très vite.

Comprenant qu'elle ne se laisserait pas fléchir, il ne chercha pas à la retenir.

— Si tu peux rester encore une semaine, j'essaierai de trouver un producteur exécutif pour te remplacer.

La grève va sans doute durer encore, ce qui nous laisse du temps.

Dans leur métier, une fois qu'on avait donné sa démission, on pouvait partir sur-le-champ.

— Une semaine, ce sera parfait. Je suis désolée, vraiment désolée, dit-elle en se remettant à pleurer.

— Je le suis aussi pour toi, lui dit-il gentiment.

Il se leva et fit le tour de son bureau pour l'embrasser.

— J'espère que tout va bien se passer pour toi et pour ta sœur.

Elle lui sourit à travers ses larmes.

— Merci pour ta gentillesse. Tu aurais pu me jeter dehors.

— Je n'aurais jamais pu te faire cela.

— Je l'aurais compris, si tu l'avais fait.

Après un dernier signe, elle quitta le bureau. Il était convenu qu'elle partirait le vendredi suivant. En sortant, elle savait qu'elle ne retrouverait peut-être jamais un emploi correct, mais elle était convaincue de ne pas avoir d'autre choix.

Le lendemain, l'entretien avec le directeur de la chaîne se passa moins bien. Il se mit d'abord en colère, puis il se résigna à accepter l'inévitable, en affirmant à Tammy qu'elle commettait une énorme erreur et qu'elle ruinait sa carrière, et que cela ne rendrait pas la vue à sa sœur. Elle répliqua qu'il avait sans doute raison, mais que sa sœur traversait des moments difficiles et avait besoin d'aide. Il comprenait son point de vue, pourtant il n'en aurait jamais fait autant. C'était sans doute pour cette raison qu'il était directeur d'une chaîne de télévision. Mais Tammy savait aussi que sa vie privée était un désastre. Sa femme l'avait quitté pour un autre homme deux ans auparavant et ses deux enfants se droguaient. Elle n'aurait jamais voulu échanger sa vie contre la sienne et préférait sacrifier sa carrière plutôt que de laisser tomber ses sœurs. Un jour, peut-être, une autre opportunité se présenterait à elle. Pour l'instant, il ne lui restait plus qu'à s'en remettre à sa bonne étoile.

Lorsqu'elle quitta le directeur, le sort en était jeté. Dans deux semaines, elle serait loin. Elle avait décidé de ne pas en parler à Sabrina et à Annie, qui se seraient certainement opposées à sa décision. C'était un cadeau qu'elle leur faisait et c'était son choix.

Pendant quinze jours, elle prépara tranquillement son départ. Elle avait décidé de ne pas louer sa maison. Pour l'instant, elle avait mis suffisamment d'argent de côté pour pouvoir vivre un an sans travailler, même si elle comptait chercher un emploi à New York. Et puis, peut-être retournerait-elle à Los Angeles dans un an. Mieux valait donc ne prendre aucune décision définitive, comme vendre sa maison. À défaut de son poste, elle la retrouverait à son retour.

Sa dernière journée de travail fut très émouvante. Lorsqu'elle partit, tout le monde pleurait. Ce soir-là, elle rentra chez elle épuisée et resta longtemps étendue dans le noir, Juanita endormie sur sa poitrine. Elle avait casé tout ce qu'elle voulait emporter dans quatre grosses valises. Elle prit l'avion le samedi matin, atterrit à l'aéroport John Fitzgerald Kennedy en fin d'après-midi, et sonna à la porte de ses sœurs un peu avant 19 heures. Elle ne savait pas si elles étaient à la maison. Si elles étaient parties passer le week-end dans le Connecticut, elle irait dormir à l'hôtel.

Pendant quelques minutes, tout resta silencieux, puis Sabrina ouvrit la porte. Elle fixa un instant Tammy qui se tenait devant elle, l'air sérieux, quatre grosses valises posées à ses pieds et Juanita dans les bras.

— Qu'est-ce que tu fais là ? demanda-t-elle avec étonnement.

— J'ai voulu vous faire une surprise.

Souriante, Tammy commença à poser ses bagages à l'intérieur. Il faisait encore tiède à New York, et l'air embaumait. Sabrina l'aida, tout en se demandant pourquoi sa sœur débarquait sans prévenir. Elle avait remarqué une drôle de lueur dans ses yeux.

— Tu as emporté tout ça pour un week-end ?

— Je ne suis pas là pour le week-end, répondit tranquillement Tammy.

Inquiète, Sabrina s'immobilisa.

— Qu'est-ce que tu veux dire ?

— Je rentre à la maison. J'ai démissionné.

— Tu as fait *quoi* ? Tu es folle ? Tu adores ton boulot et tu gagnes une fortune !

— Peut-être, reconnut Tammy, mais pour l'instant, je suis au chômage.

— Qu'est-ce que tu as fabriqué ?

— Je ne pouvais pas te laisser te débrouiller toute seule, expliqua simplement Tammy. Ce sont mes sœurs, à moi aussi.

— Tu es dingue, mais je t'adore, murmura Sabrina en se jetant au cou de Tammy. À quoi vas-tu t'occuper, ici ? Tu ne pourras pas rester à la maison toute la journée !

— Je trouverai quelque chose, peut-être dans un fast-food. Je peux avoir ma chambre rose ?

— Elle est à toi, dit Sabrina en s'écartant pour la laisser passer.

À cet instant, Annie parut en haut de l'escalier, des écouteurs sur les oreilles. Elle écoutait un cours de l'institut Parker, mais lorsqu'elle les ôta, elle entendit les voix de ses sœurs.

— Tammy ? Qu'est-ce que tu fais ici ?

— Je m'installe !

— C'est vrai ?

— Oui. Je ne vois pas pourquoi vous vous amuseriez sans moi.

En regardant ses sœurs, elle sut qu'elle avait fait le bon choix. Et quand Sabrina l'aida à monter ses valises, Tammy sut aussi que leur mère en aurait été heureuse. Mieux que cela, elle aurait été fière d'elle.

En entrant dans la chambre qui allait être la sienne pendant un an, Sabrina se tourna vers elle et lui sourit.

— Merci, Tammy.

L'expression soulagée de sa sœur valait tous les sacrifices du monde.

19

La présence de Tammy modifia beaucoup de choses. Sabrina pouvait désormais se décharger d'une partie de ses responsabilités. En revanche, la maison était pleine comme un œuf. Pour l'instant, Candy était à l'étranger, mais lorsqu'elle reviendrait, cela tournerait à la folie. Elles étaient quatre femmes et trois chiennes à vivre dans une maison relativement petite. Chris était noyé dans cet univers féminin. Il y avait des chaussures, des chapeaux, des fourrures, des soutiens-gorge et des strings un peu partout. Au bout d'une semaine, il sembla à Tammy qu'elle avait abandonné sa carrière pour devenir bonne à tout faire.

— Ça ne peut pas continuer ainsi, dit-elle finalement un dimanche matin.

Elle venait de faire sa troisième machine de serviettes de toilette. Candy était rentrée la veille et elle avait rapporté son linge sale à la maison, alors qu'elle aurait pu le faire laver à l'hôtel où elle avait séjourné. Mais la dernière fois qu'elle l'avait confié au personnel, ses vêtements avaient rétréci. Elle préférait donc que ses sœurs s'en chargent.

Tammy attendit le petit déjeuner pour parler :

— Je vous adore, les filles…, commença-t-elle.

Chris resta prudemment en retrait. Annie l'avait nommé « sœur honoraire », mais il n'avait pas trouvé cela drôle, bien qu'elle ait voulu lui faire un compliment. Il avait la désagréable impression d'être en train de se glisser dans la peau de Dustin Hoffman dans *Tootsie* ou, pis encore, dans celle de Robin Williams dans *Mme Doubtfire*.

— J'ai besoin de deux choses pour être parfaitement heureuse, continua Tammy. Un travail et une bonne.

Elle avait fini par comprendre que tant qu'elle ne travaillerait pas, elle serait à la fois la cuisinière, la femme de ménage et la gouvernante dans cette maison. Elle n'en pouvait plus et devait trouver un emploi rapidement. Ce n'était pas à elle d'accomplir ces tâches. Elle ne l'avait pas fait chez elle, à Los Angeles, alors elle ne voyait pas pourquoi elle s'en chargerait ici.

— C'est une excellente idée, approuva distraitement Sabrina.

Elle tendit à Chris les pages du *Times* consacrées au sport. Ils étaient tous serrés autour de la table de la cuisine et se partageaient les scones, les pains au chocolat et les muffins aux myrtilles. Plus exactement, Chris en avait avalé une bonne partie et les trois aînées se partageaient ce qui restait, car Candy ne touchait à rien. Ils avaient tous remarqué qu'elle avait encore perdu du poids. Pour l'instant, personne n'avait abordé la question, mais Sabrina comptait en discuter avec Tammy dans la journée.

— Je vois que mes paroles vous passionnent, dit Tammy, l'air froissée.

Elle prit un autre scone. Contrairement à Candy, elle mangeait trop. Elle n'avait rien à faire, maintenant, sinon manger entre deux lessives.

— Très bien, ignorez-moi. Je trouverai une femme de ménage toute seule.

Et un emploi… mais Dieu seul savait ce qu'elle pourrait dénicher !

Dans l'après-midi, ils allèrent tous les cinq au cinéma. Tammy remarqua qu'Annie se servait déjà bien mieux de sa canne blanche. Les trois semaines qu'elle avait passées à l'institut Parker lui avaient fait faire beaucoup de progrès. Elle se déplaçait plus facilement dans la maison, utilisait le micro-ondes et avait appris plusieurs astuces très utiles. Elle s'entendait toujours aussi bien avec Baxter et il l'appelait le week-end. Elle n'avait plus rencontré Brad Parker, qui avait certainement d'autres chats à fouetter.

La perspective de voir un film n'était pas vraiment attrayante pour Annie, mais elle accompagna ses sœurs pour être avec elles. Elle put suivre l'intrigue, qu'elle trouva stupide rien qu'en écoutant les dialogues. Ensuite, ils allèrent manger une pizza et Candy taquina Chris à propos de son harem.

— Les gens doivent me prendre pour un souteneur de haut vol, observa-t-il.

Les quatre sœurs étaient littéralement collées les unes aux autres. Depuis qu'elles vivaient ensemble, il avait du mal à passer un moment en tête à tête avec Sabrina et il le lui faisait remarquer, même s'il ne s'en plaignait pas. Avant l'arrivée de Tammy, elle était tellement occupée avec Annie qu'elle passait rarement la nuit chez lui.

On était dimanche soir, aussi rentra-t-il chez lui après être resté quelque temps avec Sabrina dans sa chambre. Où qu'il aille dans cette maison, il n'était jamais seul. Il y avait toujours quelqu'un, que ce soit dans la cuisine, le salon, le bureau, le séjour ou la salle à manger. Cela faisait vraiment beaucoup de monde sous un même toit. Chris était de bonne composition, mais Tammy fit remarquer à Sabrina qu'elle devait faire attention.

— C'est un homme, tu sais. Il en a certainement assez de nous. Ce qu'il veut, c'est être avec toi. Pourquoi ne passes-tu pas davantage de temps avec lui ?

— Vous me manquez, quand je vais chez lui.

Pour Sabrina, cette situation ne durerait qu'un an, mais Tammy n'était pas certaine que Chris la supporterait aussi longtemps. Elle avait parfois l'impression qu'il était contrarié, même si Sabrina était certaine du contraire.

— Tu le connais mieux que moi, dit Tammy, mais si j'étais toi, je ferais attention. Tu risques de le perdre, un de ces jours.

Le lendemain matin, Tammy appela une agence pour trouver une femme de ménage. Deux candidates pouvaient convenir. La première avait travaillé pendant dix ans dans un hôtel et ne verrait pas d'inconvénient à travailler pour plusieurs personnes. Malheureusement, elle n'était libre que deux jours par semaine et Tammy pensait qu'elles avaient besoin d'une aide quotidienne. La seconde était plus « inhabituelle », lui dit la directrice de l'agence. C'était une Japonaise qui ne parlait pas anglais, mais qui était d'une très grande propreté et abattait un travail considérable. Elle avait été employée par une famille japonaise qui venait de quitter New York.

— Comment me ferai-je comprendre ?

— Elle saura ce qu'elle a à faire. Cette famille avait cinq enfants, rien que des garçons. Ce devait être certainement plus difficile que de faire le ménage pour quatre adultes et trois chiens.

— Je n'en suis pas sûre, dit Tammy qui parlait d'expérience.

Mais une femme de ménage qui ne parlait pas anglais valait mieux que rien du tout.

— Elle s'appelle Hiroko Shibata. Voudriez-vous la rencontrer cet après-midi ?

— Bien entendu.

Mme Shibata se présenta vêtue d'un kimono. En réalité, elle connaissait dix mots d'anglais, qu'elle répétait fréquemment, qu'ils soient ou non appropriés à la situation. Elle était impeccable et laissa ses chaussures à la porte lorsqu'elle entra. Le seul détail que l'agence avait omis de préciser était qu'elle devait avoir dans les soixante-quinze ans et n'avait plus une seule dent. Elle s'inclinait devant Tammy chaque fois qu'elle lui adressait la parole, si bien que Tammy se sentit obligée d'en faire autant.

— Chiens très mignons, répéta-t-elle à plusieurs reprises.

En s'exprimant par gestes, en parlant fort et en désignant sa montre, Tammy parvint à lui faire comprendre qu'elle devait revenir le lendemain pour faire un essai. Elle espérait qu'elle ferait l'affaire.

Le lendemain, lorsque Mme Shibata franchit le seuil de la maison, elle retira ses chaussures et s'inclina poliment devant tout le monde, y compris Candy, qui ne portait qu'un string et un tee-shirt moulant. Annie se dépêchait de partir pour l'institut, Sabrina allait travailler et les chiens couraient dans tous les sens. À la grande satisfaction de Tammy, elle resta jusqu'à 18 heures et, après son départ, la maison était impeccable. Les draps avaient été changés et les lits faits ; le réfrigérateur avait été nettoyé, leur linge lavé ; les serviettes étaient propres, soigneusement pliées et empilées. Elle avait même nourri les chiennes. Le seul problème était qu'elle leur avait donné les restes de son propre déjeuner, constitué de poisson cru, de pickles aigres et d'algues, et que non seulement cela sentait horriblement mauvais mais cela avait rendu les chiennes malades. Tammy passa plus de temps à réparer les dégâts qu'elle n'en aurait mis à nettoyer toute la maison. Quand Mme Shibata revint, le lendemain matin, elle mima la scène pour elle. Elle lui montra les gamelles, les chiennes, les algues, fit d'horribles grimaces pour lui demander de ne plus leur en donner. Mme Shibata s'inclina au moins quinze fois et Tammy crut qu'elle avait compris.

La veille au soir, Candy avait réussi à mettre la maison en désordre en ramenant des amis, aussi Mme Shibata eut-elle beaucoup de travail. Elle s'en acquitta avec brio et Tammy appela l'agence pour dire qu'elle l'engageait. Une fois que Mme Shibata s'occupa de maintenir la maison propre et rangée, Tammy se sentit redevenir une femme libre. Elle n'aurait plus à laver les serviettes ou à sortir la poubelle.

Le problème numéro un étant résolu, Tammy et Sabrina passèrent au second. Elles avaient décidé d'intervenir auprès de Candy pour qu'elle soigne son anorexie avant de tomber malade. Elles lui en parlèrent le soir même, lui disant qu'elles n'acceptaient plus ses raisons pour justifier ses pertes de poids. Elle avait le choix entre l'hôpital et le psychiatre.

— Vous êtes sérieuses ? demanda Candy avec stupéfaction. C'est vraiment moche de votre part ! Maman n'aurait jamais fait ça. Elle était bien plus gentille que vous.

— C'est vrai, répondit Tammy, mais elle n'est pas là et nous, si. Tu n'y seras d'ailleurs plus très longtemps, si tu continues ainsi. Nous t'aimons, Candy, et tu vas tomber vraiment malade. Nous avons perdu maman et nous ne voulons pas te perdre aussi.

Tout en restant gentilles, elles se montrèrent fermes. Candy monta dans sa chambre, claqua la porte, se jeta sur son lit et pleura pendant des heures, mais ses sœurs ne cédèrent pas. Elle avait suffisamment d'argent pour déménager et s'installer ailleurs, mais elle n'en fit rien. Elle ne leur adressa pas la parole pendant deux jours, mais elle réfléchit et, à leur grande stupéfaction, elle accepta finalement d'aller voir le psychiatre. Elle prétendit qu'elle n'avait aucun problème d'alimentation mais que, tout simplement, ses sœurs ne la voyaient pas manger. En outre, précisa-t-elle, elle ne prenait que des choses saines. Peut-être pour un canari ou un hamster, mais pas pour une fille de sa taille ! Tammy et Sabrina lui jurèrent qu'elles ne lui demandaient pas de devenir obèse et qu'elles n'étaient pas jalouses non plus. Candy fit remarquer à Tammy qu'elle avait grossi, ce qui était vrai. Pas énormément, mais comme elle était petite, le moindre gramme supplémentaire se voyait. Depuis son arrivée à New York, elle avait pris deux kilos. En revanche, la maigreur de Candy était devenue dramatique.

Tammy prit rendez-vous avec le psychiatre et accompagna sa sœur au premier entretien, sans entrer dans le cabinet. Candy en sortit furieuse, mais elle leur donna une liste de courses dont Tammy se chargea immédiatement. La question n'était plus éludée. Le problème avait été clairement posé et désormais elles prenaient en charge non seulement Annie mais également Candy, qui en avait visiblement besoin.

— Tu n'as pas l'impression que nous devons nous occuper de deux enfants ? demanda Sabrina.

Elle était allongée sur le canapé après une longue et pénible journée de travail.

— Oui, admit Tammy avec une petite grimace. Je n'en ai que plus d'admiration pour maman. Je ne sais pas comment elle a tenu le coup, quand nous étions petites.

Elles s'inquiétaient toujours pour leur père, qu'elles n'avaient pas eu le temps d'aller voir depuis plusieurs semaines. Elles étaient toutes débordées, à l'exception de Tammy, qui passait son temps à expliquer à Mme Shibata, par mimiques interposées, ce qu'elle avait à faire, et à accompagner Annie et Candy chez leurs thérapeutes. Plus que jamais, elle avait le sentiment qu'elle devait rapidement trouver du travail. Elle ne se faisait pas d'illusions : jamais elle ne retrouverait un poste correspondant à celui qu'elle occupait en Californie. Mais, si elle ne voulait pas devenir obèse, elle devait absolument sortir de la maison. Pour l'instant, elle était la seule des quatre à n'avoir rien d'important à faire et elle avait l'impression de perdre son identité.

La réalisation du projet numéro trois prit plus de temps que les deux autres. Il lui fallut attendre jusqu'à la mi-octobre pour obtenir des entretiens d'embauche. Elle rencontra les producteurs de plusieurs séries à l'eau de rose, d'une qualité très inférieure à ce qu'elle avait produit. Pour finir, on lui proposa de travailler sur une émission dont elle avait entendu parler, mais qu'elle n'avait jamais vue. De la téléréalité d'une extrême vulgarité. Il s'agissait de filmer des couples en pleine crise conjugale qu'on autorisait à se disputer comme des chiffonniers sur le plateau. Hormis les coups de poing, tout était permis. Une psychologue était censée suivre les débats. L'émission était intitulée *Ce couple peut-il être sauvé ? À vous de choisir !* Cela semblait nul, mais Tammy se demanda si cela ne valait pas le coup d'essayer. Professionnellement, il était assez gênant que son nom soit associé à une production de ce genre, mais l'audience était bonne et la chaîne recherchait désespérément un producteur délégué. Le précédent avait démissionné pour participer à une émission qui passait à une heure de grande écoute sur une autre chaîne. Les personnes qui la reçurent eurent de la peine à croire qu'avec un tel CV elle envisage de travailler pour elles. Tammy avait d'ailleurs du mal à y croire elle-même.

Elle n'en parla pas à ses sœurs. Elle était certaine qu'elles seraient aussi horrifiées qu'elle. Mais elle ne pouvait pas continuer à tourner indéfiniment en rond. Elle alla au rendez-vous le jeudi après-midi. Ses employeurs éventuels recherchaient quelqu'un qui apporterait des idées neuves, susceptibles d'insuffler un nouvel élan à l'émission. Apparemment, l'audience avait légèrement chuté, même si elle demeurait bonne et que les téléspectateurs restaient rivés devant leurs écrans. L'émission reflétait les problèmes que les gens rencontraient dans leur propre couple, de la tromperie à l'impuissance en passant par la maltraitance affective et la belle-mère abusive. La drogue et la délinquance des enfants semblaient aussi figurer en haut de la liste des problèmes qui amenaient les gens à venir sur un plateau.

Tammy se rendit à l'entretien en proie à une certaine appréhension. À sa grande surprise, le directeur de production qui la reçut dans son bureau avait l'air tout à fait normal. Il avait fait des études de psychologie à Columbia et, lorsqu'il avait conçu le projet, il avait préféré produire l'émission à New York. Marié depuis trente ans, il était père de six enfants. Avant de travailler pour la télévision, il avait été conseiller conjugal pendant plusieurs années. Il s'était d'abord occupé des sports, mais quand les émissions de téléréalité avaient commencé à marcher, il avait proposé son concept. C'était la réalisation d'un rêve, tout comme la série l'avait été pour Tammy. Seul le genre était différent. Comme souvent dans ce type d'émission, on s'adressait aux instincts les plus bas. Quelques-uns des couples filmés étaient corrects, mais ce n'était pas la majorité. La plupart d'entre eux se comportaient très mal, au grand plaisir du public.

Leur conversation fut très constructive et Tammy dut admettre qu'il lui plaisait. En revanche, le producteur exécutif était un parfait abruti, qui se montra désagréable avec elle. Il défendait son territoire, car il briguait le poste de producteur délégué, qu'on lui avait refusé.

À la fin de leur entretien, le directeur de production, Irving Salomon, lui demanda :

— Alors ? Qu'en pensez-vous ?

— Je trouve votre émission intéressante, répondit-elle franchement.

Elle ne pouvait mentir et prétendre qu'elle lui plaisait. Tammy n'aimait pas exploiter les problèmes des autres, pas plus qu'elle n'appréciait les ragots. Mais, d'un autre côté, elle voulait travailler et elle craignait de n'avoir pas d'autre proposition. À New York, le choix était maigre.

— Avez-vous envisagé de traiter les problèmes de couple sur un mode plus sérieux ? demanda-t-elle.

— Ce n'est pas ce que veut le public. Les gens connaissent la souffrance, dans leur vie. Ils veulent voir des couples qui se tapent dessus, verbalement bien sûr, parce qu'ils souhaiteraient eux-mêmes se comporter de cette façon avec leur conjoint.

Tammy ne partageait pas cette façon de voir les choses. Mais on ne l'engageait pas pour réviser le concept. Ils voulaient que l'émission reste à l'antenne et que le taux d'écoute augmente. C'était d'ailleurs la préoccupation de tous les producteurs : faire monter l'audience.

— Qu'est-ce qui vous amène à New York ? demanda-t-il. Vous avez laissé tomber une très bonne série.

Croyant percevoir un reproche dans ses propos, elle secoua la tête.

— Je ne l'ai pas laissée tomber, rectifia-t-elle. J'ai démissionné parce que ma famille a vécu un drame, cet été. On avait besoin de moi, conclut-elle sobrement.

— Je suis navré de l'apprendre. Ça va mieux, maintenant ?

— La situation s'est améliorée, mais je dois tout de même rester ici.

— Vous aurez le temps de travailler sur l'émission ?

— Absolument.

Il parut soulagé. Il était persuadé qu'en tant que professionnelle, elle ne lui mentirait pas. Il savait déjà qu'il voulait l'engager et ne recevrait pas d'autres candidats. Il lui remit plusieurs cassettes de l'émission et lui demanda de réfléchir avant de revenir le voir. Il insista sur le fait qu'on ne lui demandait pas de remettre en cause un concept qui avait fait ses preuves.

— Je reviendrai dans deux jours, promit-elle.

En sortant du bureau, elle croisa la psychologue, qui avait vraiment une allure extravagante. Elle portait des lunettes à monture pailletée et une robe moulante qui faisait ressortir ses énormes seins. Elle ressemblait à la tenancière d'une maison close, mais elle plaisait au public et les couples l'appréciaient. Elle s'appelait Désirée Lafayette, mais c'était très probablement un pseudonyme.

Une fois rentrée, elle visionna la cassette. Elle était en train de la regarder quand Annie revint de l'institut. Elle se tint un instant sur le seuil du bureau, puis sourit largement.

— Qu'est-ce que c'est que *ça* ?

— Je me renseigne sur une émission, répliqua-t-elle, se concentrant sur le couple qui était à l'écran.

L'homme et la femme étaient incroyables. Ils venaient de se lancer tous les noms d'oiseaux de leur vocabulaire.

— J'espère que tu plaisantes.

— Bien entendu. Comment était-ce, aujourd'hui ?

— Bien.

Annie ne disait jamais « génial », mais c'était mieux que « horrible ». En fait, ses sœurs avaient l'impression qu'elle se plaisait à l'institut. Tammy jeta un coup d'œil à sa montre. L'heure de la séance avec la psychiatre approchait. Elle le rappela à Annie, au cas où celle-ci aurait voulu grignoter quelque chose avant de partir.

— N'oublie pas que j'ai vingt-six ans, pas deux. Je peux y aller en taxi, si tu veux regarder cette émission débile.

— Je m'en occuperai plus tard, dit Tammy en éteignant le téléviseur.

Mais elle avait déjà pris sa décision. Le concept était abominable, Désirée Lafayette était d'un ridicule indicible, mais tant pis ! Pour ces couples, c'était l'émission de la dernière chance et, en dépit des apparences, elle leur offrait une lueur d'espoir. Les animateurs ne conseillaient jamais aux gens de se séparer et Désirée s'efforçait de leur proposer des solutions positives. Évidemment, les conseils étaient un peu bêtes et les couples incroyablement vulgaires.

— Tu dois avoir désespérément besoin de travailler, commenta Annie.

— Oui, reconnut Tammy.

Elle y pensa en attendant qu'Annie sorte de sa séance avec le Dr Steinberg. Ces entretiens semblaient lui faire du bien. Elle était moins en colère et acceptait mieux la situation. Tammy aimait à penser que le fait d'être entourée par ses sœurs l'aidait aussi.

Ce soir-là, elle attendit d'être dans sa chambre pour regarder les cassettes. Certaines étaient meilleures que d'autres mais, après les avoir toutes vues, elle eut une meilleure perception de l'émission. Évidemment, cela ferait curieux sur son CV, mais elle n'avait pas le choix.

Le lendemain, elle appela Irving Salomon pour lui dire que le poste l'intéressait et il lui parla de sa rémunération. Il ne lui restait plus qu'à contacter son agent, qui se trouvait à Los Angeles, ainsi que son avocat. Elle aurait beaucoup d'explications à leur fournir. Son dernier contrat comportait une clause stipulant qu'elle ne devait pas s'engager dans un projet qui ferait concurrence au précédent, mais cette émission de fous n'avait vraiment aucun rapport avec la série qu'elle produisait auparavant. Le salaire était élevé et le travail honnête, même si le spectacle était bas de gamme. De toute façon, elle ne supportait pas de rester à ne rien faire, de passer sa vie dans les magasins ou au restaurant avec des amies. Elle n'en avait d'ailleurs pas à New York, et ses sœurs travaillaient. Elle voulait en faire autant. Irving Salomon souhaitait qu'elle commence dès la semaine suivante.

Lorsqu'elle leur annonça la nouvelle, pendant le dîner, ses sœurs la regardèrent avec étonnement. Annie était déjà au courant, mais Sabrina la traita de folle. Quant à Candy, elle avait vu l'émission et la jugeait obscène.

— Tu es sûre de faire le bon choix ? lui demanda Sabrina. Cela ne risque pas de te nuire par la suite ?

— J'espère que non, répliqua franchement Tammy, mais je ne le crois pas. Ça ne peut pas me faire de mal de renouer avec la téléréalité. J'en ai fait il y a plusieurs années et cela n'a pas bloqué ma carrière par la suite. Le principal, c'est de ne pas m'y éterniser.

Sabrina se sentait un peu coupable à l'idée de tout ce que sa sœur avait abandonné pour elles. Mais c'était pour le bien d'Annie, et Tammy ne semblait éprouver aucun regret. Une fois qu'elle avait tiré un trait sur le passé, elle ne regardait jamais en arrière. Aujourd'hui, elle s'engageait dans une nouvelle voie, à la rencontre de couples en crise et d'une psychologue nommée Désirée Lafayette. Cette perspective horrifiait Sabrina, mais faisait rire Tammy.

20

Dès que Tammy commença à travailler, le rythme s'accéléra considérablement dans la maison. Sabrina avait un travail fou, cet automne. La moitié des couples qui vivaient à New York semblaient vouloir divorcer. Après les vacances, une fois que les enfants retournaient à l'école, les gens appelaient leur avocat pour se séparer. La période qui suivait Noël connaissait aussi une recrudescence des divorces.

Depuis son retour d'Europe, Candy faisait des photos tous les jours. Elle semblait avoir moins de problèmes d'alimentation. Sabrina appelait la psychiatre chaque semaine, pour s'assurer qu'elle était bien allée à son rendez-vous. Si ce n'était pas le cas, Tammy et elle se mettaient en colère et l'obligeaient à y retourner. Grâce à cette surveillance serrée, Candy avait repris quelques kilos. Elle était toujours bien au-dessous de la norme, mais c'était inévitable dans son métier. On la payait une fortune pour cela. La bataille était rude, mais Sabrina et Tammy ne perdaient pas de terrain. Lorsqu'elles en avaient discuté avec la thérapeute, celle-ci leur avait assuré que Candy ne souffrait pas de troubles psychiques liés à son enfance ou à sa féminité. Simplement, elle aimait son apparence quand elle était mince comme un fil. En cela, elle n'était pas différente des millions de femmes qui lisaient les magazines de mode. C'était un phénomène culturel et financier, mais absolument pas psychiatrique. Ces précisions les rassuraient, mais elles s'inquiétaient tout de même pour sa santé. Elles n'avaient nullement envie de perdre un nouveau membre de la famille, même si elle mourait ravissante, riche et en couverture de *Vogue*.

Après deux mois, Annie semblait s'être parfaitement adaptée à l'institut Parker, et Baxter était plus que jamais son ami. Le week-end, ils sortaient parfois ensemble. Ils parlaient d'art, échangeaient des idées, abordaient de multiples sujets, évoquaient les œuvres qu'ils avaient vues et aimées. Annie pouvait discuter des heures de la Galerie des Offices de Florence. En revanche, elle ne faisait jamais allusion à Charlie, dont la trahison la blessait encore. Cela aurait été bien pire si elle avait su la vérité, mais ses sœurs ne lui en parlèrent jamais. Durant les fêtes d'Halloween, Baxter rencontra un homme qui lui plut. Lorsqu'il le présenta à Annie et qu'ils déjeunèrent ensemble, elle le trouva sympathique. Du fait de cette liaison, Baxter et elle sortirent un peu moins, mais elle était contente pour son ami. L'ami de Baxter était un styliste de vingt-neuf ans. La cécité de Baxter ne semblait pas le gêner, ce qui leur remonta le moral à tous les deux. Il y avait donc une vie après la perte de la vue. Annie en doutait pour elle-même. Elle prétendait s'en moquer, mais personne ne la croyait.

Sabrina lui avait assigné la tâche de nourrir les chiennes, car Mme Shibata en était incapable. Elle leur donnait toujours des aliments bizarres qui les rendaient malades. Beulah, à qui elle avait une fois donné de la nourriture pour chat, avait passé la semaine chez le vétérinaire, ce qui avait coûté une fortune. Et, de temps en temps, elle ajoutait quelques algues dans leurs gamelles. Annie était plus souvent que les autres à la maison et elle rentrait aussi assez tôt de ses cours. Mais quand Sabrina la chargea de cette corvée, elle refusa tout net.

— C'est impossible ! Tu sais très bien que je déteste les chiens !

— Ça n'a aucune importance. Ils ont besoin de manger et personne n'a le temps de les nourrir. Tu n'as rien d'autre à faire, après tes cours, en dehors de tes deux séances par semaine chez ta psy. Mme Shibata les empoisonne et ça nous coûte très cher. D'ailleurs, tu ne les détestes pas vraiment, et eux t'aiment.

Annie avait râlé pendant une semaine, avant de céder. Elle avait appris à se servir de l'ouvre-boîte électrique, à mesurer les rations et à les placer dans les bonnes gamelles, qui étaient toutes de tailles différentes. En rentrant de l'école, elle sortait en rechignant les aliments du réfrigérateur, mais cela ne l'empêchait pas de couper de petits morceaux de jambon pour Beulah, qui était difficile et détestait la nourriture en boîte. Elle alla même jusqu'à préparer du riz pour les chiennes lorsqu'elles furent malades parce que Mme Shibata leur avait encore donné des algues et des pickles. Les repas de Mme Shibata empestaient. Tammy prétendait que ses pickles étaient aussi vieux qu'elle. En tout cas, on aurait dit qu'ils pourrissaient depuis des années, et ils avaient failli tuer les chiennes.

— Je ne vois pas pourquoi ce serait à moi de nourrir *vos* chiens, disait Annie avec mauvaise humeur.

— Parce que je te le demande, répondait Sabrina.

Tammy finit par lui reprocher d'être un peu trop dure avec Annie.

— Je sais, reconnut Sabrina. Mais nous ne pouvons pas la traiter comme une handicapée, et je pense même qu'il faudrait lui confier d'autres tâches.

Sabrina envoya donc Annie poster les lettres, le plus souvent possible. Elle lui demanda aussi de passer prendre les vêtements au pressing, en bas de la rue, prétextant qu'elle était la seule à rentrer de bonne heure.

— Tu me prends pour qui ? grommelait Annie. Pour ton garçon de courses ?

Elles se disputaient constamment, d'autant que Sabrina ne cessait de la solliciter, pour acheter un outil à la quincaillerie ou un nouveau sèche-cheveux quand le sien tomba en panne. Elle voulait qu'Annie devienne autonome et c'était le meilleur moyen d'y parvenir, même si le procédé pouvait paraître excessif. Une fois, elle alla même jusqu'à lui reprocher d'avoir fait tomber de la nourriture pour chiens dans le placard et lui ordonna de tout nettoyer avant que les rats et les souris n'envahissent la maison. Annie éclata en sanglots et refusa de lui parler pendant deux jours, mais elle progressait et était maintenant capable de se débrouiller seule.

Tammy dut admettre que la méthode était efficace, même si elle manquait de douceur. Quant à Candy, elle se rangeait presque toujours du côté d'Annie. Ne comprenant pas les motivations de Sabrina, elle la traitait de garce. Mais Annie redevenait indépendante et n'avait plus peur d'affronter le monde extérieur. Le supermarché, le drugstore et la quincaillerie ne l'effrayaient plus.

Son plus gros problème était la solitude. Elle n'avait pas d'amis à New York et elle était trop timide pour sortir. Elle avait toujours été la moins sociable des sœurs, la plus introvertie. Elle passait son temps seule, à faire des croquis, à dessiner ou à peindre. La cécité l'avait encore davantage isolée. Ses sœurs auraient aimé la sortir, mais Candy n'était entourée que de photographes, de mannequins, de rédacteurs et d'une masse de gens qui évoluaient dans le monde de la mode, que Tammy et Sabrina jugeaient infréquentables. Quant à Sabrina, ses journées étaient longues et elle aurait souhaité passer plus de temps avec Chris, mais ils étaient trop épuisés tous les deux pour sortir le week-end. Tammy rencontrait autant de difficultés dans son nouveau travail que dans l'ancien. Annie restait donc souvent seule. Elle était heureuse lorsqu'elles réussissaient à sortir dîner toutes les quatre, une fois par semaine. Ses sœurs trouvaient que c'était insuffisant, mais elles ne voyaient pas comment résoudre le problème. Annie leur répondait qu'elle aimait bien rester à la maison. Elle commençait à lire en braille et passait de nombreuses heures, le casque sur la tête, à écouter de la musique ou tout simplement à rêver. Elle ne menait pas l'existence d'une jeune femme de vingt-six ans. Il aurait fallu qu'elle rencontre des gens, qu'elle soit invitée à des fêtes, qu'elle sorte, qu'elle ait des amis et un homme dans sa vie. Mais rien ne se profilait à l'horizon et ses sœurs craignaient que cela ne change jamais. Elles ne le disaient pas, mais elle, si. Elle pensait que sa vie était terminée au même titre que celle de son père, qui restait assis à pleurer sa femme. Sabrina et Tammy auraient voulu faire quelque chose pour eux, mais elles n'en avaient le temps ni l'une ni l'autre.

Tammy était surchargée de travail. Irving Salomon s'était complètement déchargé de l'émission sur elle. Il passait la moitié de la semaine en Floride et jouait au golf chaque fois qu'il le pouvait. Il aurait aimé prendre sa retraite, mais l'émission lui rapportait beaucoup d'argent. Quand Tammy voulait lui exposer ses problèmes, il la chassait de son bureau d'un geste de la main en lui rappelant qu'elle avait connu pire à Los Angeles. Il lui faisait totalement confiance.

— Qu'est-ce que je suis censée faire ? dit-elle un jour à son assistant. Je produis une émission où les gens se font des scènes en direct, mais on vient de nous changer de créneau et nous passons maintenant à une heure de grande écoute. Tout ce qui les intéresse, c'est l'audience ! Et aussi longtemps qu'elle est bonne, personne ne veut s'occuper de rien.

Il lui vint alors l'idée que leurs couples pourraient au moins s'habiller décemment. À sa demande, son assistant appela donc un grand magasin new-yorkais pour savoir s'ils accepteraient de leur prêter des vêtements contre de la publicité. La direction sauta sur l'occasion.

— Au moins, nous n'aurons plus à voir leurs tatouages ! s'exclama Tammy avec soulagement.

Elle essayait d'améliorer le niveau de l'émission et de lui donner un peu plus de classe, mais elle savait que c'était une entreprise risquée.

— Tant que ça marche, ne touche à rien, l'avait avertie le producteur exécutif.

Mais Tammy se fiait à son instinct. Elle était persuadée que le public s'identifierait davantage si les gens qu'on lui montrait n'avaient pas l'air de sortir d'une caravane.

Elle débaucha deux excellentes coiffeuses qui travaillaient sur une série à l'eau de rose très connue. Elles furent chargées de coiffer les femmes et d'atténuer un peu l'extravagance de Désirée. Celle-ci fut très mécontente d'apprendre que Tammy critiquait son look, mais le public apprécia le changement. Désormais, la psychologue portait d'élégants tailleurs conçus par de grands stylistes. Du coup, elle gagna en crédibilité et n'eut plus l'air de sortir tout droit de *La Cage aux folles.* En trois semaines, deux nouveaux sponsors se présentèrent et l'audience explosa.

Mais cela ne réglait pas les nombreux problèmes que Tammy rencontrait avec les couples. Lors d'un enregistrement, un mari braqua une arme sur l'animateur, qui n'avait pas arrêté de le titiller et de le traiter de tricheur. Le type avait fulminé pendant toute l'émission et, dès qu'ils quittèrent le plateau, il plaqua l'animateur contre un mur et lui enfonça le canon de son revolver dans le ventre. Personne ne savait comment il avait pu franchir la barrière de sécurité avec son arme sur lui. Tammy passait justement et elle adopta aussitôt un ton calme pour apaiser le dément en attendant l'arrivée des agents de sécurité.

— Je suis d'accord avec vous, Jeff, lui dit-elle. Ce type est un crétin et je ne l'aime pas, moi non plus. Mais cela ne vaut pas la peine d'aller en prison à cause de lui. En tout cas, l'émission a clairement montré que votre épouse est toujours amoureuse de vous. Pourquoi tout gâcher ? Désirée pense que vous avez une bonne chance de rafistoler les choses, tous les deux.

— Vous croyez ? C'est des bobards ! Vous autres, à la télé, vous nous faites passer pour des imbéciles.

— Ce n'est pas vrai. Le public vous a apprécié et l'audience n'a jamais été aussi bonne de la semaine.

Dans les coulisses, l'épouse hurlait parce qu'elle venait de découvrir que son mari avait couché non seulement avec sa meilleure amie, mais aussi avec sa sœur, ce qu'elle ignorait jusqu'alors. Ce couple pouvait-il être sauvé ? Il fallait espérer que non. Pour se venger, l'épouse avait couché avec le frère de son mari et avec tout le quartier. En réalité, pensait Tammy, ils auraient tous deux dû aller en prison. Jeff avait d'ailleurs été incarcéré deux fois pour voies de fait. Sur quels critères avaient-ils été choisis pour passer à l'antenne ? Et pourquoi produisait-elle cette émission ? Il lui fallut vingt minutes pour le calmer. Entre-temps, on avait appelé la police et il repartit les menottes aux poignets. Le lendemain, sa photo fit la une des journaux, ce qui eut pour résultat de faire encore grimper l'audience. Mais, dans l'esprit de Tammy, cette émission faisait vraiment appel aux plus bas instincts du public. Les téléspectateurs étaient des voyeurs qui s'immisçaient dans les histoires des couples, s'introduisaient dans les chambres à coucher, où ce qu'ils voyaient les fascinait. La plupart du temps, Tammy en était malade.

Ce jour-là, très pâle, elle retourna dans son bureau et s'assit.

— Très drôle ! dit-elle à son assistant. Qui est chargé de sélectionner les participants et où les trouvons-nous ? Dans les prisons ? Vous ne croyez pas qu'on ferait du meilleur boulot si on ne choisissait pas des dingues ?

Elle réunit ses collaborateurs et leur passa un savon. Le producteur exécutif se répandit en excuses. L'animateur avait déjà été blessé par balle une fois.

Qu'est-ce que je fais là ? se demanda-t-elle en sortant de la réunion.

Désirée la prit à l'écart pour lui dire qu'elle adorait sa nouvelle garde-robe. Tammy pourrait-elle demander à Oscar de la Renta de l'habiller ? Elle adorait ce qu'il faisait. Un mois plus tôt, elle achetait des vêtements bon marché, et maintenant elle voulait Oscar de la Renta ! Ils étaient tous fous.

— Je vais voir ce que je peux faire, Dési, mais ce n'est peut-être pas le genre d'émission qui leur plaît.

Surtout si les participants quittaient le studio les menottes aux poignets. La veille, ils avaient déjà eu un incident, mais moins dramatique : une épouse avait donné un coup de poing à son mari sur le plateau et lui avait cassé le nez. Il y avait du sang partout. Le public avait hurlé de plaisir.

— J'aime beaucoup la robe que tu portes aujourd'hui, ajouta-t-elle.

La psychologue s'épanouit.

— Moi aussi. J'aimais bien celle d'hier, mais elle est pleine de sang. La seule chose que j'avais dite au mari, hors antenne, c'était que je croyais sa femme lesbienne. Je ne pensais pas qu'il allait le répéter devant les caméras. D'ailleurs, elle m'a confié que c'était vrai, mais qu'elle ne voulait pas qu'il le sache, précisa-t-elle sans manifester le moindre regret. Après cela, il lui a dit qu'il était au courant et elle lui a cassé le nez.

Va comprendre ! J'espère qu'ils pourront me la nettoyer, au pressing.

Désirée avait fait ajouter une clause à son contrat, précisant qu'elle pouvait garder les vêtements qu'elle portait sur le plateau. Tammy ne s'étonnait donc pas qu'elle veuille une garde-robe signée Oscar de la Renta. Quant à elle, la plupart du temps, elle travaillait en jean et baskets.

— Oui, va comprendre, renchérit Tammy.

Décidément, cette psychologue était complètement folle. Pourtant, non seulement ils avaient gagné deux sponsors en deux semaines, mais l'émission battait des records d'audience, et on lui en attribuait le mérite. Elle n'en tirait aucune gloire, au contraire, mais ses amis de Los Angeles en profitèrent pour lui téléphoner et la taquiner.

— Je croyais que tu étais partie pour t'occuper de ta sœur, lui dit l'un d'eux.

— C'est ce que j'ai fait.

— Et alors ? Que s'est-il passé ?

— Elle suit un stage et je trouvais le temps long.

— Eh bien ! Tu ne dois pas t'ennuyer, avec cette émission !

— Non, mais je finirai sans doute en prison.

— J'en doute. Je crois plutôt que tu finiras à la tête de la chaîne. J'ai hâte de voir ça.

Peu de temps après que le mari eut braqué une arme sur l'animateur, on la sollicita pour une interview dans une émission de grande audience et Irving lui demanda d'accepter. Elle s'efforça d'être brève, ce qui ne fut pas une mince affaire.

Pour comble, l'animateur qui avait failli être blessé l'invita à dîner. Il avait cinquante-cinq ans, avait divorcé quatre fois et s'était fait poser d'horribles extensions de cheveux. Il avait eu des seconds rôles dans de mauvais feuilletons et pratiquait la musculation. De loin, il pouvait faire illusion, mais de près c'était terrifiant. Pour comble, il faisait partie d'une sorte de secte et lui débita tout un discours sur la nécessité d'être sauvé. Peut-être en avait-il besoin pour affronter le risque d'être blessé par balle.

— Euh… C'est vraiment très gentil de votre part, Ed… Mais je me suis donné pour règle de ne pas mêler travail et vie privée. C'est une catastrophe, quand ça ne marche pas.

— Pourquoi cela ne marcherait-il pas ? Je suis un type formidable, vous savez.

Il débordait d'autosatisfaction. Il avait sept enfants de quatre épouses différentes et les entretenait tous, ce qui méritait le respect. Cela expliquait aussi le fait qu'il conduisait une vieille voiture et habitait un quatrième étage sans ascenseur dans le West Side. Les indemnités qu'il allait toucher après cette agression amélioreraient considérablement sa situation financière et il avait déjà annoncé qu'il comptait déménager le mois suivant.

— Je pensais seulement vous inviter à dîner après le travail, insista-t-il. Quelque chose de simple, vous savez. Je fais un régime végétarien, en ce moment.

Elle essaya de prendre un air intéressé :

— Vraiment ?

Encore un farfelu comme ceux qu'elle avait connus à Los Angeles. Elle les fuyait comme la peste. Mais le problème pour elle était qu'elle ne rencontrait personne d'intéressant et que, si cela continuait, elle finirait par entrer au couvent.

— Vous savez, je ne mange que des cochonneries, poursuivit-elle. Pour moi, le summum de la gastronomie, c'est McDonald's et je me gave de petits gâteaux fourrés à la crème. Je suis comme ça depuis l'enfance. En ce qui me concerne, je ne vois pas l'intérêt d'un régime végétarien.

Il parut navré pour elle.

— Quel dommage ! Avez-vous rencontré Jésus, Tammy ?

Où ça ? Sous son bureau ? Dans le grenier ? C'était une plaisanterie ! Pourquoi devrait-elle Le trouver ? N'était-Il pas partout ?

— Je crois que oui, répondit-elle poliment. La religion a toujours eu une grande place dans ma vie.

Elle ne savait pas quoi lui dire d'autre et, dans une certaine mesure, c'était vrai. Étant enfants, ses sœurs et elle étaient allées au catéchisme, mais, si elle croyait encore en Dieu, elle n'était plus pratiquante.

— Mais êtes-vous *chrétienne* ?

Il la fixait avec intensité. S'efforçant de ne pas regarder ses cheveux teints, elle se fit la réflexion qu'elle devrait lui trouver un bon coiffeur, à lui aussi. Sans doute ignorait-il que sa couleur était totalement ratée. Jusqu'alors, elle avait été trop distraite par les extensions pour s'en apercevoir.

— Je suis catholique.

— Ce n'est pas la même chose. Être chrétien, c'est bien différent. C'est toute une façon de penser, d'être et de vivre. Ce n'est pas seulement une religion.

Tammy jeta un coup d'œil discret à sa montre. Elle avait une réunion dans quatre minutes et si elle voulait éviter une grève, elle devait absolument s'y rendre.

— Je suis d'accord avec vous, mais nous remettrons cette discussion à plus tard. Je dois assister à une réunion.

— Qu'est-ce qu'on fait, pour le dîner ? On y va ce soir ?

— Je… euh… non… Vous vous rappelez la règle que je me suis fixée ? Je ne l'ai jamais transgressée. D'ailleurs, je dois rentrer chez moi pour m'occuper de ma sœur.

— Elle est malade ?

Tammy se détesta pour ce qu'elle s'apprêtait à faire, mais elle devait absolument se débarrasser de lui. S'excusant intérieurement auprès d'Annie, elle le regarda tristement.

— Elle est aveugle. Je n'aime pas la laisser toute seule.

— Je suis vraiment désolé… Je ne savais pas… Bien sûr… Quelle sainte personne vous faites ! Vous vivez avec elle ?

— Oui. C'est arrivé cette année et elle n'a que vingt-six ans.

C'était pathétique d'utiliser sans vergogne l'infirmité d'Annie, mais elle était prête à tout. S'il l'avait fallu, elle se serait inventé une grand-mère mourante.

— Je prierai pour vous deux, promit-il.

— Merci, Ed, déclara Tammy d'une voix solennelle.

Après cela, elle le quitta pour foncer à sa réunion. Ed était certainement un très brave homme, mais il était repoussant et sinistre. C'était sa spécialité : où qu'elle se trouve, c'étaient les hommes comme lui et eux seuls qui l'invitaient à sortir.

Le soir, elle en parla à ses sœurs. Annie rinçait les assiettes avant de les déposer dans le lave-vaisselle.

Auparavant, Sabrina avait vérifié que sa sœur avait bien nourri les chiens. Annie se plaignit une nouvelle fois du fait qu'elle la prenait pour Cendrillon, mais Sabrina s'abstint de lui répondre. Ensuite, Tammy leur raconta sa discussion avec Ed.

— Vous voyez ce que je veux dire ? conclut-elle. Voilà le genre de types que j'attire ! Je vous jure que je ne suis pas sortie avec un garçon normal en dix ans ! Je ne suis même pas sûre de savoir à quoi ça ressemble.

— Moi non plus, avoua Candy. Tous ceux que je rencontre sont bisexuels ou homos. Ils aiment les femmes, mais ils aiment encore plus les garçons. Je ne rencontre plus d'hétéros.

Annie ne dit rien. Depuis son accident, elle se sentait totalement en dehors de la course. Normalement, après sa rupture avec Charlie, elle serait sortie avec un autre au bout de quelques mois. Désormais, elle pensait que tout cela était fini pour elle. Baxter était le seul représentant du sexe masculin qu'elle connaissait. La vie amoureuse de Baxter était d'ailleurs nettement plus heureuse que la sienne, puisqu'il avait retrouvé un petit ami. Elle était certaine que cela ne lui arriverait jamais.

— La seule de la famille qui n'ait pas à se plaindre, remarqua Candy, c'est Sabrina. Chris est le seul type normal que je connaisse.

— Moi aussi, confirma Tammy. Normal *et* adorable, c'est-à-dire la combinaison idéale. Quand j'en rencontre qui semblent normaux, ils sont finalement idiots ou mariés. Enfin ! je pourrai toujours me rabattre sur un invité de l'émission.

Elle leur raconta ce qui s'était passé le matin même. Sabrina secoua la tête avec accablement. Elle n'arrivait pas à croire que Tammy produise de telles stupidités. Bien qu'elle n'ait jamais abordé la question, elles avaient toutes conscience que Tammy avait fait un énorme sacrifice en abandonnant son travail à Los Angeles. Bonne joueuse, Tammy se disait pourtant satisfaite d'avoir trouvé un nouvel emploi. Apparemment, Irving Salomon était un homme bien, avec qui on pouvait travailler.

La semaine suivante, un autre homme courtisa Tammy. Celui-là était extrêmement séduisant, marié et infidèle. Il expliqua à Tammy que sa femme et lui formaient un couple libéré et qu'elle le comprenait.

— Tant mieux pour elle, répondit sèchement Tammy. Moi non. Ce n'est pas mon genre, mais merci d'avoir pensé à moi.

Loin d'être flattée, elle se sentait insultée, comme toujours lorsqu'un homme marié la sollicitait. Ils semblaient la prendre pour une fille facile avec qui ils pouvaient passer quelques moments agréables avant de réintégrer le domicile conjugal. Si jamais elle s'engageait un jour, ce qui semblait peu probable, elle voulait un homme à elle et non pas le voler ou l'emprunter à une autre femme.

Le jour du trente-cinquième anniversaire de Sabrina, Chris lui offrit un très beau bracelet en or de chez Cartier, qu'elle ne quitta plus. Ils s'entendaient toujours aussi bien, mais ils dormaient moins souvent ensemble que lorsqu'elle vivait seule. Il lui rappelait régulièrement que cette situation ne devait durer qu'un an, sans faire d'autre commentaire. Il se plaignait rarement. Parfois, Candy lui tapait sur les nerfs lorsqu'elle se promenait à travers la maison dans le plus simple appareil, oubliant qu'il y avait un homme parmi elles. Elle était tellement habituée à ce que les gens la voient nue ou torse nu, lorsqu'elle participait à des défilés ou à des séances photo, qu'elle n'y prêtait aucune attention. Lui, si. De plus, il avait beau avoir beaucoup d'affection pour elles, les petites chiennes l'agaçaient souvent. Et depuis que Tammy vivait au même étage que Sabrina et lui, ils manquaient d'intimité. Tous ces éléments pesaient lourd dans la balance.

Début novembre, en revenant d'un séjour de trois jours à Haïti, Candy leur présenta un homme qu'elle venait de rencontrer. Sabrina avait lu des articles sur lui, Tammy n'en avait jamais entendu parler et Annie prétendit qu'il lui donnait la chair de poule. Mais, comme elle ne le voyait pas, elle fut incapable de préciser pourquoi. Selon elle, il avait une voix hypocrite, comme Leslie Thompson lorsqu'elle avait apporté la tarte aux pommes à leur père. Une voix dégoulinante de douceur, qui laissait penser qu'il avait une idée derrière la tête.

Il disait être italien et s'appeler le prince Marcello di Stromboli, mais Sabrina avait du mal à le croire. Elles furent toutes horrifiées d'apprendre qu'il avait quarante-deux ans. Candy avait fait sa connaissance à Paris, lors d'une réception donnée par Valentino. Candy connaissait un autre mannequin qui était sortie avec lui et le trouvait très gentil. Il l'emmena dans tous les lieux branchés de New York et dans des soirées fabuleuses. Le couple qu'ils formaient passionna immédiatement la presse et, quand Sabrina en parla avec Candy, celle-ci lui répondit qu'elle s'amusait bien.

— Fais attention, lui conseilla Sabrina. Parfois, les hommes de son âge choisissent leurs proies parmi les très jeunes filles. Ne va pas trop loin avec lui, et ne te mets pas dans une situation embarrassante.

Sabrina se comportait comme toutes les mères poules du monde, mais sa petite sœur lui rit au nez.

— Je ne suis pas complètement idiote ! J'ai vingt et un ans et je vivais déjà seule quand j'en avais dix-neuf. Je rencontre tout le temps des types comme lui. Certains sont même plus vieux, je ne vois pas où est le problème.

Quelques jours plus tard, Sabrina en discuta avec Tammy.

— Qu'est-ce qu'il cherche, à ton avis ? demanda-t-elle avec inquiétude.

Les deux dernières semaines, il y avait eu des articles sur eux dans plusieurs magazines. Il n'y avait rien d'étonnant à cela, dans la mesure où Candy était une célèbre top-modèle. De son côté, Marcello di Stromboli était un mondain connu, sa mère avait été une grande actrice italienne et il avait un titre. Les princes étaient très sollicités dans les milieux snobs, si bien qu'on avait tendance à fermer les yeux sur leurs nombreuses incartades. Lorsqu'il passait prendre Candy, il traitait ses sœurs comme si elles n'existaient pas et ne daignait même pas adresser la parole à Annie, puisqu'elle ne pouvait pas l'admirer. Il fallait d'ailleurs admettre qu'il était séduisant, d'allure aristocratique et très élégant. Il portait de beaux costumes, des chemises amidonnées, des boutons de manchettes en saphir, une chevalière en or gravée aux armes de sa famille et des chaussures créées exprès pour lui par

John Lobb. Candy et lui avaient l'air de vedettes de cinéma et formaient un couple éblouissant.

Un soir, Candy venait de partir avec lui dans une limousine Bentley noire louée pour la soirée, vêtue d'une robe en soie gris argent et d'escarpins assortis. Elle avait l'air d'une reine. Sabrina se tourna vers Tammy avec inquiétude :

— Tu ne crois pas que c'est sérieux ?

— Pas une seconde. Je vois tout le temps des types comme lui, dans le milieu du cinéma. Ils courtisent des actrices connues ou des mannequins comme Candy, mais elles ne servent qu'à flatter leur narcissisme.

— La semaine prochaine, il a l'intention de retrouver Candy à Paris, quand elle y fera des photos.

— Peut-être, mais cela ne durera pas longtemps. Attends qu'un poisson plus gros et plus important croise sa route !

— J'espère qu'il s'éloignera bientôt d'elle. Il y a quelque chose en lui qui me rend nerveuse. Candy est parfois très naïve. Elle est peut-être le mannequin le plus recherché, mais sous cette beauté et ce côté glamour, elle n'est qu'une enfant.

— C'est exact, mais elle nous a. Et lui sait que nous sommes là et que nous veillons sur elle.

— Je crois qu'il s'en moque. Il est cent fois plus rusé que nous et nous ne représentons rien, dans son monde.

— Je suis certaine que Candy saura gérer la situation, affirma Tammy. Elle rencontre beaucoup d'hommes comme lui.

— Eh bien, pas moi, répliqua Sabrina.

Chris était à des années-lumière de ce prince italien. C'était un homme bien et droit, tout ce que Marcello n'était pas, Sabrina en était convaincue. Mais Candy le trouvait sensationnel, même si ses sœurs le jugeaient trop vieux pour elle.

— Je me suis follement amusée, déclara-t-elle en revenant de Paris. Marcello m'a emmenée à tout un tas de réceptions. Nous avons même été invités à un bal, à Versailles, et il m'a présentée au Tout-Paris.

Il était clair que Marcello lui avait complètement tourné la tête, et elle était plus mince que jamais. Quand Sabrina aborda le sujet, Candy prétendit qu'elle avait travaillé dur à Paris, ce qui expliquait son amaigrissement. Inquiète, Sabrina appela la psychiatre, qui ne fit aucun commentaire mais la remercia de son appel.

La semaine suivante, ce fut Thanksgiving. Elles rendirent visite à leur père. Il avait maigri, lui aussi, mais il prétendit aller bien. Il semblait très solitaire et heureux de voir ses filles.

Il leur suggéra de faire du tri dans les affaires de leur mère. Elles prirent les vêtements qu'elles souhaitaient, lui laissant le soin de donner les autres à une association. C'était douloureux, mais il semblait désireux de vider placards et penderies. Elles aidèrent Annie à faire son choix en lui décrivant ce qu'elles sortaient des armoires. Annie avait toujours aimé les pulls en cachemire pastel de sa mère, qui lui allaient d'autant mieux qu'elles avaient la même couleur de cheveux.

— Comment me trouvez-vous ? demanda-t-elle après en avoir enfilé un. Je ressemble à maman ?

Les yeux de Tammy s'emplirent de larmes.

— Oui. Tu lui ressembles beaucoup.

Tammy aussi, d'ailleurs. La ressemblance des deux sœurs avec leur mère était frappante.

Ce furent deux jours paisibles. Elles préparèrent la dinde elles-mêmes et passèrent un moment agréable à cuisiner la farce et tous les légumes.

Chris était parti skier dans le Vermont avec des amis, mais Sabrina avait décidé de rester en famille. C'était important, en particulier cette année.

Le samedi, Tammy trouva des baskets dans la petite pièce attenante à la cuisine, où leur mère avait l'habitude d'arranger les fleurs. C'était du 40, alors que leur mère chaussait du 36, et elles n'étaient à aucune d'entre elles. Elles n'appartenaient pas non plus à la femme de ménage.

— À qui sont-elles, papa ? demanda-t-elle une fois qu'elles eurent tout trié et emballé. Elles ne sont pas à maman.

— Tu en es sûre ?

— Oui, répondit Tammy en riant. Je peux les jeter ?

— Pourquoi ne pas les laisser là où tu les as trouvées ? Peut-être que quelqu'un viendra les chercher.

Le dos tourné, il réparait quelque chose, aussi ne voyait-elle pas son visage.

— Qui, par exemple ? Tu… tu ne sors pas avec une femme, papa ?

Il tressaillit et se tourna vivement vers elle.

— Pourquoi me demandes-tu cela ?

— Je me pose la question… Je trouve ça bizarre, c'est tout.

Leur père avait le droit de sortir avec qui il voulait, mais elle trouvait cela un peu prématuré. Leur mère n'était morte que depuis cinq mois…

— Quelques amis sont venus me voir ce week-end, expliqua-t-il. L'un d'entre eux aura oublié ses baskets. Je les appellerai.

Il n'avait pas répondu à sa question et elle ne voulut pas insister. Elle espérait seulement qu'il ne s'agissait pas de Leslie Thompson. Rien dans la maison ne trahissait la présence d'une femme, mais pendant le trajet du retour elle en parla à ses sœurs. Elles étaient reparties le dimanche matin, pour éviter d'être coincées dans les embouteillages.

— Arrête de l'espionner, grommela Candy. Il a le droit de faire ce qu'il veut.

— Je détesterais qu'il tombe dans les griffes d'une femme malhonnête pour la seule raison qu'il se sent seul sans maman. C'est ce qui arrive parfois aux hommes, dit Sabrina.

Elle se faisait du souci pour son père, qui lui semblait très vulnérable. Pendant l'été, elles l'avaient entouré, mais depuis, elles lui avaient rarement rendu visite.

— Je crois que papa est trop intelligent pour se laisser embobiner par une aventurière, assura Tammy.

— J'espère que tu as raison.

Dès qu'elles furent rentrées, Candy s'habilla pour sortir.

— Où vas-tu ? lui demanda Tammy avec étonnement.

— Marcello m'a invitée à une soirée, répondit-elle en donnant quelques noms fréquemment cités dans les journaux.

— Tu mènes une vie de princesse de conte de fées, dit Tammy en souriant.

— Je ne suis pas encore princesse, affirma Candy.

Mais elle avait l'impression d'en être une, lorsqu'elle sortait avec Marcello. Bien qu'elle n'en ait rien dit à ses sœurs, c'était un amant incroyable. Elle savait qu'il se droguait parfois à la cocaïne, mais il n'était pas dépendant. Il avait recours au Viagra pour tenir plus longtemps, si bien qu'ils pouvaient faire l'amour toute la nuit. Il était extrêmement séduisant et elle commençait à penser qu'elle était amoureuse de lui. Il avait d'ailleurs fait quelques allusions au mariage. Elle était trop jeune, pour l'instant, mais dans quelques années… peut-être… Il avait dit qu'il voulait avoir des enfants avec elle.

Elle devait le retrouver chez lui, avant de se rendre à la soirée.

— Je ne rentrerai pas, cette nuit, lança-t-elle en partant.

— Une minute ! dit Sabrina. Où seras-tu ?

— Chez Marcello, répliqua Candy avec insouciance.

Elle faisait ce qu'elle voulait depuis bien longtemps et ses sœurs le savaient, ce qui ne les empêchait pas de s'inquiéter pour elle.

— Sois prudente, dit Sabrina en l'embrassant. Où habite-t-il, à propos ?

— Il a un appartement dans la 79e Rue Est. Il possède de magnifiques objets.

Cela ne faisait pas pour autant de lui un homme bien, mais Sabrina s'abstint de tout commentaire. Candy portait une minijupe en cuir noir et des bottes qui lui montaient jusqu'à mi-cuisse. Elle était irrésistible, avec son pull en cachemire moulant et sa veste de vison gris.

— Tu es époustouflante, lui dit Sabrina avec un sourire. À quel numéro de la 79e Rue Est ? C'est juste au cas où il arriverait quelque chose.

Candy détestait que Sabrina se conduise comme si elle était sa mère, mais pour une fois, elle voulut bien lui faire plaisir.

— Il n'arrivera rien. C'est au 41. Mais ne t'avise pas de nous déranger !

— Promis.

Quand Chris revint de son week-end de ski, Sabrina et lui se retirèrent pour bavarder et regarder un film à la télévision, blottis l'un contre l'autre. Pour leur laisser un peu d'intimité, Tammy s'installa dans la chambre de Candy. Elle passa voir Annie, qui faisait ses devoirs en braille dans la sienne.

— Tout va bien ?

— Ça peut aller.

Elle semblait agacée, mais du moins faisait-elle l'effort d'être aimable. En ce qui la concernait, la situation évoluait favorablement. Par ailleurs, elles étaient toutes d'accord pour trouver que, malgré l'absence de leur mère, elles avaient passé un bon week-end de Thanksgiving.

21

Le lundi, la vie reprit son cours habituel. Sabrina et Chris partirent ensemble, Tammy quitta la maison en trombe car elle avait une réunion et Annie prit un taxi pour se rendre à l'institut. Elle projetait de prendre bientôt l'autobus mais, après trois mois de stage, elle ne se sentait pas encore prête. Les choses étaient légèrement plus compliquées que d'habitude, parce qu'il avait neigé pendant la nuit. Elle glissa sur une plaque de verglas devant l'école, et se retrouva assise par terre. Mais, au lieu de pleurer, cette fois, elle éclata de rire.

Quelques secondes plus tôt, elle avait dit bonjour à Baxter, qui se retourna au bruit de sa chute.

— Qu'est-ce qui s'est passé ?

— Je suis tombée.

— Encore ? Tu es vraiment balourde !

Ils riaient toujours, quand quelqu'un lui saisit la main pour l'aider à se relever. C'était une main ferme et forte.

— Il est interdit de faire de la luge devant l'institut, mademoiselle Adams ! railla une voix masculine. Pour cela, vous devez aller à Central Park.

Tout d'abord, elle ne reconnut pas l'homme qui l'aidait à se relever. Elle venait de s'apercevoir que le fond de son pantalon était trempé et elle se demandait ce qu'elle allait faire, puisqu'elle n'avait pas de quoi se changer. Et puis, elle se rappela. C'était Brad Parker, le directeur de l'institut. Elle ne l'avait pas croisé depuis son premier jour d'école.

Comme ils étaient en retard, Baxter lui dit qu'il la retrouverait en cours.

— Dépêche-toi ! lança-t-il en s'éloignant.

— J'ai cru comprendre que vous étiez amis, remarqua aimablement Brad.

Glissant la main de la jeune femme sous son bras, il l'entraîna à l'intérieur du bâtiment.

— J'adore Baxter, répondit-elle. Nous sommes tous les deux artistes et nous avons tous les deux été victimes d'un accident cette année.

— Ma mère occupait ses loisirs à peindre, lui confia Brad. Elle était danseuse à l'Opéra de Paris, mais elle a eu un accident de voiture lorsqu'elle avait vingt ans. Cette tragédie a mis fin à ses deux passions, ce qui ne l'a pas empêchée d'accomplir des choses formidables par la suite.

Le nombre de vies détruites par des accidents de la route était absolument incroyable, pensa Annie. Elle avait fait la connaissance de plusieurs personnes qui en avaient été victimes comme elle, à l'institut. Et certaines d'entre elles étaient des artistes. L'institut accueillait huit cents étudiants, tous avec des histoires et des parcours différents.

— Qu'est-ce qu'elle a fait ? demanda-t-elle poliment.

— Elle a enseigné la danse. Elle était très douée pour cela. À trente ans, elle a rencontré mon père, mais elle a continué à donner des cours. Mon père était aveugle de naissance, mais elle lui a quand même appris à danser, précisa-t-il avec un petit rire. Son souhait le plus cher était de fonder une école comme celle-ci. J'ai exaucé son souhait après sa mort. Nous avons des cours de danse, ici : danse classique et danse de salon. Vous devriez vous y mettre, cela vous plairait peut-être.

— Ça n'a rien d'amusant, quand on ne voit pas.

— Les étudiants qui s'y inscrivent semblent les apprécier, répondit-il sans se laisser démonter.

Il remarqua qu'elle tâtait le fond de son pantalon.

— Nous avons une penderie remplie de vêtements de rechange qui servent dans des moments comme celui-ci, dit-il. Je vais vous y conduire. Vous ne serez pas à l'aise, si vous portez ce jean mouillé toute la journée.

La voix était agréable, le ton décontracté et il semblait avoir le sens de l'humour. Il avait l'air heureux et plutôt sympathique, décida-t-elle. Dans le genre paternel, bien entendu. Elle se demanda quel âge il avait. Elle devinait qu'il ne devait pas être jeune, mais elle pouvait difficilement lui poser la question.

Il l'emmena dans une réserve remplie de vêtements, située au premier étage. On les donnait aux étudiants boursiers ou on les prêtait dans des occasions comme celle-ci. Il la toisa des pieds à la tête, avant de lui tendre un jean.

— Je crois que cela devrait aller. Il y a une cabine d'essayage derrière un rideau, dans le coin. Je vais vous attendre.

Un peu gênée, elle enfila le pantalon, qui était un peu trop grand, mais sec. Quand elle sortit de la cabine, elle ressemblait à une pauvre orpheline.

— Vous me permettez de retrousser les jambes ? demanda-t-il en riant. Sans cela, vous risquez de tomber.

— Bien sûr, dit-elle avec embarras. Merci, ajouta-t-elle quand ce fut fait. J'envisageais de rentrer chez moi pour me changer à l'heure du déjeuner.

— Entre-temps, vous auriez attrapé froid.

— Vous parlez comme ma sœur, lança-t-elle en riant. Elle s'inquiète toujours à l'idée que je pourrais me faire mal, faire une mauvaise chute ou tomber malade. Une vraie mère !

— Ce n'est pas vraiment une mauvaise chose. Nous avons tous besoin d'une mère. J'ai perdu la mienne il y a vingt ans, pourtant elle me manque encore.

— Maman est morte en juillet, dit-elle très bas.

— Je suis désolé… Ça n'a pas dû être facile.

Toutes les quatre appréhendaient de passer les fêtes de Noël sans leur mère, même si le week-end de Thanksgiving s'était bien déroulé. Elles en avaient discuté en se partageant ses vêtements.

— J'ai perdu mes deux parents à la fois, lui dit Brad lorsqu'ils sortirent de la réserve. L'avion dans lequel ils se trouvaient s'est écrasé. Vous mûrissez très vite, lorsqu'il n'y a plus personne entre vous et l'au-delà.

— Je n'y avais jamais pensé, dit-elle pensivement. Peut-être avez-vous raison, mais j'en ai moins conscience parce que j'ai encore mon père.

Ils étaient arrivés devant sa classe. Le matin, elle avait un cours de braille et, l'après-midi, elle suivait des cours de cuisine. Les étudiants étaient censés préparer un pain de viande, un plat qu'elle détestait. Par bonheur, Baxter suivait le même cours et ils prenaient toujours grand plaisir à faire les pitres. En revanche, elle savait très bien faire les petits-fours et le poulet rôti. Elle avait essayé les deux sur ses sœurs, qui avaient unanimement apprécié.

— Merci pour le jean, dit-elle, je vous le rapporterai demain.

— Quand vous voudrez, répondit-il aimablement. Je vous souhaite une bonne journée, Annie. Amusez-vous bien dans le bac à sable.

La plaisanterie la fit rire. Il avait un énorme avantage sur elle : il savait à quoi elle ressemblait, ainsi attifée. Elle ne le voyait pas, mais trouvait qu'il avait une voix sympathique.

Dès qu'elle se fut glissée à sa place, Baxter se mit à la taquiner sans pitié :

— Alors ? On se fait porter ses livres par le directeur de l'institut en personne, maintenant ?

— Tais-toi ! dit-elle en riant. Il m'a prêté un jean sec.

— Je vois… Et il t'a aidée à l'enfiler ?

— Arrête ! Bien sûr que non, mais il a retroussé les jambes, pour que je ne tombe pas.

Baxter émit un petit sifflement et continua de se moquer d'elle toute la matinée.

— On m'a dit qu'il était plutôt mignon.

— Je crois qu'il est vieux, répliqua Annie.

Brad Parker ne l'avait pas draguée, il s'était simplement montré serviable et avait joué son rôle de directeur.

— D'ailleurs, ajouta-t-elle, je ne me rappelle pas que tu aies offert de m'aider, quand je suis tombée.

— Je suis aveugle, nigaude.

— Ne me traite pas de nigaude !

Ils se chamaillaient comme des enfants de douze ans et le professeur dut les rappeler à l'ordre.

Un peu plus tard, Baxter déclara :

— Je crois qu'il a trente-huit ou trente-neuf ans.

Concentrée sur la correction de ses devoirs en braille, elle découvrait avec mécontentement qu'elle avait fait beaucoup d'erreurs.

— Qui ça ? demanda-t-elle distraitement.

— M. Parker. Je crois qu'il a trente-neuf ans.

— Qu'est-ce que tu en sais ?

— Je sais tout. Divorcé, sans enfants.

— Et alors ? Qu'est-ce que tu veux que ça me fasse ?

— Peut-être qu'il craque pour toi. Tu ne le vois pas, mais il te voit. Il y a au moins trois personnes qui m'ont dit que tu es ravissante.

— Elles t'ont menti. J'ai trois têtes et un double menton sur chaque. Et non, il ne m'a pas draguée, il a juste été *gentil*.

— Je ne crois pas en la *gentillesse* entre hommes et femmes. On est intéressé ou on ne l'est pas. Il l'est peut-être.

— De toute façon, je m'en moque. Je n'ai que vingt-six ans, et trente-neuf, c'est trop vieux.

— Tu as raison, c'est trop vieux, répondit Baxter d'une voix neutre.

Et ils se remirent au braille.

Quand Annie rentra de l'institut, en fin d'après-midi, ses sœurs n'étaient pas à la maison et Mme Shibata s'apprêtait à partir. Annie nourrit les chiennes, puis elle se mit à ses devoirs. Elle travaillait encore quand Tammy arriva, à 19 heures. Dès qu'elle eut franchi la porte, elle ôta ses bottes en soupirant, gémit qu'elle était épuisée et demanda à Annie comment s'était passée sa journée.

— Pas mal, répondit-elle.

Elle ne précisa pas qu'elle était tombée. Elle ne voulait pas inquiéter ses sœurs, qui craignaient toujours pour elle un choc sur la tête. Après l'opération qu'elle avait subie cinq mois auparavant, ce n'était pas vraiment recommandé. Sabrina arriva une demi-heure plus tard. Elle leur demanda aussitôt si elles avaient eu des nouvelles de Candy. Elle l'avait appelée plusieurs fois sur son portable, mais à chaque fois elle avait eu le répondeur.

— Elle doit travailler, dit Tammy lorsqu'elles passèrent à table pour le dîner.

Candy n'était plus un bébé, après tout, même si elles la traitaient comme telle. Il ne fallait pas oublier qu'elle menait sa carrière de main de maître.

— Elle ne t'a pas dit ce qu'elle comptait faire, aujourd'hui ? demanda-t-elle à Annie.

Celle-ci secoua la tête, puis la mémoire lui revint.

— Je crois qu'elle avait une séance photo, cet après-midi. Elle devait passer à la maison dans la matinée pour prendre son book, avec toutes ses affaires.

D'ordinaire, elle emportait un sac rempli de produits de maquillage, lorsqu'elle travaillait.

— Elle l'a fait ? demanda Sabrina.

— Je n'en sais rien, puisque j'étais à l'institut.

— Je vais voir.

Sabrina monta en courant dans la chambre de Candy. Le book et l'immense sac Hermès en crocodile rouge étaient toujours là. Il lui arrivait aussi d'y fourrer Zoé, mais Zoé n'avait pas quitté la maison. Elle se demanda si elle devait appeler l'agence de Candy, mais elle ne voulait pas donner l'impression de la surveiller. Candy serait furieuse contre elle, même si ses intentions étaient bonnes. Elles l'étaient, d'ailleurs, puisqu'elle s'inquiétait pour sa petite sœur.

— Eh bien ? demanda Tammy lorsqu'elle redescendit.

— Toutes ses affaires sont dans sa chambre.

Lorsqu'elles tentèrent de joindre Candy après le dîner, elles n'obtinrent que le répondeur. Sabrina regrettait de ne pas lui avoir demandé le numéro de Marcello. Elle n'avait que son adresse et pouvait difficilement sonner à sa porte pour lui demander où était sa sœur. Il habitait dans un quartier sûr, mais cela ne voulait rien dire. À minuit, elles n'avaient toujours pas de nouvelles. Tammy et Sabrina étaient toujours debout, mais Annie était allée se coucher.

— Je détesterais être mère, constata Sabrina. Je suis mortellement inquiète pour elle.

Sans vouloir l'admettre, Tammy commençait aussi à se faire du souci. Cela ne ressemblait pas à Candy de disparaître ainsi sans prévenir. Elles ne savaient que faire. Tammy se rappela alors que l'agence disposait d'un numéro d'urgence pour les mannequins qui avaient des problèmes. Certaines d'entre elles étaient très jeunes, elles pouvaient venir de province ou de la campagne, avoir besoin de conseils. Tammy finit par le trouver dans le carnet d'adresses de Candy. Elle composa le numéro et tomba sur une permanence téléphonique. Elle demanda qu'on transmette son appel à la directrice de l'agence. Deux minutes plus tard, une voix ensommeillée lui répondit. C'était Marlene Weissman en personne.

Tammy s'excusa de l'appeler à une heure aussi tardive avant de lui faire part de son inquiétude au sujet de sa sœur, Candy Adams. Elle n'était pas rentrée de la nuit et n'avait pas donné de ses nouvelles depuis qu'elle était partie rejoindre un ami.

Marlene Weissman fut immédiatement en alerte.

— Elle ne s'est pas présentée à sa séance photo, aujourd'hui. Cela ne lui était jamais arrivé. Avec qui devait-elle sortir ?

— C'est un prince italien beaucoup plus âgé qu'elle, Marcello di Stromboli. Ils devaient se rendre à une soirée sur la Cinquième Avenue.

Marlene était tout à fait réveillée, maintenant. Elle parla vite et clairement :

— Cet homme est un imposteur et un menteur. Il s'en prend tout particulièrement aux mannequins. Il a maltraité deux de mes filles et il a eu des problèmes avec la justice. J'ignorais qu'il sortait encore avec Candy, sinon je serais intervenue. D'ordinaire, il les choisit plus jeunes.

— Il y a eu plusieurs articles sur eux, dans les journaux.

— Oui, mais je pensais qu'il s'était lassé. C'est ce qui arrive, la plupart du temps. Vous savez où il habite ?

— Elle nous a donné une adresse.

Elle la transmit à Marlene, qui déclara :

— On se retrouve là-bas dans vingt minutes. Il peut très bien la retenir chez lui, droguée ou pire encore. Vous avez un petit ami ou un mari ?

— Ma sœur en a un.

— Venez avec lui. Si ce type ne nous laisse pas entrer, nous appellerons la police.

Sabrina téléphona à Chris, qui dormait. Dès qu'elle lui eut expliqué ce qui se passait, il promit de passer les prendre en taxi une dizaine de minutes plus tard. Tammy se demanda s'il fallait aussi réveiller Annie, qui dormait profondément. Finalement, elles n'en firent rien et enfilèrent leurs gros manteaux et leurs bottes. La neige tombait dru quand Chris arriva. Malgré cela, il avait eu la chance de trouver un taxi à minuit et demi. En dépit de la chaussée glissante, ils furent à l'adresse de Marcello en dix minutes. Marlene s'y trouvait déjà, enveloppée dans un manteau de vison par-dessus son jean. C'était une belle femme aux cheveux gris, d'environ soixante ans, à la voix douce.

Elle s'adressa au portier avec autorité. Le prince les attendait, lui dit-elle, il était inutile de le prévenir. Elle était tellement intimidante qu'il la crut, encouragé en cela par un billet de cent dollars. Il les fit entrer tous les quatre dans l'immeuble, précisant que l'appartement du prince se trouvait au cinquième étage. Ils n'échangèrent pas un mot dans l'ascenseur. Le cœur battant la chamade, Tammy observait Marlene, dont les cheveux étaient réunis en un chignon strict. Elle était d'une parfaite élégance, dans son manteau de vison.

— Je n'aime pas ça du tout, murmura cette dernière.

— Nous non plus, répondit Sabrina en serrant très fort la main de Chris.

Encore légèrement endormi, celui-ci doutait un peu de la légitimité de leur action. Il lui semblait évident que si Candy était là, c'était qu'elle voulait y être et qu'elle serait furieuse contre les quatre intrus qui venaient la secourir. Quoi qu'il en soit, la scène qui allait suivre risquait d'être intéressante.

Un instant plus tard, ils arrivèrent devant la porte de l'appartement.

— Dites que vous êtes de la police, chuchota Marlene à l'oreille de Chris.

Il sursauta. La suggestion ne l'enthousiasmait guère. Il commençait à penser qu'ils allaient tous se retrouver sous les verrous.

— Je suis avocat, souffla-t-il, et je ne suis pas certain que ce soit bien raisonnable. Je peux être poursuivi pour usurpation d'identité.

— Marcello risque d'être inculpé pour un motif beaucoup plus grave, répliqua-t-elle.

Avec le sentiment de commettre une bêtise, il appuya sur la sonnette. Lorsqu'une voix masculine se fit entendre, de l'autre côté de la porte, il joua la petite comédie imaginée par Marlene.

— Ouvrez ! Police ! ordonna-t-il d'une voix ferme.

De l'autre côté, on hésita longuement avant de déverrouiller la porte, qui s'entrouvrit. La chaîne était toujours en place.

Chris prit une expression sévère.

— J'ai un mandat d'arrestation vous concernant.

Sabrina le regarda, les yeux ronds. Les choses allaient peut-être un peu trop loin.

— Pour quel motif ? s'enquit Marcello d'une voix ensommeillée.

— Pour enlèvement et séquestration. Nous pensons aussi que vous détenez de la drogue dans cet appartement.

Marcello ne pouvait voir les femmes, qui se tenaient derrière Chris.

— C'est ridicule ! dit-il en enlevant la chaîne. Et qui aurais-je enlevé, selon vous, inspecteur ?

Il n'avait pas demandé à Chris de lui montrer son badge. Vêtu d'un manteau sombre, ce dernier incarnait parfaitement son personnage. Il était athlétique, en parfaite forme physique, et s'il le voulait, il pouvait être très imposant. Et justement, il le voulait, même s'il pensait que la démarche était insensée. Mais il le faisait pour Sabrina. La porte s'ouvrit largement. Chris entra immédiatement dans l'appartement, de sorte que Marcello ne puisse plus la refermer. Il avait sur l'Italien un énorme avantage : il était plus grand, plus lourd et plus musclé.

Marlene entra immédiatement derrière lui. Elle n'y alla pas par quatre chemins :

— La dernière fois, je ne vous ai pas traîné devant les tribunaux parce que la petite avait dix-sept ans et que l'épreuve aurait été trop pénible pour elle. Ce n'est plus le cas, aujourd'hui. La jeune femme que vous avez enlevée est parfaitement en mesure de porter plainte contre vous et moi aussi. Alors, où est-elle ?

Marcello était très pâle. Il était clair qu'il connaissait et haïssait Marlene.

— Où est qui ? demanda-t-il.

— Retenez-le, ordonna Marlene à Chris.

Sur ces mots, elle s'engouffra dans l'appartement comme s'il lui appartenait.

— C'est moi qui vais porter plainte contre vous ! hurla Marcello. Vous avez forcé ma porte.

— Vous nous avez autorisés à entrer, répliqua-t-elle.

Chris observait l'homme avec attention. Ignorant la présence de Tammy et de Sabrina, il voulut se lancer aux trousses de Marlene. Mais il était trop tard. Obéissant à son intuition, elle avait déjà ouvert la porte de la chambre et trouvé Candy. Étendue sur le lit, les membres attachés aux quatre coins du lit et bâillonnée, elle était inconsciente et comme morte. Quand les autres rejoignirent Marlene dans la chambre, Marcello sembla pris de panique. Candy était nue, les jambes écartées, certaines parties de son corps sérieusement meurtries. Tandis que Sabrina et Tammy se mettaient à hurler, Chris saisit Marcello au collet et le plaqua contre un mur.

— Espèce de salaud, siffla-t-il entre ses dents. Si elle est morte, je te jure que je te tue.

Tout en sanglotant, Sabrina aida Marlene à défaire les liens. Candy était toujours évanouie. Les mains tremblantes, Tammy appela les secours et s'efforça de décrire la situation. Elle pouvait à peine respirer. Marlene avait pris le pouls de Candy. La jeune femme était vivante, mais sa tête tomba sur sa poitrine lorsqu'ils la redressèrent pour l'envelopper dans un drap. À l'autre bout du fil, on informa Tammy qu'une ambulance arrivait dans cinq minutes.

— Appelle la police, dit Chris à Tammy sans lâcher Marcello.

— Ils arrivent avec l'ambulance, répondit Tammy d'une voix tremblante.

— Elle a été droguée, murmura Marlene. Il voulait peut-être la tuer, mais il n'en a pas eu le temps. Sa dernière victime a subi des sévices encore plus graves.

Le hurlement des sirènes se fit entendre et, un instant plus tard, les policiers et les ambulanciers firent irruption dans la pièce. Ces derniers examinèrent Candy, posèrent un masque à oxygène sur son visage et lui firent une perfusion. Puis ils la mirent sur un brancard et quittèrent les lieux, Tammy et Sabrina sur les talons. Pendant ce temps, les policiers passaient les menottes aux poignets de Marcello, tandis que Chris et Marlene leur exposaient les faits. Quelques minutes plus tard, ils sortirent à leur tour de l'appartement.

— En arrivant, je ne m'attendais pas à cela, confia Chris à Marlene d'une voix éteinte.

— Je le craignais, répliqua-t-elle, mais j'espérais me tromper.

Quand Marcello fut emmené par la police, l'ambulance était déjà partie avec les trois sœurs. Chris et Marlene prirent un taxi pour les rejoindre à l'hôpital.

Le spectacle des urgences était sinistre. Il y avait des blessés par balles, deux personnes poignardées, un homme qui venait de mourir d'une crise cardiaque. Candy fut immédiatement emmenée en traumatologie. Sabrina et Tammy se dirigèrent vers la salle d'attente. Après ce qu'elles avaient vécu cet été, elles éprouvaient une sensation pénible de déjà-vu.

Mais, cette fois, quand le médecin vint leur parler, il leur apporta des nouvelles qui, sans être bonnes, étaient moins catastrophiques qu'elles ne le craignaient. Comme on pouvait s'y attendre, Candy avait été violée. Ses contusions étaient superficielles, elle n'avait rien de cassé et elle avait été fortement droguée. Il lui faudrait vingt-quatre heures pour reprendre conscience, mais ensuite, elle pourrait rentrer chez elle. On avait pris des photos de ses contusions, pour la police. Il n'y aurait pas de séquelles physiques, en revanche le traumatisme psychique était certainement important. Le seul point positif était qu'elle était sans doute inconsciente quand Marcello lui avait fait subir ces sévices et qu'elle n'en garderait aucun souvenir.

En l'écoutant, Sabrina et Tammy pleurèrent, tandis que Chris et Marlene avaient des envies de meurtre.

— Vous n'imaginez pas combien de mannequins sont victimes de ce genre d'individus, dit tristement Marlene. D'ordinaire, ce sont les plus jeunes d'entre elles, parce qu'elles ne savent pas se protéger.

— Candy pensait que c'était un type formidable, constata Tammy en s'essuyant les yeux.

La police leur avait dit qu'on les interrogerait tous dans la matinée. Tammy suggéra à Sabrina et à Chris de rentrer pour mettre Annie au courant. Marlene insista pour rester, et les deux femmes veillèrent Candy toute la nuit en parlant tout bas des êtres malfaisants qui peuplent le monde.

Candy commença à s'agiter vers 10 heures du matin. Elle ignorait où elle était et ce qui était arrivé. Tout ce qu'elle savait, c'était qu'elle avait mal partout et en particulier « vers le bas », comme elle disait.

— Où est Marcello ? demanda-t-elle en regardant autour d'elle.

Elle se rappelait seulement avoir dîné avec lui dans son appartement. C'est alors qu'il avait dû en profiter pour la droguer.

— En prison, où est sa place, répliqua Marlene en lui caressant doucement les cheveux.

Elle sortit de l'hôpital quelques minutes plus tard, l'air fatiguée et déprimée, mais satisfaite de savoir Candy en sécurité.

Candy put rentrer à la maison en fin de journée. Tammy avait prévenu ses collaborateurs qu'elle ne travaillerait pas ce jour-là. Sabrina passa les prendre après avoir quitté le cabinet. Annie savait ce qui s'était passé et elles étaient toutes les trois secouées. Sabrina avait aussi appelé la psychiatre de Candy et lui avait tout raconté. La thérapeute lui recommanda une collègue spécialisée dans le traitement des traumatismes. Candy pleura pendant tout le trajet du retour. Elle ne se souvenait de rien, sauf du visage de Marcello quand la torpeur s'était emparée d'elle.

Les policiers avaient interrogé Chris et Sabrina avant qu'ils ne partent travailler ; ensuite ils s'étaient rendus à l'hôpital pour prendre les dépositions de Tammy et de Marlene. À ce moment, Candy était encore inconsciente. On retint contre Marcello les charges d'enlèvement, séquestration, violences, viol et empoisonnement. La peine maximale serait requise contre lui. Le juge avait fixé sa caution à cinq cent mille dollars, mais l'un de ses amis l'avait payée dans la nuit et il était libre. Libre de recommencer.

Sabrina et Tammy dorlotèrent Candy de toutes les façons possibles. Ses lèvres étaient meurtries, ses yeux gonflés, ses seins portaient des traces de coups et elle avait du mal à s'asseoir. Aucune d'entre elles n'oublierait jamais ce qui s'était passé.

— Après cela, déclara Tammy d'une voix lugubre, je crois que je suis définitivement dégoûtée des hommes.

— Je ne dirais pas cela, répondit Sabrina, mais c'est la preuve qu'il faut se montrer extrêmement prudente dans ses choix.

Lorsqu'elle vint les voir, Marlene leur répéta combien d'individus extrêmement dangereux rôdaient autour des jolies filles. Cela rappela à Sabrina qu'Annie était extrêmement vulnérable. Non seulement elle était jeune et belle, mais elle était aveugle. À sa façon, Candy l'avait été aussi puisque, sous le masque charmeur de Marcello, elle n'avait pas discerné le démon qu'il était.

À la fin de la semaine, elle fut de nouveau sur pied. Marlene lui conseilla de prendre quelques semaines de congé, jusqu'à ce que les bleus aient disparu. Elle allait voir sa thérapeute tous les jours, mais elle ne se souvenait de rien. En revanche, Sabrina, Tammy et Chris n'oublieraient jamais ce qu'ils avaient vu lorsqu'ils l'avaient trouvée. Les deux jeunes femmes étaient profondément reconnaissantes à Marlene d'avoir réagi avec une telle promptitude. D'une certaine façon, Candy avait eu de la chance. Au grand soulagement de tous, Marcello fut extradé à la fin de la semaine vers l'Italie, où il devait répondre de faits tout aussi graves. Marlene avait usé de ses relations pour accélérer la procédure. Il n'y eut pas de scandale, pas de convocations au tribunal ou d'articles dans les journaux. Marcello allait être condamné dans son propre pays et Candy ne le reverrait plus jamais.

22

Le dernier jour de cours avant les vacances de Noël, Brad Parker aborda Annie dans le hall d'entrée pour lui dire au revoir.

— Joyeux Noël, Annie !

Il savait pourtant que celui-ci serait bien différent des autres années, pour elle. Pour la première fois, il transgressa la règle qu'il s'était lui-même fixée. Il pensait à elle depuis le jour où il lui avait prêté un jean. Il la trouvait charmante, intelligente, sympathique et très mûre pour son âge. Et elle avait subi bien des épreuves, cette année. Davantage, d'ailleurs, qu'il ne s'en doutait, car elle avait été très secouée par ce qui était arrivé à Candy.

— Je me demandais si vous accepteriez de prendre un café avec moi, pendant les vacances, lui dit-il.

Étonnée, ne sachant que dire, elle accepta. En face de lui, elle se sentait redevenir une enfant.

— Je dois avoir votre numéro de téléphone, dans votre dossier, dit-il. Je vous passerai un coup de fil. Je ne sais pas si vous aimez les gâteaux, mais moi, j'adore les sucreries. Je connais un restaurant, le Serendipity, qui propose des desserts fabuleux.

— Très volontiers.

La proposition semblait dénuée de danger. Il n'allait pas l'agresser au-dessus d'un chocolat chaud et d'une tarte aux pommes. Ses sœurs elles-mêmes n'y verraient rien à redire.

En réalité, le soir où il l'appela, elles furent prises de délire et se mirent à crier comme des gamines. Annie se hâta de raccrocher, mais elles avaient bien compris que Brad et elle se donnaient rendez-vous.

— Tu me dois cent dollars, merci, dit Sabrina en tendant la main.

— Pourquoi ? protesta Annie.

— Nous avons fait un pari, en juillet. Je pensais qu'un homme t'inviterait à sortir dans les six mois et tu étais persuadée du contraire. Nous avons parié cent dollars. C'était il y a exactement cinq mois et une semaine. Aboule le fric !

— Une minute ! Je prends simplement un café avec le directeur de mon école.

— Tu parles ! s'écria Sabrina. Les détails n'étaient pas spécifiés. Un homme t'a invitée, point final.

— Ça n'a rien à voir ! dit fermement Annie.

Se rangeant au côté de Sabrina, Candy et Tammy la sommèrent de payer.

Candy était relativement en forme. Ses bleus s'atténuaient et elle avait plutôt bon moral. Heureuses de savoir Marcello de l'autre côté de l'océan, elles attendaient toutes Noël avec impatience. Désormais, elles pouvaient penser à autre chose et, justement, Brad Parker tombait à point. Son irruption dans la vie d'Annie les transportait de joie.

Il proposa de passer la prendre, mais elle préféra le retrouver au restaurant. Ainsi qu'il l'avait dit, les desserts étaient fabuleux. Annie choisit un mochaccino glacé : une glace au café et au chocolat, nappée de crème Chantilly. Pour sa part, Brad commanda un délicieux cocktail à l'abricot. Pour finir, ils partagèrent une tarte à la crème à la noix de pécan.

Repue, Annie s'appuya au dossier de sa chaise. Elle avait l'impression qu'elle allait exploser.

Il lui décrivit le restaurant au charme tout victorien, avec ses lampes Tiffany, ses vieilles tables de fer forgé et ses drôles d'objets à vendre. Il lui raconta que, dans son enfance, il fréquentait cet endroit avec sa mère. Annie en avait entendu parler, mais elle n'y était jamais venue.

Ils parlèrent d'art, de l'Italie, de leurs séjours respectifs à Florence et à Rome. Il se débrouillait encore assez bien en italien, mais elle lui avoua qu'elle commençait à se rouiller de ce côté-là. Il lui dévoila ses projets. Il souhaitait ouvrir de nouveaux centres pour aveugles dans d'autres villes. Elle dut admettre, à contrecœur, que le stage ne lui était pas inutile.

— Désormais, je sais faire cuire un poulet et confectionner des petits-fours, dit-elle en riant.

— J'espère que notre enseignement ne se borne pas à cela. Pourquoi ne vous inscrivez-vous pas en cours de sculpture ? Nos étudiants l'apprécient. Je m'y suis essayé, mais je ne suis pas très doué dans les matières artistiques.

— Moi non plus, désormais, dit-elle tristement.

— J'en doute. Le cerveau humain trouve de nouvelles voies quand il y est contraint. Cela pourra vous plaire, vous verrez.

Ils passèrent un très bon moment ensemble et abordèrent une multitude de sujets. Puis il la raccompagna jusque chez elle. Au moment de le quitter, elle eut l'impression qu'elle se montrerait impolie si elle lui disait au revoir sur le trottoir. Elle l'invita donc à entrer, sachant que Candy et Mme Shibata étaient là. Il accepta en précisant qu'il ne resterait pas longtemps, car il devait faire ses achats de Noël.

Mme Shibata passait l'aspirateur, qui faisait un bruit infernal. La chaîne hi-fi de Candy braillait si fort qu'on s'entendait à peine, les trois chiennes aboyaient et le téléphone sonnait. Juanita tenta aussitôt de mordre la cheville de Brad. Mme Shibata débrancha l'aspirateur et s'inclina très bas, juste au moment où Candy apparaissait sur le palier, uniquement vêtue d'un bikini et d'un chapeau de Noël rouge à pompon, orné de clochettes.

— Salut, cria-t-elle du haut de l'escalier.

Là-dessus, elle courut vite enfiler son peignoir, pour que leur hôte ne voie pas ses bleus.

— C'est ma sœur Candy, expliqua Annie. Elle porte des vêtements ? Avec elle, on ne sait jamais.

— Elle est coiffée d'un chapeau de Noël et elle est en bikini.

— Ce n'est déjà pas mal. Il lui arrive d'en avoir encore moins sur le dos. Je suis désolée, pour les chiennes.

— Pas de problème, j'adore les chiens.

— Pas moi. Mais on finit par s'habituer, avec le temps. La plupart du temps, on se croirait dans un asile de fous, ici. Surtout quand nous y sommes toutes les quatre.

— Vous vivez toujours ensemble ?

Brad était fasciné. Il régnait dans cette maison une atmosphère chaude et accueillante. On devinait que ses occupantes s'aimaient et on avait envie de rester. Il fit part de ses impressions à Annie, qui en fut touchée.

— Elles ont fait ça pour moi, expliqua-t-elle. Elles ont loué cette maison pour un an, afin de m'aider à m'organiser. Tammy vivait à Los Angeles où elle avait une carrière fantastique, mais elle a démissionné. Maintenant, elle produit une émission de téléréalité. Les participants essaient de s'entretuer au moins une fois par semaine. Ça s'appelle *Ce couple peut-il être sauvé ? À vous de choisir !*

— Seigneur, j'ai vu cette émission ! Elle est horrible !

— Oui, dit fièrement Annie. Ma sœur Tammy en est la productrice.

Lorsqu'elle lui donna le nom de la série que Tammy produisait auparavant, Brad fut impressionné par l'ampleur du sacrifice.

— Ma sœur Sabrina est avocate à New York, continua Annie. Chris, son petit ami, habite de temps en temps avec nous. Il est avocat, lui aussi. Pour ma part, je vivais à Florence et il se peut que j'y retourne, je n'ai pas encore pris de décision. J'ai gardé mon appartement, parce que le loyer est très peu élevé. Ma sœur Candy se balade un peu partout dans le monde. Elle est mannequin.

— Candy ? *La* Candy ? Celle qui figure sur la couverture de *Vogue* quasiment tous les mois ?

Il la fixait avec stupéfaction. Annie avait une famille de surdouées, agrémentée d'une troupe de chiens turbulents.

— Vous l'avez vue tout à l'heure. C'était elle en bikini et chapeau de Noël sur la tête. Elle a pris quelques semaines de congé.

Annie n'en donna pas la raison. Cela ne le regardait pas et aucune d'entre elles ne comptait divulguer que Candy avait été victime de sévices. En dehors de la famille, Chris et Marlene étaient les seules personnes à le savoir. Elles ne comptaient même pas le dire à leur père, qui avait suffisamment subi d'épreuves comme cela.

— Quelle famille ! s'exclama Brad avec admiration. Ça doit être formidable !

— C'est vrai, admit Annie, souriant de bonheur. Au début, j'étais un peu réticente, mais nous nous entendons très bien.

— Qu'est-ce qui est formidable ? demanda Candy en se joignant à eux.

— De vivre ensemble, expliqua Annie. Tu t'es habillée ?

— Oui, répondit Candy en riant. J'ai passé un peignoir et je porte toujours mon chapeau de Noël. Je trouve que nous devrions acheter le sapin ce soir.

En dépit de ce qui lui était arrivé, la perspective de Noël la remplissait de joie. Elle pensait avoir beaucoup de chance d'avoir survécu.

Brad ne pouvait s'empêcher de la fixer. Il n'avait jamais vu une femme aussi belle. Candy était totalement décontractée et dénuée de toute prétention. Elle ressemblait à toutes les filles de son âge, sauf qu'elle était fabuleuse. Mais, aux yeux de Brad, Annie l'était tout autant. Elle était plus petite et attirait sans doute moins les regards, mais il adorait ses cheveux auburn et cette coupe qui la faisait ressembler à un elfe.

— J'ai décoré le mien hier soir.

Candy l'invita à descendre à la cuisine pour boire une tasse de thé. Il hésita un instant, mais l'envie de passer quelques instants en leur compagnie fut la plus forte. Lorsqu'ils arrivèrent au sous-sol, une odeur horrible assaillit leurs narines.

— Seigneur ! s'écria Candy.

— Mme Shibata mange encore ses affreux pickles, expliqua Annie à Brad. Ils sentent la putréfaction.

La folie qui régnait ici le fit rire. À leur vue, Mme Shibata s'inclina très bas, avant de ranger son pot de pickles. Elle venait de déposer des algues dans les gamelles des chiens, et Candy s'empressa de les faire disparaître.

— La nourriture de Mme Shibata les rend malades, précisa-t-elle pour Brad.

— Je croyais que vous n'aimiez pas les chiens, dit-il à Annie.

— C'est vrai, mais ils ne m'appartiennent pas. À part moi, tout le monde possède un chien, dans cette maison.

— La mienne s'appelle Zoé, dit Candy en prenant le yorkshire dans ses bras.

L'air offensée, Beulah leur tourna le dos. Brad se pencha pour jouer avec elle, tandis que Juanita en profitait pour l'attaquer une seconde fois. Elle finit pourtant par abandonner et lui lécha la main.

— Vous devriez en avoir un, vous aussi, dit-il à Annie.

Il le lui avait suggéré un peu plus tôt, mais elle n'était pas enthousiaste. Elle avait cependant admis que si elle avait un chien d'aveugle, son handicap serait immédiatement reconnu partout où elle irait. Jusqu'à maintenant, elle pliait sa canne dès qu'elle se trouvait dans un endroit public. C'était une coquetterie à laquelle elle ne parvenait pas à renoncer.

Brad les quitta un peu plus tard, enchanté de cette visite. Il avait été ravi de rencontrer Candy et avait apprécié de discuter avec Annie. Désormais, il avait hâte de rencontrer les autres sœurs. Le lendemain, il appela Annie et l'invita à dîner trois jours plus tard, juste avant leur départ pour le Connecticut, où elles devaient passer les fêtes de Noël. Annie hésita quelques secondes avant d'accepter. Elle trouvait un peu effrayant de sortir avec un homme qu'elle ne pouvait voir, mais il lui plaisait.

Sabrina rentra peu après le coup de fil de Brad. Dès qu'elle se fut assise, Annie marcha droit sur elle et déposa cinq billets de vingt dollars sur ses genoux.

— Tu as gagné au loto ?

— Ce n'est pas ton problème ! grommela Annie.

Elle prit une mine excédée, alors qu'en réalité la perspective de ce dîner la ravissait et l'excitait.

Comprenant qu'elle avait gagné son pari, Sabrina éclata de rire.

— Je te l'avais dit ! cria-t-elle.

Pour toute réponse, Annie claqua la porte de sa chambre derrière elle.

23

Le soir du dîner, ses trois sœurs aidèrent Annie à s'habiller. Elle essaya quatre tenues différentes, chacune ayant sa propre idée sur ce qu'elle devait porter pour un premier rendez-vous. Toutes y allèrent de leurs conseils : il lui fallait des hauts talons, des ballerines, quelque chose de simple ou au contraire d'un peu plus sophistiqué, un pull sexy, des tons pastel, avec une fleur dans les cheveux, des boucles d'oreilles, pas de boucles d'oreilles… Pour finir, Candy choisit un pull en cachemire bleu pâle avec une jupe grise, des bottes à talons plats pour qu'elle ne tombe pas en entrant dans le restaurant, et des boucles d'oreilles qui avaient appartenu à leur mère. Cette tenue toute simple mettait en valeur la jeunesse et la beauté d'Annie, sans pour autant donner l'impression qu'elle voulait séduire Brad. Elles étaient en train de l'admirer, lorsqu'il sonna à la porte. Il se retrouva immédiatement entouré par les quatre sœurs et les trois chiennes.

— Quel comité d'accueil ! s'exclama-t-il avec plaisir.

Annie le présenta pour la première fois à Sabrina et à Tammy. Deux minutes plus tard, Chris arriva à son tour.

— Maintenant, vous connaissez tout le monde, dit Annie d'une voix heureuse.

Peu après, ils quittèrent la maison pour se rendre à pied dans un petit restaurant italien tout proche. Enveloppée dans la veste de vison prêtée par Candy, Annie se sentait très élégante pour sa première soirée en tête à tête avec un homme depuis des mois. Cela n'avait aucun rapport avec les soirées bohèmes qu'elle avait vécues avec Charlie, c'était... plus adulte. Pendant le dîner, Brad lui confia qu'il avait trente-neuf ans.

— Vous ne les faites pas, répondit-elle.

Ils se mirent à rire tous les deux et elle ajouta :

— Je devrais dire que votre voix ne les fait pas.

— Vous ne paraissez pas votre âge non plus. Au début, je vous croyais plus jeune. J'ai vérifié dans votre dossier, précisa-t-il, un peu gêné.

— Je vois ! Vous avez accès à certaines informations privées... C'est injuste. Vous en savez davantage sur moi que je ne peux en apprendre sur vous.

— Que voulez-vous savoir ?

— Tout. L'école que vous fréquentiez, les études que vous avez faites, le lieu où vous avez passé votre enfance, qui vous détestiez quand vous étiez en CM1, qui vous avez épousé et la raison de votre divorce.

Il parut surpris.

— Je vois que vous avez vos sources d'informations, vous aussi. Comment savez-vous que j'ai divorcé ?

— Quelqu'un me l'a dit, à l'institut, avoua-t-elle.

Mais sa curiosité était réelle. Puisqu'elle ne pouvait le voir, elle voulait entendre de sa bouche tous les détails de sa vie. Elle aurait sans doute souhaité les connaître de toute façon, mais parce qu'elle était aveugle, elle ne pouvait voir les expressions de son visage et ignorait s'il avait l'air triste, coupable ou nostalgique. C'était important, mais elle ne disposait que de ses oreilles pour écouter ce qu'il disait et percevoir la façon dont il le disait.

— Je me suis marié avec ma petite amie de la fac. Nous sommes restés ensemble pendant trois ans. C'est une fille très sympa. Elle a épousé quelqu'un d'autre et elle a trois enfants. Nos objectifs étaient très différents. Elle voulait faire une carrière à la télévision, comme votre sœur, alors que je souhaitais fonder une famille, sans doute parce que j'avais perdu mes parents très jeune. Le plus drôle, c'est qu'elle a des enfants, maintenant, mais elle les a eus ces quatre dernières années. J'avais vingt-cinq ans quand nous nous sommes séparés, il y a quatorze ans. À l'époque, nous nous en voulions beaucoup mutuellement. Elle avait le sentiment que je faisais pression sur elle, et moi, que je m'étais fait avoir. Nous avions grandi à Chicago, mais elle voulait vivre à Los Angeles alors que je souhaitais m'établir à New York pour y fonder mon institut. Elle n'appréciait pas du tout mon projet. Ces trois années ont été très tendues et pénibles pour nous deux.

— Pourquoi ne vous êtes-vous jamais remarié ?

— J'étais à la fois échaudé par cette première expérience et trop occupé pour y penser. J'ai énormément travaillé, pour ouvrir mon école. J'ai quand même vécu quatre ans avec une femme formidable, mais elle était française et voulait retourner dans son pays. D'une certaine façon, j'ai été marié avec l'école pendant seize ans. Elle a été mon enfant et mon épouse.

Le temps file vite, quand vous aimez ce que vous faites. C'est mon cas.

Annie pouvait le comprendre. Ses deux sœurs aînées s'investissaient totalement dans leur travail et elle-même avait nourri une véritable passion pour la peinture. Cela ne l'avait pas empêchée d'avoir des liaisons amoureuses, mais la vie sentimentale de Tammy était au point mort et celle de Sabrina en était elle aussi affectée. Elles étaient toutes les deux des bourreaux de travail, Brad en était peut-être aussi un. Ce genre de choix se payait parfois très cher.

— Et vous, Annie ? Pas d'homme dans votre vie ?

Elle émit un ricanement amer.

— J'avais un petit ami, à Florence, mais il m'a quittée pour une autre avant même de savoir que j'étais aveugle. Je croyais que c'était sérieux, mais je me trompais. Avant cela, j'avais eu une aventure, après la fac. Mais je mettais trop d'énergie dans la poursuite de mes études pour penser à autre chose. Maintenant que l'art m'est interdit, je ne sais pas trop ce que je vais faire.

L'espace de quelques secondes, elle parut accablée, puis elle haussa les épaules et regarda dans sa direction, bien qu'elle ne puisse pas le voir. Mais lui la voyait et il la trouvait ravissante. Sa franchise et sa sincérité le touchaient profondément, ainsi que son absence totale d'artifice.

— Vous le saurez un jour, affirma-t-il.

Elle était dynamique, travailleuse, passionnée et intelligente. Il n'y avait aucune raison pour qu'elle ne trouve pas sa voie. Il ne se faisait aucun souci à ce sujet.

Ils bavardèrent pendant toute la soirée et ne quittèrent le restaurant qu'au moment de la fermeture. Cette fois, elle ne l'invita pas à entrer, parce qu'il était tard et qu'elle ne se sentait pas prête à aller plus loin avec lui. Après l'avoir remercié, elle ouvrit la porte. Au moment de franchir le seuil, elle se retourna, lui sourit et lui souhaita un joyeux Noël. Elle regrettait de ne pouvoir voir son visage. Ses sœurs lui avaient dit qu'il était beau, grand et blond, avec de larges épaules. Elles trouvaient qu'ils formaient un très beau couple.

— Joyeux Noël à vous aussi, Annie, dit-il d'une voix étouffée. J'ai vraiment passé une bonne soirée.

— Moi aussi, répondit-elle avant de refermer la porte sur elle.

Rayonnante de bonheur, elle gagna sa chambre sur la pointe des pieds pour ne pas réveiller ses sœurs. Cette première soirée avait été une réussite et elle ne regrettait pas d'avoir perdu son pari.

Comme on pouvait s'y attendre, la dernière émission avant le congé de Noël fut démentielle. Les invités étaient hystériques, surexcités à l'approche des fêtes et encore plus agressifs que d'habitude vis-à-vis de leur conjoint. Un couple commença même à se tabasser, si bien qu'on dut interrompre le tournage pour faire passer des messages publicitaires. Pour la première fois, Désirée Lafayette fit une crise de nerfs après avoir reçu un coup de poing dans la figure. Elle avala un calmant, appela son avocat, menaça de faire un procès à la chaîne et réclama des dommages et intérêts.

Tammy s'efforça de calmer la psychologue :

— Finalement, notre couple de bagarreurs s'est réconcilié sur le plateau, lui dit-elle. C'est une magnifique victoire à porter à votre palmarès !

Comme si cela ne suffisait pas, tous les membres de l'équipe avaient la gueule de bois et souffraient de migraines après le pot de Noël qui avait eu lieu la veille.

— On mène décidément une vie très excitante ! dit Tammy à une collègue en courant chercher une poche de glace pour Désirée.

Ce jour-là justement, deux cadres de la chaîne étaient venus assister au spectacle, afin de comprendre pourquoi l'émission faisait tant de bruit. Depuis que Tammy était là, les sponsors se bousculaient et l'audience explosait.

Elle revenait avec la poche de glace, quand quelqu'un la présenta aux deux hommes. L'un d'eux lui demanda si elle n'avait pas pris des cours d'autodéfense pour participer à l'émission.

— Non, dit-elle en lui montrant la poche de glace, j'ai juste reçu une formation de la Croix-Rouge pour donner les premiers secours.

Il se mit à rire et était encore dans le studio quand Tammy sortit de la loge de Désirée. Elle avait finalement réussi à la calmer.

— Vous avez une raison particulière de vouloir travailler ici ? lui demanda-t-il.

Il avait trouvé l'émission absolument désopilante, bien que de très mauvais goût. Tammy en avait pleinement conscience, mais elle savait aussi tout ce qu'elle comportait d'humanité et d'émotion.

— C'est une longue histoire, dit-elle. Je devais m'installer pendant un an à New York, alors j'ai quitté mon emploi à Los Angeles.

C'était plus qu'un emploi. Il connaissait la série qu'elle avait produite et avait du mal à croire qu'elle ait démissionné.

— Vous êtes partie à cause d'un homme, je suppose ?

— Vous n'y êtes pas du tout. Je suis venue à New York à cause de ma sœur, qui a eu un grave accident. Mes autres sœurs et moi-même, nous avons décidé de nous occuper d'elle pendant un an. Nous avons emménagé ensemble et c'est super. C'est ainsi que j'en suis arrivée à accepter ce poste. Et me voici, infirmière en chef, pour vous servir. C'est moi qui applique les poches de glace et administre le Valium.

Elle l'intriguait. Il la trouvait stupéfiante. Un peu plus âgé qu'elle, il venait d'arriver de Philadelphie. De son côté, Tammy le trouvait plutôt sympathique et apparemment normal. Mais, si elle le trouvait séduisant, cela signifiait certainement qu'il était cinglé.

— Euh… Je passe les fêtes de Noël en famille à Saint-Barth, mais je serais heureux de vous revoir à mon retour. J'aimerais bien passer la soirée du nouvel an avec vous.

— D'accord, répondit-elle en souriant. Je n'ai pas été invitée pour le nouvel an depuis le jardin d'enfants. Amusez-vous bien, à Saint-Barth.

— Je vous rappelle dès mon retour, promit-il.

Elle ne le crut pas une seconde, persuadée au contraire de ne plus jamais entendre parler de lui, tant il était sympathique et normal.

— Merci d'être venu nous voir, lui dit-elle poliment.

Sur ces mots, elle s'éloigna rapidement pour résoudre un nouveau problème et l'oublia sur-le-champ.

Avant de la quitter, il lui avait dit qu'il s'appelait John Sperry.

Le lendemain, elles partirent toutes les quatre pour le Connecticut. Chris les accompagnait et, le soir même, la famille au complet assista à la messe de minuit. Ce furent des instants chargés d'émotion et de souvenirs. L'année précédente, leur mère était encore avec eux. Voyant que son père pleurait, Tammy glissa sa main sous son bras en se serrant contre lui. Au signal du prêtre, ils échangèrent le baiser de la paix. Là encore, la tendresse et l'amour leur emplirent le cœur. L'espoir aussi, d'une certaine façon. Ils étaient ensemble et unis, quoi qu'il arrive.

Le temps était froid dans le Connecticut, il neigea même plusieurs fois pendant le week-end. Chris et les filles firent des batailles de boules de neige et construisirent un bonhomme de neige. Leur père semblait redevenu lui-même, si bien qu'ils passèrent tous un très bon week-end. Le dernier jour, ils se rassemblèrent autour de la table de la cuisine pour un déjeuner qu'ils avaient préparé tous ensemble.

Remarquant que son père était très silencieux, Sabrina supposa que leur départ l'attristait. Elle savait à quel point il redoutait la solitude.

À la fin du repas, il toussota d'un air gêné avant d'annoncer qu'il avait quelque chose à leur dire. Tammy craignit qu'il ne veuille vendre la maison pour s'installer à New York. Elle aimait cette maison et espéra qu'il ne s'agissait pas de cela.

— Je ne sais pas comment vous le dire, commença-t-il. Vous êtes toutes très bonnes pour moi, et je vous aime énormément. Je ne voudrais pas vous paraître ingrat.

Il se mit à pleurer, fendant le cœur de ses filles.

— Les six derniers mois ont été les plus épouvantables de mon existence, reprit-il. Parfois, j'ai cru ne pas pouvoir survivre à la disparition de votre mère. Ensuite, j'ai compris que ma vie n'était pas finie et c'est à vous toutes que je le dois.

Touchées, elles lui sourirent.

— Je ne crois pas que votre mère voudrait me savoir seul et malheureux. Je ne l'aurais pas non plus souhaité pour elle. Tout le monde a besoin de compagnie.

Elles commençaient à se demander où il voulait en venir. Ce discours plus ou moins dénué de sens semblait indiquer une sénilité précoce. Il n'avait que cinquante-neuf ans, mais le décès de Jane l'avait affreusement secoué. Les sourcils froncés, elles attendirent la fin.

— La solitude me pèse terriblement et je sais que je vais vous infliger un choc. J'espère, cependant, que vous comprendrez que je ne trahis pas votre mère en agissant ainsi. Je l'aimais profondément, mais il y a eu des changements dans ma vie. Leslie Thompson et moi, nous allons nous marier.

Elles l'avaient écouté en hochant la tête avec une certaine condescendance. Mais soudain, la signification de ses paroles les frappa de plein fouet. Ce fut Tammy qui réagit la première.

— Tu… quoi ? Maman nous a quittés il y a six mois et tu vas te remarier ? Tu *plaisantes* ?

Il était forcément sénile. Puis elle se rappela le nom de la future mariée, et ce fut encore pire.

— Leslie ? La garce ?

Les mots avaient jailli sans qu'elle puisse les retenir. Ce fut au tour de son père de prendre un air indigné.

— Ne parle plus jamais d'elle de cette façon ! Elle va être ma femme !

Ils étaient debout de chaque côté de la table, se foudroyant du regard, sous les yeux horrifiés des autres. Tammy se laissa tomber sur sa chaise et prit sa tête dans ses mains.

— S'il vous plaît, mon Dieu, dites-moi que ce n'est pas vrai ! Je rêve ! Je fais un cauchemar !

Elle fixa son père avec angoisse.

— Tu ne vas pas te marier avec Leslie Thompson, papa ? Tu plaisantes ? supplia-t-elle.

Il paraissait anéanti.

— Si, je vais l'épouser. J'espérais que vous seriez plus compréhensives. Vous ne savez pas ce que c'est que de perdre la femme qu'on a aimée pendant plus de trente ans.

— Et pour le prouver, tu la remplaces au bout de six mois. Comment peux-tu nous faire une chose pareille, papa ?

— Vous n'êtes pas ici. Vous avez vos vies et j'ai besoin d'en avoir une, moi aussi. Leslie et moi, nous nous aimons.

— Je vais vomir, annonça Candy.

Elle se leva et disparut.

— Tu ne trouves pas que tu vas un peu vite, papa ? demanda Sabrina en fixant son père. On dit aux gens qui ont subi une grande perte de ne pas prendre de décision importante avant au moins un an. Pourquoi tant de précipitation ?

Il était clair que le chagrin lui avait fait perdre la tête ou qu'il était en proie à une sorte de folie. Et Leslie Thompson… Oh, non ! N'importe qui, mais pas elle ! aurait voulu crier Sabrina. Elles pleuraient toutes, d'ailleurs, et leur père aussi. Il semblait amèrement déçu par l'attitude de ses filles. Il avait espéré qu'elles se réjouiraient de son bonheur.

— À quand avez-vous fixé l'heureux événement ? demanda Sabrina.

Elle s'efforçait de s'exprimer calmement, mais elle bouillonnait. Chris se leva et quitta la table pour les laisser régler le différend en famille.

— Nous nous marions dans sept semaines, le jour de la Saint-Valentin.

— Parfait ! grommela Tammy, la tête toujours dans les mains. Et quel âge a-t-elle, papa ?

— Elle a eu trente-trois ans la semaine dernière. Je sais que la différence d'âge est considérable, mais nous n'y attachons aucune espèce d'importance. Leslie me comprend. Je sais que votre mère approuverait ce mariage.

Furieuse, Tammy se dressa :

— Maman en aurait une crise cardiaque, si elle n'était pas déjà morte. Tu es fou ? Elle ne t'aurait *jamais* fait ça. Jamais ! La façon dont tu salis sa mémoire est absolument répugnante.

— Je suis navré que tu voies les choses de cette façon, répliqua-t-il en lui jetant un regard glacial.

Il avait vingt-six ans de plus que la femme qu'il s'apprêtait à épouser sept mois après le décès de leur mère et il voulait que ses enfants se réjouissent de son bonheur ! Cela ne se passerait pas ainsi ! Tammy se leva, imitée par Sabrina. À cet instant, Candy revint, le visage inondé de larmes. Jetant ses bras autour du cou de son père, elle sanglota.

— Comment peux-tu faire une chose pareille, papa ? Elle est plus jeune que Sabrina !

— L'âge ne compte pas, quand on aime.

Ses filles le fixaient avec consternation. Elles ignoraient si Leslie partageait ses sentiments, mais elles s'en moquaient. Elles auraient voulu qu'elle disparaisse à mille lieues sous terre. S'écartant de son père, Candy le fixa avec un désespoir sans nom.

— Papa, plaida Sabrina, tu ne peux pas attendre un peu ? Un an, par exemple.

— Seigneur ! s'écria Tammy, prise de panique. Elle est enceinte !

— Bien sûr que non ! protesta leur père, l'air offensé.

Annie sembla finalement se réveiller. Elle les avait écoutés, elle avait perçu dans leurs voix la fureur de Tammy, la peur de Sabrina, la peine de Candy et la déception de leur père.

— Je ne sais pas si mon opinion a de l'importance pour toi, dit-elle en regardant dans la direction de son père. J'en doute. Mais je pense que tu t'apprêtes à commettre l'acte le plus stupide de ta vie, non pas vis-à-vis de nous, mais de toi-même. Et à l'égard de maman, c'est épouvantable. Nous nous y habituerons, si nous y sommes obligées. Mais ne te remarie pas sept mois après la mort de maman ! Tu te couvrirais de ridicule. Pourquoi Leslie est-elle si pressée ? Elle ne comprend pas que c'est le meilleur moyen de se faire haïr de nous ? Pourquoi n'attendez-vous pas un an, ne serait-ce que par respect pour maman ? Ce mariage est une façon de nous dire d'aller « nous faire voir », à nous et à maman.

Jusqu'alors, Annie était restée assise. Se levant à son tour, elle dit à son père ce qu'elle pensait vraiment :

— Tu me déçois, papa. Je te croyais meilleur que tu ne l'es. Tu l'étais, quand tu étais marié avec maman. Je suis persuadée que Leslie se moque complètement de ce que nous pouvons ressentir. Ça en dit long sur elle… et sur toi.

Sur ces mots, Annie prit sa canne blanche et quitta la pièce. Elle alla retrouver Chris, qui attendait tranquillement dans le salon. C'était une façon affreuse de finir les fêtes de Noël.

Sabrina débarrassa la table et plaça les assiettes dans le lave-vaisselle. Dès qu'elle eut terminé, elles firent leurs adieux à leur père et partirent.

L'explosion eut lieu dans la voiture. Tammy jura qu'elle ne le reverrait jamais. Sabrina craignait qu'il ne soit atteint de la maladie d'Alzheimer et que Leslie ne profite de lui. Candy pleura jusqu'à New York. Quant à Annie, elle affirma tranquillement qu'il était l'homme le plus stupide de la terre et que personne ne pourrait jamais la convaincre d'assister à ce mariage. Il ne le leur avait pas demandé, ainsi que Sabrina le fit remarquer. Elles ignoraient d'ailleurs le lieu de la cérémonie. Tout ce qu'elles savaient, c'était qu'elles étaient furieuses contre leur père et haïssaient Leslie.

Très sagement, Chris se tut pendant tout le trajet.

24

Aucune d'elles ne fit allusion à leur père de toute la semaine. Pourtant, elles en auraient eu le temps, puisqu'elles étaient toutes en vacances. Elles avaient beau tourner et retourner les choses dans leur esprit, elles étaient indignées de l'outrage qui était fait à leur mère. Elles détestaient Leslie et en voulaient mortellement à leur père.

Elles n'avaient aucun projet pour la soirée du nouvel an et décidèrent donc de la passer tranquillement à la maison. Chris et Sabrina détestaient les festivités, Tammy n'avait pas de cavalier et Candy annonça qu'elle avait un ami qui arrivait de Los Angeles, et qu'elle serait heureuse de l'inviter. Deux jours plus tard, Brad appela Annie pour qu'ils passent ensemble la nouvelle année, et elle lui proposa de se joindre à eux.

Le soir du réveillon, Chris et les filles préparèrent le dîner. Brad apporta plusieurs bouteilles de champagne. Chris et lui prirent grand plaisir à discuter ensemble. L'ami de Candy constitua la surprise de la soirée. C'était l'un des jeunes acteurs les plus connus du moment. Candy et lui avaient fait connaissance lors d'une séance photo et ils étaient devenus amis. Ils se voyaient chaque fois qu'il venait à New York, mais il n'y avait rien de sentimental entre eux. C'était un garçon joyeux qui ne cessa de rire pendant les trois quarts de la soirée. Bien qu'Annie lui ait répété à plusieurs reprises qu'elle n'avait jamais rencontré ce garçon auparavant, Brad n'en croyait pas un mot.

— Qui attendez-vous, ensuite ? Brad Pitt et Angelina Jolie ?

— Ne soyez pas bête, répondit-elle en riant. La plupart du temps, il n'y a que nous et les chiennes, dans cette maison.

— Attendez… Votre sœur est le mannequin le plus célèbre du pays ; une autre de vos sœurs a créé une série à succès et elle produit maintenant la pire émission de New York ; nous venons de dîner avec un acteur qui fait tourner la tête de toutes les femmes et je suis censé croire que vous êtes une famille tout à fait ordinaire ?

— D'accord, admettons que nous ne le sommes pas. Mais, en ce qui me concerne, jusqu'à il y a six mois, je n'étais qu'une artiste sans le sou et je vivais à Florence. Aujourd'hui, je ne suis même plus cela.

— Si, répondit-il doucement. Vous trouverez d'autres façons d'exploiter vos dons artistiques. Ils n'ont pas disparu.

— Peut-être, dit-elle sans conviction.

À minuit, ils s'embrassèrent tous et se souhaitèrent une bonne année. Brad resta jusqu'à 3 heures du matin. Ayant bu trop de champagne, le jeune acteur dormit sur le canapé. Peu après minuit, Chris et Sabrina montèrent dans la chambre de la jeune femme. Dès qu'il eut fermé la porte, Chris l'embrassa. L'intimité était une denrée rare, dans cette maison. Il avait emporté deux coupes et une bouteille de champagne. Sabrina lui sourit. En dépit de toutes les tragédies qui avaient assombri l'année, Chris avait toujours été là. Elle savait qu'elle pouvait compter sur lui, quoi qu'il arrive.

En l'embrassant, il sortit une petite boîte de sa poche, l'ouvrit d'une seule main et, la serrant contre lui, il lui passa une bague au doigt. D'abord, elle ne comprit pas ce qui se passait, puis elle baissa les yeux et la vit. C'était une magnifique bague de fiançailles qu'il avait achetée chez Tiffany.

— Seigneur, Chris, qu'est-ce que tu fais ?

Mettant un genou à terre, il leva vers elle un regard solennel.

— Je te demande d'être ma femme, Sabrina. Je t'aime plus que tout. Veux-tu m'épouser ? demanda-t-il, les yeux mouillés de larmes.

Sans le savoir, il lui infligeait un choc de plus. Il y avait eu la mort de sa mère, la cécité d'Annie, l'enlèvement de Candy, le mariage de son père avec une fille de son âge que les scrupules n'étouffaient pas… C'était la goutte qui faisait déborder le vase. Elle n'était pas prête pour le mariage. Pour l'instant, elle prenait soin d'Annie et elle vivait avec ses sœurs. Ensuite, Chris et elle pourraient reprendre leur ancienne vie, mais pas se marier. Elle n'était pas prête et ne le serait peut-être jamais. Elle l'aimait, mais elle n'éprouvait pas le besoin de l'épouser. Ce qu'ils partageaient lui suffisait.

Les joues ruisselantes de larmes, elle retira la bague et la lui rendit.

— Je ne peux pas, Chris. Pour l'instant, je ne suis même pas capable de réfléchir. Pourquoi faut-il que nous nous mariions ?

— Parce que j'ai trente-sept ans et toi trente-cinq. Je veux avoir des enfants avec toi. Nous sommes ensemble depuis quatre ans. Nous ne pouvons pas attendre la fin de notre vie pour devenir adultes.

— Moi, si, dit-elle tristement. Je t'aime, mais je ne sais pas ce que je veux. J'appréciais notre mode de vie, avant. Nous avions chacun notre appartement, nous étions ensemble quand nous en avions envie. Je reconnais que la décision que nous avons prise de vivre ensemble, mes sœurs et moi, est un peu folle, et je t'aime. Mais je ne me sens pas prête à prendre ce type d'engagement pour toujours. Et si nous cessions de nous entendre ? Chaque jour, je reçois dans mon cabinet des couples qui avaient cru prendre la bonne décision en se mariant et en ayant des enfants.

— C'est une possibilité, en effet. Tu sais parfaitement qu'il n'y a aucune garantie, dans la vie. Tu n'as qu'à respirer un grand coup, plonger dans la piscine et faire de ton mieux.

— Et si nous nous noyons ? demanda-t-elle d'une voix anxieuse.

— On peut aussi imaginer que cela n'arrivera pas. En tout cas, je sais une chose : je ne veux plus continuer comme ça. Nous risquons de passer à côté de l'essentiel. Si nous attendons trop longtemps, nous serons trop âgés pour avoir des enfants, du moins tu le seras. Nous n'entrerons pas dans la vraie vie, celle que je veux mener avec toi.

Il la regardait d'un air suppliant. Le cœur brisé, elle secoua la tête.

— Je ne peux pas ! Je te mentirais si je te disais que je suis sûre de moi.

— Tu n'as pas à l'être. Nous n'avons qu'à nous aimer, Sabrina. C'est suffisant.

— Pas pour moi.

Chris sentit la colère poindre en lui.

— Mais qu'est-ce que tu veux, bon sang ?

— Je veux la garantie que c'est la bonne décision.

— Il n'y en a pas.

— C'est toute la question. J'ai trop peur pour tenter le sort.

Il mit la bague dans la boîte, qu'il referma d'un coup sec.

— Je t'aime, mais je ne suis pas certaine de vouloir t'épouser, dit Sabrina.

Elle ne pouvait pas lui mentir. Quel que soit l'amour qu'elle lui portait, elle n'était pas prête pour le mariage.

— J'imagine que c'est ta réponse, remarqua-t-il.

Mais il ne regrettait pas sa démarche. Tôt ou tard, il aurait fallu qu'il sache à quoi s'en tenir. Il marcha vers la porte et se retourna vers elle avant de sortir.

— Tu sais, je crois que ton père est fou de faire ce qu'il fait si peu de temps après la mort de ta mère, mais je respecte un homme qui a le courage de prendre des risques.

Sabrina inclina la tête. Elle n'avait pas envisagé les choses de cette façon et elle restait furieuse contre son père. Mais Chris avait marqué un point : son père avait suffisamment d'énergie, il se sentait suffisamment vivant pour saisir sa chance.

— Je pense que c'est la conclusion qu'il faut en tirer : je n'ai pas ce courage.

— C'est exact, répliqua Chris en sortant de la chambre.

Il referma la porte derrière lui, descendit l'escalier et quitta la maison. Au lieu de se fiancer, ainsi qu'il l'avait espéré, ils avaient rompu. Ce n'était pas ainsi qu'il avait imaginé le soir du nouvel an. Il avait longtemps rêvé de cet instant, mais la réaction de Sabrina l'avait poussé dans ses derniers retranchements.

Assise sur son lit, Sabrina sanglotait.

Les autres n'apprirent la nouvelle que le lendemain matin. Quand Sabrina leur rapporta ce qui s'était passé, elles furent bouleversées.

— Moi qui croyais que vous étiez en train de roucouler en amoureux ! s'exclama Tammy.

— Non. Il est parti avant 1 heure du matin. Je lui ai rendu la bague et il est parti.

Accablée, Sabrina s'assit avec ses sœurs à la table de la cuisine. Elle avait le cœur brisé, pourtant elle n'envisageait pas de revenir sur sa décision. Elle aimait Chris, mais elle refusait de l'épouser. Le mariage n'était pas un engagement qu'on pouvait prendre sous la contrainte, même si la bague était ravissante et le fiancé formidable.

Entre cette rupture et l'union prochaine de leur père, elles vécurent un mois de janvier lugubre. Chris ne lui téléphona pas et elle ne l'appela pas non plus. À quoi bon, puisque tout avait été dit ? Anéanti par le refus de Sabrina, Chris ne souhaitait pas reprendre avec elle la relation qui était la leur depuis plusieurs années. Il voulait davantage ; pas elle. La rupture était consommée.

Après quelques semaines cafardeuses, la vie reprit lentement son cours. Annie dîna plusieurs fois avec Brad. Suivant ses conseils, elle s'était inscrite au cours de sculpture et s'y plaisait beaucoup. En dépit de sa cécité, elle faisait du très bon travail. Brad souhaitait organiser une série de conférences portant sur le théâtre, la musique et l'art. Il lui demanda si elle accepterait de parler des trésors de la Galerie des Offices. Enthousiaste, Annie tapa tout son exposé en braille. Sa première conférence, donnée fin janvier, fut un véritable succès.

Le même mois, Candy se rendit à Paris pour participer à des défilés. Elle devait en particulier présenter la robe de mariée créée par Karl Lagerfeld, avec qui elle avait signé un contrat d'exclusivité. Pendant le trajet du retour, elle rencontra quelqu'un dans l'avion. Il avait vingt-quatre ans et ils rirent sans discontinuer de Paris à New York. Il s'appelait Paul Smith, préparait une maîtrise en photographie à l'université Brown et espérait ouvrir un jour son propre studio. Il dit à Candy qu'il avait participé à l'une de ses séances photo à Rome, deux ans auparavant, mais il n'était alors qu'un stagiaire et il ne l'avait pas approchée.

Elle lui parla d'Annie et de la perte de sa mère, en juillet. Elle lui confia même que son père allait se remarier dans deux semaines avec une fille de trente-trois ans.

— Ouh ! Vous devez en avoir gros sur le cœur, dit-il avec sympathie.

Ses propres parents avaient divorcé lorsqu'il avait dix ans et s'étaient tous les deux remariés. Selon lui, ses beaux-parents étaient géniaux.

— Et vous ? demanda-t-il. Qu'est-ce que vous en pensez ?

— Je suis dégoûtée, avoua-t-elle.

— Vous la connaissez ?

— Je l'ai vaguement aperçue quand j'étais petite. Mes sœurs l'appelaient « la garce », parce qu'elle avait tenté de séduire le petit ami de ma sœur, quand elle avait quinze ans.

— Vous pourriez peut-être lui accorder le bénéfice du doute, avança-t-il prudemment.

— Peut-être. Mais je trouve quand même que mon père va vite en besogne.

— Les gens se comportent bêtement, quand ils sont amoureux, remarqua-t-il.

Ils changèrent de sujet. Candy apprit qu'il était originaire du Maine et qu'il faisait de la voile.

Ils prirent le même taxi pour gagner New York. Lorsqu'il la déposa chez elle, il lui promit de l'appeler. Le lendemain, il repartait pour Brown où il devait poursuivre ses études jusqu'à l'obtention de son diplôme, en juin. Pour une fois, Candy rencontrait un garçon qui allait à l'université, dont les objectifs étaient sains et les activités adaptées à leur âge.

Candy trouva la maison vide. Depuis qu'elle ne voyait plus Chris, Sabrina travaillait encore plus. Comme toujours, son émission rendait Tammy hystérique. Annie semblait s'être inscrite à un tas de cours et elle sortait souvent avec Brad le week-end. Candy fut donc ravie quand Paul l'invita à le rejoindre à Brown, deux semaines plus tard. Il exposait ses photographies. Ils passèrent ensemble deux journées très agréables, durant lesquelles elle fit la connaissance de ses amis. Lorsqu'ils comprirent qui elle était, ceux-ci furent un peu surpris, mais ils la traitèrent ensuite comme l'une des leurs. Candy s'amusa énormément avec eux, bien plus que dans toutes les réceptions auxquelles elle se rendait à New York.

Tammy sortait d'une réunion lorsqu'elle se retrouva nez à nez avec l'homme qu'elle avait rencontré avant les vacances. Il ne l'avait jamais rappelée à son retour de Saint-Barth mais, comme elle ne s'y attendait pas, elle n'avait pas été déçue. Il se présenta de nouveau à elle et s'excusa de ne pas lui avoir téléphoné.

— J'ai été malade pendant deux semaines, avec la grippe.

C'était une bien piètre raison, mais pas pire qu'une autre. Elle lui sourit. S'il avait été l'un des phénomènes qu'elle rencontrait habituellement, il l'aurait depuis longtemps contactée.

— Vous ne me croyez pas, n'est-ce pas ? Je vous jure que j'ai été malade comme un chien. J'ai même frôlé la pneumonie.

Elle faillit lui rire au nez. On la lui avait déjà faite, celle-là !

— Vous pourriez aussi me dire que vous avez perdu mon numéro.

— Je ne l'avais pas. Mais puisque nous en parlons, vous pourriez me le donner, maintenant.

Se sentant un peu bête, c'est ce qu'elle fit. De toute façon, elle n'avait pas le temps de sortir avec lui. L'émission lui causait mille soucis. L'animateur arrivait en fin de contrat et exigeait qu'on double ses émoluments. On lui avait tiré dessus, il avait été agressé deux fois, il voulait donc une prime de risques.

Il n'avait pas tort. Le public l'appréciait, ce qui lui conférait un certain avantage. Elle en avait discuté avec Irving Salomon toute la matinée. Tammy était tentée de le laisser partir, mais elle craignait une chute de l'audience, ce que les sponsors n'apprécieraient pas.

Elle retourna dans son bureau et oublia John Sperry. Dans ses papiers, elle trouva un dossier sur une émission spéciale pour la Saint-Valentin. Elle pensa aussitôt à son père. Il devait se marier ce jour-là et aucune de ses filles ne lui avait parlé depuis le lendemain de Noël. Tammy savait bien qu'il faisait toujours partie de leur existence, mais pour l'instant, elle n'était pas prête à affronter Leslie. Ses sœurs non plus, d'ailleurs.

Le soir même, elle aborda le sujet :

— Qu'est-ce qu'on va faire, concernant papa ?

S'il ne les avait pas appelées, c'était sans doute qu'il était horriblement blessé par leur réaction. Mais elles considéraient son mariage comme une trahison envers leur mère. Jamais une telle chose ne s'était produite auparavant.

— L'une de nous pourrait lui téléphoner, suggéra Sabrina.

Mais personne ne se porta volontaire.

— En tout cas, dit très vite Candy, je ne veux pas aller à ce mariage.

— Aucune d'entre nous n'ira, soupira Tammy.

— Mais c'est tout de même notre père, poursuivit Candy d'une voix tremblante.

— Nous pourrions peut-être l'inviter à passer nous voir, suggéra Annie.

Elle y réfléchissait depuis des semaines, elle aussi. Il leur manquait. Simplement, elles ne voulaient pas de Leslie dans leurs vies, du moins pas encore. Peut-être même jamais, tout dépendrait de la façon dont elle se comporterait. Elles n'étaient pas prêtes à considérer cette intruse comme un membre de la famille, mais elles ne voulaient pas non plus perdre leur père.

— Vous avez pensé qu'ils pourraient avoir un bébé ? remarqua Sabrina.

Tammy émit un grognement.

— Tais-toi, s'il te plaît, tu me rends malade.

Après des heures de discussion, elles décidèrent finalement de l'inviter à venir prendre un verre à la maison. Ce serait moins impersonnel que de se réunir autour d'une table dans un restaurant, parmi des étrangers. En tant qu'aînée, Sabrina fut désignée pour l'appeler. Hésitante et nerveuse, elle s'exécuta. Que ferait-elle si Leslie décrochait ?

Il répondit dès la seconde sonnerie. Il parut si heureux de l'entendre qu'elle en eut le cœur serré. Il était évident qu'il ne voulait pas non plus perdre ses filles. Il accepta de venir à New York dès le lendemain et ne fit aucune allusion à Leslie. L'espace d'un instant, Sabrina espéra qu'il avait changé d'avis, mais elle savait que si cela avait été le cas, il leur aurait téléphoné.

Le lendemain, elles rentrèrent toutes de bonne heure pour le recevoir. Lorsqu'il arriva, elles remarquèrent qu'il semblait nerveux. Ils s'assirent tous dans le séjour.

— Ton mariage est toujours fixé à la Saint-Valentin ? demanda Tammy, les yeux brillant d'un timide espoir qui fut immédiatement dissipé.

— En effet. Nous comptons nous marier à Las Vegas. Cela peut sembler un peu bête, mais je savais qu'aucune d'entre vous ne viendrait et il est trop tôt pour une grande cérémonie.

— Il est trop tôt pour te marier, tu veux dire ! dit Tammy.

Son père la regarda droit dans les yeux.

— Si vous m'avez demandé de venir pour me faire changer d'avis, c'est peine perdue. Je sais que cela vous semble prématuré, mais à mon âge, on ne dispose pas de beaucoup de temps. Nous n'avons aucune raison d'attendre.

— Tu aurais pu attendre pour nous et pour maman, rétorqua Sabrina.

— Est-ce que six mois supplémentaires changeraient quelque chose ? demanda-t-il. Est-ce que vous accueilleriez mieux Leslie ? Je suis convaincu du contraire. C'est notre vie, pas la vôtre. Je ne me mêle pas de ce que vous faites. Je ne dis pas à Sabrina qu'elle devrait épouser Chris, qui est un type formidable, et qu'elle ferait bien de se décider si elle veut avoir des enfants. Je ne dis pas à Tammy qu'elle devrait cesser de produire des émissions débiles et se trouver un compagnon. Ou à Candy qu'elle devrait reprendre ses études. Ou à Annie qu'elle devrait chercher du travail en dépit de sa cécité. Votre mère et moi, nous avons toujours respecté vos décisions. Nous n'étions pas forcément d'accord, mais nous vous avons laissé faire vos propres choix et commettre vos propres erreurs. Vous devez en faire autant à mon égard. Il se peut que je fasse une folie. Leslie me quittera peut-être dans six mois pour quelqu'un de plus jeune, mais il se peut aussi que nous soyons heureux ensemble et qu'elle s'occupe bien de moi quand je serai vieux. C'est moi que ça regarde. C'est ce que je veux faire, ce dont je crois avoir besoin. Leslie est quelqu'un de bien et nous nous aimons, même si c'est très différent de l'amour que je portais à votre mère. Elle était l'amour de ma vie, mais elle est partie et je suis incapable de vivre seul. Pourquoi n'aurais-je pas une seconde chance ?

Elles l'écoutèrent sans l'interrompre, saisies par la justesse de son raisonnement. Sans dire un mot, Candy jeta ses bras autour du cou de son père et l'embrassa. Elle pensait à ce que Paul lui avait dit dans l'avion… Peut-être fallait-il accorder le bénéfice du doute à leur future belle-mère. Le temps leur dirait si leur père s'était trompé. Par amour pour lui, elle espérait que Leslie était une fille bien.

— On t'aime, papa, dit Tammy. Nous craignons seulement que tu sois malheureux ou que tu commettes une erreur.

— Pourquoi ? Vous en faites bien, vous ! Les erreurs font partie de l'existence. Si c'en est une grosse, j'appellerai Sabrina et elle verra ce qu'elle peut faire.

Sur ces mots, il échangea un sourire avec sa fille aînée.

— J'espère vraiment que tout ira bien, papa.

— Moi aussi. Je suis désolé que ma décision vous ait bouleversées à ce point. Je sais combien c'est dur pour vous.

— Est-ce que nous serons obligées de la voir, papa ?

Ce fut Annie qui posa la question. Aucune d'entre elles ne souhaitait voir Leslie, mais elles supposaient que leur père le leur demanderait. En l'occurrence, il se montra très sage. Il était toujours le père qu'elles avaient connu et chéri.

— Attendons, dit-il. Commençons par nous retrouver. Je craignais que vous ne vouliez plus jamais me voir.

Il ne le leur dit pas, mais il en était malade depuis un mois.

— Tu nous as beaucoup manqué, dit Candy.

— Vous m'avez manqué aussi, avoua-t-il.

Sabrina ouvrit une bouteille. Ils burent tous un verre, s'embrassèrent et promirent de se revoir bientôt. Puis il repartit. Ces retrouvailles s'étaient mieux passées qu'elles ne l'avaient cru. Leur père se mariait, mais elles le reverraient et il n'attendait pas d'elles qu'elles accueillent Leslie à bras ouverts ou même qu'elles la rencontrent prochainement. Il espérait cependant qu'elles se feraient à cette idée. Il les avait prévenues que cette année, ils ne fêteraient pas le 4 juillet, car c'était la date anniversaire de la mort de leur mère. Il leur avait dit que Leslie et lui seraient en Europe, à ce moment-là, et qu'elles étaient libres de faire ce qu'elles voudraient. Elles en furent soulagées, car aucune d'elles ne pouvait envisager une réception comme autrefois, surtout si Leslie était dans les parages.

— Qu'est-ce qu'on fera, le 4 juillet ? demanda Candy.

— Inutile d'y penser maintenant, répondit Sabrina.

Elles décidèrent d'envoyer des fleurs et du champagne à Las Vegas, pour la Saint-Valentin. Elles savaient que leur père apprécierait leur geste. Il n'en restait pas moins qu'elles allaient avoir une belle-mère plus jeune que Sabrina. Elles n'auraient jamais cru que cela pourrait se produire, quand leur mère était morte. Mais leur père non plus, sans doute. Leslie était passée par là et l'amour avait surgi.

Elles en parlaient encore, lorsque le téléphone de Tammy sonna. À sa grande surprise, c'était John Sperry qui l'invitait à déjeuner le lendemain.

— Je n'arrive pas à croire que vous m'appeliez ! lui dit-elle.

— Pourquoi cela, puisque je vous avais dit que je le ferais ?

« Parce que les hommes normaux ne s'intéressent pas à moi, aurait-elle voulu répondre. Je n'attire que les fous. »

Mais peut-être avait-il seulement l'air normal ? Comment le deviner ?

— Je ne sais pas pourquoi je suis étonnée, répondit-elle. Sans doute parce que la plupart des gens ne tiennent pas leurs promesses. Comment s'est passé votre séjour à Saint-Barth ? J'ai oublié de vous poser la question, l'autre jour.

— Je me suis bien amusé. J'y vais avec ma famille tous les ans, à Noël. J'ai trois frères, qui viennent avec femmes et enfants.

— J'ai moi-même trois sœurs, répondit-elle en souriant.

Le tableau qu'il peignait de sa famille était plaisant et faisait penser à la sienne, sauf qu'aucune de ses sœurs n'était mariée et mère de famille.

— Je le sais. Vous m'avez dit que vous aviez démissionné pour vous occuper de votre sœur. Cela m'a impressionné. Que lui est-il arrivé ?

Tammy sortit du séjour, le téléphone à l'oreille.

— C'est une longue histoire, mais elle va bien, maintenant.

En disant cela, elle prit conscience qu'elles louaient déjà la maison depuis six mois, ce qui l'attrista. Elle aimait vivre avec ses sœurs. Peut-être trouveraient-elles une autre maison et pourraient-elles vivre toujours ensemble. Quatre vieilles filles dans une maison. Finalement, leur père était le seul à avoir trouvé l'amour. Annie semblait bien s'entendre avec Brad, et Tammy appréciait le jeune homme dont Candy avait fait la connaissance en avion. En revanche, la vie sentimentale de Sabrina et la sienne étaient en rade. En ce qui la concernait, cela durait depuis plusieurs années. Son travail lui tenait lieu de compagnon.

— Vous avez dit que votre sœur avait eu un accident, insista-t-il. Que s'est-il passé ?

Il semblait intéressé, mais peut-être n'était-il que curieux. En tout cas, elle aimait bien parler avec lui. Il avait l'air sympathique. Il était plutôt beau, intelligent et il avait un poste relativement important.

— Elle a perdu la vue. Elle était peintre, si bien que cela a été particulièrement tragique pour elle. Elle prend des cours à l'institut Parker.

— Je connais. L'un de mes frères est aveugle de naissance. Elle a dû fournir un énorme effort d'adaptation.

— Oui. Elle est étonnamment courageuse.

— Elle a un chien d'aveugle ?

— Non. Elle déteste les chiens. Mes autres sœurs et moi, nous en avons trois, deux petits et un gros. Ma sœur aînée, Sabrina, possède un basset qui est perpétuellement dépressif.

— Elle devrait consulter un psy, plaisanta-t-il.

— Nous en avons plusieurs !

— Cela me fait penser à Désirée Lafayette… Est-ce qu'elle était un homme, dans une vie antérieure ?

— Je me le suis toujours demandé, répondit Tammy en riant. Elle veut que je demande à Oscar de la Renta de l'habiller. Je n'ai pas encore eu le courage de le leur demander. Ni le budget, d'ailleurs.

— Je suis certain que cela pourrait se faire.

— J'espère que non.

Ils plaisantèrent encore quelques minutes, puis il réitéra son invitation à déjeuner, en proposant un restaurant qu'elle aimait bien. C'était fort tentant et cela lui changerait les idées. En général, elle avait trop de travail pour déjeuner. Ils se donnèrent rendez-vous à 13 heures le lendemain.

Dès qu'elle retourna auprès de ses sœurs, celles-ci lui demandèrent qui l'avait appelée.

— Un type de la chaîne, qui m'a invitée à déjeuner, répondit-elle vaguement.

— C'est bien, fit Sabrina avec un petit sourire triste.

Elle n'était pas sortie depuis sa rupture avec Chris, un mois auparavant. Son temps se partageait entre le travail et la maison. Chris lui manquait horriblement. Elle n'arrêtait pas de penser à lui, à la belle bague de fiançailles et à sa demande en mariage qui l'avait terrifiée. Elle n'était pas aussi courageuse que son père. Ou pas aussi téméraire. Car elle ne voyait pas comment son union avec Leslie pourrait durer. Elle le lui souhaitait, pourtant, même s'il lui semblait qu'il trahissait leur mère. Mais elle l'aimait et elle était soulagée qu'ils aient pu discuter. Il n'en restait pas moins que son mariage avec Leslie risquait de compromettre sa relation avec ses filles.

Le lendemain, Tammy déjeuna avec John Sperry et passa avec lui un moment extrêmement agréable. Il avait des tas de projets en cours, faisait du sport, aimait le théâtre et avait de l'ambition. À trente-quatre ans, il restait très proche de sa famille. En fait, ils avaient beaucoup de points communs.

— Qu'est-ce qu'on fait, la prochaine fois ? lui demanda-t-il en sortant du restaurant. Déjeuner ou dîner ? Et pourquoi pas une partie de tennis à mon club, samedi prochain ?

— Je joue très mal.

— Moi aussi, mais cela me plaît quand même. Ensuite, on pourrait déjeuner au club. Ou ailleurs, si vous voulez.

Il prenait le temps de la courtiser et cela plaisait à Tammy. Elle n'aimait pas les hommes qui essayaient de l'entraîner dans leur lit dès le premier rendez-vous. Mais, même si sa relation avec lui n'allait pas plus loin, elle se contenterait de son amitié, car elle ne connaissait personne à New York et tous ses amis se trouvaient à Los Angeles.

Elle retourna donc travailler de très bonne humeur. Le lendemain, il l'appela simplement pour lui souhaiter une bonne journée et lui envoya un mail très drôle qui la fit rire. John apportait de la gaieté à sa vie. Ce n'était pas le coup de foudre, d'ailleurs elle n'y tenait pas. C'était plutôt comme si une personne solide entrait tranquillement dans la pièce. Il ne la bouleversait pas, et ne la surprenait pas, et elle trouvait cela très reposant. Il ne pratiquait aucun régime bizarre et n'appartenait à aucune secte, ce qui était extraordinaire.

Ne sachant pas si elle le verrait longtemps, elle n'en parla pas beaucoup à ses sœurs. Elle revint de la partie de tennis heureuse et détendue. Il était évidemment beaucoup plus fort qu'il ne l'avait prétendu et l'avait donc battue facilement, mais elle avait bien résisté. Après le déjeuner, ils avaient fait un tour dans le parc. Il faisait encore froid, mais la promenade avait été agréable.

En rentrant, elle croisa Brad et Annie qui s'apprêtaient à sortir. Ayant lu un article sur une exposition ayant pour thème le toucher, il y emmenait Annie. Ils étaient en pleine discussion. Il voulait qu'elle donne une autre conférence à l'institut. D'après lui, elle pourrait même en préparer plusieurs sur les musées et lcs villes d'Italie où elle s'était rendue. Sa mémoire était excellente et cela lui permettrait de faire partager ses connaissances aux autres étudiants.

— Où étais-tu ? demanda Annie à Tammy.

Celle-ci se réjouissait de la voir si heureuse en compagnie de Brad. Quant à Candy, pour la deuxième fois, elle était allée à Brown pour voir Paul.

— J'ai joué au tennis avec un ami. Sabrina est à la maison ?

— Dans sa chambre. Je crois qu'elle est malade… Elle a une voix épouvantable.

Tammy hocha la tête. Sabrina était malade depuis le nouvel an.

— Amusez-vous bien, tous les deux. À tout à l'heure, Annie.

— Nous rentrerons tard, parce que nous dînerons au restaurant après l'exposition.

— Très bien.

Tammy souriait en montant l'escalier. Annie était radieuse et Brad et elle semblaient s'entendre à merveille. De ce côté-là, tout allait bien. Sabrina avait gagné son pari.

En entrant dans la chambre de sa sœur aînée, elle la trouva étendue dans le noir. Elle ne la croyait pas malade, mais plutôt déprimée. Tammy déplorait sa rupture avec Chris, qui était le meilleur des hommes. Elle ne comprenait pas l'aversion de sa sœur pour le mariage. Apparemment, Sabrina préférait perdre Chris plutôt que de l'épouser.

— Comment vas-tu ? demanda-t-elle doucement.

Sabrina haussa les épaules. Elle était pâle et fatiguée, et avait les yeux cernés. Sa rupture n'avait pas été une libération. Au contraire, elle regrettait Chris. Il lui manquait et, depuis un mois qu'ils étaient séparés, elle ressentait cruellement son absence.

Roulant sur elle-même, elle se retrouva sur le dos, les yeux au plafond.

— Pas fort, admit-elle. Papa a peut-être raison… Il faut oser prendre des risques dans la vie. Mais je n'arrive pas à m'imaginer mariée, et encore moins mère. C'est une responsabilité effrayante.

— Pourtant, tu t'occupes de nous, lui rappela Tammy. Tu nous maternes toutes, surtout Candy et Annie. En quoi serait-ce différent, si tu avais des enfants ?

— Je peux vous envoyer balader, si j'en ai envie. Ce serait impossible, si vous étiez mes enfants. Et puis, si tu divorces, tu fiches leur vie en l'air. Je vois ça tout le temps, au cabinet.

— Si tu étais organisatrice de mariages et non avocate, tu verrais certainement les choses autrement !

Sa réplique arracha un sourire à Sabrina.

— C'est possible. Chris doit me haïr. Il était tellement heureux, quand il m'a offert cette bague ! Mais je n'ai pas pu accepter. Pas même pour lui. Et pourtant, Dieu sait que je l'aime ! Je voudrais passer ma vie avec lui, mais je ne veux pas de papiers officiels. Le divorce est une horreur. Alors que si on se passe des formalités, on peut se dire au revoir quand on en a envie. Pas besoin de hache pour se séparer.

— C'est toi, la hache ?

— C'est mon boulot. Je fouille dans les cœurs, dans les têtes, dans les portefeuilles. Je coupe les pauvres petits rejetons en deux et j'en donne la moitié à chaque parent, dans le respect de la justice. Seigneur ! Qui aurait envie de subir ce calvaire ?

— Des tas de gens courent le risque, affirma Tammy. Mais, au fait, j'espère que papa a pensé à faire établir un contrat de mariage.

Sabrina se redressa.

— Il n'est pas assez bête pour avoir oublié ce détail ! Je vais quand même lui envoyer un mail, pour le lui rappeler.

— Tu vois, Sabrina ? Tu prends soin de nous tous. Alors pourquoi ne voudrais-tu pas t'occuper de tes propres enfants ?

Sabrina descendit dans la cuisine pour manger quelque chose et proposa à Tammy d'en faire autant. Candy appela un peu plus tard pour dire que tout allait bien. Après ce qui s'était passé avec Marcello, elle leur disait toujours où elle était. Elle n'entrait plus jamais dans l'appartement d'un homme et, lorsqu'elle allait voir Paul, elle descendait à l'hôtel. Sabrina pensait d'ailleurs qu'ils n'avaient pas encore couché ensemble. Candy se montrait extrêmement prudente, et Paul ne semblait pas en être contrarié, ce qui constituait un bon point en sa faveur. Il était jeune et normal. Il ne faisait pas partie de ces acteurs miteux qui cherchent à séduire les jeunes filles.

Brad, en revanche, était nettement plus vieux qu'Annie, mais cette différence d'âge ne semblait pas avoir d'importance. Annie était très mûre, surtout maintenant, et Brad se montrait extrêmement protecteur envers elle, ce qui rassurait ses sœurs. Elles approuvaient toutes son idylle avec lui.

Sabrina et Tammy passèrent une soirée tranquille à regarder un film, à faire des mots croisés et à se détendre après leur semaine chargée. Le dimanche, John appela Tammy pour bavarder avec elle. Le soir, elle baigna les chiens. Annie et Brad dînaient dehors avec des amis.

— Nous menons une vie insensée, tu ne trouves pas ? remarqua Tammy en séchant l'une des chiennes.

Sabrina venait d'entrer dans la salle de bains, une pile de serviettes sur les bras. Elles échangèrent un sourire complice. Un instant plus tard, Candy rentra.

— Comment était-ce ? demanda Tammy.

— Super ! Nous nous sommes bien amusés avec ses amis !

Ce soir-là, les quatre sœurs dormirent à la maison. Les portes de leurs chambres étaient ouvertes, si bien qu'elles purent se souhaiter mutuellement une bonne nuit. Étendues dans leur lit, souriantes, elles songeaient à la chance qu'elles avaient de pouvoir compter les unes sur les autres, quels que soient les aléas de leurs vies sentimentales.

25

La Saint-Valentin arriva. Elles avaient le cœur gros, car leur père était en train de se marier. Pendant le petit déjeuner, elles affichèrent des visages graves et tristes. Elles avaient fait livrer des fleurs et du champagne aux futurs époux et, deux semaines plus tôt, Sabrina avait rappelé par mail à son père qu'il devait faire établir un contrat de mariage. Il lui avait répondu qu'il y avait pensé, ce qui l'avait rassurée. Au moins, s'il se trompait, Leslie ne le quitterait pas en emportant tout ce qu'il possédait.

Pour fêter la Saint-Valentin, Brad emmenait Annie au restaurant. John invitait Tammy à dîner, puis à aller au cinéma. Ils commençaient tout juste à sortir ensemble et elle trouvait que c'était une bonne idée. C'était naturel sans être exagérément romantique. Quant à Paul, il avait prévu de venir de Brown pour passer la soirée avec Candy. Tout le monde faisait quelque chose, sauf Sabrina, qui comptait rester à la maison et travailler. En la quittant, les autres éprouvèrent un horrible sentiment de culpabilité. Tammy la rejoignit dans la cuisine, où elle se préparait un bol de soupe.

— Ne sois pas bête, la rassura Sabrina. Je vais bien.

Elle lui sourit et lui répéta combien elle la trouvait ravissante. Elle avait déjà dit à Tammy que John lui plaisait énormément. Il était beau, mais mieux que cela, il était intelligent, gentil et vif. Il était énergique et bouillonnait d'idées comme Tammy. Et, en plus, ils travaillaient dans le même domaine.

Sabrina appréciait aussi beaucoup Paul. Il était comme une bouffée d'air frais, comparé aux hommes qui tournaient ordinairement autour de Candy et cherchaient à l'exploiter.

Et elle adorait Brad. Quand Annie était sortie à son bras, Sabrina lui avait dit combien elle était jolie. Tammy l'avait aidée à s'habiller et Candy lui avait un peu coupé les cheveux. Quand Brad était arrivé, elle avait tout d'un elfe. La beauté de la jeune femme l'avait visiblement conquis. Il était clair qu'il était fou amoureux d'elle. Leur relation semblait prendre un tour sérieux.

À 21 heures, Sabrina se retrouva seule. Assise dans la cuisine, elle fixait son bol de soupe en pensant à Chris. Comment en étaient-ils arrivés là ? Elle avait perdu l'homme qu'elle avait aimé pendant près de quatre ans. Elle finit par vider son bol dans l'évier : elle ne pouvait ni manger ni travailler tant le souvenir de Chris l'obsédait.

Elle erra dans le séjour, tenta de regarder la télévision, mais elle était incapable de se concentrer. Retournant dans sa chambre, elle regarda par la fenêtre et constata qu'il commençait à neiger. Finalement, elle cessa de résister. Elle avait besoin de le voir, ne serait-ce qu'une seule fois. Elle descendit, enfila ses bottes, prit un manteau, sortit de la maison et marcha jusque chez lui dans la neige. Parvenue devant sa porte, elle appuya sur le bouton de l'interphone et entendit sa voix pour la première fois depuis près de deux mois. Ce fut comme si son cœur se remettait à battre, après s'être arrêté pendant toutes ces semaines.

— Qui est-ce ?

— C'est moi. Je peux monter ?

Il y eut un long silence, puis un bourdonnement précéda l'ouverture de la porte. Elle la poussa et monta jusqu'à son appartement. Les sourcils froncés, il se tenait sur le seuil, pieds nus, vêtu d'un pull et d'un jean. Ils échangèrent un long regard, tandis qu'elle marchait lentement vers lui, puis il s'écarta pour la laisser entrer. Elle regarda autour d'elle, constatant que rien n'avait changé, pas même lui. Elle l'aimait toujours.

— Il s'est passé quelque chose ? demanda-t-il avec inquiétude. Tu vas bien ?

Au contraire de lui, elle avait très mauvaise mine.

— Non, répondit-elle tristement. Et toi ?

Il haussa les épaules. Les dix dernières semaines avaient été un calvaire.

— Tu veux boire quelque chose ? proposa-t-il.

Elle secoua négativement la tête et s'assit sur le canapé sans ôter son manteau.

— Pourquoi es-tu ici ? demanda-t-il.

Elle s'abstint de lui rappeler que c'était la Saint-Valentin.

— Je n'en sais rien, reconnut-elle franchement. Il fallait que je vienne. Sans toi, ma vie n'a aucun sens. J'ignore ce qui ne va pas chez moi, Chris, mais le mariage me terrorise. Cela n'a rien à voir avec toi. Ce n'est pas comme mon père qui épouse une fille plus jeune que moi cinq minutes après le décès de ma mère.

Pourquoi n'a-t-il pas peur ? Il devrait, pourtant ! Et moi pas ! Je déteste ce que ce bout de papier fait aux gens, quand ils ne s'entendent plus.

Chris s'assit en face d'elle, dans le grand fauteuil en cuir qu'il affectionnait.

— Ce n'est pas toujours le cas, dit-il doucement. Il arrive que ça marche.

— Pas souvent. Et les couples qui viennent me voir en sont la preuve. Pourquoi faut-il absolument se marier ? Il n'y a pas d'autre solution ?

— Nous en avons déjà parlé. Je ne veux pas faire éternellement du surplace, Sabrina. J'attends plus de la vie. Et tu devrais en attendre davantage, toi aussi. J'avais l'intention de t'appeler… J'y ai réfléchi. Il m'est impossible de faire une croix sur mes désirs, mais je n'ai pas à l'exiger de toi non plus. Nous pourrions peut-être vivre ensemble pendant quelque temps. Six mois, par exemple, pour que tu aies le temps de te faire à cette idée. Nous pourrions l'envisager quand tes sœurs et toi devrez quitter la maison. Tu pourrais t'installer ici ou nous pourrions prendre un autre appartement. Je ne sais pas. Ce n'est pas le bout de papier, comme tu dis, qui est le plus important. D'abord, vivons ensemble et voyons ce qui se passe.

La voyant secouer négativement la tête, il se tut.

— Tu n'es pas obligé de faire ça, si ce n'est pas ce que tu veux, Chris.

— Depuis que je te connais, je ne veux que toi, Sabrina. Toi et ta vie de dingue, tes sœurs, ton père, notre chienne ridicule… et, un jour, nos enfants. Tu t'occupes de tes sœurs comme si tu étais leur mère, laisse-les grandir.

— Et si nos enfants nous haïssent ? S'ils se droguent ? Si ce sont des délinquants ? Cela ne te fait pas peur ?

Les yeux de Sabrina reflétaient sa terreur. Navré, il réprima l'envie de l'attirer dans ses bras pour la rassurer, mais se contenta de la fixer, souhaitant qu'elle finisse par envisager l'avenir différemment.

— Avec toi à mon côté, je n'ai pas peur, affirma-t-il. Et si nous mettons au monde des voyous, nous nous en débarrasserons et nous en achèterons d'autres…, dit-il en souriant. Je ne veux que toi, mon amour. Si tu préfères que nous n'en ayons pas, j'accepterai ta décision. En revanche, si nous en avons, je te demanderai de m'épouser. Cela peut être important pour eux, plus tard.

Elle hocha la tête et lui sourit.

— Au bout de six mois de vie commune, j'aurai certainement évolué.

— Oui.

Il se leva et vint s'asseoir près d'elle. Lorsqu'il la prit dans ses bras, elle posa la tête sur son épaule.

— Je suis vraiment désolée de m'être comportée comme une imbécile, le soir du nouvel an, murmura-t-elle. J'avais peur.

— Je sais. Tout va bien se passer, Sabrina… Tu verras…

— Qu'est-ce qui te rend si sûr de toi, et moi si inquiète ?

En réalité, les événements des mois passés l'avaient bouleversée. La mort de sa mère avait exacerbé sa terreur et accentué sa fragilité. Mais Chris avait raison : puisqu'elle s'occupait du monde entier, pourquoi pas de lui et, peut-être, de leurs enfants ?

— Je t'aime, Chris, dit-elle tout bas.

— Je t'aime aussi. J'étais très malheureux, sans toi. J'ai pensé venir te voir, ce soir, mais je craignais que tu ne me claques la porte au nez.

Il l'embrassa. Ils n'avaient pas résolu tous leurs problèmes, mais c'était un début.

— Je m'installerai ici, dès la fin de notre bail, promit-elle. Mais j'avoue que mes sœurs me manqueront. Nous vivons une expérience merveilleuse.

— Comment va Annie ?

Elles lui avaient beaucoup manqué, à lui aussi. Depuis longtemps, il les considérait comme des membres de sa famille. En perdant Sabrina, il les perdait aussi.

— Elle va bien. Elle est tombée amoureuse de Brad et je crois qu'entre eux, c'est du sérieux. Il l'a poussée à s'inscrire à toutes sortes de cours, elle fait de la sculpture et donne des conférences sur l'art. Il souhaite même qu'elle enseigne, l'an prochain, et il est en train de la convaincre de prendre un chien.

Il ne demanda pas à Sabrina si Annie et Brad comptaient se marier. C'était encore un peu tôt, puisqu'ils ne sortaient ensemble que depuis deux mois. Dans cette famille, le seul à se marier, alors qu'il aurait dû s'en abstenir, était leur père. Le monde tournait décidément à l'envers !

Il l'entraîna jusqu'à son lit et ils passèrent la nuit ensemble. Lorsqu'elle appela ses sœurs pour leur dire que tout allait bien, elle ne leur dit pas où elle se trouvait, mais Tammy s'en douta.

Chris et elle revinrent à la maison le lendemain matin. Ils paraissaient un peu embarrassés, mais heureux de s'être retrouvés. Les sœurs de Sabrina le serrèrent dans leurs bras comme un frère parti depuis trop longtemps.

— Bienvenue à la maison, dit doucement Sabrina.

Elle l'embrassa, tandis que Beulah aboyait frénétiquement et agitait la queue.

26

Le mois de mars fut exaltant pour tous. Tammy s'entendait vraiment très bien avec John Sperry. Le 17, jour de la Saint-Patrick, elle reçut un appel auquel elle ne s'attendait pas du tout. Les dirigeants de la chaîne voulaient lui confier la production d'une nouvelle série qui serait diffusée à une heure de grande écoute. C'était l'histoire de trois jeunes femmes qui vivaient dans le même appartement : l'une était médecin, la seconde avocate et la troisième actrice. Bien entendu, elles devaient affronter un certain nombre de crises. Le tournage aurait lieu à New York. La direction souhaitait engager des actrices connues, ainsi que des invités vedettes importants. Les sponsors étaient déjà trouvés, si bien qu'on n'attendait plus que la réponse de Tammy. Cela correspondait exactement à ce qu'elle faisait à Los Angeles, mais en plus important et en mieux. Elle accepta immédiatement la proposition. Le tournage devait débuter au printemps suivant, ce qui impliquait qu'elle reste à New York, même après qu'elle et ses sœurs auraient quitté la maison. Il lui faudrait sans doute vendre celle qu'elle possédait à Los Angeles pour en acheter une ici. Peut-être ses sœurs auraient-elles envie de continuer à vivre avec elle, puisqu'elles s'entendaient si bien.

La direction lui avait déjà trouvé un bureau, un assistant et une secrétaire. On lui donnait carte blanche et un budget qui lui fit tourner la tête. Tout ce qu'on exigeait d'elle, c'était de gagner un Emmy Award et, en haut lieu, personne ne doutait qu'elle l'obtiendrait.

Elle devait commencer au mois de juin et fixer elle-même son programme. En trois mois, les producteurs de *Ce couple peut-il être sauvé ? À vous de le dire !* auraient largement le temps de lui trouver un ou une remplaçante. C'était certainement ce qu'elle avait produit de pire, mais elle s'était bien amusée et quelques-uns de ses collaborateurs allaient lui manquer. De toute façon, cette émission lui avait été utile, puisqu'elle lui avait permis de redémarrer et de toucher un salaire. Il ne lui avait fallu que six mois pour qu'une nouvelle opportunité se présente, la plus importante de toute sa carrière.

Lorsqu'elle en discuta avec John, il sauta de joie.

— Je n'étais absolument pas au courant, affirma-t-il, mais c'est le succès assuré.

Ils en parlèrent pendant tout le déjeuner. Le soir, elle mit ses sœurs au courant.

— C'est génial ! s'écria Candy, tout excitée.

Elle partait pour le Japon, où elle devait rester deux semaines. Elle allait gagner beaucoup d'argent et comptait revoir Paul dès son retour. Annie était heureuse avec Brad. Chris était revenu. Tout allait pour le mieux.

Dès le lendemain, Tammy prévint Irving Salomon de son départ. Il fut désolé de la perdre, mais la félicita du travail qu'elle avait accompli. Grâce à son talent et à ses efforts, l'audience était au plus haut.

Annie était censée terminer son stage à la fin du mois, mais Brad l'avait persuadée d'en commencer un autre pour travailler avec un chien d'aveugle. Elle avait accepté sans enthousiasme. Elle avait choisi une femelle labrador chocolat et devait achever ce nouveau stage en mai. Baxter quitta l'institut à la fin du mois de mars, promettant de rester en contact avec elle. Leur amitié leur avait été d'un précieux secours mais, désormais, il passait le relais à Brad, qui souhaitait qu'elle dirige les cours d'arts plastiques. Elle devait enseigner l'histoire de l'art et la peinture. Elle ne voyait pas comment elle pouvait peindre dans son état, mais Brad lui conseilla de se lancer dans l'abstrait. Elle avait découvert que la sculpture ne lui convenait pas, mais elle appréciait la céramique et la poterie. Elle avait d'ailleurs créé de beaux objets, qu'elle avait offerts à Brad.

Avant le départ de Candy pour le Japon, Tammy et John organisèrent un week-end de ski dans le Vermont. Tout le monde skia, sauf Annie, qui passa de bons moments à se promener. Bien que le dressage n'ait pas encore commencé, elle avait amené sa chienne Jessica pour lui tenir compagnie. C'était un animal doux et docile, qui s'entendait très bien avec les autres chiennes de la maison.

Le week-end fut une réussite. Annie fit à plusieurs reprises du patin à glace avec Brad. Elle avait toujours adoré cela et découvrit qu'elle pouvait s'y remettre, à condition qu'il lui tienne la main. Paul vint les retrouver pour être avec Candy. Sabrina et Chris n'avaient jamais été plus heureux. Ils se réjouissaient d'avoir trouvé un accord qui leur convenait à tous les deux. Quand les sœurs quitteraient la maison, ils s'installeraient ensemble mais, d'ici là, rien ne changerait.

Quand leur père était revenu de Las Vegas, elles lui avaient téléphoné et il leur avait dit que tout allait bien. Elles envisageaient de le revoir bientôt, mais s'accordaient encore un peu de temps.

Le deuxième jour, elles convinrent de faire un voyage ensemble l'été suivant et se creusèrent la tête pour trouver la destination jusqu'à ce qu'Annie, qui avait toujours adoré faire du bateau, propose une croisière. Après s'être mises d'accord sur le prix qu'elles pouvaient mettre, elles fixèrent la date à juillet. Pour Brad, Annie et Paul, c'était la période des vacances scolaires. Chris, Sabrina et John s'arrangeraient pour s'arrêter. Candy aurait terminé les défilés de haute couture et Tammy était libre de choisir son propre calendrier. Il ne leur restait plus qu'à choisir le bateau.

Deux semaines après le week-end de ski, elles appelèrent leur père et l'invitèrent à déjeuner au Club 21. Il leur parut très embarrassé, plus encore que le jour où il leur avait annoncé son mariage avec Leslie.

Il attendit la fin du repas pour leur annoncer la nouvelle. Ce fut un choc, mais rien ne pouvait plus réellement les surprendre.

— Leslie attend un bébé, leur dit-il. Elle vient tout juste de l'apprendre et elle devrait accoucher en novembre. Nous pensons qu'il a été conçu pendant notre nuit de noces.

C'était le genre de détails qu'elles ne tenaient absolument pas à connaître…

— Tu me laisses sans voix, papa, dit finalement Tammy. Je te souhaite bonne chance, mais tu envisages vraiment d'élever un autre enfant ? Quand il entrera à l'université, tu auras soixante-dix-huit ans.

— Je ne peux pas priver Leslie de ce bonheur, répliqua-t-il calmement. C'est très important pour elle.

— J'imagine, intervint Candy.

Dès l'instant où elle aurait un enfant, Leslie aurait bien plus de droits en cas de divorce, mais aucune d'elles ne le dit à leur père pour ne pas détruire ses illusions. Il était convaincu que Leslie et lui avaient fait un mariage d'amour. Et au fond, de quel droit auraient-elles affirmé le contraire ? Sabrina n'avait même pas réagi à l'annonce de cette paternité. Après tout ce qu'elles avaient vécu pendant l'année, la naissance de ce bébé n'était pas la fin du monde !

La remise des diplômes approchait, à l'institut Parker. La famille et les amis d'Annie devaient assister à l'événement. Elle avait beaucoup travaillé et se débrouillait relativement bien avec son chien, même si le dressage n'était pas terminé.

Elle avait demandé à son père s'il pourrait venir sans sa femme. Il en avait d'abord été un peu blessé, puis il avait compris qu'Annie souhaitait seulement l'avoir pour elle toute seule. Aucune de ses filles ne faisait allusion à l'enfant ou à la mère, d'ailleurs. Elles préféraient ignorer la situation tant que c'était encore possible. Après le mois de novembre, il faudrait bien affronter une réalité qui leur paraissait effrayante. Leur père leur semblait trop âgé pour assumer une nouvelle paternité, mais Leslie, elle, était jeune.

Aucune d'entre elles ne l'avait revue depuis qu'elle était venue offrir à leur père cette tarte aux pommes… Un geste d'amitié dont elle avait tiré le meilleur parti !

Elles ignoraient si elles avaient raison de se méfier d'elle et elles espéraient se tromper, pour le bien de leur père. Mais il faudrait du temps pour que leur relation avec lui redevienne normale. Elles l'aimaient autant qu'avant, mais il leur était totalement impossible d'accepter sa nouvelle épouse. Un jour, peut-être, mais pas maintenant.

En mai, elles affrétèrent un voilier à Newport. L'équipage, constitué d'un capitaine et de deux matelots, paraissait compétent. Le bateau était beau et disposait de quatre cabines. La croisière s'annonçait inoubliable.

Deux jours avant le départ, Tammy reçut une nouvelle inattendue. Une chaîne rivale de la sienne lui proposait de produire une émission à Los Angeles, ce qui lui permettrait de retourner là-bas, de retrouver sa maison et ses amis, tout ce qu'elle avait été si triste d'abandonner en partant pour New York. Ce fut une décision difficile, mais après une nuit de réflexion, elle répondit que la proposition qu'on lui avait faite à New York lui convenait et qu'elle préférait rester auprès de ses sœurs. Elle refusa donc et n'en avertit John qu'ensuite. Il en éprouva un grand soulagement, car ils s'étaient énormément rapprochés au cours des derniers mois. Tammy était plus heureuse qu'elle ne l'avait jamais été. Mais elle avait encore du mal à croire qu'elle avait enfin trouvé l'homme de sa vie. John était beau, équilibré, intelligent et ils étaient fous l'un de l'autre. Et, par-dessus le marché, ils appréciaient leurs familles respectives.

La veille du départ, elles étaient toutes très occupées à faire leurs bagages. Candy emportait cinq valises et chacune de ses sœurs une seule. Ce fut à ce moment que l'agence immobilière les appela. Le propriétaire était tombé amoureux de Vienne et il comptait y séjourner plus longtemps que prévu. Il se demandait si elles souhaitaient prolonger leur bail de cinq mois.

Elles en discutèrent longuement. Sabrina déclina l'offre. Elle ne voulait pas décevoir Chris une fois de plus. Elle lui avait promis d'emménager chez lui le 1er août. Il s'était montré tellement patient avec elle qu'elle ne voulait pas tirer sur la corde. Le locataire de Candy quittait son duplex et elle avait envisagé d'y retourner, mais la proposition la tentait. Tammy fut enchantée. Elle était trop occupée par sa nouvelle série pour chercher un nouveau logement. Quant à Annie, ce délai supplémentaire lui convenait parfaitement. Deux sœurs étaient donc certaines de vouloir rester, et peut-être trois. Sabrina allait leur manquer, mais elles trouvaient toutes qu'il était temps pour elle de s'installer avec Chris. Il avait suffisamment attendu.

Les quatre sœurs et leurs conjoints s'envolèrent pour Providence le lendemain matin. Un minibus les emmena de l'aéroport jusqu'au quai, où le voilier les attendait. C'était le 1er juillet et la croisière devait durer deux semaines. Ils avaient projeté d'aller du côté de Martha's Vineyard et de Nantucket, puis d'en profiter pour rendre visite à leurs amis. Durant la deuxième semaine, ils devaient aller voir la famille de Paul dans le Maine.

Leur mère était maintenant morte depuis un an. Les quatre sœurs se réjouissaient que leur père ait annulé la réunion annuelle du 4 juillet. Elles préféraient de beaucoup célébrer cet anniversaire ensemble, avec les hommes qu'elles aimaient et loin du Connecticut.

Ce jour-là, elles procédèrent à une petite cérémonie. Chacune jeta une fleur dans l'eau. Tammy remarqua qu'Annie en avait jeté deux.

— À qui as-tu destiné la seconde ? lui demanda-t-elle.

Annie hésita quelques secondes avant de répondre :

— C'était pour mes yeux…

Ils passèrent la journée près de Martha's Vineyard et gagnèrent le port dans la soirée. Pendant le dîner, Brad pressa les doigts d'Annie, qui inspira profondément et attendit qu'il y ait une pause dans la conversation. Mais les moments de silence étaient rares, aussi Brad dut-il heurter son verre avec un couteau pour attirer l'attention de tous. Souriante, Annie lui tenait la main.

— Nous avons quelque chose à vous dire, annonça-t-elle.

Sabrina et Chris échangèrent un regard amusé. Si c'était ce qu'il pensait, Chris espérait que ce serait contagieux. Cependant, il ne se plaignait pas. Ces derniers temps, Sabrina considérait leur avenir commun avec moins de crainte, et avait même parlé d'avoir un ou deux enfants.

— Nous comptons nous marier en décembre, annonça Annie en se tournant vers Brad, et je vais travailler à l'institut avec Brad.

Les acclamations fusèrent.

— Bon sang ! s'exclama Sabrina. J'aurais dû pousser plus loin le pari ! Qu'est-ce que tu disais, il y a un an ? Tu ne devais plus jamais sortir avec un homme, tu allais rester vieille fille, tu n'aurais jamais d'enfants… J'aurais pu faire fortune.

Tous éclatèrent de rire, tandis que Brad passait un bras autour des épaules d'Annie et l'embrassait. Ils semblaient profondément heureux. Chris embrassa à son tour Sabrina et l'attira contre lui. Un peu plus tard, Tammy parla des vacances qu'elle allait passer avec John et ses frères, en août. Candy et Paul se contentèrent de rire. À leur âge, le mariage était le cadet de leurs soucis. Ils voulaient juste profiter l'un de l'autre et passer de bons moments ensemble, comme ils le faisaient depuis cinq mois.

Un peu plus tard, assises sur le pont, les quatre sœurs se regardèrent. Elles n'avaient pas besoin de parler pour savoir qu'elles pensaient toutes à leur mère. Le don qu'elle leur avait fait était le plus beau de tous.

— À nous ! déclara Sabrina en levant son verre. Et à nos hommes !

Les autres l'imitèrent. Elles portèrent un toast silencieux en l'honneur de leur mère qui les avait aimées, éduquées et avait tissé entre elles un lien indestructible. D'une certaine façon, cette année si douloureuse avait été la meilleure de leur vie.

Seul au monde

(Pocket n° 13698)

Quinn Thompson est un homme riche enfin à la retraite. Un homme qui a sacrifié sa vie pour faire fortune dans la finance. Sa fille refuse de lui parler. Il n'a jamais pris le temps de pleurer son fils, mort des années plus tôt. Et sa femme vient d'être emportée par la maladie après avoir passé toutes ces années à l'aimer en silence. Alors, rongé par la culpabilité, il décide de se faire construire un voilier pour passer le reste de ses jours seul. Mais une violente tempête va contrecarrer ses plans et provoquer des rencontres...

Il y a toujours un Pocket à découvrir

Composé par Nord Compo Multimédia
7, rue de Fives, 59650 Villeneuve-d'Ascq

Impression réalisée par

CPI
Brodard & Taupin

53061 – La Flèche (Sarthe), le 03-06-2009
Dépôt légal : juin 2009

POCKET – 12, avenue d'Italie - 75627 Paris cedex 13

Imprimé en France